本辑由上海大学诗礼文化研究院资助出版

诗经研究丛刊

第三十一辑

（第十二届诗经国际学术研讨会论文集之三）

中国诗经学会
河北师范大学 合办

学苑出版社

图书在版编目（CIP）数据

诗经研究丛刊．第三十一辑／中国诗经学会，河北师范大学合办．— 北京：学苑出版社，2018.5
ISBN 978-7-5077-5478-0

Ⅰ．①诗… Ⅱ．①中… ②河… Ⅲ．①《诗经》－诗歌研究－丛刊 Ⅳ．①I207.222-55

中国版本图书馆CIP数据核字(2018)第107232号

责任编辑：	战葆红
出版发行：	学苑出版社
社　　址：	北京市丰台区南方庄2号院1号楼
邮政编码：	100079
网　　址：	www.book001.com
电子信箱：	xueyuanpress@163.com
联系电话：	010-67601101（营销部） 67603091（总编室）
经　　销：	新华书店
印 刷 厂：	保定市彩虹艺雅印刷有限公司
开本尺寸：	880×1230　1/32
印　　张：	13.75
字　　数：	390千字
版　　次：	2018年7月第1版
印　　次：	2018年7月第1次印刷
定　　价：	100.00元

编委会

主编 王长华

编委（以姓氏笔画为序）

王长华　　　　王洲明

向　熹　　　　刘毓庆

邵炳军　　　　林庆彰（中国台湾）

赵逵夫　　　　赵敏俐

郭　杰

目 录

学术史研究

清代三家《诗》学发展特征的外部考察
　　——以著者为视角 ················· 房瑞丽（1）
清代《诗经》著述者籍里分布规律及原因蠡测 ········ 刘树胜（20）
《诗毛氏传疏》引《国语》浅析 ··············· 郭万青（48）
夏炘《读诗札记》及其附著述略 ··············· 吕华亮（55）
宗教鸾赋引《诗》略论 ··············（台湾）欧天发（68）
演绎、转化与运用
　　——民国诗话中的诗经学阐释 ·······（台湾）林淑贞（91）
近代初期教育家李宗棠的殷忧及其《学诗堂经解》·············
　　···································· 郭全芝（119）
从近现代学术转型的角度重访胡适《诗经》研究 ······ 赵保胜（126）
《诗经中所见秦初期社会状况》为抄袭吴良傲遗文考 ············
　　···································· 倪晋波（151）

文化研究

《诗经》里的"王道精神" ··············[美国]林中明（162）
论《诗经》与秦简《日书》中的禁忌 ············ 谭　梅（181）
《诗·小雅·信南山》中的大禹文化
　　——兼及《诗·大雅·文王有声》············ 李治中（200）

三百篇解读

《诗经·周颂·天作》主旨考辨……………………董露露(212)
试论《桧风》主题及其艺术呈现……………………刘挺颂(224)
《周颂·大武》乐章篇目考……………………亓　晴(241)
《诗经·何彼襛矣》事义与二《南》的纂集…………邵　杰(265)
《诗·曹风·蜉蝣》"蜉蝣"意象及其流变考论……唐旭东(293)

语言文字研究

《诗经》中的成熟"修辞格"……………………郑志强(305)
《诗经》新证四则……………………白军鹏(328)
释《诗经》中的"兮"字……………………陈　瑶(335)

文学研究

《诗经》征戍怀归诗的情感意蕴探析………（台湾）赵桂芬(348)
论《诗经》风诗中的人物品评及其对人物的审美观照……………………………………………孙董霞(358)
"诗经三颂"对后代颂赞的文体意义……………张志勇(399)
《诗·周南》"桃"意象考论……………………罗　姝(408)
浅析《诗经》寓言诗的批判艺术……………………张宪华(420)

学术史研究

清代三家《诗》学发展特征的外部考察
——以著者为视角

房瑞丽

笔者查阅多种书目和有关方志文献,搜集到清代三家《诗》著作书目85种。① 这不足百部的著作虽然不能与《毛诗》学的累累硕果相比,但是它相对于沉寂了上千年的三家《诗》本身来说,却具有重要的意义。并且由于它贯穿清代学术发展的始终,与《毛诗》的研究密切相关,亦构成清代学术发展的一个重要分支。本文试图以著者为视角,从著者身份特征、学术师承及学术交游等方面来分析这些三家《诗》著作在发展过程中所表现出来的一些特征,以期展现清代三家《诗》学在外部表现方面的特点,从而揭示它与清代学术发展规律相适应的某些特征。

一、著者的身份特征

接着我们对81位学者的身份进行考察,以揭示学者身份与清代三家《诗》学发展的关系。81位学者身份统计,详见下表:

---

① 见后附。

身份 省属	进士	举人	贡生	诸生	不仕	不可考	总计
浙江	9	4	4	6	1		24
江苏	6	3	3	4	1	1	18
安徽	1	2		2			5
湖南	2	2		3		1	8
福建	3	1			1		5
山东	2	1					3
江西	1			1		1	3
上海			1	1			2
广东		1					1
陕西		1					1
湖北		1					1
四川						1	1
总计	24	16	8	17	3	4	72

除了 5 位作者身份不可考外，在笔者查阅到的 72 人之中，进士有 24 人，举人有 16 人，贡生有 8 人，包括廪生、监生在内的诸生身份的作者有 17 人，另有 3 人不仕。当然，5 位不可考身份的作者一般应该是地位比较低下，才不见于史籍记载。按照张仲礼对清代绅士集团的划分，进士、举人、贡生属于上层绅士，①可知三家《诗》学者中，有 48 人之多属于上层绅士，占总人数的七成。这些绅士集团的成员，享有较多的特权，而这些特权又在促进他们学术研究中起到积极作用，这样，他们的身份和他们所从事的学术研究又形成了良性循环。"绅士作为一个属于领袖地位和享有各种特权的社会集团，也承担了若干社会职责。他们视自己家乡的福利增建

---

① 张仲礼著，李荣昌译：《中国绅士——关于其在 19 世纪中国社会中作用的研究》，上海：上海社会科学院出版社，1991 年。

和利益保护为己任,……他们在文化上的另有作用包括弘扬儒学社会所有的价值观念,以及这些观念的物质表现,诸如维护寺院、学校和贡院等。"①如在24位进士身份的作者中,浙江9人,江苏6人,共计15人。这些人位居高官,他们对学术的提倡和影响,促进了他们家乡学术的发展,这也就是江南能够形成文化中心的原因之一。

从研究者的身份来说,多能引导学术风尚。研究者多属于上层绅士,或成为清代学术发展取向的引导者。在三家《诗》研究者当中,亦不乏在当时学坛显赫,引领一代学术风尚的人物。如邵晋涵、卢文弨、阮元,众多学者均出自他们门下。洪亮吉《邵学士家传》,论邵晋涵、戴震入四库馆对民间的影响,云:"乾隆之初,海宇乂乎已百余年,鸿伟傀特之儒接踵而见,惠征君栋、戴编修震,其学识始足方驾古人。及四库馆之开,君与戴君又首膺其选,由徒步入翰林。于是,海内之士知向学者于惠君则读其书,于君与戴君则亲闻其绪论,向之空谈性命及从事帖括者,始浸缦然趋实学矣。夫伏而在下,则虽以惠君之学识,不过门徒数十人止矣;及达而在上,其单词只义即足以歆动一世之士。则今之经学昌明,上之自圣天子启之,下之即谓出于君与戴君讲明切究之力,无不可也。"②也从一个方面说明了这些学者的学术影响力。阮元更是乾嘉后期学坛重镇,他的一生,贯穿了清代三家《诗》研究的高峰时期。乾嘉后期重要的三家《诗》学者大都与他有所联系,更有十多位出自他的门下,如冯登府、李富孙、李贻德、陈寿祺、臧庸、丁晏、陈庆镛、陶思曾、张鉴等。并多是他在杭州办诂经精舍、纂《经籍纂诂》时,延揽门下的。积极鼓励他们三家《诗》的研究,如由他主持汇刻的《皇清经

---

① 张仲礼著,李荣昌译:《中国绅士——关于其在19世纪中国社会中作用的研究》,上海:上海社会科学院出版社,1991年。
② 洪亮吉:《卷施阁文甲集》卷九《邵学士家传》,清刻本。

解》,首次刊刻以未收录三家《诗》研究著作为憾,当他得见冯登府的《三家诗异文疏证》时,又续编收入,并为之作序。他在序中褒扬冯登府的三家《诗》研究突逾前哲。如言:"柳东太师,潜研经史,精邃博综,实欲突过前哲。其言三家多今文,毛多古文,三家多正字,毛多假借,按之群书,无不融合。又推原传授诸儒,有以知其说之所宗,一一派别而实证之。由形声而得训诂,由训诂而得义理,俾千古微学,一旦揭日月而列星辰,则三家虽亡犹存也。"①这些具有重要影响力的学坛领袖,他们的提倡和直接参与著述三家《诗》的导向作用,亦成为清代三家《诗》研究重要的表现特征。

从研究者所从事的职业来说,大多是与教育有关的教职和学职。清代统治者非常重视科举大典,进而重视对教育事业的引导。"进士出身,不管等第、职位,都有重教兴文的责任,一般要担任学职、教职等。学职有各省学政、考官等,教职有国子监祭酒、司业、博士、助教等,还有地方的府学教授、州县学正、训导、教谕等。……其中高位者,多任学政、正考官、国子监官职等;低位者,任府、县学教职,而且朝廷还鼓励铨选进士改补教职。回籍候缺的进士,也可临时担任邻近省份的同考官等。即使退居在乡的进士,也可著述讲学,嘉惠地方士人。"②在这些三家《诗》研究者之中,他们大部分从事着与教书有关的事业,位高的任学政、教授、山长等职,位低的人县学训导、教谕,或教书私塾恩惠乡里等。"绅士们积极地从事传授和阐明这些纲常伦纪,他们捐献了大量财物兴办书院,当

---

① 阮元:《揅经室续集》卷一《冯柳东〈三家诗异文疏证〉序》,《丛书集成初编》本。

② 李润强:《清代进士群体与学术文化》,北京:中国社会科学出版社,2007年,第69页。

时以及现代的作者们都指出,最精深的学问都是在这些书院里做的。"①特别是从事亡佚之学如三家《诗》的辑佚与研究工作,是否具有一定量的资料来源是研究工作能否开展的关键,学者们在这样的学术文化圈里,为研究工作的开展提供了便利。

在清代三家《诗》学者中,不仅进士出身的学者多承担起"重教兴文的责任",而其他一些未曾及第的举人和诸生,乃至终生未仕的学者们也不例外。并且在这些进士出身的学者中,不乏官宦生涯匆匆而致力于为学、为教的人,有的一辈子都没有远离这一职业,大家如陈寿祺,他嘉庆四年(1799)进士及第后,初授翰林院庶吉士,散馆授编修。不久,请假回闽探亲,路过杭州,适遇阮元为浙江巡抚。阮元便聘请陈寿祺主讲杭州敷文书院,又担任过广东、河南两省的副考官,但自嘉庆十五年(1810)丁父忧后,不再出仕,是年他才40岁,自此以后至他63岁去世,他都在致力于教育事业和学术。清代三家《诗》研究的总结性著作《诗三家义集疏》作者王先谦,一生基本上就是读书、做官、讲学、刻书、著书。一生都在从事与教育有关的活动。而一些未曾中举的诸生们,或教谕县里,或在私塾为教,致力于乡里的教学,一生以授徒为业。如平湖柯汝霖屡试不第,一生从教乡里。据粗略估计,三家《诗》学者的职业十之八九是为学、为教。这种职业也使他们教学相长,促进了他们的学术研究。

二、著者的学术师承和交游活动

柳向春先生《陈奂交游研究》云:"据笔者观察,前代学者选择

---

① 张仲礼著,李荣昌译:《中国绅士——关于其在19世纪中国社会中作用的研究》,上海:上海社会科学院出版社,1991年,第122页。

某一课题从事研究,而至有所成就,固然有其偶然性因素,然而地域学风之影响,师门弟子之传承,朋辈同道之熏染等等,亦为学术学派形成之重要因素。"①清代三家《诗》学风学派的形成亦然。又云:"交游之于学术发展,影响至巨,所谓人以群分,具有相似学术兴趣之人,自然声气相投,较多相互切磋之机缘。且此种交游,又势必对学术之发展具有积极推动作用。而从师问业,则为此类交游中对于学术发展推动最力者,直接承继师门之训诫,往往为学者从事某种学术研究之最初动力。学术之发展虽有其内在理路,若再结合师门学术之延续,则对于学者从事研究与取得承继,意义尤其重大。"②鉴于此,在上文对清代三家《诗》学者地域分布的基础上,我们再来分析清代三家《诗》学者的师承交游。

(一)从研究者的学术师承来说,大致有以下几方面的特征:一是继承家学,二是承继师法,三是交谊乡里,四是交游广泛。下面分别来考察:

1. 家学渊源派

清代三家《诗》研究能够考察到的家学研究派有:臧琳、臧庸高祖玄孙,严虞惇、严蔚祖伯侄,严蔚、陈卹姻亲,陈寿祺、陈乔枞父子,皮锡瑞、皮嘉佑父子等。

臧琳的《经义杂记》,是清初复汉之古学术思潮影响下的重要著述。但此著直到他的玄孙臧庸举谒卢文弨时,才广为认知。阮元《揅经室集》二集卷六《臧拜经别传》:"拜经姓臧,名庸,字西成,又字拜经,本名镛堂,武进县人。父继宏业贾。康熙间,有与阎百

---

① 柳向春:《陈奂交游研究》,上海:华东师范大学出版社,2010年,第10页。

② 柳向春:《陈奂交游研究》,上海:华东师范大学出版社,2010年,第121页。

诗同时老儒玉林先生名琳者，拜经之高祖也。乾隆五十四年，余姚卢学士文弨主常州书院，拜经往受经学，抱玉林先生所著《经义杂记》质于学士，学士惊异之，于校《经典释文》中，多引其说。"①大家如卢学士都多引玉林之说，可见《经义杂记》精义迭现。臧庸《拜经日记》卷一："辛亥，校订高祖玉林先生《经义杂记》成，不量其力，思克绍先德，遇一隙之明，笔书之久，而汇录题曰《拜经日记》。"②臧庸之学无疑来自高祖玉林。臧庸的《韩诗遗说》被顾广圻和阮元称为"辑《韩诗》者的最精本"。

严虞惇的《读诗质疑》不仅其学术成就"尤有功诗学"，其著述影响亦有功三家《诗》学。严蔚是他的曾侄孙，著有《诗考异补》，自序云："曾伯祖思庵先生实好古，留心经学，归田后撰《读诗质疑》四十六卷，内《考异》一卷，盖亦广王氏之意而为之者也。蔚夙承家学，颇饶异闻，有在厚斋所未收而先生所失录者，不忍听其遗忘，依次补入。"可见《诗考异补》就是承家学而来。又《清华大学图书馆藏善本书目》载："《诗考异》，清乾隆严思庵撰，其曾孙严蔚著《诗考异补》，蔚之妻弟陈屾再补，然未付刻，此为稿本。"③《诗考异再补》的作者陈屾是严蔚的妻弟，由此可以推测陈屾师承渊源，亦很可能来自严虞惇。

清代三家《诗》学的集大成著作《三家诗遗说考》则是陈寿祺、陈乔枞父子相继完成的。陈寿祺在《三家诗遗说考自序》中云："两汉《毛诗》未列于学，凡马、班、范三史所载，及汉百家著述所引，皆

---

① 阮元：《揅经室集》二集卷六《臧拜经别传》，北京：中华书局，1993年，第523页。
② 臧庸：《拜经日记》卷一，清嘉庆二十四年武进臧氏拜经堂刻本。
③ 清华大学图书馆编：《清华大学图书馆藏善本书目》，清华大学图书馆藏。

鲁、齐、韩诗。异者见异，同者见同，绪论所存，悉宜补缀，不宜取此而弃彼也。今稍增缉以备浏览，犹有未能具载者，他日当别成一篇，使学者有所考焉。"①惜未竟而卒，临终前嘱子乔枞曰："吾生平疲于文字之役，纂述匆匆未尽就，尔好汉学，治经知师法，他日能成吾志，九原无憾矣！"又曾经对乔枞云："《诗》有三家鲁齐韩，犹《春秋》之有《公羊》、《穀梁》，不可偏废。二传存而三家《诗》亡，说经者之不幸也。"②故陈乔枞"撰述多准寿祺遗训"，果不负父望，搜讨群籍，旁征博引，增补完成《三家诗遗说考》十五卷。并后来又有《齐诗翼氏学疏证》二卷、《诗纬集证》四卷、《诗经四家异文考》五卷等三家《诗》著作。陈乔枞的著述无论是在指导思想上，还是在研究方法上，都是受其父的直接影响，可以说三家《诗》研究就是他们的家学。

2. 师法承继派

在清代三家《诗》研究者中，师徒相继从事研究的现象也是比较突出的，有两种情况：一是直接承继者，二是间接承继者。三是同门影响者。

惠栋、余萧客师生是直承师法教授的代表。惠栋是汉学"吴派"的代表人物，他的学承一方面来自他的家族四世传经，另一方面来自他的家乡诸贤如朱鹤龄、陈启源对汉学实践的影响。《九经古义》一书和惠栋的学术地位一样，在整个清代学术研究中都具有导向作用。余萧客22岁那年，拿着自己的专著请教于惠栋。惠栋阅毕，语重心长地说："陆佃、蔡卞乃安石新学，人人知其非，不足

---

① 陈寿祺：《三家诗遗说考·自序》，《三家诗遗说考》，《续修四库全书》影印本。
② 陈乔枞：《诗经四家异文考·自序》，《诗经四家异文考》，《续修四库全书》影印本。

辨。罗顾非有宋大儒,亦不必辨。子读书撰著,当务其大者、远者。"①余"闻之矍然",遂拜惠栋为师,"称弟子"。后经惠栋指点,自诸家经解及史传类书中,广泛辑录唐以前解释经书的古说,虽片语单词,均加收录,成《古经解钩沉》三十卷,使吴派学风得到进一步发扬。他们师徒的著述,吹响了清代辑佚书的号角,梁启超曰:"(清代)辑佚之举,本起于汉学家之治经。……(惠定宇)《九经古义》十六卷,将诸经汉人佚注益加网罗。惠氏弟子余仲林用其师法,辑《古经解钩沉》三卷,所收益富。此实辑佚之嚆矢,然未尝别标所辑原书名,体例仍近自著。"②清代三家《诗》辑佚之富,可以说受他们师徒的直接实践和影响。

不仅有这种直接的师承,也可能影响到再传、三传弟子。江藩《汉学师承记》记"余古农先生",回忆曰:"藩为先生(指余萧客)受业弟子,闻之先生曰:《钩沉》一书,汉、晋、唐三代经注之亡者,本欲尽采,因乾隆壬午(1762)四月,得虚损症,危若朝露,急欲成书,乃取旧稿录成付梓,至今歉然。吾精力衰矣,汝能足成之,亦经籍之幸也。"③可见余萧客晚年将自己未竟之业托付给了弟子江藩。而江氏则由于"藩自心丧之后,遭家多故,奔走四方,雨雪载涂,饥寒切体,不能专志壹心从事编辑。今年已五十,忽忽老矣。叹治生之难,蹈不习之罪,有负师训,能不悲哉"!④而江藩又将此一事业托

---

① 江藩著,漆永祥笺释:《汉学师承记笺释》,上海:上海古籍出版社,2006年,第234页。
② 梁启超:《中国近三百年学术史》,上海东方出版社,1996年,第320页。
③ 江藩著,漆永祥笺释:《汉学师承记笺释》,上海:上海古籍出版社,2006年,第234页。
④ 江藩著,漆永祥笺释:《汉学师承记笺释》,上海:上海古籍出版社,2006年,第234页。

付给了自己的学生黄奭。黄奭在《尔雅古义总序》云:"予受业于江郑堂(藩)先生,先生受业于余古农(萧客)先生,余先生受业于惠定宇(栋)先生,子为小红豆山人(惠栋)门下再传弟子。"①可见黄奭的辑佚研究渊源亦出于吴派,可追究到惠栋。

而在清代三家《诗》研究中,除了有惠、余这种直接的师法承继创作外,还有一种比较鲜明的现象就是具有影响力的大家学者对弟子、门生的影响。如卢文弨、阮元、魏源等,许多的研究者都与他们有着直接或间接的关系。如卢文弨增校《诗考》,而臧庸、冯登府等诸家又在他的基础上进行校补,以至现在国家图书馆所藏本为《卢抱经增校附诸家校补诗考》。臧庸就是卢文弨的受业弟子,而他校勘的《韩诗外传》,也被赵怀玉《校刊韩诗外传》全部吸收,而清代其他学者在校勘《韩诗外传》时,也多引其说,很明显受他的影响。阮元是乾隆后期和嘉道间学术上的卓然大家,凭着他的政治地位和对学术的热忱,奖掖了一大批有志经术之士,同时期江浙地区的有志于学者多出自他门下,这当然与他主办诂经精舍有关。如上文所举的三家《诗》研究者中的冯登府、李富孙、李贻德、陈寿祺、臧庸、丁晏、陈庆镛、陶思曾、张鉴等,均出自他的门下。他们的研究也属于师承相继影响的创作。

除了上述两种情况外,还有一种可以说是同门相互影响的,即他们的老师可能没有专门的三家《诗》著述,但他们属于师从一师的同门,而又都选择了研究三家《诗》。如出自王念孙王引之父子之门的就有宋绵初、臧庸、朱士端、丁晏、许瀚、陈庆镛、柯汝霖等,李贻德、严可均同职孙星衍学馆,周曰庠、陶方琦同为李慈铭的弟子。这种同门之间相互影响,想亦是不可避免。

---

① 黄奭:《尔雅古义总序》,《黄氏逸书考》,《续修四库全书》影印本。

3. 乡贤交谊派

一般属于同一地域、同一时代的学者,在学术研究上都是相互影响的,清代三家《诗》研究最典型的例子就是浙江嘉兴的冯登府、李富孙、李贻德的三家《诗》研究。《清儒学案》卷一百四十四冯登府《柳东学案》:"同里李氏群从,志同道合,互相切劘。芎沚、杏邨研经皆以精博称,与柳东相颉颃焉。"①冯登府的三家《诗》创作最为丰富,有《诗三家异字诂》、《三家诗异文释》、《三家诗遗说翼证》、《三家诗异文疏证》、《三家诗遗说》,李富孙有《诗经异文释》、李贻德有《诗考异》。他们的三家《诗》研究,他们不仅在学术上产生共鸣、相互切磋,而且相互校订书稿。特别是与李富孙交谊最深,"每著一经,辄与之商榷",如冯登府的《诗三家异字诂》,由李贻德校并作序;《三家诗异文释》由李富孙校,书底校记"丙子六月李富孙校读一过于吴门馆舍,大暑后一日挥汗书",是李富孙1816年六月大暑后一日在吴门馆舍校读一过后所记。而现藏天津图书馆冯登府的《三家诗遗说》八卷,就是李富孙抄校分卷的,后校记云:"壬寅人日,李富孙校过,时年七十有九。为之泫然挥涕,亦不负病时所属也。"②"壬寅人日",即1842年的正月初七。是李富孙在冯氏去世后不久,校抄完成的。友朋之情义,跃然纸上。

还有一些学者属于同一地区、同一时期,同有三家《诗》著述,如浙江乌程的严可均有《韩诗辑》、张鉴有《韩诗考异》、蒋文照有《毛诗诸经引文异同》,虽然其交游影响不见记载,他们的著述同见于地志。他们之间或有所交往,想亦是必然。

---

① 徐寿昌:《清儒学案》卷一百四十四《柳东学案》,北京:中华书局,2008年,第5635页。

② 冯登府:《三家诗遗说》,李富孙抄校本,天津图书馆藏。

4. 广泛交游派

当然,大多数学者的学术渊源来自多方面,上述所举可能是某一方面比较突出。如《清史稿》卷四百八十一《列传》载:"富孙学有原本,与伯兄超孙、从弟过孙、有后三李之目。长游四方,就正于卢文弨、钱大昕、王昶、孙星衍、任闻绪论。阮元抚浙,肄业诂经精舍,遂湛深经术。"①多方交游、群相切磋,促使李富孙学益精湛。

并且学者们往往积极主动结交学术名士,促进自己学术的增长。龚显曾《籀经堂类稿序》,论陈庆镛的学术交游云:"吾师陈颂南先生,当宣朝时,以抗直受主知。与临桂朱公琦、高要苏公廷魁,并世有三御史之目。谲谏草者,咸舌挢不得下。海内名俊想风望采,蹑属投刺,争以一瞻颜色,为幸者辠,盖无虚。先生植品既高,文章学问又足牢笼百氏,震动时贤。于是有阮文达公元孙先生经世为之师,何先生绍基、魏先生源、张先生穆、苗先生夔、赵先生振祚、朱先生琦、梅先生曾亮诸君子为之友,何先生秋涛为之徒,相与抵刷,精思切劘,道谊学益,懋品益高而名亦显。"②

李伯荣《魏源师友记》③中,记载魏源交游者有 233 人,其中不乏学术大家,从事三家《诗》者有徐璈、许瀚、陈庆镛、龚橙等。正是这种相互交游的影响,才促进了清代三家《诗》学,清代学术的发展。

总之,学者们的多方师承交游,不仅为清代三家《诗》的研究提供了契机,而且使得这种研究逐步改善、更为完善。清儒的这种重视交游不仅是其三家《诗》研究的外在表现,亦反映在具体的三家

---

① 赵尔巽等:《清史稿》卷四百八十二,北京:中华书局,1977 年,第 13260 页。
② 龚显曾:《籀经堂类稿序》,见陈庆镛《籀经堂类稿》,《续修四库全书》影印本。
③ 李柏荣:《魏源师友记》,长沙:岳麓书社,1983 年。

《诗》研究中,他们非常重视汉代三家《诗》学者之间的师法、家法,成为清代三家《诗》得以研究的不二法门,并以此贯穿三家《诗》研究的始终。

(二)从研究者本身来说,多是儒学世家,或书香门下。一方面他们的家族有深厚的家学传承,可能家族中并没有人专门从事三家《诗》研究,但这种家学传承为他们的研究提供了良好的学术素养。另一方面是三家《诗》本身属于亡佚之学,从事研究的前提是要辑佚,在当时的学术条件下,拥有一定量的藏书,或有机会查阅这些书籍是必要的条件,而研究者儒学家族出身的条件就为他们的研究提供了前提。这些学术家族不仅对家族成员,而且对同地区的其他学者的研究都产生了很重要的影响。如惠氏家族、汪远孙家族等。其它贫门寒学之士的研究,多是借助于这些学术家族所提供的条件而进行的。

(三)从研究者交游的方式上来看,有从事幕府活动,入馆私学馆、入主书院讲席、书函请教、相互会聚拜访等。学术的发展离不开学者之间的切磋和交流,三家《诗》学者的这诸种交游方式,与上述他们所从事的职业是紧密相连的。而这各种交游方式,并非三家《诗》学者所独有,也是清代学术界共同的特征。关于私人拜谒,陈奂弟子张星鉴在《仰萧楼文集·书陈硕甫先生》中,以传神之笔记载了陈奂初次拜谒王念孙的情形:

> 段君殁后,先生(陈奂)游京师,谒王怀祖给事。时给事老病致仕,因其嗣伯申尚书贵,尚在都中。登其门,阍人曰:主人卧床十馀年,不与世周旋久矣。客何人,延势主人耶?先生曰:余长洲陈奂也。与尔主人有渊源,谒欲一见,试为吾通姓氏。阍人如其言以告,给事曰:是吾友

段君高足也,欲见其人久矣!遂令仆人扶之起,由内寝至堂。未见颜色,大呼硕甫先生,曰:自茂堂老人殁后,天下读书种子几绝,先生继段君而起,如见故友,愿订忘年交。谈论良久而退。自后先生往给事所,径至卧室,商榷著述,如家人然。①

尚且年轻的陈奂去拜访当时可谓学术界公推的大家王念孙,而王氏在身体状况极为不佳的情况下,谈论良久,以之为忘年交。这其中一方面有陈奂是王氏老友段玉裁的弟子的关系,而更主要的是他对陈奂学术的赏识。

在三家《诗》研究中,最重要的幕府就是阮元幕府,他所引导的三家《诗》学研究风气上文已经论述,兹处不赘。汪远孙的振绮堂藏书楼,吸引着多位学者入馆就职。而主讲书院、或在书院求学,是诸多学者重要的学术经历。其中,大家如卢文弨、陈寿祺、王先谦等,其重要的三家《诗》著述都是在书院完成的。有学者论述清代学术的精品大部分是在书院中产生的②,是符合实际的。而书函往来,更是他们讨论学问的重要方式,有一些重要的清代三家《诗》研究的信息就是蕴含在学者们的书信中,他们往来论学,求实求是。如胡承珙的《与魏默深书》③,就通过书信表明了自己的三家《诗》学观。

而学人聚会,特别是大规模的聚会,更能促进学术的交流。《清儒学案·墨庄学案》附"徐璈",载:"(璈)嘉庆甲戌进士,授户

---

① 张星鉴:《仰萧楼文集》,光绪五年刻本。
② 参张仲礼《中国绅士——关于其在19世纪中国社会中作用的研究》,上海:上海社会科学院出版社,1991年,第122页。
③ 胡承珙:《求是堂文集》卷三,清道光十七年刻本。

部主事。后以迎善乞改官浙江,知寿昌、临海县事。官京师时,墨庄先生尝两为北海郑公生日祀于万柳堂,先后同祀者有郝兰皋、朱兰坡、洪孟慈、马元伯、胡竹村、陈石士、陈硕甫、钱衎石、张彦惟、魏默深,多绩学之士,而先生皆与焉。"①关于这两次祭祀郑玄的聚会活动,其他学者也多有记载。这样的聚会对学者的影响无疑是深刻而广泛的。

(四)从研究者的《诗经》著述来说,他们不仅有三家《诗》著作,而且多数也有其他的《诗经》著作。或因为研究《毛诗》,受其影响进而研究三家《诗》,如范家相,先完成了体现其主要《诗》学思想的《诗渖》,在此基础上,而"因,毛、郑笺传之不行于世,而有感于三家之亡",因而著述《三家诗遗说》。胡文英等的《诗经》研究,他在《诗考补自序》中说:"王伯厚《诗考》一书,原因精博,足以羽翼圣经。第其书在《玉海》中,先及三家,次及异字异义,次及补遗,次及诗地考。前后或有不伦,重复流传既久,亥豕鲁鱼,茫然难辨。余好诗义数十载,虚心勤力,晚年始克成书,多得力于《诗考》。因念食其本而忘其报,心窃不适,爰取是书细校,倒者顺之,误者正之,复者删之,芜者节之,参差者整之,缺略者补之,搜考援据,既不敢妄立异义,亦不敢砖己守残,犹伯厚氏之意云尔。"②可知他的《诗经》学著作《诗疑义释》、《诗疏补遗》、《毛诗通义》等的著述完成,多受《诗考》启发,故才会细校《诗考》,完成《诗考补》一书。或受三家《诗》研究的影响而从事《毛诗》研究,如陈乔枞在著述搜辑《三家诗遗说考》的过程中,也完成了《毛诗郑笺改字说》二卷。而丁晏的《诗考补注补遗》与他的相关《毛诗》的考证,如《毛诗陆疏校正》、《诗集传附释》、《毛郑诗释》、《诗谱考证》,则是相辅相成

---

① 徐寿昌:《清儒学案》卷一百三十八,北京:中华书局,2008年,第5472页。
② 胡文英:《诗考补自序》,《四库未收书目辑刊》影印本。

的。总之,他们的四家《诗》研究相互影响,相得益彰,共同成就了清代《诗经》学。这种融合也表明了清代《诗经》学发展融合的倾向,是融合表现的方式之一。

以上从著者的角度所进行的特征考察,有些是清代三家《诗》研究所独有的,而可能有些特征不是清代三家《诗》学所独有的,而是清代学术的共同特征。清代学术所表现出来的学术风尚,正是在这诸多个体研究中呈现出来的。所以说清代三家《诗》研究外部特征的考察,有助于对清代三家《诗》发展规律的探讨,从而理清清代学术的走向,从而更好地了解清代学术的整体风貌。

附:

清代三家《诗》著作统计表

内容分类 \ 年代分期	顺治至乾隆前期(1644–1765)	乾隆后期至嘉道年间(1766–1850)	咸丰至宣统年间(1851–1911)	合计
三家通辑通考类	汪师韩《诗四家故训》、范家相《三家诗拾遗》	曾廷枚《毛齐鲁韩四家诗异同》、臧庸《诗考异》、王初桐《齐鲁韩诗谱》、黄启兴《诗考》、汪照《三家诗义证》、徐堂《三家诗述》、徐璈《诗经广诂》、陈寿祺陈乔枞《三家诗遗说考》、冯登府《三家诗遗说翼证》《三家诗遗说》、王荣兰《诗义商》、阮元《三家诗补遗》、魏源《诗古微》①、朱士端《齐鲁	詹盛鸿《四诗谈言》、周日庠《诗经三家注疏》、皮锡瑞《诗经通论》、王先谦《诗三家义集疏》	23种

---

① 魏源的《诗古微》以大义发挥为主,严格说来不属于三家《诗》的辑佚类著述,但由于三家《诗》已经亡佚,魏源的申发均属于先辑佚或依据他人的辑佚成果而大义发挥,故署之三家通辑通考类。而龚橙的《诗本谊》和皮锡瑞的《诗经通论》均受魏源《诗古微》的影响而进行的探寻三家大义,故亦概署之三家通辑通考类。

续表

年代分期 内容分类	顺治至乾隆前期 (1644-1765)	乾隆后期至嘉道年间 (1766-1850)	咸丰至宣统年间 (1851-1911)	合计
		韩三家诗释》、陈庆镛《三家诗考》、黄模《三家诗补考》、龚橙《诗本谊》①		
诗考补正类		卢文弨《卢抱经增校诗考》、陈岫《诗考异再补》、严蔚《诗考异补》、胡文英《诗考补》、李贻德《诗考异》、赵绍祖《校补王氏诗考》、汪远孙《诗考补遗》	丁晏《诗考补注补遗》、叶裕仁《诗考笺释》、陶思曾《诗考考》、杨晨《诗考补订》	11种
异字异义类		周邵莲《诗考异字笺余》、陈乔枞《诗经四家异文考》、李富孙《诗经异文释》、冯登府《三家诗异文疏证》、《三家诗异字诂》《诗异文释》黄位清《诗异文录》、陆锡谟《诗经异文考证》、蒋文照《毛诗诸经引文异同》	柯汝霖《三家诗异字通证》、曹家驹《诗三家异文诂》、蒋曰豫《诗经异文》、郭庆藩《诗异文考证》、李德淑《毛诗经句异文通诂》、宋滋兰《毛诗异文考》、张慎仪《诗经异文补释》、江瀚《诗经四家异文考补》、张延功《诗经异字商榷》	18种

① 虽然有极少数著作从内容结果来看可能并非纯粹是对三家《诗》的研究，但从作者主观追求的视角来看，则是主要对于三家《诗》说的肯定和进一步运用，本文亦归之为专著类著作，如龚橙的《诗本谊》等。

续表

内容分类	年代分期	顺治至乾隆前期(1644-1765)	乾隆后期至嘉道年间(1766-1850)	咸丰至宣统年间(1851-1911)	合计
专事辑佚类			王谟辑《鲁诗传》《韩诗内传》《韩诗翼要》、马国翰辑《鲁诗故》《齐诗传》《韩诗故》《韩诗翼要》《韩诗内传》《韩诗说》《韩诗薛君章句》、黄奭辑《鲁诗传》《齐诗传》《韩诗内传》	王仁俊辑《鲁诗韦氏说》《韩诗外传佚文》《韩诗翼要》《韩诗赵氏学》	4种
专门一家类	韩诗内传类		邵晋涵《韩诗内传考》、宋绵初《韩诗内传征》《古韩诗说证》、王谟《韩诗拾遗》、沈清瑞《韩诗故》、臧庸《韩诗遗说》附《订讹》①、钱玫《韩诗内传并薛君章句考》、王荣兰《韩诗经考》、黄启甲《韩诗拾遗》、严可均《韩诗》、张鉴《韩诗考异》	蒋曰豫《韩诗辑》、陶方琦《韩诗遗说补》、董沛《韩诗笺》、龙璋辑《韩诗》、顾震福《韩诗遗说续考》	16种
	韩诗外传类		赵怀玉《校刻韩诗外传》、周廷寀《韩诗外传校注》、陈士珂《韩诗外传疏证》、郝懿行《韩诗外传考证》、吴棠合刻《韩诗外传校注》	许瀚《韩诗外传校议》、俞樾《读韩诗外传》《韩诗外传平议补录》	8种

① 臧庸《韩诗订讹》附《韩诗遗说》后,作一部计。

续表

年代分期 内容分类	顺治至乾隆前期(1644-1765)	乾隆后期至嘉道年间(1766-1850)	咸丰至宣统年间(1851-1911)	合计
鲁诗类	陆奎勋《鲁诗补亡》		潘维成《鲁诗故述》、陶方琦《鲁诗故训纂》	3种
齐诗类		连鹤寿《齐诗翼氏学》、陈乔枞《齐诗翼氏学疏证》		2种
合计	3种	54种	28种	85种

(房瑞丽,中国计量学院人文学院中文系,教授)

清代《诗经》著述者籍里分布规律及原因蠡测

刘树胜

在整个《诗经》学史上,清代的《诗经》研究呈现出空前繁荣的局面。从历代《诗经》著述的存目与现存情况看:先秦至汉代有56种,现存16种;魏晋六朝101种,现存19种;隋唐26种,现存7种;两宋276种,现存70种;元代77种,现存22种;明代699种,现存210种;清代577种,现存444种。历代存目总计为1812种,清代存目占了这一数量的31.84%;历代现存总计为788种,清代现存占了这一总数的56.3%。在诗经学史上,清代具有典型意义的著述就有姚际恒的《诗经通论》、崔述的《读风偶识》、陈奂的《诗毛氏传疏》、马瑞辰的《毛诗传笺通释》、王先谦的《诗三家义集疏》、方玉润的《诗经原始》和魏源的《诗古微》等,代表了清代《诗经》汉学、宋学、古文学、今文学的最高成就。不仅其发展历史贯穿了整个清代,而且研究方法各异,学派纷呈,出现了毛郑派、朱《传》派、兼采派、小学派、史学派、文献派、文学派、今文派等若干流派;其著述队伍之庞大,人员构成之复杂,亦非往代所能拟。单从著述者的籍贯考察,也能看出清代《诗经》研究的盛况,并能发现《诗经》研究的某些规律。

对《诗经》著述者的考证,前人已有所涉猎,但主要还是在对《诗经》著述进行考证的过程中零星涉及对著述者籍里的交代。如纪晓岚《四库全书总目·经部》、刘毓庆先生的《先秦历代诗经著述考》(先秦至清代)、夏传才董治安先生主编的《诗经要籍解题》等,而涉及到清代《诗经》著述者的,仅见周挺启先生的《清代诗经学著述考四题》。专门撰文探讨《诗经》著述者籍里的,有拙文《明代诗经研究著述者籍里分布原因蠡测》。本文可视为前一篇文字的姊妹篇,旨在探讨清代诗经著述者分布的规律,并试图寻绎出所以如此的原因,从另一角度解释诗经学的发展史。

本文的统计资料来源,主要以牟玉亭先生的《历代诗经著述存佚书目》为主轴,并参以《四库全书总目》、《续修四库全书总目》、《书目答问》和相关的清代公私藏书目录,力求全面。其统计的标准为:一、因部分著述者的材料过于简略,加之古今行政区划变化较大,以及一名多地、一地多名等原因,部分《诗经》著述者的籍里归属颇有争议,今以《中国古今地名大辞典》和新版《中华人民共和国行政区划图》为准,按著述者籍里的今属行政区划统计;二、鉴于古今地名多所不同,为确当计,一律按当今地名统计;三、对著述者及其著述,一人多作归于一人名下;四、由于岁久年湮、文献记载缺失,个别著述者生平无考,其籍里付之阙如,在统计表中单列。具体做法是:古籍上著述者信息明确的,经方志及其他数据核实,一依原作;对原始数据著述者籍里信息缺失的,通过查阅"中华人物在线"、"维基百科"、"CNKI 学问"等网络数据库和《中国古今地名大辞典》,将著述者的籍里信息补足,统计汇总。

一、清代《诗经》著述者及其籍里的分布概况

《清代诗经著述者统计表》的统计结果显示,本次统计共录入著述作品 576 部,著述者 433 人,其中佚名二人,籍里不详者 30 人。其著述之丰富,著述者队伍之庞大,仅次于明代。

《清代诗经著述者分省统计表》的统计结果显示,著述者籍里确定者为 403 人,涉及现今全国 22 个省市及域外之日本。其中著

述人数最多的是江苏,有 107 人;其后依次是浙江 83 人,安徽 33 人,湖南 26 人,山东 24 人,江西 20 人,福建 18 人,广东 14 人,上海、河北皆 11 人,四川 9 人,山西 8 人,京师、湖北、河南皆 7 人,陕西 5 人,贵州、云南、广西皆 2 人,黑龙江、辽宁、台湾皆 1 人,域外国家日本 4 人。唯吉林、内蒙古、宁夏、甘肃、青海和西藏乏人。这一现象说明,清代著述者分布地域之广,已经超过了明代(明代分布在 19 省),部分边远省份也开始有了文化气息。

由这两组著述者籍里的分布资料不难发现,著述者的籍里分布有规律可寻:一是人数众多背景下的分布范围之广,二是分布范围之广背景下的地域分布不平衡。

从著述者籍里分布的范围上看,清代《诗经》著述者分布相对普遍。在最新《中华人民共和国行政区划图》上(重庆和海南过去分属四川和海南,天津属河北,上海属江苏松江府),除吉林、内蒙古、宁夏、甘肃、青海和西藏等几个边疆少数民族区域外,其他 22 个省份或多或少均有著述者分布,甚至历史上从未出现过文献的东北、西南地区,也产生了《诗经》著述。这是一个大背景的问题,一者关系到朝廷的制度,二者关系到学术本身的发展;从著述者籍里分布的稠密程度上看,清代《诗经》著述者籍里分布存在大地域上的不平衡,总体上呈现出阶梯式特征。从附表 2 看出,《诗经》著述者分布于全国 22 个省份的广大地域内,而其分布的稠密程度又有明显的不同。他们集中分布于江苏、浙江、安徽、湖南、山东、江西、福建、广东、上海等地,大多属于东南沿海地区,而以江苏、浙江为最。仅这几地就有 360 余人,占总数的 83%;而其他 13 省仅有 63 人,占总数的 15%。历史上作为文化中心的河南河北山西京师也走向式微,西北的陕西也只有寥寥数人,西南除四川稍多外云贵也都只各有两人,整个东北仅两人。这一现象,明显地呈现出东南多西北少、由东南向西北逐渐减少的趋势;从著述者籍里在某一具体省份的地域分布上看,清代《诗经》著述者也存在小区域上的不平衡,著述者人数较多的省区呈现为集聚性的特征。如,江苏的著述者表现为南多北少,集中分布于扬州、苏州、常州、无锡等地,而苏北相对稀少;浙江的著述者表现为北多南少,集中分布于杭州、宁波、嘉兴等地,浙南浙西较少;安徽的著述者表现为南多北少,集中分布于桐城、歙县等皖南地区,皖北较少。即如河北等内陆地区,也多集中于河北中南部的保定、沧州、邯郸等地区,北部稀少;即使是只有五人的陕西,也主要集中在渭河平原和延河下游。这一现象足以说明,著述者籍里的分布不平衡在某一省区内也是有差异的。

那么,清代《诗经》著述者籍里这种种分布规律,是怎样形成的呢?

二、清代《诗经》著述者队伍庞大、籍里分布地域广阔的原因分析

造成清代《诗经》著述者队伍庞大、地域分布广阔的原因是多方面的。从大环境讲,主要是社会安定,国家富强,财力充足,文教兴盛。从康熙中叶始,清代社会出现了安定繁荣的局面,到雍正、乾隆年间,清朝国力达于鼎盛,进入康乾盛世。

政治因素。社会安定、国家强盛,为《诗经》为首的学术研究提供了有力的政治保障。康乾时期,继荡尽南明残余势力,清政府又平定了三藩之乱及边疆地区的数度叛乱,收复了台湾,加强了对西藏的控制,打败了沙俄的入侵,武功达于巅峰,国家愈益强盛。在政治上,为消弭汉族文人的反抗情绪,从思想统治上达成统一,统

治者对知识分子采取了既压制又拉拢的文化政策。康熙帝及时调整策略,孜孜求治;雍正帝宽严相济,以严纠偏,刷新政治,澄清吏治,革除弊政,建立军机处,皇权空前加强;乾隆帝继续强化皇权,打击离心的宗室贵戚,消除权臣势力,进一步加强了中央对地方的控制。尤其是康乾、乾嘉时期号称盛世,乾隆更是以文治武功相标榜,自称十全老人,采取了一些有利于社会安定、国家统一的措施,促使康乾盛世发展到巅峰。在安定的政治环境下,文人们能够坐下来潜心研究学术。

经济因素。从国家层面讲,经济繁荣,国家富庶,为以《诗经》为首的经学研究奠定了雄厚的物质基础。康雍乾时期,政府在政治上求得安定统一的同时,也采取了一系列恢复经济的措施,有力地促进了经济发展,国帑充裕,国力鼎盛。此外,朝廷还注意藏富于民,仅乾隆一朝,便数度蠲免全国地丁钱粮和漕粮,总数达白银2亿多两。当时的中国成为世界上最发达的国家之一,经济总量居世界之首。昭梿《啸亭杂录·本朝富民之多》说:"本朝轻薄徭税,休养生息百有余年,故海内殷富,素封之家,比户相望,实有盛于前代。"[1]250从国家层面上说,繁荣的经济无疑为以《诗经》为首的学术研究提供了足够的财力支撑;而从著述者的家庭经济状况看,从事科考的士子、进身仕途的官员、专门从事著述的学者,其出身多为素封之家,经济实力成为学术活动的坚实后盾,支持他们有时间读书,有精力研究,有财力刻书藏书。以纪昭为例,其家庭田产覆盖地方的百里之遥。

文化因素。影响清代《诗经》著述的文化因素是丰富而复杂的,它既包括政府层面的一系列文化政策,也包括学术本身的传统、方法、范围、研究手段等。

文化政策。梁启超在《清代学术概论》中说:"当时诸大师,皆遗老也。其于宗社之变，类含隐痛，志图匡复，故好研究古今史迹成败，地理厄塞，以及其他经世之务。"[2]40 而在谈到"格致之学"在清代不发达的原因时又说："清以异族入主中原，致用之学，必遭时忌，故藉朴学以自保。"[2]16 清初由顾炎武、黄宗羲等人倡导的经世致用之学，意在把学术文化与改革社会结合起来，带有明显的反清倾向。正如梁氏所说，清政府为笼络并钳制知识分子，既以复兴古代学术为倡导，又规避了反对势力的思想膨胀，大力倡导"朴学"。而乾嘉时期的著名学者段玉裁也自称："喜言训诂考核，寻其枝叶，略其本根，老大无成，退悔已晚。"[3]14 这一系列的文化政策，使得文人们不得不把关注现实的政治热情转移到远离现实的古籍整理上来，而这些政策无疑具有最大的普及性和广泛性。梁启超先生说："经大乱后，社会比较安宁，人得以余裕以自厉于学。异族入主中华，有志节者耻立乎其朝，故刊落声华，专集精力以治朴学。"[2]40

众所周知，除去"异族入主中夏，有志节者耻立乎其朝，故刊落声华，专集精力以治朴学"[2]40，以及政府倡导八股、尊崇孔朱、查禁图书、大兴文祸、寓禁于修的文化钳制政策外，清前期统治者也实行了一系列复兴学术的文化政策，客观上为以《诗经》为首的经学研究创造了有利的发展条件。康熙初年，随着清王朝统治的稳定，满汉文化由冲突逐渐走向合流，"崇儒重道"成为基本国策。统治者力图以儒教统一知识分子的思想，将文化学术引向整理国故，在文字、音韵、辨伪、校勘等方面对儒家经典进行诠释和考证，使学术研究走上了脱离现实的轨道。因此，对传统学术进行全面整理和总结，便成为有清一代学术文化的主流。当时有代表性的大儒多被成功笼络，实现了清廷与广大汉族知识分子的全面合作。乾隆更是倡导"修学好古""稽古右文"，重视传统的汉族文化，对汉学的兴起起到了直接的推动作用。从康熙到乾隆，曾多次组织人员对儒家经典进行了疏解。此外,还组织人员编印了各种丛书、类书,规模之大,史上罕见。而参与这些学术活动的学者文人,也多为当时学术巨擘,并有多人就是《诗经》著述者。在张之洞《书目答问》书末所附《国朝著述诸家姓名略》所列的著述家中,堪称一代宗师的且长于《诗经》的,汉学专门经学家如陈启源、毛奇龄、江声、纪昀、范家相、孔广森、段玉裁、王念孙、阮元、马瑞辰、陈乔枞、冯登府、李富孙、陈奂、包世荣、魏源、朱右曾等,而汉宋兼采的经学家如王夫之、黄宗羲、钱澄之、朱鹤龄、徐乾学、江永、沈彤、顾镇、崔述、丁履恒等,而经学、理学、史学相兼的经学家如顾炎武等人。

学术风气。梁启超说:"有清一代学术,可记者不少,其卓然成一潮流,带有时代运动的色彩者,在前半期为考证学,在后半期为今文学,而今文学又是从考证学衍生出来。"[2]18在学术领域里,受清政府文化政策的影响,并为清政府所利用的,是经史考据学的兴起。康熙时期,阎若璩和胡渭用考据学的方法研究《尚书》和《禹贡》,开启了为考据而考据的学风。考据学的宗旨,据王鸣盛《十七史商榷序》云:"经以明道,而求道者不必空执义理以求之也,但当正文字、辨音读、释训诂、通传注,则义理自见,而道在其中矣。"[4]1以考据为基本特征的清代《诗经》研究,无论在《诗经》的传说、文字、音韵、名物、地理、制度,还是在辨伪、辑佚方法等方面,都取得了丰硕成果。传说类的如江苏陈启源《毛诗稽古编》、安徽戴震《毛郑诗考证》、山东牟庭《诗切》、安徽马瑞辰《毛诗传笺通释》、广东陈澧《读诗日录》、俞樾《毛诗评议》等,文字音韵类如江苏段玉裁《诗经小学》、浙江李富孙《毛诗考证》、河北苗夔《毛诗韵订》、江苏顾炎武《诗本音》、湖南王夫之《诗经协韵辨》、山东孔广森《诗声类》等,天文地理名物制度类如江苏洪亮吉《毛诗天文考》、上海朱右曾《诗地理考》、江西尹继美《诗地理考略》、湖南王夫之《诗经稗疏》、湖北陈大章《诗传名物集览》、浙江毛奇龄《续诗传鸟名》、山东牟应震《毛诗物名考》等,辨伪辑佚类如毛奇龄《诗传诗说驳义》、山东郝懿行《诗经拾遗》等,都是此期内重要的《诗经》研究成果。而从这些著述者的地域分布上看,几乎遍及上列22个省区的大多数地区,足见作为时代特征的考据学风对《诗经》学的影响之巨。

与考据学派并行而成为其辅弼的是思辨学派。思辨学派针对两千多年来把《诗经》视为治国经典的弊病,扭转因袭僵死的解经陋习,倡导独立思考、明辨是非、驳正旧解、自提新说。湖南王夫之的《诗绎》、安徽姚际恒的《诗经通论》、河北崔述的《读风偶识》、云南方玉润的《诗经原始》,都能独树一帜。此派著述者人数虽然不多,但影响至大。这对《诗经》研究的广泛开展不能说没有影响。

经学因素。经学发展到清代,可谓蔚为大观。经学从明末清初的经世致用之学、理学的务实倾向和以考据为特征的汉学的发端,到乾嘉时期汉学的形成和鼎盛、今文经学的崛起和理学的衰落,再到晚清今文经学的鼎盛、汉学的异端和理学的复兴与异端,经学的几乎所有派别都相继粉墨登场,相互诋排,竞相著述,并都曾擅一时之盛,形成了争鸣局面,而《诗经》著述自然也如雨后春笋般涌现出来。

清代的《诗经》学,尤其是乾嘉学术,摒弃宋明理学,倡导发扬汉学重视训诂、考证的学风,从脱离文本、故弄玄虚、凿空臆说的理学死胡同中剥离出来,开创了《诗经》汉学的新时代。梁启超云:"宋明理学极敝,然后清学兴。清学既兴,治理学者渐复不能成军。……时清学壁垒未立,诸大师著述谈说,往往出入汉宋,则亦相忘于道术矣。"[2]69《诗》宋学的怀疑精神,并非一无是处,有些学者如蔡卞作《毛诗名物解》,王应麟作《诗地理考》,王应麟更作《诗考》,以征实著称,采掇今文三家《诗》遗说,开了清代辑佚学先河。

入清之后,汉学大兴,经学研究由怀疑和臆断为特征的宋明义理之学,转向了无证不信的考据之学。江藩《国朝汉学师承记》云:"经之意存乎训诂,识字审音,乃知其意,故古训不可改也。康成注经,皆从古读,盖字有音义相近而讹者,故读从之。后世不学,遂谓康成好改字,岂其然乎?"[5]19《诗经》汉学的复兴,首先表现为今文《诗经》学辑佚、考证之学的兴起。究其原因,正如魏源《诗古微序》云:"初治诗,于齐鲁韩毛之说初无所宾主……入之既久,耐于此者通于彼,势不得不趋于三家。"[6]1谈到《诗古微》的命名原委时又说:"《诗古微》何以名?曰:所以发挥齐鲁韩三家《诗》之微言大义,补苴其罅漏,张皇其幽渺,以豁除《毛诗》美刺正变之滞例,而揭周公孔子制礼正乐之用心于来世也。"[6]120其目的就是要通过考据恢复《诗经》的本真。此期内,亡于魏的《齐诗》、亡于西晋的《鲁诗》和亡于南宋而仅存《外传》的《韩诗》,重又成为学者的研究对象,并产生了丰硕的研究成果。如陈乔枞《三家诗遗说考》《齐诗翼氏学疏证》《诗四家异文考》、迮鹤寿《齐诗翼氏学》、魏源《诗古微》、丁晏《三家诗补注》、冯登府《三家诗异文疏证》、范家相、叶钧《重订三家诗拾遗》、阮元《三家诗补遗》、江瀚《诗四家异文考补》、王先谦《诗三家诗义集疏》等,其中以陈桥枞《三家诗遗说考》、魏源《诗古微》和王先谦《诗三家义集疏》三家为最著,他们均对亡佚已久的今文学三家《诗》做了辑佚和考证工作,使后人对之能得其大概。尤其在鸦片战争后,内外交困的恶劣环境迫使一些有识之士睁开眼睛看世界,开始思考如何摆脱困境、重新走向富强,学术界的经世之风重又风靡于世。魏源在《诗古微序》中写道:"精微者何?吾心之诗也,非徒古人之诗也。无声之乐,无体之礼,无服之丧,志气横乎天地,周乎寝、兴、食、息,察乎人伦庶物,鱼川泳而鸟云飞也,郊天假而庙鬼享也。不反乎性,则情不得其原。情不得其原,则文不充其物,何以达性情于政事,融政事于性情乎?故溯源多则潜泳少矣,塑风偃则适性微矣。徒宾宾然舖糟粕,党枯朽,而曰《诗》教止斯已乎?"[6]1明确指出了写作目的是"达性情于政事,融政事于性情",将学术和政治融为一体。昔日那些不问世事、专攻经史的考据学派逐渐退出历史舞台,今文经学则顺应历史潮流,也从专治公羊学扩展到了其他学术,《诗经》今文学也破除了考据学派专治《毛诗》古文的风气,复归兴盛,湖南王先谦的《诗三家义集疏》、皮锡瑞的《经学通论·诗经通论》、王闿运的《诗经补笺》、魏源的《诗古微》、杨寿昌的《诗经大义》和潘继李的《诗地理续考》等,就是这一特定背景下的产物;其次表现为古文《诗经》学的重振。如清陈启源《毛诗稽古编》、戴震《毛郑诗考正》、马瑞辰《毛诗传笺通释》和胡承珙《毛诗后笺》,都以疏通毛、郑为目的。陈奂《毛诗传疏》《毛诗说》《毛诗九谷考》《毛诗传义类》等,始去郑用毛,又作《郑氏笺考征》,考证郑《笺》的来源,力求恢复《诗》古文学的本来面目。梁启超在《中国近三百年学术史》中借对胡承珙、马瑞辰和陈奂三书的评价,肯定了古文《诗经》学者"贵宏博""尚谨严""常能广采旁征,以证成其义,极絜净而极贯通"的特点[7]209。由此可见,经学研究对《诗经》研究的普及所起的作用是不容忽视的。

科举推动。自隋代开科取士,科举一直是国家选拔人才的主要手段。经唐、宋、辽、金、元、明几个朝代的逐步完善,到清代达到了顶峰并由盛转衰。《清史稿·选举制一》云:"自唐以后,废选举之制,改用科目,历代相沿。而明则专取《四子书》及《易》《书》《诗》《春秋》《礼记》五经命题试士,谓之制义。有清一沿明制二百余年。"[8]421清初统治者为了笼络和收买汉族知识分子,在继位的诏书中明令延续前朝旧制,实行乡试和会试,恢复了一度中断的科举制度。乡试和会试的内容,都要考《五经》,四题或五题不等。

《四库全书总目》称:"盖自胡广等《五经大全》一出,应举穷经,久分两事。"[9]129而为了参加乡试与会试,清代从中央的国子监到地方府州县的各级学校,从各地的书院到私家的私塾学堂,无不为应试而专攻四书五经。作为五经之首的《诗经》,自然也就成为士子们必读必修必研的一门功课。为了应试教育,各级训导、教授甚至学正、帘官、房师、座师纷纷加入到《诗经》著述队伍中来,书院山长、私塾先生也以制艺为准绳研究和著述《诗经》,谙于文战的生员们由于多年的揣摩也参与其间。至于当时的著述盛况,虽没有专门记述,但通过《著述者籍里统计表》中的那些书名,便可推知一二:如王鸿绪《钦定诗经传说汇纂》、姜炳璋《诗经提纲》、冉觐祖《诗经详说》、方楘如《毛诗通义》、李钟侨《诗经测义》、应麟《诗经旁参》、夏宗澜《诗义纪讲》、姜文灿吴铨《诗经正解》、朱日浚《朱氏训蒙诗门》、田雯《诗经大题》、周疆周霂《重刻徐笔桐先生遵注参订诗经》、何焯《续补举业必读诗》、奉敕撰《古香斋鉴赏袖珍毛诗》、王懋竑《毛诗记疑》、陈梓《毛诗正本》、沈彤《诗经正宗》、顾成志《治斋读诗蒙说》、傅恒《御纂诗义折中》、陈九龄《诗经发明》、李灏《诗说活参》、刘沅《诗经恒解》、李黼平《毛诗紃义》、李式谷《诗经衷要》、黄元吉《诗经遵义》、吴士模《诗经申义》、李允升《诗义旁通》、潘任《诗经讲义》、郑晓如《毛诗集解训蒙》、蒋之麟《断章别义》、谢韦绅《诗经浅义》、杨登训《诗学识要》、艾畅《诗义求经》、巩于汦《诗经大旨》、杨寿昌《诗经大义》等,绝大多数属于揣摩出题、课徒应试之作。

这些为科举服务的著述,自然会打上科举的时代烙印。在内容上,往往表现为以时文评点之法评《诗》,重视分析字句,分析作品的艺术结构。虽然脱离了经学追求微言大义的轨道,但对于疏通文本、达于文学欣赏,却不无启迪;在形式上,这些专为科举考试服务的《诗经》著述,表现为高头讲章和推敲文字、寻求语脉,客观上对以文学观点读《诗经》有所帮助;在用途上,表现为训蒙用书、汇编和摘抄。客观地讲,这些为科举而创作的研究著述,对《诗经》的文学解读贡献巨大,可以视作《诗经》文学研究的滥觞。

不难发现,无论是政治因素、经济因素,还是复杂的文化因素,均出自国家层面。也就是说,它适用于清朝版图内的所有省区,非一省或几省所独有。因此,在全国范围内(文化相对不发达的边远省区除外),出现《诗经》著述者分布范围广的现象是有理由的。

三、清代《诗经》著述者地域分布不平衡的原因分析

清代《诗经》著述者除分布范围广之外,还明显地存在着东南多、西北少,由东南向西北递减的不平衡规律。具体表现为:一是东多西少,东部主要集中在山东、江苏、安徽、浙江、江西、福建、广东等地;二是南多北少,南部主要集中在江苏、浙江、江西、安徽、湖南、福建和广东。实际上,这两个地域基本上是重合的。从《清代诗经著述者分省统计表》中可以看出,清代《诗经》著述者主要集中于东南经济发达地区。清代有名姓的《诗经》著述者共403人,其中江苏省107人,占总数的26.6%;浙江省83人,占总数的20.6%;安徽33人,占总数的8.1%;湖南26人,占总数的6.5%;山东24人,占总数的5.9%;江西20人,占总数的5%;福建18人,占总数的4.4%;广东14人,占总数的3.4%;上海11人,占总数的2.7%。而以上省份得总和,占总数的83.7%。究其原因,除了受全国性的政治制度、经济因素、科举文化、学术风气的影响外,造成《诗经》著述者地域分布向东南倾斜的原因主要还是地域因素。高度发达的经济、深厚的地方文脉、藏书刻书风气的影响等,都是造

成《诗经》著述繁荣和著述者籍里不平衡的重要因素。

首先,东南发达的经济成为《诗经》著述的强势后盾

南方的经济条件相对优越,据长江中下游平原、珠江三角洲,水土肥美,物产丰饶,经济发达,为文化事业提供了长足的后劲。尤其是江浙地区自宋代以来已成为全国的经济中心,江浙地区土壤肥沃,气候湿润,物产丰饶;交通便利,人烟稠密;都市发达,工商业繁荣,长期以来是全国经济最富裕的地区和财富的焦点,更是国赋饷源的所在。对全国而言,其经济地位,自南宋以后已上升到决定封建王朝国运兴衰的程度。这些地区不仅解决了自身的吃饭问题,还为其他地区提供了大量的粮食,所以自宋代以来就流行着"苏湖熟,天下足"、"苏常熟、天下足"、"湖广熟,天下足"的民谚;张瀚《松窗梦语》记载:"(金陵)五方辐辏,万国灌输,三服之官,内给尚方,衣履天下,南北商贾争赴。自金陵而下,控故吴之墟,东引松、常,中为姑苏,其民利鱼稻之饶,极人工之巧,服饰器具,足以炫人心目,而志于富侈者,争趋效之。……嘉禾边海,东有鱼盐之饶;吴兴边湖,西有五湖之利。杭州其都会也。……米资于北,薪资于南,其地实啬而文侈。然而桑麻遍地,茧丝绵苎之所出,四方咸取给焉。"[10]1171-1459描述了江浙地区的繁荣富庶。从宋元时期开始,江浙地区和福建、广东的商业也逐渐发达起来,明末出现了资本主义萌芽,泉州成为古代海上丝绸之路的起点,他如松江、太仓、镇江、杭州、宁波、广州等地,也成为重要的通商口岸。尤其到了清代,资本主义萌芽在江南率先发展起来,商人的地位逐渐提高。至康乾时期,江南已拥有了高度发达的经济,比较完善的生活设施。江浙一带成为中国著名的鱼米之乡、丰饶之地、工商中心、财赋重镇,是清政府的主要粮袋子和钱柜子,维系着朝廷的经济命脉。《清史稿·食货志序》云:"明末苛政纷起,筹捐增饷,民穷财困,有清入主中国,概于蠲除,与民更始。逮康乾之世,国富民殷。"[8]468《食货志·财赋》云:"计天下财赋,唯江南、浙江、江西为重,三省中尤以苏松嘉湖诸府为最。"[8]474《食货志·漕运》云:"漕运之外,苏松常三府、太仓一州、浙江嘉湖两府岁输糯米于内务府,以供上用及百官廪禄之需谓之白粮。"[8]480虽然所言多为地方负担,但足以说明以上地区的富足程度。经济的繁荣与发达,成为学术研究的坚实后盾,促进了文化的繁荣,清代的江南已形成了浓郁的读书之风、刻书藏书之风,也促成了《诗经》著述在这一地区的空前繁荣。

随着经济的繁荣,清代出现了士农工商"四民不分"的社会现象,社会对商人阶层的价值进行了重新估价。商人们或自觉地向主流文化靠拢,或附庸风雅,慷慨解囊,大肆藏书刻书,资助书院嘉惠学子,这在一定程度上使得学者的著书立说成为可能。如被阮元称为"万卷图书皆善本,一楼金石是精摹"的艺芸书舍主人、清末藏书四大家之一的常州人汪士钟,家资丰厚,其父汪文琛曾以益美布号而饶于资,为其藏书提供了资金来源;又如铁琴铜剑楼的藏书之富,也得之于祖上的经商致富;而两淮地区盐路发达,清政府专门颁布法令,命盐商资助书院讲学,受到资助的书院有广陵书院、敬亭书院、虹桥书院等,两淮盐运使卢见曾本人就是《诗经》著述者。更有许多刻书藏书世家,本身就家资殷富,又有深厚的家学渊源,更是学术研究的肥壤。明末清初的《诗经》研究著述者和藏书家毛晋,为了搜求珍贵古籍,曾在自家门前贴一榜书,曰:"有以宋椠本至者,门内主人计叶酬钱,每叶出二百;有以旧钞本至者,每叶出四十;有以时下善本至者,别家出一千,门内主人出一千二百。"[11]114毛氏还耗巨资遍刻《十三经》和《十七史》;又如乾嘉朴学皖派始祖戴震,出身于小商人家庭,青年时曾随其父经商于江西、福建等地。正是清代江南商人贾而好儒的风气,使戴震能够遍览诸经及百家之书,著成《戴氏诗经考》、《毛诗补传》、《毛郑诗考正》、《杲溪诗经补注》等系列研究成果,终成一代大师;由此可知,经济的富裕对《诗经》研究著述者的影响是如何巨大!加之这些地区,如苏松常、嘉湖杭和安庆等地,皆是人口稠密的区域,人文觉醒意识相对较早;同时这些地区水网密布,漕运发达,交通便利,南京、安庆、扬州、苏州、绍兴、杭州、嘉兴、宁波等地或沿海,或在长江、运河沿线,便于文人学者沟通交流。

《诗经》著述在这样的背景下,雨后春笋般在江浙大地上遍地开花。从《清代诗经著述者统计表》和《清代诗经著述者分省统计表》中可以看出,作为东南财富的集聚地,江苏成了《诗经》研究的首善之区,出现了朱鹤龄、陈启源、严虞惇、顾栋高、顾镇、何焯、沈彤、惠栋、庄存与、胡文英、汪中、庄有可、焦循、丁晏、顾炎武、段玉裁、王引之、陈奂、阮元、迮鹤寿等107位《诗经》著述者。仅在江苏南部,苏州形成了清代最大的《诗经》研究著述者文化圈,聚集着如朱鹤龄、陈启源、惠周惕、杨名时、严虞惇、顾镇、金圣叹、汪琬、沈彤、惠栋、顾炎武、钱坫、钱大昭、陈奂、迮鹤寿、黄丕烈等46人的著述者队伍。常州及其周边地区也不示弱,如庄存与、胡文英、庄有可、臧庸、洪亮吉、段玉裁、庄述祖、蒋日豫、赵怀玉、刘逢禄等19人就集中在这里;清代的浙江也是《诗经》研究的重镇,其中如毛奇龄、范家相、姜炳璋、方桀如、阮元、俞樾、李富孙、冯登府等83人,不乏重要的清代《诗经》研究著述者。以上二省成为东南地区《诗经》著述队伍的主力;作为商业发达的地区,福建也出现了数量可观的《诗经》著述者,如李光地、陈梦雷、龚景瀚、陈寿祺、陈乔枞等18人,这些人有不少是《诗经》学史上重量级的学者;而安徽的钱澄之、姚际恒、方苞、戴震、胡承珙、马瑞辰、夏炘等33人,湖南的魏源、皮锡瑞、王夫之、王先谦等26人,江西的贺贻孙等20人,上海的王鸿绪、黄中松、朱右曾等11人,成为东南地区不可或缺的《诗经》著述力量。此外,山东的牛运震、郝懿行、牟庭、牟应震、马国翰、孔广森等人,河北的李塨、崔述、王树柟、苗夔等人的著述在《诗经》学史上的地位也是不容替代的。以上这些著述者,主要集中在经济最为发达的东南地区,如繁星丽天,彪炳史册。

其次,地方文脉成为《诗经》著述者云集东南的又一重要原因

在文化事业的发展过程中,地方文脉的作用之巨不可低估。其影响主要表现在两个方面:一是文化精神的潜移默化,一是地方文献的承传。东南尤其是江浙,向称文献之邦。从《诗经著述者籍里分省统计表》中可以看出,东南各省是清代《诗经》著述者的集中地,其中以浙江、江苏、安徽、江西、福建为最。这一现象与这一地区的文脉,尤其与清代的儒学道统和《诗经》研究传统密切相关。

先看儒学道统的影响。江西和福建自宋代以来一直被视为"理窟"而浙江又是明代心学的中心。宋代朱熹、陆九渊等人在江西婺源和福建建阳的活动,直接影响到了江西、福建两省的儒学道统,并辐射到了周边的江苏、浙江、安徽、广东等地。明代,残本《诗经臆说》的作者浙江余姚人王守仁,继承了宋人陆九渊的学说,创立了姚江学派,创立了自成特色的心学学说,开办书院,授徒讲学,在浙江乃至东南各省造成了巨大影响。清代,同里黄宗羲倡导经世致用的实学,创立南雷学案,受学者21人。桐乡张履祥创立杨园学案,受学者20人,《三元堂新订增删诗经汇纂详解》的作者吕留良就在其中。绍兴毛奇龄开创了西河学案,受学者12人,其中毛奇龄所作《毛诗写官记》等六种,淳安人方楘如撰《毛诗通义》。秀水朱彝尊开创竹垞学案,受学者9人,竹垞本人即是著名的《诗经》学者,撰《诗论》和《经义考》。卢文弨创抱经学案,撰《诗考校注》、《卢抱经增校诗考》。嘉兴平湖人陆陇其开创三鱼学案、钱塘人应撝谦开创的潜斋学案、宁波人万斯大万斯同开创的鄞县二万学案;江苏明代受王学影响的王艮开创泰州学案,罗汝芳、耿定向、耿定理、焦竑等《诗经》学者均出其门下。清季苏州人陆世仪开创的桴亭学案、无锡人高世泰开创的梁溪二高学案,都是重要的学术堡垒。仅昆山人顾炎武开创的亭林学案,受学者18人,其中顾氏本人就是《诗本音》的作者,而《诗经通义》《诗经考异》的作者朱鹤龄、《诗问》的作者汪琬、《毛诗稽古编》的作者陈启源等,均显示出儒学道统对地方文化的巨大影响。吴县人惠周惕开创的研溪学案,受学者5人,且以惠氏子孙为主,均为举足轻重的大学者,惠周惕撰《诗说》,惠栋撰《毛诗古义》。无锡人顾栋高创立震沧学案,受学者9人,顾氏撰《毛诗类释》,门人陈祖范撰《诗咫》、《诗经古韵》,再传弟子顾镇撰《虞东学诗》,后者为《诗学》经典;吴江人沈彤创立巢堂学案,自撰《毛诗要义》。钱大昕创潜研学案,受学者14人,钱大昭撰《诗古训》,钱坫撰《诗音表》;福建李光地创立安溪学案,受学13人,其中安溪李光地本人著有《诗所》,闽县陈梦雷着《古今图书集成·诗经部艺文》、长洲何焯著《义门读书记·诗经》;湖南衡山王夫之开创了船山学案,王氏本人著述了《诗经稗疏》,门下钱澄之撰写了《田间诗学》,二者均为《诗经》学史上重要的研究著作;安徽宣城施闰章开创的愚山学案,等等。需要注意的是,历代的儒学道统中的人物大多与《诗经》著述有不可割裂的联系,这也正是儒学道统对《诗经》著述产生影响的原因。

　　再看《诗经》研究传统的影响。地方的研究风气,往往深受传统的影响。自三国始,尤其是宋明以来,江苏、浙江、福建、安徽、江西早已成为《诗经》研究的沃土。现将以上地区魏晋至清代的《诗经》著述情况清单如下:

魏至清东南五省《诗经》著述情况表

	江苏	浙江	江西	福建	安徽
魏晋六朝101	6	1	1		
隋唐26	2			1	
两宋276	9	52	43	55	8
金元77	5	15	22	3	4
明	96	126	57	83	28
清	107	83	21	18	33
总计480	225	277	144	160	73

从这一表格中可以看出，自宋明以来，东南地区的《诗经》研究几乎占据了全国的大半壁江山。如江苏陆玑的《毛诗草木鸟兽虫鱼疏》、徐邈的《毛诗徐氏音》、陆德明的《毛诗音义》等，都是《诗经》学史上重要的研究著作。到了明代，江苏《诗经》著述队伍雄壮（多达96人），出现了像唐寅《诗经撮要》、黄省曾《拟诗外传》、冯复京《六家诗名物疏》《说诗谱》、毛晋《毛诗草木虫鱼鸟兽疏广要》、《毛诗名物考》等著名《诗经》著作。至于清代，出现了朱鹤龄《诗经通义》、陈启源《毛诗稽古编》、严虞惇《读诗质疑》、顾栋高《毛诗类释》、顾镇《虞东学诗》、沈彤《毛诗要义》、惠栋《毛诗古义》、庄存与《毛诗说》、胡文英《屈骚指掌》、丁晏《毛诗草木鸟兽虫鱼疏校正》系列、顾炎武《诗本音》、段玉裁《毛诗故训传定本》、《诗经小学》、王引之《经义述闻·毛诗》、陈奂《诗毛氏传疏》系列、迮鹤寿《齐诗翼氏学》等著名的研究成果；宋代浙江的《诗经》研究群星璀璨，如范处义的《诗补传》、吕祖谦的《吕氏家塾读诗记》、王柏的《诗疑》、杨简的《慈湖诗传》、袁燮的《絜斋毛诗经筵讲义》、王应麟的《诗考》系列、戴溪的《续吕氏家塾读诗记》等，也都是《诗经》学史上重要的研究成果。至于明代，浙江《诗经》研究人数最多、成

果最丰、优秀作品最多,其中季本《诗说解颐》、陈深《毛诗解诂》、屠本畯《毛诗郑笺纂疏补协》等研究著作,都以其独特的视角见称于世。到了清代,又出现了毛奇龄《毛诗写官记》等系列、范家相《三家诗拾遗》系列、方楘如《毛诗通义》、阮元《三家诗补遗》、李富孙《诗经异文考》系列、冯登府《三家遗说》系列等重要的《诗经》研究著述;宋代福建籍的《诗经》著述队伍庞大,这与朱熹和郑樵有直接关系,莆田和建阳成为福建的南、北两大文化中心。此期内,朱熹的《诗集传》、蔡卞的《毛诗名物解》、郑樵的《诗辨妄》、李樗黄櫄的《毛诗集解》、严粲的《诗缉》等,均是《诗经》学史上重要的著述。到明代,福建的《诗经》著述队伍依旧非常强大,这一时期,林兆珂的《毛诗多识篇》、林世升《毛诗人物志》、陈第《毛诗古音考》、何楷《毛诗世本古义》等,多在各自领域有所建树。至于清代,又出现了如李光地《诗所》、陈寿祺《三家诗遗说考》系列、陈乔枞《三家诗遗说考》系列等《诗经》学史上重量级的专门著作。不难看出,除开商业经济的有力铺垫外,地方文脉也是最重要的影响因素。

此外,清代学者已不似汉代经师那样恪守终生一经而对旁家不闻不问,由于著述者集中分布于东南各省,交通极为便利,学者方以类聚,交游频繁,各家学案的领袖人物往往相互切磋,互通有无。如黄宗羲所结交者有《毛诗写官记》的作者毛奇龄、《毛朱诗说》的作者阎若璩、《诗笺别疑》的作者胡渭;顾炎武所交游者有《毛诗通义》的作者朱鹤龄、《经义考》的作者朱彝尊、《诗问》的作者汪琬。仅黄汝成所作《日知录集释叙》所列受其影响、有《诗经》著述的学者就有方苞、惠士奇、陈启源、梅文鼎、臧琳、顾栋高、汪师韩、柴绍炳、全祖望、徐文靖、江永、卢文弨、庄存与、王鸣盛、戴震、惠栋、钱大昭、汪中、庄述祖、刘台拱、钱塘、桂馥、阮元等人;王夫之所结交者有《田间诗学》《诗声衍》的作者刘逢禄;李光地所交游者有

《诗本音》的作者顾炎武、《朱子诗义补正》的作者方苞;毛奇龄所结交的学者就有顾炎武、阎若璩、胡渭、朱彝尊、《诗问》的作者汪琬等;惠周惕所结交者有毛奇龄、朱彝尊、阎若璩和胡渭。惠士奇所结交者有《义门读书记》的作者何焯。从康熙雍正到乾嘉道光,清代的文化学术,取得了令人瞩目的成就。吴派、皖派、常州派、扬州派、乾嘉派、浙东派等如群星丽天,灿烂夺目。各个学派涉足领域不同,各家所擅各异:戴震经学冠绝一时,着有《戴氏诗经考》等书。余姚邵晋涵擅长史学,著有《韩诗内传考》。高邮王念孙专注小学和校勘,与其子引之合著《经义述闻·毛诗》。这些学者和流派经常相互交流,借助编纂《四库全书》的机会,互通有无,汲取对方之长,达成了清代《诗经》研究的勃兴盛况。[12]

清代《诗经》研究能在以上地区遍地开花,呈现出其他地区无可比拟的局面,与这些地区得风气之先的坚实基础不无关系。而这一地区的儒学道统和《诗经》著述传统,是造成清代《诗经》研究著述呈现地域分布不平衡的重要原因,可见地方文脉的影响不容忽视。

再次,清代藏书、刻书的风气,也是影响《诗经》研究偏重于东南的重要因素

古代的刻书与藏书是并行不悖的行为,因藏书而刻书,目的就是把藏书流传得更为久远。特别是明清两代,士大夫刻书、藏书事业达到了顶峰,而江浙和福建地区就是刻书、藏书业最为发达的地区。藏书、刻书的目的不只是为了保存图书,最终还是为了嘉惠后学,为学人和著述者提供阅读和数据。从这一点上看,藏书、刻书对《诗经》著述的影响也不可小觑。

江浙历来是人文渊薮,文化积淀深厚,有文物之邦的美誉。"东南财赋地,江浙人文薮",这两点为刻书、藏书提供了最有利的条件。江浙文人素有刻书、藏书的习惯,有的甚至爱书成癖,嗜书如命,羞于仕进而乐于刻书、藏书。王士禛《居易录》十四云:"数年以来,石门吕氏、昆山徐氏、雕行古书,颇仿宋鉴,坊刻皆所不逮。"[11]191江苏著名的刻书家与刻书之所有纳兰性德的通志堂、卢见曾的雅雨堂、黄丕烈的士礼居、百宋一廛、孙星衍的平津馆、徐乾学的传是楼、缪荃孙的艺风堂等,浙江著名的刻书家与刻书之所有范钦天一阁、丁氏八千卷楼、卢文弨的抱经堂、鲍廷博的知不足斋、吴骞的拜经楼等,这种刻书风气有利于科举、经学、学术用书的普及与研习,有利于《诗经》著述的出版与流传。与刻书相对应的是,江浙地区的藏书风气更是无与伦比。通过对江浙两省清代藏书家和藏书楼的统计,我们大致可以窥见它的盛况。

　　清代的藏书风气大盛,超过了明代。清代依然保存下了明代的藏书楼,如常熟的绛云楼、汲古阁、宁波的天一阁、南京的千顷堂,盛名久负。清代中期建的藏书楼还有浙江海昌吴骞的拜经楼、杭州汪宪的振绮堂、汪启淑的开万楼、鲍廷博的知不足斋、卢文弨的抱经堂、嘉兴朱彝尊的潜采堂、宁波卢址的抱经楼、归安陆心源的皕宋楼、杭州丁氏的八千卷楼、江苏吴县黄丕烈的士礼居、百宋一廛、苏州孙星衍的平津馆、昆山徐乾学的传是楼、常熟瞿绍基的铁琴铜剑楼等。而这些藏书楼均分布于江浙地区。此外,清代敕建书院多达3000多所,书院藏书亦颇可观。而完成于乾隆后期的《四库全书》的七阁藏书,就有三部分藏于江浙的文宗阁、文汇阁和文澜阁。须知,这些刻书、藏书中心,就是《清代诗经著述者统计表》中著述者集中的区域。洪亮吉《北江诗话》卷三在论及藏书家的种类时说:"藏书家有数等,钱少詹大昕、戴吉士震、卢学士文弨、翁阁学方纲为校雠家、鄞县范氏天一阁、钱塘吴氏瓶花斋、昆山徐氏传是楼为收藏家,吴门黄主事丕烈、邹镇鲍处士廷博为赏鉴家,吴门书估钱景开、陶五柳、湖南书估施汉英为掠贩家。"[13]29而所谓考订、校雠、赏鉴等,实际上就是著述家。在这些藏书家队伍里,就有像《诗论》、《经义考》的作者朱彝尊,《续补举业必读诗》的作者何焯,《校元刊本韩诗外传》的作者黄丕烈,《诗谱补亡后订》、《诗谱拾遗》、《诗语补亡后订》、《孙氏诗评摭遗》、《许氏诗谱抄》的作者吴骞,《诗考校注》、《卢抱经增校诗考》的作者卢文弨,《校元刊本韩诗外传》的作者黄丕烈这样的藏书家兼《诗经》研究著述者。而众多藏书家的藏书,为著书立说的文人们提供了良好的治学条件。因此,藏书多寡,著书立说多寡,学术氛围是否浓郁,都直接影响了《诗经》研究人群之多寡。

与之并行的是,藏书目录也为《诗经》研究搭建了重要的学术舞台。《汉书·艺文志·六艺略》首列"《诗》六家,四百一十六卷"[14]1708,历代正史的《艺文志》或《经籍志》一遵这一体例。仅《清史稿·艺文志·经部·诗类》收录时人及辑佚部分古人的《诗经》著述,如《诗经传说汇传》、《诗义折中》、《诗经稗疏》和《鲁诗故》、《毛诗述义》等就达162种之多。这一传统,也成为后世私家目录学著作和藏书家书目严守的家法。天一阁、天籁阁、菉竹堂、世善堂、绛云楼、千顷堂、汲古阁等私家编写的书目中,几乎无一例外地收录有《诗经》类的书目。他们不只收录前朝流传下来的珍贵典籍,也收录当朝的重要著作。如,黄虞稷《千顷堂书目·经部》收录《诗集传大全》、《诗经演义》、《诗解颐》、《诗经正葩》、《诗义集说》、《诗说解颐》、《诗经世本古义》、《田间诗学》等自宋以来的55部《诗经》著述;张金吾《爱日精庐藏书志》收录孔颖达《毛诗注疏》、欧阳修《诗本义》、王应麟《诗总闻》和徐秉义《诗经识余》等19部古今著述;汪士钟《艺芸书舍书目》收录宋版《诗经》、《刘氏诗说》、《诗经解诂》、《诗书记》和元版朱熹《诗经集传》、《诗经问疑》、

《齐鲁韩三家诗考》、《诗经疏义》、《诗经通释》;钱曾《读书敏求记》收录《毛诗郑氏笺》、《毛诗指说》、《诗本义》、《诗总闻》、《毛诗要义》、《诗集传名物钞》,彭元瑞《知圣道斋读书跋》收录《群经音辨》,孙星衍《平津馆鉴藏记》《廉石居藏书记》收录《毛诗注疏》、《吕氏家塾读诗记》和《韩诗外传》,黄丕烈《士礼居藏书题跋记续》收录《毛诗传笺》、《毛诗传笺残本》和《监本纂图重言重意互注毛诗》,吴骞《拜经楼藏书题跋记》收录《毛诗指说》、《诗集传》、《诗童子问》、《诗传通释》、《诗经通义》、《诗经泽书》和《诗经阐秘》,等等。清代藏书家所撰个人藏书目录繁夥,不胜胪列,窥其一斑,足见全豹。

由此观之,刻书、藏书活动中大量刻藏《诗经》著述的风气,既利于对《诗经》著述的保护,又利于《诗经》的传播,更便于《诗经》研究著述者的学习和研究。而东南地区尤其是江浙和福建兴盛的刻书、藏书风气,对清代的《诗经》著述及著述者的集聚性特征的形成,产生了巨大的影响。

又次,书院的大量存在为《诗经》的著述与传播搭建了广阔的舞台

清初顺康雍的80年间,统治者深恐聚徒讲学不利于其统治的稳定,下令禁止别创书院:"不许别创书院,群聚徒党,及号召他方游食无行之徒,空谈废业。"[15]但为了与尊孔崇朱的文化政策相结合,并没有废止旧有书院的运营,同时也新建和重建了一些书院,这些书院成为传播儒家文化和程朱理学的主要阵地。自雍正末年始至1840年,全国书院迅猛发展,成为清代教育的主要场所,分布非常普遍。据统计,有清268年间,全国书院多达5836所,比以往各个朝代的总和还多。从区域分布上看,这些书院分布于全国广大地区,而主要集中于广东、江西、浙江、江苏、福建、四川、直隶和安徽数省(均在300所以上),这些地方的书院数量占了全国总数的三分之二强,其中又以广东为最多(达100余所)。如,较著名的有江苏东林书院、苏州书院、钟山书院、常州书院、凤池书院、紫阳书院、尊经书院、正谊书院、惜阴书院等,浙江杭州的诂经精舍、紫阳书院、万松书院、崇文书院、敷文书院、南金书院等,江西白鹿洞书院、白鹭书院、东湖书院,安徽桐乡书院、徽州书院,等等。清代《诗经》著述中以书院或藏书楼名的,如金圣叹的《唱经堂释小雅》、吕留良的《三元堂新订增删诗经汇纂详解》、周疆周霭的《棣鄂堂诗义纂要》、章寿彝的《茧秋斋读诗求古编注》和钱人龙等人合著的《学古堂日记》等,都显示出书院对《诗经》著述的影响。而书院的这一分布状况与《诗经》著述者的籍里分布情况基本一致,这说明,书院教育也是造成《诗经》著述者分布不平衡的一个因素。

  清代书院虽名为书院,不单是自由讲学、研究学问的教育机构,它们必须遵照朝廷的命令,为科举服务。但是,书院集中讲学、集中研习儒家经典的形式,势必造成《诗经》著述和著述者相对集中的趋势。兼之书院又往往是刻书、藏书之所,比私家藏书更容易借阅,受惠人群更为广泛,客观上有利于《诗经》研究著述。从《清代诗经著述者统计表》中可以看到,作为《诗经》著述者的黄宗羲、陆陇其、卢文弨、戴震、钱大昕、段玉裁、孙星衍、阮元、俞越、王先谦、刘熙载等人,都与书院有密切的关系。黄宗羲讲学于证人书院和姚江书院,陆陇其讲学于东林书院,卢文弨为娄东书院山长讲学于钟山、暨阳、龙城书院,戴震受业于紫阳书院讲学于金华书院,钱大昕肄业于紫阳书院讲学于娄东书院和紫阳书院,段玉裁肄业于安定书院讲学于受川书院任娄东书院山长,孙星衍肄业于钟山书院并主讲于钟山、诂经精舍,刘熙载主讲上海龙门书院,俞越曾主讲紫阳、求志、清溪、龙湖和诂经精舍,王先谦曾主持思贤讲舍、城南书院和岳麓书院讲习,这充分说明,清代书院的分布与清代《诗经》著述者籍里的分布之间也存在着一定的因果关系。

最后,家学渊源是造成《诗经》学术家族化的重要因素

家学对文人的影响,自古有之,关系致密。汉司马谈之于司马迁、班彪之于班固班昭,王逸之于王延寿,东晋谢灵运之于谢朓、阮籍之于阮瑀阮咸等。不惟文学创作如此,经学研究亦然。汉之《书经》大小夏侯、《毛诗》之大小毛公、《礼经》之大小戴。而至于清代,经学研究也呈现这样的局面。由所列《清代诗经著述者籍里表》看出,《诗经》著述者中存在亲密的亲属关系,他们或为父子,或为兄弟,或为族人。清初统治者为了钳制文人非议朝政,严禁东林讲学评议之风,顺治年间甚至颁布诏令"在各提学官督率教官、生儒,务将平日所习经书义理,着实讲求,躬行实践。不许别创书院,群聚徒党,及号召他方游食无行之徒,空谈废业。"[15]"军民一切利病不许生员上书陈言。如有一言建白,以违制论,黜革治罪。生员不许纠党多人,立盟结社。"[15]书院虽然没有被取消,但是早年聚徒生讲学议政的现象不复存在。许多学者只能在家闭门苦研,所补遗传承者只有父子兄弟。这在一定程度上刺激了家族学术的兴盛。

黄宗羲所开创的南雷学案,家学的意味非常浓厚。黄宗羲与其弟黄宗炎、黄宗会,其子黄百家,一家兄弟父子相互切磋砥砺,学问大进;武进庄存与开创的方耕学案,与其子庄述祖、其孙庄绶甲、族曾孙庄有可,累世家学承传,代有《诗经》著述传世,其"家学流传,熏陶者众,犹子述祖及外孙刘逢禄、宋翔凤辈,皆湛深经术,卓然成家,其渊源盖自有也"[12]2793,产生了庄存与的《毛诗说》、庄述祖的《毛诗考证》、《毛诗周颂口义》和庄有可的《毛诗说》;王鸣盛开创的西庄学案,与其弟王鸣韶、其子王嗣获,均涉足《诗经》研述,产生了王鸣盛的《蛾术编》；而钱大昕所开创的潜研学案，成为家学影响最为明显的例证：钱大昕与其弟钱大昭、其子侄钱塘、钱坫、钱东壁、钱东塾、钱东垣、钱绎、钱侗，形成了梯次分明、浩浩荡荡的家族学术队伍，出现了钱大昕的《十驾斋养新录》、钱大昭的《诗古训》、钱坫的《诗音表》等《诗经》学著作；冯登府开创的柳东学案下，出现了李超孙、李富孙、李遇孙和李贻德等李氏兄弟父子，产生了冯登府的《三家遗说》、《三家遗说翼证》、《诗异文释》、《三家诗异文补遗》、《三家诗异字诂》、李富孙的《诗经异文考》、《诗经异文释》和李超孙的《诗氏族考》；此外如扬州高邮的王念孙、王引之父子专尚训诂考证之学，王念孙撰、王引之著有《经义述闻·毛诗》和解经专用的辞书《经典释词》；福建福州的陈寿祺擅长今文《诗》学，撰《鲁诗遗说考》、《齐诗遗说考》、《韩诗遗说考》和《三家诗遗说考》。这一传统影响到了他的儿子陈乔枞，乔枞撰《齐诗翼氏学疏证》、《三家诗遗说考》、《诗纬集证》、《诗经四家异文考》，发扬光大其父今文学术；扬州宝应的刘宝楠撰《毛诗学》和《毛诗正义长编》，其子刘恭冕撰《毛郑薪传》；扬州甘泉的焦循受学于其父焦源，撰《毛诗物名释》、《毛诗地理释》、《陆玑疏考证》、《毛诗补疏》、《诗笺异同释》、《毛诗草木鸟兽虫鱼释》、《草木疏校正》、《陆氏草木鸟兽虫鱼疏》和《推小雅十月辛卯日食详疏》，著述颇丰。

而吴郡惠氏一门最为代表。自明末惠有声始，历经惠周惕、惠士奇奠立藩篱，到乾嘉时期惠栋崛起，四世传经，咸通古义，自成一家。世人均知惠氏一门专治《易》学，殊不知对《诗经》研究也颇有渊源。江藩《汉学师承记》卷二记载，惠有声"以《九经》教授乡里，尤精于《诗》"[5]19；而惠周惕"少传家学"，曾撰《诗说》三卷，德州田雯品评"其旨本于小序，其论采于六经，旁搜博取，疏通证据，虽一字一句必求所自，而考其义类，晰其是非。盖有汉儒之博而非附会,有宋儒之醇而非胶执,庶几得诗人之意"[12]1683;惠士奇亦"博通六艺九经"[5]19;惠栋接受家学传承,著述了《毛诗古义》,凡汉儒旧说,上自天文地理,下至草木虫鱼,从文字校勘、音韵转变等各个方面,广征博引,无所不考。惠栋自己说:"余家四世传经,咸通古义,守专室呻搞简,日有省也,月有得也,岁有记也。"[12]1688《清史稿》记载有阮元、朱彬、汪中、刘台拱、刘宝楠、焦循等人日常切磋,为学术至交。而且其家族之间常有姻亲关系,这些经学世家交流学问,交换藏书,自然互为补益。

综上所述,清代《诗经》著述者籍里分布呈现出分布范围之广和地域分布不平衡的规律,原因是多方面的,它既与国家的大环境、大政策如政治背景、经济环境、科举制度、学术氛围等因素有关,也与各个地域的小环境、小背景如地方经济、地方文脉、家学背景有关。对这一问题的研究,有助于从一个别样的角度重新审视《诗经》研究史。

参考文献:

[1]昭梿:《啸亭杂录卷二·本朝富民之多》,清钞本,上海古籍出版社,2012年。

[2]梁启超:《清代学术概论》,岳麓书社,1985年。

[3]段玉裁:《经韵楼集》卷八,道光元年刊七叶衍祥堂藏版。

[4]王鸣盛:《十七史商榷》,王云五《丛书集成》3516册,商务印书馆。

[5]江藩:《国朝汉学师承记》,中华书局,1983年。

[6]魏源:《诗古微》,岳麓书社2004年。

[7]梁启超:《中国近三百年学术史》,天津古籍出版社,2003年。

[8]赵尔巽:《清史稿·选举制》,浙江古籍出版社,1989年。

[9]永瑢等:《四库全书总目》,中华书局,1965年。

[10]张瀚:《松窗梦语》续修四库全书本,上海古籍出版社,1986年。

[11]叶德辉:《书林清话》引《汲古阁校刻书目》上海古籍出版社,2008年。
[12]徐世昌:《清儒学案》,中华书局,2008年。
[13]洪亮吉:《北江诗话》,王云五《丛书集成》2598册,商务印书馆。
[14]班固:《汉书》,中华书局,1964年。
[15]《清会典·儒学·学规》,中华书局影印版,1991年。

(刘树胜,金陵科技学院人文学院,教授)

《诗毛氏传疏》引《国语》浅析

郭万青

陈奂(1786–1863),字硕甫,号师竹,晚号南园老人。少从师江沅,精研小学,通六书音韵。后从段玉裁治毛诗。于段玉裁《说文解字注》勘校甚勤。与王念孙、王引之、郝懿行、胡承珙、汪远孙等往还论学。著有《诗毛氏传疏》《毛诗说》《毛诗音》《诗语助义》《师友渊源记》《宋本集韵校勘记》等。其《诗毛氏传疏》蔚为大观,诚为清代《诗》学巨著。

另外,陈氏与钱塘汪远孙相友善,两人交往 20 余年,学术上多有往还。两人的主要著作也征引对方的主要著作。如汪远孙《国语发正》一书征引陈奂《诗毛氏传疏》之说 34 处,而陈氏《诗毛氏传疏》征引汪远孙之说 5 处。此外,陈氏助汪氏校阅《国语》,汪远孙敦劝陈氏早日撰成《诗毛氏传疏》。正因为陈奂曾帮助汪远孙校阅《国语》,故对《国语》比较精熟,其《诗毛氏传疏》也屡屡征引《国语》及韦注以为参证。

一、陈奂对《国语》的校勘

陈奂校勘《国语》底本为黄刊明道本,该本今藏北京中国国家图书馆。韦昭《国语解叙》前半面钤有"涵芬楼"、"海盐张元济经考"、"曾在□堂陈氏处"等章。全书末有陈氏跋云:"道光乙未,寓杭郡汪小米家,为雠许、李刻公序本于黄刻明道本上,因自录一过。奂记。"道光乙未为 1835 年,十年之后(1835)汪远孙去世,又十一年(1846道光丙午)汪远孙《国语校注本三种》得以刊行。陈奂这段跋文虽短,却交代得很周详。他校勘《国语》是代汪远孙为之。又陈奂于道光乙巳年(1845)为《国语校注本三种》为序,云:

昔余在壬申岁受业于金坛段先生,授毛氏《诗传》。游历齐、鲁、燕、赵,与当代贤大夫、四方达人博资闻见,广其学。甲申至武林,与汪中书小米遇,时往还吴越,未尝晨夕与居也。

癸巳,小米为吴氏校刻《杭郡诗辑》,余遂馆宿其家。余之治《毛诗》也,初为义类,随类分编。小米曰:"近代法家,治毛必兼郑。宗传说者,非君而谁矣?盍为大毛公传作专疏乎?"余羸弱恒多疾,小米又曰:"吾侪精力不逮古人万一,中道不讳,又无贤子孙绍其业,不如早为之所,赖有一二知之者共相确证乎?"此乙未年事也。

先是,小米喜读《汉书·地理志》,又留心于《春秋国语》及陆氏《经典释文》。闻京都藏书之家有旧钞本,出重财购得之,欲作《释文注》若干卷。余曰:"《释文》无善本,《集韵》之所散载,犹是不经改之书。对《集韵》校《释文》,裁得善本。本子已定,正是非、辨得失,廓清之功伟矣。"于后以《释文》之学,遂并心致力于《春秋国语》无厌倦。服韦氏解,叹其简洁,治虑以精,瑜瑕不掩,乃节取宏嗣之注,以表扬左丘之传。韦氏采旧解,有旧解之佚见于群籍者,捋集之曰《古注辑存》。韦解流刻,皆非旧本,据明道本为主而公序本辅于下,又博取群籍援引者,载记之曰《考异》。韦解虽主乎贾,并参己意,意未申与义不合者,乃申之,乃补之,辩难而驳正之,曰《发正》。都凡前言、懿行、通人、达诂,有可赖以发明,皆录之。余时时贡其疑,小米或题之。呜呼!小米春秋强盛,深思好学,庶乎同术切瑳有功!草创初成,修饰未备。丙申四月十二日,小米与余共立课程,炷香刻度。晨起得齿痛,余曰:"外疾也,不可医。"医之不效,延入内疾。疾笃,犹自注释密勿无已。五月八日遂卒。卒年仅四十有三耳。

序文中于二人交往过从始末,以及《诗毛氏传疏》撰作缘由、汪远孙《国语校注本三种》撰作缘由交代颇详。

陈奂用许宗鲁本、金李本对校。凡与二本不同之处,一一标出,如《国语解叙》上即出校语云:"许本失叙,依金本校。"又云:"许宗鲁、金李,皆明嘉靖时人。"即指出许、金二本不同,又指出校《国语解叙》的依据。又如"昔我先王世后稷",陈奂校云:"王,许、金无,非也。"二本不同之处,也多标出,或只言据一本。如"搜于农隙"注校云:"搜择,金作'秋乃'。"意谓仅参金李本。又"犹恐其有坠失也",校云:"许少'有',金少'其'。"又"道路以旌节"之"以"旁书"用",又于眉端出校云:"许作'以'。"盖谓许宗鲁本与黄刊明道本,本处字作"以",而金李本字作"用"。又"仁行则有恩也"之"恩"旁书"报"字,又于眉端出校云:"金作恩。"即明金李本此处与黄刊明道本同。

体例如下:

1. 二本无之字,以"「」"标出;

2. 二本文字与黄刊明道本字异,于黄刊字旁书二本之字;若为多数现象,则于眉端书之,如黄刊明道本"狄",于字旁书"翟",又于眉端出校云:"翟,下同。"盖指出黄刊明道本字作"狄"而公序本作"翟";

3. 语序不同,以倒乙符号出之;

4. 二本有而黄刊无之字,于相应位置补出;

5. 黄刊明道本与二本分章不同,二本别行另起者,于别行首字之上划一横线,于眉端书"另行"二字以明之。

6. 勘校之下,有取舍倾向者,于眉端书之。如"瞽献曲","曲"旁书"典"字,复于眉端校云:"典,非。注同。"又"瞽史教诲"注:"瞽,乐太师。"陈奂于"太"字上加去符号,于眉端出校云:"襄十四年《左传》杜预注曰:'师旷,晋乐大师子野。'然则'大'非衍字也。"是引他书以证。

有旧注可以印证者,亦时引旧注以明。

陈氏校勘《国语》的方式,也是清代多位学者校勘《国语》的方式。但是陈奂所校勘的内容,却比以往的学者更为丰富周详。也比汪远孙后来撰成的《国语明道本考异》精准周详。

《国语明道本考异》为汪远孙《国语校注本三种》之一,共四卷,考校黄刊明道本与公序本(主要以金李泽远堂本和许宗鲁本为依据)的异文3198条。陈奂在汪远孙考校《国语》工作中起了很大的作用,以许宗鲁本、金李本校黄刊明道本的工作,很大程度上是陈奂帮助汪远孙完成的。

但陈奂的前期工作比汪远孙最终形成的《国语明道本考异》要精准且精细。精准度在于陈奂在以许宗鲁本和金李本对校时,凡二本不同之处,陈奂也一一校出。而汪远孙虽然在《国语明道本考异序》中谓:"明人许宗鲁、金李皆从公序本重刊。两本各有优劣,而后是非异同判焉。"而于《考异》正文中则云:"许、金两本间有异同,不复悉载。"也就是说,汪远孙在《考异》中只凸显公序本与黄刊明道本的不同,并不考虑金李本与许宗鲁本的不同。这种处理方式虽然避免了枝蔓,但却不如陈奂兼校许、金二家得失更为精准。

二、《诗毛氏传疏》引《国语》基本分析

正因为陈奂确实校勘过《国语》,而且下了很大的功夫,故对《国语》相当精熟。其《诗毛氏传疏》即引《国语》及韦注多处,以疏证毛义。今检漱芳斋刻本《诗毛氏传疏》征引《国语》及韦昭注200余处。大致可以分为:

(一)以《国语》的正文训诂材料为依据,验证毛传之说

先秦两汉文献正文训诂资料,是后世训诂著作的重要参照和来源。《国语》正文训诂资料较多,而最为丰富集中的,要属《周语下》"叔向说《昊天有成命》"章中叔向对《昊天有成命》一诗的释义。毛传对《昊天有成命》的解释基本上承袭叔向。陈奂疏证《昊天有成命》一诗,全文征引了叔向对单靖公家臣室老解说《昊天有成命》一段内容,并加案云:"毛传诂训悉本《国语》引《诗》。"

因为贾谊《新书·礼容语下》也用叔向说《昊天有成命》故事,文字稍有不同。陈奂在指明毛传与《国语》的关系之后,复引《新书·礼容语下》相关内容,予以比勘。最后加案云:"贾释《诗》,虽训诂不悉依《国语》,而与《国语》文义无不合。"

(二)以《国语》为例句,证明《诗经》语词用法并非个别现象

征引他书文句,来证明本书语词语法是一种普遍现象而非个例,这种处理方式在训诂中常见。陈奂《诗毛氏传疏》中征引《国语》文句,有一定数量属于这一类。如:"周时追貊在荒服之中,故传云:'戎狄,国也。'《周语》云:戎狄荒服。"即引用《周语》作为例证。

(三)引证《国语》以与《诗经》用法相参证

例如:

故传云:追貊之国来贡而猃伯总领之也。《周语》:穆王征犬戎,得四白狼、四白鹿,自是荒服不至。贾逵注云:白狼、白鹿,犬戎之职贡也。此即"荒服贡皮"之证,与《诗》义合。

(四)引证《国语》以证毛传之有所本

例如:

《六月》传训"严"为"威",与此"严"同。《周语》云:夫兵戢而时,动动则威。即其义也。

(五)引证《国语》注文说明毛传对后世训诂的影响

例如:

圆者为囷。郑注《匠人》、韦注《吴语》、《说文》并与传同。

(六)引征《国语》考辨史实

例如:

《史记·周本纪》:厉王即位三十年,好利,近荣夷公。芮良夫谏,厉王不听,卒以荣公为卿士用事。王行虐侈傲,国人谤王,召公谏。三十四年,王益严。国人莫敢言,道路以目。三年,乃相与畔袭厉王。厉王出奔于彘。案:《诗》"贪人",即指荣公之属。《史记》载芮良夫谏用荣公,在三十年。《国语》亦载其事。而此诗之作,犹在荣公为卿士后,其去流彘之年不甚相远。

(七)引征《国语》以明异文

例如:

史克,大史克也。《国语》作里革。

(八)引征《国语》以明通假

例如:

《诗》作"务",内外《传》引《诗》皆作"侮"。"侮"为本字,"务"为假借字,故传以侮释务也。《周语》富辰曰:古人有言曰:"兄弟谗阋,侮人百里。"周文公之诗曰:"兄弟阋于墙,外御其侮。"若是,则阋乃内侮,而虽阋不败亲也。僖二十四年《左传》引诗曰:兄弟阋于墙,外御其侮。如是,则兄弟虽有小忿,不废懿亲。阋墙为小忿,外御侮为不废亲。此传所本也。

当然,陈奂引征《国语》还不止这几个方面。从陈氏引征来看,其对所引征的《国语》例句大多有文字、训诂、典章方面的周密考证。换言之,陈奂《诗毛氏传疏》对所征引《国语》是进行了研究的,这恐怕也是汪远孙《国语发正》征引陈氏之说达34处之多的一个原因所在。

总之,陈奂对《国语》的勘校无论对此前的《校刊明道本韦氏解国语札记》,还是对汪远孙《明道本国语考异》而言,都是更为细密精准的,对别本异文的处理也是比较谨慎的。这一点,可以和陈树华《春秋外传国语考正》相媲美。陈奂《诗毛氏传疏》征引《国语》数据不仅辅成其对《诗》以及毛传的疏证,而且对《国语》研究与探讨也具有较为重要的价值。

(郭万青,唐山师范学院中文系,副教授)

夏炘《读诗札记》及其附著述略

吕华亮

夏炘(1789-1871),字心伯,号弢甫,安徽当涂人,道光乙酉(1825)举人,先后官吴江、婺源教谕。夏炘生于学术世家,"年二十后,于汉宋及明清来诸儒书无不读,而归宿于朱子"。[1]其学兼宗汉宋,精于《诗》、《礼》,深得时贤的肯定与赞赏。《清史列传》、《清儒学案》、《当涂县志》等典籍都对夏炘学术成就给予了很高评价。心伯一生著述等身,凡二十三种九十二卷,《续修四库全书》收录了他的《读诗札记》、《述朱质疑》等七种五十卷。由此可见,夏炘实为清中后期一名儒。

《读诗札记》(下文简称《札记》)是夏炘说《诗》代表作,其内容广博,材料丰富,或讨论《诗经》研究中的热点问题,或评说前代名儒说《诗》观点,或阐发诗义,或考证章句,或驳前说,或倡新论,内容虽显庞杂,然言必有征,不乏真知灼见,很多地方可补前人注疏所未备,实为清代中后期论《诗》之佳著,具有较高的学术价值。然今之研《诗》者多聚焦于古代的名人名著,对该著关注较少,这不仅是对夏炘的不公,也是《诗》学研究中的缺憾。故笔者研读《札记》,排比材料,从内容、创新两方面对之加以简述,并以此为基础,探讨夏炘的《诗》学思想。不足之处,敬请方家指正。

一、《读诗札记》及其附著内容概说

《札记》成于道光十二年(1832),时心伯赴京应试落第,居其师白镕寓所,与镕朝夕论《诗》以为乐,遂结纂成篇,取名曰《读诗札记》。① 该著共八卷,另有附录五卷。从内容结构上看,可分为四部分:第一卷为第一部分,讨论了《诗经》研究中的热点问题;第二卷为第二部分,对《诗经》三大注本——《毛传》、《郑笺》及朱子《诗集传》进行评述;第三卷至第八卷为第三部分,主要对《诗经》具体篇章中的问题发表看法;附录为第四部分,包括《诗章句考》、《诗乐存亡谱》、《诗集传校勘记》、《古韵表廿二部集说》等四种五卷。下面试对各部分内容加以概说。

1.《诗经》研究中热点问题的探讨

因时代久远,材料阙如,《诗经》研究中出现了很多争论性较大的热点问题。《札记》就其中一些问题展开了讨论。其论多以材料为依据,无危言虚说,多道"前人所未及道者"。

如关于逸诗的产生,后代学者多归因于孔子删《诗》。心伯不同意这种观点,认为逸诗之故有三:一则《九夏》、《六笙》等诗,掌于乐人之手,本来就不在"三百篇"中,"乐崩,诗从而亡,遂逸之也"。二则如《论语》所引"唐棣之华"四句、"巧笑倩兮"三句等诗,盖因乱离,失去全篇,"单章碎句,国史不能载入《诗》中而遂逸之也"。三则先秦汉代群书所引之逸诗,多为孔子以后儒者所作,"流传人口,实非'三百篇'以前之诗也"。其论合理可信。尤其是第一条,心伯从先秦诗歌用途及掌管者的不同身份入手,来论述逸诗产生的原因,可谓眼光独到。详说见下文"附录四种内容简介"一节。

再如《诗序》的作时,一直是《诗经》研究的热点问题,后儒对之争论不休,或以为作于先秦;或以为部分作于先秦,部分是汉儒补充;或以为全部成于汉儒之手。心伯主后说,认为《诗序》作于毛公

---

① 按:本文凡引《读诗札记》之文,皆采自《续修四库全书》本(上海古籍出版社,1987年),恕不一一注出。

之后,他从汉代典籍及《诗》文本中寻找蛛丝马迹,"立八证以明之",随后又对钱大昕、陈启源、郑樵、何楷、马端临等先贤时儒的观点进行评论,或袒护,或驳正。其论引证繁富,经史子集,无不采纳。

其他如"三家诗"条论三家之优劣,以为《齐诗》之说多"精美纯粹"在鲁、韩二家之上;"孔子诗教"条驳斥郑樵"仲尼编《诗》,用以歌,而非用以说义也"等观点,皆辩说精彩,新人耳目。

2. 对《毛传》、《郑笺》、《诗集传》的评述

《毛传》、《郑笺》、《诗集传》是《诗经》传播史上影响最大的三个注本,《札记》第二卷对三著中的系列问题展开讨论,比如《毛诗》出于荀卿而又优于荀卿,毛与三家文字异同、优劣,郑与毛之异同,朱子说《诗》三变等。其说皆以翔实材料为基础,通过对比,得出结论。

如《毛传》与荀子的关系,后儒多依据陆玑《毛诗草木鸟兽虫鱼疏》"毛诗条"所载毛诗授受关系,认为毛出于荀。心伯虽从此说,然又不满足于此,在"毛传"条中,心伯从《毛传》与《荀子》二书内容的契合处寻求内证,列举九条材料,以为"毛氏受《诗》荀卿之证",并进一步通过有关内容的对比,认为"毛氏之《诗》,虽传自荀卿,而学较荀卿为正"。其论有理有据,令人信服。

《札记》虽是说《诗》之作,却又不止于《诗》,常以说《诗》为基点,旁及其他,这是《札记》内容上一大特点。这种特点在该部分中体现得最为明显。如"毛传"条中,心伯论述了《毛诗》出于荀子、《毛诗》优于"三家"、《毛诗》与"三家"之异同后,又旁及《礼记》、纬书,认为:《小戴礼》49篇皆七十子后经师之所传;纬书虽起于汉哀平之间,"然亦颇采辑古书为之"。并从《毛传》中寻求诸多内证以明之。它如"郑笺"条、"朱子诗集传"条的内容,也具有此特点。

3. 具体篇章的讨论

《札记》卷三至卷八对《诗经》具体篇章说解中所存在的问题展开讨论，共列出290条目，涉及165首诗。有的一诗一条，如《桃夭》、《甘棠》等；有的一诗数条，如《关雎》有3条，《卷耳》二条，条目最多的是《楚茨》，多达11条；有的数诗一条，如《王风》中的《大车》与《丘中有麻》便合为一条。在具体论述中，多数是一条讨论一个问题，但亦有一条论多个问题者，如"参差荇菜"条论二事：先论荇菜乃祭祀之豆实，再辨荇菜非凫葵。论事最多的是"风雅颂"条，共论五事。

其论说体例是：先列出需讨论的篇目、诗句或词语，然后就相关问题发表己见。例如"卷耳"条，先列二字于右，再论《卷耳》题旨，认为毛、郑、《诗序》之说不足据，朱子"思行役"乃不可易之论。

从具体内容上看，因其为札记，故内容较为庞杂，涉及面广，大致可分为以下数类：

有阐释题旨、串讲诗意的，如"卷耳"条、"桃夭"条、"周南鹊巢"条、"采苹"条等。但凡条目中只列诗题的，都属此类。例见上文"卷耳"条之说。

有引申诗之义理的。如"駉"条，作者针对"思无邪"一句，发表了一番心性之说，"心者，万事之纲，未有心之不正而能成事者也"云云。其他如"先君之思以勖寡人"条、"呦呦鹿鸣"条等，都有对义理的发掘。

有辨析句意的，如"汉有游女"条，心伯据《尔雅》孙炎注、《淮南子》"游川水"注及《左传·庄公十八年》之文，认为"汉有游女，谓汉之上有渡水之女也"。其他如"王室如毁"条、"一发五豝"条，皆属此类。

有训释字词的，训字的如"婚姻孔云"条，从"云"字的象形层面,训"云"为"旋",并引证相关材料,进一步指出"凡字从口者,皆有回转之义","员、圆、圜字异而音义相近,皆与云通"。训词的如"公族公姓"条,认为"公姓"即"公孙",并引《礼记·郊特牲》服注、《丧大记》注、《玉藻》文、《国语·楚语》文以证之。其他如"崔巍砠"条、"深则厉"条,皆属此类。

有考证名物、礼俗的,前者如"籧篨戚施"条,考证"戚施"即"蟾蜍";后者如"羔羊之裘"条,考论诗中所言"羔裘"应是大夫居家之服,而非《正义》所谓"居于朝廷,而非居于家也"。其他如"言秣其马"条,"公言锡爵"条,"朋酒斯飨"条,皆属此类。

有考订经文及传笺之误的,如"昔育恐育鞠"条,认为《蜀石经毛诗》"昔育恐鞠"下少一"育"字;"济盈不濡轨"条,认为《毛传》"由辀以上为轨"中"上"字应为"下"字之误,"如震如怒"条,认为两"如"字皆为"而"字等。

综观心伯说《诗》,无论热点问题的探讨,还是对《毛传》等作品的评述,抑或对具体篇章中相关问题的论述、考证,皆以翔实材料为基础,非隔空架屋。值得一提的是,在很多条目后,心伯胪列了与之相关材料,以益其说。如"郑笺"条,胪列了郑玄笺《诗》与注《礼》异同处11条;"鄘风墙有茨"条,驳正《序》"公子顽通乎君母"之观点后,附录了"卫公子顽无烝宣姜事辨";"既伯既祷"条附录了"释祃貉伯"等。心伯学问渊博,尤善说《诗》,于此可见一斑。

4. 附著四种内容简述

《诗章句考》一卷,作于道光壬辰。认为《诗》本分章以节乐,然毛、郑及朱子《集传》之章句已有不同,其他诸儒亦颇有异说,故"综而录之,间附己意"。共对29首诗之章句加以辨析。如《驺虞》一诗,毛、朱以为二章章三句,心伯认为该诗亦可作二章章四句:"于嗟乎"一句,"驺虞"一句,与《秦风·权舆》"于嗟乎,不承权舆"一例。再如《缁衣》，毛以为三章章四句，心伯引顾炎武之说，认为"敝"字一句，"还"字一句，当作三章章六句，并从诗乐关系角度，驳斥孔颖达"句者联字以为言，一字不制也"之说。他皆类此，不赘举。

《诗乐存亡谱》一卷，论先秦乐诗存亡的原因，认为：古人祭祀燕享有乐必有诗，然诗有歌、赋、奏、乐、管、歈之不同，"歌赋者，口诵其词，以诗为主，虽有琴瑟，助歌而已，贵人声也。奏者以钟鼓，乐管以笙，歈以钥，皆播其诗于乐中，以音为主。……歌诵之诗，颁在学官，学士以时肄业，故至于今不废；奏歈诸诗，不颁在学官，学士不以时肄业，故乐亡而诗亦与之俱亡。后世因笙诗不存，遂谓有声无词，然古人之诗未有无词者也"[2]。又列举《周礼》、《仪礼》、《礼记》、《左传》中歌赋奏歈诗共82次，以证其说。心伯从歌赋等不同用诗形式入手，讨论逸诗问题，可谓视角新颖，抓住了解决问题的关键。

《诗经集传校勘记》一卷，校正《诗集传》文字之伪脱。心伯倾心朱子之学，认为"说《诗》至朱子，集大成矣。《诗集传》二十卷，儒者童而习之之书也"，然"翻刻既多，伪脱不一"，故在前人校勘的基础上，得"经文伪异者三十九条，传文伪异者四十九条"，并取《毛传》、《郑笺》、陆玑《草木疏》、《尔雅》注疏等文以正之，其目的是"以为后生小子初读《集传》者之一助焉"[3]。校正经文的如"东山"条："亦可畏也，亦当作不，见注疏本。"校正传文的如"卫氓"条，《集传》："鸠似山雀而小"，心伯据《尔雅》郭注，以为"雀当作鹊"。他皆类此。

《诗古韵表廿二部集说》（二卷）是一部音韵学著作。清代音韵学研究兴盛，而顾亭林首开其端。顾氏"博考群编，厘正唐韵，撰音学五书，遂为言韵之大宗"，后江慎修、段茂堂之"精益求精，并补顾说之所未备",至王怀祖、江晋三出,"集韵学之大成矣"。[4]心伯取王怀祖之论,增为古韵二十二部。该著分上、下卷:上卷凡五表,列宋人郑庠及上述五先生古韵分部状况,并加以评论;下卷按照自己的观点,把《诗经》叶韵之字划分为二十二部。心伯在该著《序》文中说:"斟酌两先生(按:王念孙和江有诰)之说,定为二十二部。窃意增之无可复增,减之亦不能复减。"[5]又《箕裘拾坠序》说:"挹芬(江清,字挹芬,婺源东乡人)见而爱之,以为古韵至此可以观大成矣,遂一宗余说,而以向之主晋三江氏者,改而从余。"[6]可见心伯对自己的成果颇为自豪。

二、《札记》及其附著的创新

心伯学问渊博,经史子集无不通。其说《诗》视野宽广,不盲从古人,故创新颇多。概而言之,《札记》及附著的主要创新体现在两个方面,一是提出前人未及道的新见;二是为某些问题提供新的佐证材料或研究视角。各列数例于下,读者自可以此窥其全貌。

前者如:班固《汉书·艺文志》评三家诗,独赞鲁诗,曰:"与不得已,鲁最为近之。"《札记》"三家诗"条,心伯据匡衡、伏湛、萧望之、翼奉说《诗》之文,认为《齐诗》之言"皆精美纯粹,可为法戒,韩、鲁遗说,皆不能及",故其说当在鲁、韩二家之上。

"汉有游女"条,训"游"为"渡","游女"为"渡河之女"。

"君子阳阳"条,认为《君子阳阳》为伶官之诗。首章"右招我由房",即《燕礼》所谓"有房中之乐"是也;二章言"右招我由敖",即《燕礼》"若舞,则勺"是也。

另外,在《诗章句考》中,心伯从诗意、诗韵、诗的结构等角度入手,对《诗经》中某些诗篇章句的划分,提出了自己的见解;在《诗古韵表廿二部集说》中,以前人研究成果为基础,把《诗》韵定为二十二部等,这些都是心伯说《诗》之创新处,也是心伯对《诗》学的贡献。

后者如:"必告父母"条,《毛传》认为"必告父母"意思是"必告父母庙",《郑笺》以"取妻之礼,议于生者,卜于死者"解之。心伯引《礼记·祭统》之文、《左传》"楚公子围取于郑公孙段氏"、"郑公子忽如陈逆妇妫"等材料以驳郑,为毛说提供了新的佐证材料。

"东有甫草"条,《毛传》训"甫"为"大",《郑笺》以为"甫"是地名。心伯引《文选》李善注引《薛君章句》"圃,博也"之文,以申毛说。

其他如"毛传"条列九证以明"毛受《诗》于荀子","诗序"条举八证以明"《序》出毛后",其中很多证据是前人没有发现的。

心伯说《诗》虽大胆求异,不乏新见,却时有凭空臆测之说,如"诗三百"条认为《诗三百》是老聃、苌宏所编订,"侯人"条认为"侯人即曹人僖负羁","无衣"条认为《无衣》是晋武公之大夫作等,皆缺乏充分证据,有强作比附之嫌。

三、从《札记》看夏炘之《诗》学思想

《札记》是心伯说《诗》之代表作,从中自可窥见心伯的《诗》学思想。

1. 兼宗汉宋,博采诸家

《心伯学案》提及心伯学术时说:"先生为学,兼宗汉宋,长《诗》、《礼》二经,而尤深于朱子之书。"[7]《当涂县志》说他"年二十后,于汉宋及明清来诸儒书无不读,而归宿于朱子"。可见,兼宗汉宋是心伯之重要学术思想。这种思想在《札记》中体现得很明显。

具体来说，表现在以下两方面：

一是《札记》多依毛、朱为据，同时博采汉宋诸家之说。对于《札记》来说，兼宗汉宋，主要表现在崇毛尊朱。心伯说诗，多列毛、朱之说于首，以此为基点，展开论述，申明毛、朱之意。如"螽斯"条，首列："《毛传》云：'振振，仁厚也。绳绳，戒慎也。蛰蛰，和集也。'"然后据此阐明诗意："子孙之多不足贵，最足贵者，多而且贤耳……呜呼，盛矣！"此类例子《札记》中俯拾即是，不多举。尤其是对朱子之说，《札记》常常大加赞赏，如"朱子集传之验"条，心伯接连发出"《集传》之说足以感动人主如此"的慨叹；"永矢弗谖"条赞《集传》曰："呜呼！非真安贫而乐道者，其孰克言之，而又孰克知之？"

有时在批驳异义时，《札记》也多折中于毛、朱之说。试举二例。"三家诗"条，批驳班固"与不得已，鲁最为近之"之说，援引匡衡于成帝初上疏之文，其中论说《关雎》之语，其精粹足与毛氏《关雎传》相表里，并由此得出结论，"似《齐诗》之说在鲁、韩二家之上"。此以毛说为准的。《氓》士之耽兮四句"条，以为《郑笺》"就经解经，语意犹浑"，然后援引朱说以明之。此以朱说为准的。

心伯说诗，尊毛崇朱，同时，又不废诸家之说，《札记》中常常引用汉宋以来诸家之语以为佐证，体现了心伯宽广的学术胸怀。如"行露"条引胡承珙之说以申《毛传》，"唐风"条引苏轼之说以明《唐风》之厚"，"七月流火"条引戴震之语以证其说，等等。

值得一提的是，心伯说诗，虽尊毛崇朱，却不是盲目跟从，而是根据文本、材料得出结论，是者从之，非者正之。如"园有桃，其实之殽"条，心伯说："谓园中有桃，采其实即可为殽，无俟他求也，不过形容俭啬之意。毛以为'喻君有民，得其力'，固属迂远。""既伯既祷"条，《毛传》："伯，马祖也。"心伯曰："伯，祭名，马祖不谓之伯。"此为纠毛之例。"简兮公言锡爵"条,以为"朱子以《仪礼》献工当之,非也"。此为纠朱之例。

心伯崇毛尊朱思想之形成,与清代中后期大的历史环境和学术背景有直接关系。关于这点,今人论述颇多,此不赘言。但有两点值得一提,一、心伯一生"以研经卫道为职志",而儒家之道源于孔孟,心伯以为"毛公发明性善,祖述思孟"[8],"毛苌最得圣贤之意"[9],这应是心伯崇毛思想形成之重要原因。二、心伯说《诗》,倾心朱子,不仅因朱子之学博大精深,"说《诗》至朱子集大成矣",还有一点,用他自己的话说,"以为幼读朱子之书,长好朱子之学,老官朱子之乡,殆有天幸",因此,他"见诸生必以朱子学勖之",并"自颜其斋曰'景紫堂'以见志"[10],依此可知,家学渊源和人文环境对心伯尊朱思想的形成起到了重要作用。

二是义理考据并重。大致说来,清代汉学重考据,宋学重义理。然宋学未尝不讲考据,汉学未尝不明义理。特别是晚清以来,由于学术环境的变换,汉宋调和成为学术趋向,"道咸以来,儒者多知义理、考据二者不可偏废,于是兼宗汉宋,学者不乏其人"[11]。其实,义理、考据并重,也一直是清代皖人共同的治学特点,桐城派及其后学自不必说,考据学大师戴震也是如此,段玉裁《戴东原先生年谱》中说:"先生(指戴震)合义理、考核、文章为一事。"[12]生长在这样的学术环境中,心伯治学呈现出义理考据并重的特点,也是情理之中的事了。《札记》便是义理和考据相结合的一部佳作。试举数例:

阐述义理者如:"振振兮绳绳兮蛰蛰兮"条:"子孙之多不足贵,最足贵者,多而且贤耳。振振仁厚,生质无不美也;绳绳戒慎,教训无不尊也;蛰蛰和集,兄友弟恭,太和保合之气萃于一门也。呜呼,盛矣";"驺虞一发五豝"条:"豝五而矢一,未知其所中也,故《笺》

云'战禽兽之命'。必战之者,仁心之至,故终美之曰:'于嗟乎驺虞。'言仁如驺虞。"此类例子《札记》中随处可见。

考据训诂者如:"参差荇菜"条考证荇非凫葵;"崔嵬砠"条,考证《尔雅·释山》、《释丘》中与《毛传》互为相反者三事,皆《毛传》义长;"毛诗逸典"条,辑录出《毛传》中所载古书逸典共50条(其中包括孙志祖《读书脞录》中所载21条),等等。

2. 追新求异,不盲从古人

杨锦富先生在论述夏炘《檀弓辩诬》时说:"崇古而不信于古,古所谓是,未必皆是;古所谓非,未必皆非。"[13]此语用来评价心伯说《诗》,亦恰当不过的了。《札记》尊毛崇朱,广引先儒时贤之说,却不为之所囿。或大胆提出质疑,并加以纠正;或在古说基础上,进一步作广而深的研究,体现出鲜明的追新求异思想。这种求异思想在《札记》中主要表现在下面两点:

一是大胆提出新见或新的证据。这一点在"《札记》的创新"一节中已有详细论述,不再赘述。

二是驳论法的运用。心伯说《诗》,总是先列古人之说,以为批驳的靶子,在批驳中阐明自己的观点,这几乎是《札记》的通例。如"三百篇"条中批驳司马迁"孔子删诗"之说,认为"《史记》之言未得其实";"孔子诗教"条中,批驳郑樵"仲尼编《诗》,为燕、享、祀之时用以歌,而非用以说义也"之说,认为孔子言《诗》重大义,"渔仲此论……未得圣人之《诗》教也",等等。上述之例皆一条批驳一人,心伯还常常在一个条目中对多人观点加以批驳,如"诗序"条先后批驳钱大昕、朱彝尊、马端临等人之说;"自土沮漆"条,批驳胡渭、王引之之说等。驳论法的大量运用,充分体现出心伯不盲从古人、勇于创新的学术精神。

四、《札记》版本概况

《札记》的版本,据有关图书馆的馆藏著录,有以下数种:

1. 咸丰三年(1853)景紫堂刻本,是现存最早的刊本。

2. 咸丰十年(1860)刻本。《读诗札记》共八卷,该刻本却只有五卷,其原因暂不明。

3. 同治元年(1862年)王光甲等汇印《景紫堂全书》本。据《当涂县志》记载,1862年左宗棠驻节婺源,曾命人把夏炘著作十七部共八十一卷汇编成集,并亲题"景紫堂全书"颜于首,则王光甲汇印与左宗棠令人汇编应是同一事。此本以景紫堂刻本为祖本。

4. 民国十年刻本。据《当涂县志》记载,民国十年夏炘曾孙正淋"鬻产重刊全书十七种藏于家",其中包括《读诗札记》。

5. 《续修四库全书》影印本。据上海辞书出版社图书馆藏清咸丰三年刻本影印。

上述刊本收藏于中国国家图书馆、上海辞书出版社图书馆、安徽省图书馆、安徽师范大学图书馆等20多家图书馆。

小　结

夏炘的学术成就虽得到时贤后儒的赞誉,却没能引起现代研究者的充分关注。遍检中外资料,惟钱穆《中国近三百年学术史》中多有引用心伯《景紫堂文集》之文,台湾人杨锦富著有《夏炘学记》一种,及安徽师范大学2006届硕士生杨莉写有《夏炘〈诗〉学思想研究》一文。① 而对于最能代表他《诗》学思想的著作——《读诗

---

① 按:本文在材料查询方面,受该文的启示良多,恕不一一注出。

札记》,竟无一人专门研究,亦无人对之加工整理,甚至很多重要的《诗经》学史研究专著,如洪湛侯《诗经学史》,竟没有提及它。显然,它的价值还没有得到当今学术界的充分认识。

参考文献:

[1][10]鲁式穀编.民国当涂县志[M].南京:江苏古籍出版社,1998:84、84.

[2]夏炘.诗乐存亡谱[M].续修四库全书(第七〇).上海:上海古籍出版社,1987:721.

[3]夏炘.诗经集传校勘记[M].续修四库全书(第七〇).上海:上海古籍出版社,1987:728-729.

[4]中国社会科学院图书馆整理.续修四库全书总目提要[M].北京:中华书局,1993:399.

[5][6]夏炘.景紫堂文集[C].台湾:台湾新文丰出版公司,1999:449、431.

[7][11]徐世昌编,沈芝盈、梁运华校点.清儒学案[M].北京:中华书局,2008:6024、6945.

[8]金天翮.皖志列传稿[M].台湾:台湾成文出版社,1975:400.

[9]夏炘.读诗札记[M].续修四库全书(第七〇).上海:上海古籍出版社,1987:622.

[12]张岱年主编.戴震全书(第六册)[G].合肥:黄山书社,1995:709.

[13]杨锦富.夏炘学记·提要[M].台湾:高雄复文图书出版社,2005.

(吕华亮,淮北师范大学,教授)

宗教鸾赋引《诗》略论

(台湾)欧天发

一、前言

鸾书作品凡诗、词、文、赋、话、训等,既是宗教文学,大部分又属俗文学。鸾书引用《诗经》的研究曾见于杨晋龙《民国肇建前新竹地区鸾书使用〈诗经〉表现探论》,①唯其取样以台湾早期新竹之鸾书八种为范围,又不限于赋体。本篇则以大陆及台湾之鸾赋为范围,列举其中引用《诗》句之实况及含义,以了解民间宗教赋篇引用《诗》句的概况。又廖国栋、王万清有《台湾鸾堂赋的社教功能——以劝戒为主轴》,对鸾赋之社教内容加以全面统计公类;洪文婷有《经学与文学视域下"汉赋用〈诗〉"的同源分流——兼论清代复古思潮的一页空白》,论汉赋引《诗》之经学与文学之价值,可阅读参考。② 本文之取样尚不全面,将来可从事的研究,如文人赋与鸾赋之引《诗》之比较,皆适合切入。

---

① 杨晋龙《民国肇建前新竹地区鸾书使用〈诗经〉表现探论》,《清华中文学报》(国立清华大学中国文学系)第十三期,2015年6月,第107-152页。
② 林登顺主编《2016赋学国际学术研讨会论辑》(一)、(二),台南:台南大学,2016年8月初版。2016年6月17-19日举办。

二、鸾赋引《诗》劝诫分项举要

鸾赋以讽诫或劝励为主旨,赋既以铺写为名,不免摘句捃文,引经叙典。《诗》者咏物写志,譬喻兴寄,自与赋兼比兴,言外有旨之趣相类。① 是以作者之援引,读者亦不难耳熟能详,沁心善入,自可收效立功。兹归纳鸾赋劝诫之各分项,据其引用《诗》义,查考所自之篇什,佐叙含义,亦可据以观察其征引现象。

(一) 戒耽饮

《救生船》所载《戒酒赋·以"惟酒无量不及乱"为韵》云:

> 黄芽炼候,丹鼎歇时。鸾车缓返,鹤氅斜披。觅得黄金谷,推倒白玉卮。不昧惺惺之法,狂歌踏踏之词。……今夫酒以成礼也,称兕觥,奠凤卣。酌金罍,携玉斗。以跻公堂,以宁胡耇。郁鬯以降鬼神,洗腆以养父母;吹笙以乐嘉宾,伐木以宴朋友。光邦家则其香其馨,乐君子则且多且有。……乱笾豆则兄弟情乖,愆干糇则友朋意拂。……威仪幡幡,威仪怭怭,逢曲车仍认恋清香;履舞傞傞,履舞僛僛,对秬鬯尚贪芬苾。②

副题"惟酒无量不及乱"见于《论语·乡党》,言饮酒之量当宜

---

① (清)刘熙载《艺概》引《诗品》"直书其事,寓言写物,赋也。"乃曰:"风诗中赋事往往兼比兴之意。……赋兼比兴,则以言内之实事,写言外之重旨。"见卷三,第97页,台北:华正书局,1988年。
② 《明清民间宗教经卷文献续编》第九册,第40-41页。台北:新文丰,2006年。

自己控制,以不涉于礼之乱为止,主人或劝酒者当依此原则以为中庸之道,故引此句作为全文七段之韵字。赋第二段连续引《诗》句以言饮酒之乐。

"兕觥"见于《诗》者有《周南·卷耳》:

> 陟彼高冈,我马玄黄。我姑酌彼兕觥,维以不永伤。

《传》云:"兕觥,角爵也。"即角制酒杯。《小雅·桑扈》:兕觥其觩,旨酒思柔。彼交匪敖,万福来求。

《周颂·丝衣》:

> 丝衣其紑,载弁俅俅。自堂徂基,自羊徂牛。鼐鼎及鼒,兕觥其觩。旨酒思柔。不吴不敖,胡考之休。

《桑扈》、《丝衣》二篇都同用"兕觥其觩,旨酒思柔"句,皆云:匪敖、不敖。《豳风·七月》第八章云:

> 九月肃霜,十月涤场。朋酒斯飨,曰杀羔羊。跻彼公堂,称彼兕觥,万寿无疆。

"跻彼公堂,称彼兕觥,万寿无疆。"《传》云:"公堂,学校也。觥,所以示众也。"《说文》:"觵,兕牛角可以饮者。"觵即觥,言以牛角作为饮器。称,举也。言收成涤场之后,于公堂举行宴饮大会,啖肉饮酒,举杯互祝长寿也。屈万里云:

> 兕觥,匜类之稍小而深者,或有足或无足,而皆有盖。

盖皆作牛首形。①

刘毓庆亦云：

> 今出土之兕觥多为铜制，一般为带角兽头形。②

意指十月涤场之后，君臣之间觥酒宴乐也。《戒酒赋》引此乃谓公事饮酒，互相庆享，此为不可免之享礼用酒。

又《卷耳》："陟彼崔嵬，我马虺隤。我姑酌彼金罍，维以不永怀。"金罍为诸侯、大夫之饮器。近年考古所见商周铜罍甚多，腹部呈圆形，颈细口小上有云雷蟠螭之象。③《项羽本纪》："玉斗一双，欲与亚父。"玉斗亦饮器。（明）宋濂《蟠桃核赋》："凤卣鸾彝，同藏珍于天府。"卣音酉，商周时有提把之酒器。"以跻公堂，以宁胡耇"，言饮酒亦可以安宁老寿者之心。《周颂·载芟》云："有椒其馨，胡考之宁。"《周颂·丝衣》云："不吴不敖，胡考之休。"胡与"遐"通，④《左传》谓之胡耇。《左传·僖公二十二年》："虽及胡耇，获则取之，何有于二毛？"胡耇即即胡考。⑤《小雅·南山有台》

---

① 屈万里《诗经诠释》第9页，《卷耳》注。台北：联经出版公司，2002年。（1983年2月初版）
② 刘毓庆《诗经图注（国风）》第14页。高雄：丽文文化事业，2000年。
③ 刘毓庆《诗经图注（国风）》第13页。
④ 姚际恒《诗经通论》："胡，毛传曰：寿也。胡之训寿，亦未闻。按《仪礼·士冠》曰'胡福'，《少牢》曰'胡寿'，皆与'遐'通。使胡为寿，《少牢》不当云胡寿矣。"第502页。中央研究院"汉籍电子文献数据库"《姚际恒著作集》http://hanji.sinica.edu.tw/。屈万里《诗经诠释》："胡考谓先考也"。第589页。
⑤ 杨伯峻《春秋左传注》第398页。高雄：复文图书，1986年。影中华书局1981年版。

作黄耇:"乐只君子,遐不黄耇。乐只君子,保艾尔后。"谓老人发白而复黄;耇,老也①,则与胡考义同。

又云:"郁鬯以降鬼神,洗腆以养父母":郁鬯言祭祀之用酒,洗腆言敬父母之用酒。《周礼·春官·郁人》:"郁人掌祼器,凡祭祀、宾客之祼事和郁鬯以实彝而陈之。"《礼记·礼器》:"诸侯相朝,灌用郁鬯",郁鬯为祭祀之酒。《诗·大雅·江汉》:"厘尔圭瓒,秬鬯一卣。告于文人,锡山土田。"《笺》云:"秬鬯,黑黍酒也。"言对有德之人锡以圭瓒、黑黍酒及名山土田。《书·酒诰》:"厥父母庆,自洗腆,致用酒。"蔡沈《集传》:"洗以致其洁,腆以致其厚也。"用酒以厚待父母之意。此句言凡祭鬼神,致厚父母皆须以酒。

"吹笙以乐嘉宾,伐木以宴朋友。"吹笙见《鹿鸣》:"呦呦鹿鸣,食野之苹。我有嘉宾,鼓瑟吹笙。"以鹿鸣之悦乐作为宴饮悦乐之起兴。"我有旨酒,嘉宾式燕以敖","鼓瑟鼓琴,和乐且湛。我有旨酒,以嘉乐嘉宾之心",故赋文云"吹笙以乐嘉宾",言饮酒而鼓瑟吹笙于席间,可谓极乐矣。

赋又云:"乱笾豆则兄弟情乖,愆干糇则友朋意拂",笾豆、干糇之义皆出《小雅·伐木》。《伐木》云:

……伐木许许,酾酒有藇。既有肥羜,以速诸父。宁适不来?微我弗顾。

……伐木于阪,酾酒有衍。笾豆有践,兄弟无远。民之失德,干糇以愆。

有酒湑我,无酒酤我。坎坎鼓我,蹲蹲舞我。迨我暇矣,饮此湑矣。

---

① 屈万里《诗经诠释》第308页。

"笾豆有践,兄弟无远",凡祭祀之肉殽容器之陈列,皆尊卑井然有序。笾豆,祭祀之容器。《尔雅·释器》:"木豆谓之豆,竹豆谓之笾"。扬之水云:

> 豆和笾形制略同,都是圈足、高柄的浅盘。单言豆,可以包括笾,……单言豆可以包括笾,……若细分,则豆多为木制,用来盛肉食;笾则以竹,用来盛果实。①

"笾豆有践"又见于《豳风·伐柯》,有践,行列之貌。②《宾之初筵》则云:"乱我笾豆。""酾酒有茚",酾(音师),醇也;茚(音叙)美也。③ 毛《序》云:"燕朋友故旧也。"言击鼓跳舞,饮酒作乐,与《鹿鸣》之义相似。"民之失德,干餱以愆"言:干食至微,乃有因而得过者。④

"威仪幡幡,威仪怭怭"、"屡舞僛僛,屡舞傞傞",见《小雅·宾之初筵》:

> ……宾之初筵,温温其恭。其未醉止,威仪反反。曰既醉止,威仪幡幡。舍其坐迁,屡舞仙仙。其未醉止,威仪抑抑。曰既醉止,威仪怭怭。是曰既醉,不知其秩。
>
> 宾既醉止,载号载呶。乱我笾豆,屡舞僛僛。是曰既醉,不知其邮。侧弁之俄,屡舞傞傞。既醉而出,并受其福。……

---

① 扬之水《诗经名物新证》,第225页。北京古籍出版社,2000年。
② 屈万里《诗经诠释》,第276页。
③ 屈万里《诗经诠释》,第290页。
④ 屈万里《诗经诠释》,第290页。

《宾之初筵》二章言祭祀先祖之时,宾尸未醉时威仪反反,及其已醉,乱其笾豆而舞姿倾斜矣。末段:"肆筵设席",怀子完"秩秩德音"出于《秦风·小戎》,《大雅·假乐》:"威仪抑抑,德音秩秩""载号载呶,酣窟室而民贫"出于《宾之初筵》。"光邦家则其香其馨,乐君子则且多且有",《小雅·南山有台》云:

　　南山有台,北山有莱。乐只君子,邦家之基。乐只君子,万寿无期。
　　南山有桑,北山有杨。乐只君子,邦家之光。乐只君子,万寿无疆。
　　……南山有枸,北山有楰。乐只君子,遐不黄耇。乐只君子,保艾尔后。

君子既为邦家之光,故当燕飨以祝其眉寿也。《周颂·载芟》云:

　　……有飶其香,邦家之光。有椒其馨,胡考之宁。匪且有且,匪今斯今,振古如兹。

酒醴馨香象征邦家之光,也象征长寿安宁。《小雅·鱼丽》:

　　鱼丽于罶,鲿鲨。君子有酒,旨且多。鱼丽于罶,鲂鳢。君子有酒,多且旨。鱼丽于罶,鰋鲤。君子有酒,旨且有。……

"且多且有"言酒之丰美也。

《忠孝集》《戒饮赋·以"食无求饱"为韵》云：

> 东道践行,恋故交兮意惬;西窗剪烛,宴雅友兮情愉。不必致咏《鹿鸣》,君臣欢酬酢之乐;亦非兴歌燕饮,男女庆新婚之娱。①

《小雅·鹿鸣》言宴乐饮酒而乐,第三章：

> 呦呦鹿鸣,食野之芩。我有嘉宾,鼓瑟鼓琴。鼓瑟鼓琴,和乐且湛。我有旨酒,以燕乐嘉宾之心。

言必有众乐同奏,加以旨酒,始得辅宾主之乐。鹿鸣食芩,借以兴起快意之心情。毛《序》云："燕群臣嘉宾也。"故凡饮宴之悦乐多用《鹿鸣》之篇名。

《删增忠孝集·戒饮赋》以"禹恶旨酒"为韵：

> 鸭绿鹅黄,小文大武。色分浊清,味有甘苦。既醉必乱精神,斯饮便穿脏腑。不但可酌于鬼神,抑且可饮夫君父。歌有《行苇》,供交酢夫主宾;献著馨椒,欣来歆之妣祖。推之《頍弁》之燕兄弟,既旨而继既嘉;《伐木》之燕友朋,我湑又偕我舞。……尔乃好酒之徒,沉醉之士。无酒我酤,不醉反耻。……以故《泰誓》之作②,沉湎与冒色同讥;《五子之歌》,甘酒与嗜音并拟。……不观周公作诰,

---

① 《全台赋补遗》,第215页。台南:台湾文学馆,2014年。
② 原作《秦誓》。

无醉之戒惟严;卫武赋诗,伐德之愆谁咎?……①

本文多以《诗》、《书》为典。《大雅·行苇》讲祭祖宴乐,讲兄弟和谐,祈求长寿:

> 敦彼行苇,牛羊勿践履。方苞方体,维叶泥泥。戚戚兄弟,莫远具尔。或肆之筵,或授之几。
> ……舍矢既均,序宾以贤。……
> ……四鍭既钧,序宾以不侮。
> 曾孙维主,酒醴维醹。酌以大斗,以祈黄耇。
> 黄耇台背,以引以翼。寿考维祺,以介景福。

第三章云:"舍矢既均,序宾以贤",第四章说:"序宾以不侮","酌以大斗,以祈黄耇",所以赋文说:"歌有《行苇》,供交酢夫主宾"。言主宾借此祭典,以贤序宾。能交相敬酬,祈求眉寿。《小雅·頍弁》:

> 有頍者弁,实维伊何?尔酒既旨,尔殽既嘉。岂伊异人?兄弟匪他。茑与女萝,施于松柏。未见君子,忧心弈弈。既见君子,庶几说怿。

"岂伊异人?兄弟匪他。茑与女萝,施于松柏。"贵族的内部聚会,却连兄弟都无法团结。茑与女萝必须相依附,但最重要的是要在松柏上取得坚实的重心,得到保护。《小雅·伐木》已见前引,

---

① 《全台赋补遗》,第268页。

云:"有酒湑我,无酒酤我。……迨我暇矣,饮此湑矣。"言有酒则湑之,无酒则酤之,①《笺》云:"要欲厚于族人。"

引《尚书》者,古文《书·泰誓上》:"今商王受……沉湎冒色,敢行暴虐。"孔氏《传》:"沉湎嗜酒,冒乱女色"。《五子之歌》:"甘酒嗜音,峻宇雕墙。"《书·酒诰》周公以成王命告康叔也,②故曰:周公作诰。《大雅·抑》,《序》云:"卫武公刺厉王,亦以自警也。"《国语·楚语上》:"卫武公年数九十有五矣,犹箴儆于国,……于是乎作《懿》戒以自儆也。"韦昭注云:"《懿》即《诗·大雅·抑》之篇也。"③《抑》云:"颠覆厥德,荒湛于酒",故曰:"卫武赋诗"。

《拯世破迷宝诰》亦有武穆王《戒酒赋》以"惟酒无量"为韵④,文字较短,为白描的讽诫,几无用典。又其九天上相孚佑帝君《戒淫赋》以"美色削枯骨"为韵,篇幅较长,亦无经典故实。⑤

(二)戒杀生

《苦海金堤》张仙(饮中八仙之张旭)《戒杀赋》以"放下屠刀立地成佛"为韵云:

> 观夫宇宙之间,尘寰之上。庖丁每逞艺精,猎户惟夸胆壮。生灵虽小,何苦残伤;鷇鷏堪怜,急宜舍放。……况且战马出力于沙场,耕牛有功于田野。……人皆不忍,胡为饕餮于世间;物亦含生,竟遭荼毒于厨下。张罗捕雀,举网得鲈。调和鼎鼐,充满盘盂。……保全物命,祥

---

① (清)王先谦撰,吴格点校《诗三家义集疏》,第574页。台北:明文书局,1988年影点校本。
② 屈万里《尚书集释》,第157-158页。台北:联经,1983年。
③ (吴)韦昭注《国语》第552页,台北:汉京文化,1983年影印点校本。
④ 《明清民间宗教经卷文献续编》第五册,第578页。
⑤ 《明清民间宗教经卷文献续编》第五册,第592页。

征鳞趾振振;无愧我心,瑞卜螽斯缉缉。……①

《周南·麟之趾》:"麟之趾,振振公子,于嗟麟兮。"《传》云:"振振,信厚也",振振公子,言其子孙仁厚也。引此篇者,谓如麟兽之仁,子孙亦当如此,仁爱万物,故云"保全物命"。《周南·螽斯》:

螽斯羽,诜诜兮。宜尔子孙,振振兮。……螽斯羽,揖揖兮。宜尔子孙,蛰蛰兮。

此"振振"是众盛貌,②与揖揖、诜诜、蛰蛰盖皆羽声繁盛之状声词。赋作螽斯"缉缉",其意同。以螽斯羽为兴者,用其数之众多,贺其子孙繁衍,而子孙之繁衍又有待于仁厚之培养也,二句可谓前后互证之文。文义上与"鳞趾振振"相应,而曰"无愧于心"者,犹"保全物命"之补充语。此联引《诗》以揭示人当戒杀保命,仁爱万物,实亦等于珍爱其子孙之生命,并使其延续此仁厚之风也。

(三)劝和衷

《渡世慈航》《劝和衷赋·以题为韵》:

方寸宜解忿,中心莫挟怨。自己正直坚持,管人瑜瑕参半。……存心养性,保合太和。……乡党存和睦,兄弟勿相攻。……岂无雀角之争,岂无阋墙之斗。计较多端,议论逞富。一家如仇敌,百忍何流露。心既窄狭,福岂能

---

① 《明清民间宗教经卷文献续编》第五册,第 675–676 页。
② 朱子及马瑞辰说,屈万里《诗经诠释》,第 11 页。

赐。普劝天下士,和平神宜注。愚顽多不悟,抚今而作赋。①

云:雀角之争,见《召南·行露》:

……谁谓雀无角,何以穿我屋?谁谓女无家,何以速我狱?……
谁谓鼠无牙,何以穿我墉?谁谓女无家,何以速我讼?……

第二、三章皆以"何以速我狱(讼)"为问,可见是因对方侵权造成的诉讼纠纷。赋作者亦认为勿相争相侵,勿涉法律为上。阋墙之斗,《小雅·常棣》:"兄弟阋于墙,外御其务。"《传》:"务,侮也。"《左传·僖二十四年》、《国语·周语中》富辰引《诗》皆作"外御其侮",②云:"兄弟虽有小忿,不废懿亲"、"虽阋不败亲也"。赋亦谓无论乡党、兄弟皆当同御外侮,以和衷共济为务。

(四)劝廉节、劝仁、劝忠孝

《忠孝集·戒廉赋》,以"非义莫取"为韵,第二段:

士乏清操之辈,难免贪饕之讥;官无介节之人;不免硕鼠之议。只图身家之显赫,何计人民之被累。③

---

① 《全台赋校订》第345-346页,原载《渡世慈航·克部》卷五。台南市:台湾文学馆,2014年。
② 《左传·僖二十四年》引称召穆公之诗。《国语·周语中》引称周文公之诗。
③ 《全台赋补遗》,第207页。

《魏风·硕鼠》:

硕鼠硕鼠,无食我黍。三岁贯女,莫我肯顾。逝将去女,适彼乐土。乐土乐土,爰得我所?……

《毛序》:"刺重敛也",或谓《硕鼠》为臣去君之辞。君不能重用人才,臣将离去,如宁戚去卫而之齐,歌《硕鼠》以干齐桓。见《吕览·举难》、《说苑·善说》。田鼠则吃粮不吃禾苗。《神农本草经》、《古今注》等皆云蝼蛄一名硕鼠,为直翅类昆虫,在土中夏天啃食黍谷之苗根,秋食麦之苗根,与诗文合。① 唯一般诗文引用仍采毛义,谓重敛贪奢之君臣也。

《删增忠孝集》《劝仁赋·以"仁者安仁"为韵》:

……恩及庶类,驺虞亦可名官;祥兆一家,《麟趾》为能逮下。甚有千百世蒙其乐利,无忧缺憾而平成;亿万年沐其休嘉,显著经纶于草野。见囚而泣,非缘钓誉弋名;视民如伤,实是胸藏心写。宜乎报隆景福,子桂孙兰;恩洽民怀,歌衢祝嘏。②

《周南·麟之趾》,以"振振"为信厚,见毛《传》说,并见前"戒杀生"项。"祥兆一家,《麟趾》为能逮下。"韩说曰:"美公族之盛也。"亦无"逮下"之说。③ 案:《樛木·序》:"后妃逮下也,言能逮下而无嫉妒之心焉。"赋此引《麟趾》,兼指仁厚而能逮于下也。

---

① 刘毓庆《诗经图注(国风)》,第 327-332 页。
② 《全台赋补遗》,第 245 页。
③ (清)王先谦撰,吴格点校《诗三家义集疏》,第 61 页。

《删增忠孝集》《劝忠赋·以"事君能致其身"为韵》：

> 呜呼！国乱民危。或哀鸿以致叹，或硕鼠而兴悲。进则强敌相迫，退则宵小交推。肆起干戈，生死殊难逆料；倾颓廊庙，女男尽属离疲。勤事劳王，嗟汾阳之不作；兴师举义，叹真卿之已而。伊谁国计所关，务远者与大者；彼孰民艰是念，爰思其而图其。①

"或硕鼠而兴悲"，盖言凡诚忠者不乐见政治之腐败也。《硕鼠》义已见前。

《唤醒金钟》《忠孝廉节赋》：

> 鲜苞苴之登堂，问心无愧；仅诗书之教子，持度严谨。……梦断鸳帐，一朝丧失所天；意切《柏舟》，不落狂且之说。……②

《鄘风·柏舟》：

> 泛彼柏舟，在彼中河。髧彼两髦，实维我仪，之死矢靡它。母也天只！不谅人只！……

姚际恒《诗经通论》："当是贞妇有夫蚤死，其母欲嫁之，而誓死

---

① 《全台赋补遗》，第 243 页。
② 《全台赋补遗》，第 370－371 页。

不愿之作也。"①赋文以"节"为劝,盖近此旨。狂且,《郑风·山有扶苏》:"山有扶苏,隰有荷华。不见子都,乃见狂且。"屈万里云:"狂且,狂而且拙之人也。"赋谓当洁身自守,勿竟陷于与狂拙者为偶也。《邶风》亦有《柏舟》,《序》云:"言仁而不遇也。"朱子《集传》:"妇人不得于其夫。"于此义盖远。

(五)戒女子入庙进香

《节义宝鉴》基隆广泽尊王《戒青年女子入庙进香赋》第二段云:

独不思纷华道路,聊表意外闲观。藉一线之通,桃颜已启;望片时之乐,梆眼将穿。惹动游子情牵,相思消息;随我桑中之约,意望情专。②

案:《鄘风·桑中》首章:

爰采唐矣,沫之乡矣。云谁之思,美孟姜矣。期我乎桑中,要我乎上宫,送我乎淇之上矣。

《序》云:"刺奔也,卫之公室淫乱,男女相奔。……"《正义》曰:"作《桑中》诗者,刺男女淫乱而相奔也。"《左传·成二年》:"……申叔跪适郢,遇之(屈巫)曰:异哉,夫子有三军之惧而又有《桑中》之喜,宜将窃妻以逃者也。"以《桑中》为窃妻之诗。③ 赋文

---

① 姚际恒《诗经通论》第100页。中央研究院"汉籍电子文献数据库"《姚际恒著作集》http://hanji.sinica.edu.tw/。

② 《全台赋补遗》,第299页。

③ (清)王先谦撰,吴格点校《诗三家义集疏》,第230页。

引此,戒女子勿利用庙会期待男子之约,更勿期待对方的专情。

(六)崇幼学

《删增忠孝集》李仙翁太白《劝幼学赋》,以"人生不学如牛羊"第五段:

> 勿以幼而安放纵,勿以幼而听宽舒。……以蚁术而为功,良有以也;以鸡鸣而戒旦,慎勿忽诸。……①

此篇以勉童子向学,守身成就,免受无知之讥。并以俗语"人生不学如牛羊"为各段韵字,有如副题。"以蚁术而为功"出《礼记·学记》:"一年视离经辨志,三年视敬业乐群……夫然后足以化民易俗,近者说服而远者怀之,此大学之道也。《记》曰:'蛾子时术之',其此之谓乎?"谓学习如小飞蛾,时时努力。"以鸡鸣而戒旦"一出《郑风·女曰鸡鸣》:

> 女曰鸡鸣,士曰昧旦。子兴视夜,明星有烂。将翱将翔,弋凫与雁。
> 弋言加之,与子宜之。宜言饮酒,与子偕老。琴瑟在御,莫不静好。……

《笺》云:"此夫妇相警觉以夙兴,不留色也。"又《齐风·鸡鸣》:

> 鸡既鸣矣,朝既盈矣。匪鸡则鸣,苍蝇之声。

---

① 《全台赋补遗》,第240页。

东方明矣,朝既昌矣。匪东方则明,月出之光。
虫飞薨薨,甘与子同梦。会且归矣,无庶予子憎。

《毛序》云:"……夙夜警戒相成之道也。"凡《诗》"鸡鸣"之叙述,解者皆多归属于相戒早起,慎而不耽沉也。故曰:"以鸡鸣而戒旦,慎勿忽诸。"又《郑风·风雨》:

风雨凄凄,鸡鸣喈喈。既见君子,云胡不夷。
风雨潇潇,鸡鸣胶胶。既见君子,云胡不瘳。
风雨如晦,鸡鸣不已。既见君子,云胡不喜。

《毛序》云:"……乱世则思君子不改其度焉。""风雨如晦,鸡鸣不已"更成为乱世忠贞,众醉独醒的标志,亦足以勉夫幼学启蒙之志向焉。

(七)励多士、奖善举

《唤醒新民·访土牛感化堂赋》,以题为韵:

则见至止肃肃,如在洋洋。或司果,或司茶,毋忘拜献;若迎神,若请诰,群切趋跄。感格上穹,炼就铿锵音韵;化成多士,昭回云汉文章。……①

"至止肃肃",说的是神降临时的神态肃穆可敬。《周颂·雝》:

有来雝雝,至止肃肃。相维辟公,天子穆穆。……绥

---

① 《全台赋校订》,第 390 - 346 页。

我眉寿,介以繁祉。既右烈考,亦右文母。

《序》云:"禘太祖也。"郑《笺》:"禘,大祭也。……太祖谓文王。"则是禘祭文王之诗乐。雝雝指神明降临之时雍容和悦之貌。赋文曰"至止肃肃"者,应指感化堂诸仙佛降止,故堂内鸾生"或司果,或司茶,毋忘拜献"。"感格上穹",格,神至也,言感动天上神明而临至。《清庙》云:

于穆清庙,肃雍显相。济济多士,秉文之德。对越在天。

"肃雍"显相就是雝雝、肃肃,言神宾之来,容态和雍,精神凝肃。《唐风·鸨羽》:"肃肃鸨羽,集于苞栩。"此作鸟羽之声也。"如在洋洋",言其神之灵无所不在。《陈风·衡门》:"衡门之下,可以栖迟。泌之洋洋,可以乐饥。"《传》:"洋洋,广大也。"《陈风·硕人》:"河水洋洋",《传》:"盛大也"。以言神之下止,无所不在。《中庸》:

子曰:"鬼神之为德,其盛矣乎。……使天下之人齐明盛服,以承祭祀。洋洋乎,如在其上,如在其左右。……夫微之显,诚之不可掩如此夫。"

谓祭祀之时,神灵或在上下,或在左右,人之思惟无所掩饰也。《齐风·猗嗟》:"巧趋跄兮,射则臧兮。"趋跄本言射姿之美巧,此形容迎神礼仪之熟练。云:"化成多士,昭回云汉文章"者,《大雅·云汉》:

倬彼云汉,昭回于天。王曰:於乎!何辜今之人?天降丧乱,饥馑荐臻。靡神不举,靡爱斯牲。圭璧既卒,宁莫我听?

《云汉》之旨,郑《笺》云:"云汉谓天河也。昭,光也。时旱渴雨,故宣王夜仰视天河,望其候焉",诗文言:既值天旱,而诉之于天,诉于先祖;念于群臣,念于民庶,皆无法得到天之响应。赋文用"昭回于天"以形容文章多士,应该是结合《清庙》"济济多士,秉文之德"含义的用法。

《挽世金篇·继文德馨赋》以题为韵,"馨"段:

〔许生德馨续"馨"字〕人生一世,不过百龄。种好心地,刻记盘铭。澡身浴德,穷理横经。学孔孟之书史,遵仙佛之典型。效左、羊,信乎朋友;继管、鲍,兴于家庭。善由己作,福降天廷。如竹苞矣,如兰斯馨。①

本篇系由柳星君及鸾堂的许德馨、刘继文合作。柳星君另有《德馨如松赋·以题为韵》。② 竹苞者,《小雅·斯干》首章:

秩秩斯干,幽幽南山,如竹苞矣,如松茂矣。兄及弟矣,式相好矣,无相犹矣。

《传》云:"干,涧也。苞,本也。"《广雅》:"犹,欺也。"言兄无相欺而当以诚,犹竹之丛生,松之茂盛。此筑室既成而颂祷之诗。如

---

① 本篇以《挽世金篇·山部》卷七。《校订》,第361页。
② 《全台赋补遗》,第221-222页。"德馨如松赋"第五段自称"老柳"。

竹苞,言如竹之丛生积密。① 赋文引此,言行善而获天降福。如竹之茂,如兰之馨。

(八) 叙宴会

《救生船·拟东方朔蟠桃会赋并序》:

> ……俄而三教圣真,群仙之属。援飞茎于葛藟,揽长萝于樛木。隃峭崿之峥嵘,拂烟花之蓬勃。……金乌既奋翼而翔,铜雀既匜翅而鼓。于是嘵嘵喈喈,喔喔嘈嘈。鸣夫其中,舞乎其内。……②

《周南·樛木》:

> 南有樛木,葛藟累之。乐只君子,福履绥之。
> 南有樛木,葛藟荒之。乐只君子,福履将之。……

累,累也,缠绕。以葛藟之累樛木,兴福履之绥安于君子。又《小雅·南有嘉鱼》亦云:"南有樛木,甘瓠累之。"赋文虽只铺写群仙飞临林间,攀缘利落,飞回轻巧,自然也有君子参宴而获福得安之喻。《樛木》之旨,崔治以为:

> 《樛木》为赞美祝福贵族男子之诗。以葛藟缠绕樛木起兴,喻君子有就下之德,体现了君上与臣下的和谐

---

① 义俱参屈万里《诗经诠释》,第340页。
② 《明清民间宗教经卷文献续编》第九册,第22页。

关系。①

谓樱木以喻逮下之意。又《王风·葛藟》：

> 绵绵葛藟，在河之浒。终远兄弟，谓他人父。谓他人父，亦莫我顾。……

乃自叹指责之辞。以葛藟之绵绵反讽兄弟之离远，非本赋之喻旨。葛藟，今曰野葡萄或光叶葡萄，枝有卷须，常攀附蔓生。② 单言葛则为葛藤，《唐风·葛生》："葛生蒙楚，蔹蔓于野。"言葛与蔹皆衍生蔓延之草。制品即《齐风·南》、《小雅·大东》等之葛屦。③

赋云："嘐嘐喈喈"，以状金鸟、铜雀之叫声。嘐，《玉篇》："鸡鸣也。"《广韵》："《诗》云:鸡鸣嘐嘐。"今本《郑风·风雨》作"胶胶"：

> 风雨潇潇，鸡鸣胶胶。既见君子，云胡不瘳？风雨凄凄，鸡鸣喈喈，既见君子。云胡不夷？……

胶胶（嘐嘐）、喈喈都是鸡鸣鸟唤之状声词。又《孟子·尽心下》："何以谓之狂也？曰:其志嘐嘐然。"《说文·嘐》："夸语也。"赋盖用《诗》义。"喈喈"之声，凡风声、鸟鸣、鸡鸣、鼓钟、鸾铃俱能用之：

---

① 崔治《〈诗经·国风·樱木〉篇考释及主旨辨析》，《诗经研究丛刊》第二十六辑，2015年，第20页。
② 见潘富俊著，吕由摄影《诗经植物图鉴》，第22–23页。上海书店，2003年。
③ 潘富俊著，吕由摄影《诗经植物图鉴》，第18–19页。

《葛覃》：维叶萋萋，黄鸟于飞。集于灌木，其鸣喈喈。
《风雨》：风雨凄凄，鸡鸣喈喈。既见君子，云胡不夷。
《出车》：仓庚喈喈，采蘩祁祁。
《鼓钟》：鼓锺喈喈，淮水湝湝。忧心且悲。
《烝民》：四牡骙骙，八鸾喈喈。仲山甫徂齐，式遄其归。

或单用喈字，《邶风·北风》："北风其喈，雨雪其霏。"

云"喁喁嚌嚌"者，喁喁，鸟相和之声。《尔雅·释诂》："关关喁喁，音声和也。"王逸《九思》："鸳鸯兮喁喁"。喁喁亦作雝雝，《大雅·卷阿》：

> 凤凰鸣矣，于彼高冈。梧桐生矣，于彼朝阳。菶菶萋萋，雝雝喈喈。

"雝雝喈喈"形容凤凰高冈之鸣，"菶菶萋萋"形容梧桐之茂。鲁、齐《诗》"雝雝"作"喁喁"①《笺》云："'雝雝喈喈'喻民臣和协。""嘒嘒"，鸣蜩、车鸾声、管声都可用为状声词：

> 《小弁》：菀彼柳斯，鸣蜩嘒嘒。
> 《采菽》：其旂淠淠，鸾声嘒嘒。
> 《那》：鼗鼓渊渊，嘒嘒管声。

赋云："嘐嘐喈喈，喁喁嘒嘒。鸣夫其中，舞乎其内"等语是用

---

① （清）王先谦撰、吴格点校《诗三家义集疏》，第908页。台北：明文书局，影印点校本。原书为北京：中华书局1987年。

以形容当蟠桃之会百乐齐奏之时,鸟禽和鸣跃舞之盛况。

三、结语

(一)宗教鸾书即以教化于民众为己任,其引《诗》可当"上以风化下"之义。宗教借重于神佛之名以从事教化,神佛之文复借《诗》句、《诗》义以教于民众。

(二)鸾书借仙佛降文以作为社会教育之良方,虽涉宗教民俗,而其笃志与古人赋《诗》、引《诗》无以异。亦合《礼记》"温柔敦厚,《诗》教也"之旨。

(三)鸾堂赋引《诗》,多见于戒耽饮、戒杀生、劝和衷、劝廉节忠孝仁、戒女子入庙进香、崇幼学、励多士奖善举、叙宴会等。

(欧天发,台南大学国语文学系,教授)

演绎、转化与运用
——民国诗话中的诗经学阐释

(台湾)林淑贞

一、导论

《诗经》是中国文学的源头,也是诗学的开端,历经2000年的演绎之后,形成体系庞大的《诗经》阐释学。自汉迄唐,主流以古文《毛诗》为主,郑玄作《笺》流传甚广,形成"《诗经》汉学",宋初疑经风潮起,迄朱熹《集传》之后,成"《诗经》宋学"代表,至于清代,兼采汉宋,道咸之后,今文三家一度复兴,乾嘉期间以考据为主,嘉道年间《诗经》学又自成流派,造诣宏深,超越汉宋,是为"《诗经》清学"①;民国因西学影响,继以疑古风潮兴起,《诗经》研究由经典转向民俗、文化与文学化的研究,呈现多元丰富的研究向度。

研究中国诗学向以"诗话"为大宗,但是,研究《诗经》与诗话似乎被截成二段,互不相涉,其一、诗经学研究,开出经学与文学二个面向,在历经汉学训诂名物、宋学疑古风潮、清学考据、民国时期多元阐释等视角殊异,有从《诗经》学史建构纵向的历史脉络,亦有横向讨论某时代之专人专书研究;虽然,民国初期的诗经研究有所转向,将《诗经》从经典的地位拉下来,去经典化,将之视为歌谣,并且从社会史、民俗史、文化史的视域重新检视其成就,或如闻一多则从原型(archetype)阐述之外,并未开展与诗话有关之论述。其二,

---

① 见洪湛侯《诗经学史》,北京:中华书局,2002年、《自序》第3-9页。

民国诗话研究。民国时期(1912－1949)仍有许多文人撰写传统诗话,数量庞大,但是讨论者鲜少,遑论与《诗经》之关联性论述。例如,《诗话概说》除绪论之外,将中国诗话分作宋、金元、明、清等时期,未及于民国诗话①。而蔡镇楚《中国诗话史》虽有《现代诗话》专章谈民国,却仅及《鲁迅诗话》、《沫若诗话》,更多的民国诗话未及评介②。

民国诗话之数量据张梦芙考订,可能有百余种之多,然而散落各地,搜集不易,目前处理民国时期诗话的著作有张寅彭编校《民国诗话丛编》六册,凡26位作者,37种诗话,在散落不易搜集之下,《民国诗话丛编》一书弥足珍贵。复次,张继嫄搜编1912－1949年期间的诗话约有174种,未明者有23种③,可知民国时期之诗话存量甚多。无论二者选取标准如何,至少为民国诗话留下汇编与搜集的线索。

诗话一直是中国讨论诗学重要的典范与材料库,谈诗学,一定归本于《诗经》,而诗经学的内容,有哪些是诗学必定用来阐述与演绎的部分呢?

盱衡中国近代诗学史之流派纷呈,有维新派之康、梁、黄、曾等人,有宋诗派之同光体陈三立、陈衍诸人,有六朝之王闿运及革命南社之柳亚子、马君武等人,有新派诗话之鲁迅等人。对于民国诗

---

① 刘德重、张寅彭:《诗话概说》,北京:中华书局,1990年。
② 蔡镇楚:《中国诗话史》,长沙:湖南文艺出版社,1989年,卷七《现代诗话》共分三章,第一章谈诗话的历史转变,二章谈诗话史的新里程碑,提及鲁迅及郭沫若之诗话,第三章谈现代诗话发展新趋势。
③ 彭继媛:《西学东渐中的民国旧体诗话研究》(湖南师范大学博士论文,2012年),《附录一:民国旧体诗话的目录及版本演变》辑有1912－1917年39种诗话,1918－1927年辑有42种,1928－1937年辑有62种,1938－1949年辑有31种,共有174种,而未明者有23种。第393－405页。

话之群体作者,诗学史往往阙而弗论,除了关注几位耳熟能详的重要诗话作家包括陈衍、王国维、鲁迅诸人之外,余皆鲜少论及。例如陆耀东主编之《近代诗学》即是。民国时期,世局纷乱之际,一群诗话作者如何承接传统诗经学以对应于新旧文化冲击?选择民国诗话入手,主要是因为传统诗人接受积淀的传统文化,在易代之际的感受会更强烈,透过跨越帝国与民国之际,知识分子如何观看时代变化?如何借用《诗经》进行诗学论述?如何书写、存录这一段历史?而《诗经》在纷乱世代之中,又起了什么样的影响力?本文目的有四,其一,爬梳《诗经》与时代的关涉,旨在探论民国时期群体诗话作者如何运用诗教提振日益疲弊的人心,其效能功用如何;其二,民国诗话作者如何借由《诗经》表述传统文人在民国时期对政治文化认同与拒斥的写作意图;其三,阐发传统文人对诗经学的演述,厘析现代进程中,知识分子对诗话与诗经学的联结论述;其四,探勘言志缘情的对立与融摄,旨在探讨诗话论述,对《诗经》学的转化与运用情形。

民国时期,处在中西文化冲击、新文化运动崛起之际,民国时期的诗学论述,对《诗经》阐述学是沿承旧说或开发新局?职是,本文旨在追探《诗经》学流衍迄民国时,如何被群体诗话作者援引化用?如何对治时局变化?透过民国诗话来观察群体诗话作者对《诗经》学的阐述,借以观察其间的承接与流转,厘析民国诗话如何演绎《诗经》学,《诗经》学在诗话论述中如何被开展论述,进而探勘群体诗话作者选撰《诗经》学之诗学图像的意向性,以豁显身处世变之际,感荡身世的潜意流转。

二、沿承与新变:《民国诗话丛编》对诗经学的择取与运用

诗经学研究,在诗学论述中大抵流变如下:

1. 先秦诗经学重在诗用学与赋诗;孟子开发读诗之法及世变说;《礼记·经解》昭揭"温柔敦厚"之说。

2.《诗经》汉学重训诂名物,另有大小序转成政治教化之说,重谲谏风人之旨。

3. 魏晋迄唐之诗经学,主要从解经到义疏之学。

4. 宋人疑经,有反序存序之争,并开发《诗经》之文学论述。

5. 元明承宋学遗绪,另开展古音学及评点学;清代收摄前人研究,开展多元富盛研究。

承上,历代解诗,主要内容可擘分为:一、本质论:温柔敦厚、诗无邪等项;二、功能论:情信辞巧、言文行远、辞达而已;三、世变论:王者之迹熄而诗亡之说;四、效能论:知人论世、以意逆志等说。《诗经》鲜少谈论创作,作为歌诗源头的《诗经》焉可对创作论缺乏论述,于是有"赋、比、兴"对创作拈出三种作法。后世诗学论述多援用上面诸说或变本加厉,或精深邃密,那么,到了新旧文化变革之际、白话文兴起的民国诗学,对于诗经学的论述如何?又当如何取用其方法运用于诗学论述呢?《诗经》与诗学论述之间的关涉如何呢?是否在后世的演绎之中,既有沿承,更有开发呢?

(一)宣阐:温柔敦厚之诗教

《礼记·经解》云:"孔子曰:'入其国,其教可知也。'其为人

也,温柔敦厚,《诗》教也。"揭示"诗教"可改变人的气质,这样的说法,发衍到民国诗话之中,如何演绎此说呢?有回归"温柔敦厚"释词作用者,例如:

> "国风好色而不淫,小雅怨诽而不乱","不淫"温柔也;"不乱"敦厚也,二语足包括《诗经》全旨。舍温柔则乏风情,失敦厚则欠含蕴。诗而说理易染头巾气,盖诗与道学自是两途。……①

沈其光阐释"温柔敦厚"以"不淫"、"不乱"作为解释,旨在说明"温柔"以"不淫"则能包蕴"风情","敦厚"以"不乱"则能包蕴"含蓄"。"温柔敦厚"原是刘安用来称赞离骚之作能兼合二者,后来《史记·屈贾列传》取为成说。沈其光并且揭示《诗经》不可用来说理,若用来说理,易有儒者迂腐之气息,诗歌与道学原本即是两个不同的轨辙,硬将诗歌用来宣说道理,是缺乏"风情与含蓄"。

开发不同路向之论述者有《民权素诗话·愿无尽庐诗话》,不仅将诗教视为改变阅读者受诗歌熏陶的功能,亦发挥《诗经》教化,宣阐独立思想,鼓吹人权、排斥专制之用,可以增进种族观念。是将诗歌之作用,由对阅读者熏染作用扩大到成为宣扬思想理念的工具,此一说法当然是背离《礼记·经解》"诗教"之"温柔敦厚"的陶染作用,而具实成为"诗教"之"教化"宣扬、鼓吹之作用。例如:

> "发乎情,止乎礼义。"记曰:"温柔敦厚,诗教。"盖诗之为道,不特自矜风雅而已。然所谓发乎情者,非如昔时

---

① 《民国诗话丛编》,沈其光《瓶粟斋诗话》,第五册,第633页。

之个人私情而已;所谓止乎礼义者,亦指其大者、远者而言。如有人作为歌诗,鼓吹人权,排斥专制,唤起人民独立思想,增进人民种族观念,其所谓止乎礼义未尝过也。……可知孔子所以不删者,正以为有合诗教耳。夫"温柔敦厚"四字,岂可专于其词而决之乎? 决之于诗人之心而已。……①

题为"钝剑"之《愿无尽庐诗话》昭揭"温柔敦厚"不再是指性情之用,而是可以决定于诗人之心,亦即原本从对读者之熏染转化成创作者之创作初心。不取决于文词,而是取决于创作者的动机与目的作用了。此一说法溢出原来《礼记·经解》之意义,具有现实意义,应合时代遽变所形成的说法,以"诗教"功能性为说,扩大阐释。

再如《石遗室诗话》卷三云:"后世诗话汗牛充栋,说诗焉耳;和作诗之人,论作诗之人之世者,十不得一焉。不论其世,不知其人,漫曰:温柔敦厚,诗教也,几何不以受辛为天王圣明,姬昌为臣罪当诛,严将军头嵇侍中血,举以为天地正气耶?"②亦以温柔敦厚说明诗教,并举实例为证。

由上可知,《民权素诗话·愿无尽庐诗话》之说,重在功能性,

---

① 《民国诗话丛编》,《民权素诗话·愿无尽庐诗话》"小叙"(当为大序),第五册,第198页。盖《民权素诗话》为蒋抱玄所辑,当时蒋抱玄编《民权素》月刊,起1914年迄1916年,共出17期,后择优汇辑为《民权素粹编》,第二卷第三集乙种为诗话。见"编校说明"第五册,第192页。《民权素诗话》共辑录《愿无尽庐诗话》《秋爽斋诗话》《清芬室诗话》《夫须诗话》《澹园诗话》《撼怀斋诗话》《绮霞轩诗话》《集隽诗话》《燕子龛诗话》《洪武佳话》《唐宋诗别说》《豁龛诗话》《萱园诗话》《日日诗话》等14种诗话。
② 《民国诗话丛编》,《石遗室诗话》,第一册,第47页。

亦与时代应合,而沈其光《瓶粟斋诗话》则重在诗歌原来的陶染作用。二者分别阐释"温柔敦厚"四字词之义,却有相反的论说引用,可知,《诗经》之阐释学,往往因解读者之目的与功能性而有不同的取用视角及宣阐的目的性。沈其光揭示诗歌与道学截然不同,若说理易有迂腐之气,而《民权素诗话》则重在推阐诗歌的作用性,二者相反相对,一个是坚持诗歌之温柔敦厚本质,一个是转化原义以应合时代之所需,在同为民国时期,如此相反之意见,存乎其中,端视阐释者之立场而设说。

《石遗室诗话续编》卷六亦云:"温柔敦厚,诗教也。而风则有'胡不遄死'、'人之无良'等语,雅则有'投畀豺虎'、'相尔矛矣'等语。"①亦是承继诗教而立说,所不同者,举《诗经》之例为证。这种由《诗经》诗教熏染读者之教化说,到作者运用诗歌内容思想来影响读者之宣阐作用,是对"诗教"的重新诠释与开发。

(二)应用:《孟子·万章》知人论世

《孟子·万章下》:"孟子谓万章曰:'一乡之善士,斯友一乡之善士;一国之善士,斯友一国之善士;天下之善士,斯友天下之善士。以友天下之善士为未足,又尚论古之人。颂其诗,读其书,不知其人可乎?是以论其世也,是尚友也。'"

孟子此一说法,成为后世不刊之教,后世论诗者莫不取用。孟子原意在知人论世,但是后世衍义,却更多元化,而衍义最多的是范罕的《蜗牛舍说诗新语》,既名为"说诗新语",当然多有新义阐发。例如有"因世作诗"之说,范罕《蜗牛舍说诗新语》:

---

① 《民国诗话丛编》,第一册,第661页。

> 所谓诵其诗读其书不知其人不可者,已将诗之一艺借重于作诗之人。必如是而后诗道始尊,诗学乃可得而论。魏晋后著名诗家,大都出于学者,其人其学足式,不仅其艺足称也。故有因艺而其人传,亦因人而其艺乃传。我国诗教之转移如是,不则玩物丧志,亦学者所深戒矣。①

孟子原意是读诗者必须逆知创作者其人其世,此乃从阅读者的视角出发,以尚友古人为要,然而范罕更进而揭示,魏晋以后的诗家多为学者,其为人足可范式,故而知人论世,衍义成不仅其诗艺可堪范式,连其为人亦可范式,诗教之转移如是,不如此则是玩物丧志。

如是衍义,则学者兼诗人者,是后人可以学习的楷模,如果仅是深于诗艺,则是玩物丧志。范罕此说,是提高了创作者的地位,须德艺双兼,不可仅是操作诗歌的创作者而已。事实上,诗人未必兼有学者之涵养,李白、杜甫即是诗人而非学者,然而范罕以此为说之目的何在?意在阐发诗人必须有为而作,且其人不以玩弄诗歌技巧而已,必深于人格,使后人可为范式。此乃借孟子知人论世之说提举诗人的角色扮演,并且期待歌诗创作者,必须有德足范,以应合时代之需。范罕又进一步云:

> 诵其诗,读其书,不可不知其人。顾人乃因世而著,陶在晋宋易代之交,始成为陶;杜际乱离穷困之时,始成为杜;苏李以武人高唱,卒成汉产;元陆在宋金变歌调,方是国魂,假使今人为诗,尽作唐音,宁非怪事?由是以言,

---

① 《民国诗话丛编》,第二册,第557页。

诗人而不识时务,又岂可哉!①

揭示诗人之创作,因时代迁变而以时代为书写内容,遂能独标一帜而传世,例如陶渊明在晋宋易代之际,写出个人的感慨;杜甫身处安史之乱写出忧悯乱危之诗歌,苏武、李陵因个人遭逢身世之变而成为汉代独特的诗歌成就,这些诗人皆因个人亲身经历,书写当下遭遇而能成就诗名,岂可人人模仿他人之作尽作唐音呢?也就是说,诗人之伟大,以书写时代内容为要,不可不理解时代之变而尽学他人做一些与当下时代无关之作品。这是范罕赋予诗人应有的职志,也转化了孟子知人论世、尚友古人的说法。

对于知人论世之说的发阐,不仅重视诗人应该迎合时代书写,而且也指出一时有一时之诗歌风格与形式要件,范罕《蜗牛舍说诗新语》又云:

> 周诗时代,同时有大家庭礼教制度,而诗亦成为礼教时代之诗。秦汉时,诸子百家大骋辞说,诗亦变而为楚词。汉人辞赋宗之,乃于诗外别成一系,而同时诗亦带楚声。……②

指出诗歌内容与形式随时代而有迁变,以迎合时代不同作用与功能性。范罕举例说明周朝诗歌,是大家庭礼教制度,故而诗歌也成为礼教之诗,秦汉之际,百家争鸣,各骋其说,诗歌也变成楚辞,汉代辞赋家也学楚辞别成一系,成为汉赋。这种"辞变"也是衍发知人论世之说,转化成为诗歌形式的要件。取径《诗经》,以音乐

---

① 《民国诗话丛编》,第二册,第569页。
② 《民国诗话丛编》,第二册,第569页。

譬风格也是范罕《蜗牛舍说诗新语》的另一新说,其云:

> 郑康成曰:诗者,弦歌讽诵之声。谓三百篇也。汉魏去古未远,尚有遗音。后世诗人八音并奏,杜甫独多箫管之音,韩愈多木土音,元遗山多鲍音,兴化刘先生谓陆士衡乐府有金石之音,予谓陆剑南有金革之音。虽未尽然,要之为相近。然弦歌实乃最上。

范罕借郑玄之说,为历代诗家风格以音乐为譬,揭示各有独到之处。再者,《蜗牛舍说诗新语》云:"先生曰:诗言志,孟子文辞志之说所本也。思无邪,子夏发乎情、止乎礼义之说所本也。"①此说亦是想上承孔、子夏、孟之说,阐述幽意,使诗歌可以充分发挥礼教说法,以与世变作一结合。

综上所述,范罕极力发挥知人论世之说,从原义的读者之立场,转化成作者的立场,其层次有三,其一是作者必须德艺双兼;其二是赋予作者必须书写时代内容的责任;其三是音乐风格必与时代相结合。

三、论述与实践:诗歌本质的发用与效能之阐述

作诗与言诗,何者为难?根据《石遗室诗话》所云:"工诗难,言诗尤不易。在孔门惟赐与商可与言诗,而文学之子游不与焉。子贡颖悟,故《淇奥》之切磋琢磨,自知取譬。"②何以石遗室如此说

---

① 《民国诗话丛编》,第二册,第572页。
② 《民国诗话丛编》,第一册,第47页。

诗？盖"作诗"是一种表述，而"言诗"则必须通透作诗之意，有时内蕴隐谲之意，有时赋诗必须符合当下情境之"断章取义"，故而，非颖悟者，不易言诗。此乃石遗室之说法。事实上，《诗经》之赋诗往往断章取义，故而必须知引诗、赋诗之意，方能会通，故而石遗室有此一说，强化言诗之重要性。诗歌原有作者之意、文本之意、读者之意，《石遗室诗话》此说是重在读者说诗、用诗的层次。

（一）本质：《诗序》情志说的赓续

对于诗歌本质立说，多沿袭《诗序》的情志说，然而这种情志说仍有所本，最早提出来的是《荀子·儒效》，其云："圣人也者，道之管也，天下之道管是矣。百王之道，一是矣。故《诗》、《书》、《礼》、《乐》之归是矣。《诗》言是其志也，《书》言是其事也，《礼》言是其行也，《乐》言是其和也，《春秋》言是其微也。"揭示诗以言其志，而《诗序》继续阐发，《毛诗序》云："诗者，志之所之也，在心为志，发言为诗"，自此，后世不断借此说明诗言志。民国诗话亦有衍其说者，例如范罕《蜗牛舍说诗新语》云：

> 诗者志也，持也。此音训也，即子夏"在心谓志"之谓。"志"必赖于持，故又可训为"持"。予为补训之曰：诗，事也，誓也。诗必有为而作，无事不必有诗，故曰"事"也；诗中之言即其人之言，根于心，发于情，成于声，不啻其人之自誓，故曰"誓"也。世间之誓在信他，诗人之誓在信己，信而有誓，非持志而何？①

此说揭示诗歌创作是情志所发，必须根于心，发于情，并举例

---

① 《民国诗话丛编》，第二册，第561页。

说明世间发誓是"信他"亦即取信他人,而诗歌创作则是自抒性情,是"信己",信而有誓即是一种情志的表现。同此说法,另有一则,范罕云:"诗之声出于辞,辞发于意,意根于心,故诗者心声也。"① 亦是以此为说,指出诗歌是人之心声表抒,以辞表意,意是出于内心,故诗是心声的具象表述,与诗序"在心为志,发言为诗"同具表述心志的用法。

据此,《蜗牛舍说诗新语》又自发衍,具体说明诗歌是一种情志表抒,包括了自厉、自伤、自警等项,其云:

> 诗自乐是一种"衡门之下"是也。自厉是一种"坎坎伐檀"是也。自伤,"出自北门"是也。自嘲,"简兮简兮"是也。自警,"抑抑威仪是也"。②

即是以《诗经》实例说明诗歌言志的具体内容。《孟子·万章上》:"故说诗者,不以文害辞,不以辞害志,以意逆志,是为得之。"故而解诗者,以意逆志,自有诠说方式。

(二) 功能:《诗序》教化说的谲谏

《毛诗序》:"上以风化下,下以风刺上,主文而谲谏,言之者无罪,闻之者足以戒",后世衍为风人之旨,意指"主文谲谏,言者无罪,闻者足戒",由于是劝诫,故而风人之旨亦与诗教"温柔敦厚"相连,目的在劝诫,而态度与用心当以温柔敦厚为主。

民国诗话颇多运用"风人之旨"。尤以由云龙《今传是楼诗话》解读诗歌常以风人之旨作为标准。第212则云:"风人之旨,以敦厚为主,慧心仁术,每于字里行间见之。"唐张祜《赠内人》诗云:"斜

---

① 《民国诗话丛编》,第二册,第557页。
② 《民国诗话丛编》,第二册,第572页。

拔玉钗灯影畔,剔开红焰救飞蛾。"①即是以"慧心仁术"来解张祜之诗。再如222则揭示《随园诗话》盛称文良之诗,王逸塘读其诗亦云:"……今观其诗,则静穆温润,妙出天成,间托讽刺,亦深得风人之旨。所养者深,固应如此,宜随园之倾倒也。"②称赞文良诗歌,间含讽刺却能有温润之语,是以"风人之旨"来称誉。复次,《定庵诗话续编上》:

　　……诗固实有所指,词婉而意深,不愧风人之旨。余与周君交亲三十年,相知甚深,尚非强附解人。然不揭明诗旨,数十年后,益无有知其本事者矣。③

亦以风人之旨解说诗义。再如魏元旷《诗话后编·去燕》云:

　　"来去无端事总非,此行辛苦逐鸦飞。卢家梁冷窥残月,关盼楼空倚落晖。海下音疏云断续,江南花发梦依稀。寻常百姓家原好,忍复搴帘待汝归。"此送吴妓随夫南归,一结深得风人之旨。④

以风人之旨解说诗歌,意在采用谲谏方式,达到言者无罪,闻者足戒的效能。

(三) 美刺:委婉深意的善读

风人之旨,即含有谲谏之意,《孟子·告子下》亦云:"《凯风》

---

① 《民国诗话丛编》,第三册,第342页。
② 《民国诗话丛编》,第三册,第346-347页。
③ 《民国诗话丛编》,第三册,第615页。
④ 《民国诗话丛编》,第二册,第61页。

亲之过小者也,《小弁》亲之过大者也。亲之过大而不怨,是愈疏也;亲之过小而怨,是不可矶也。愈疏,不孝也;不可矶,亦不孝也。"以《凯风》为例,说明过小而怨与过大而不怨的亲疏以及孝不孝之由。

清方玉润《〈诗经〉原始·卷首·诗旨》云:"诗辞多隐约微婉,不肯明言,或寄托以寓意,或甚言而惊人,皆非其志之所在。若徒泥辞以求,鲜有不害志者,孟子斯言,可谓善读诗矣!"揭示善读诗歌,是在隐约微婉之外,能知道寄托之寓意,此是作者谲谏不肯明说之能,而民国诗话亦能衍示其说,例如范罕《蜗牛舍说诗新语》:

> 可以政治言诗乎?曰:否。作诗说到政治,但寓远悁,假一事而若美刺,俱无不可。如以政治智识眼光入诗,则反累诗矣。曰:何也?曰:政治无善者,无善可言,则诗不托讽。曰:古人亦多以诗谏者,曷为不可?曰:古人之行政也以教,政教未分离也。今世之行政也以政,则教义离也。教必有一贯之正义为之终始,诗志寓之以尽其善善恶恶之义趣。①

范罕指出古人以政治入诗,因有美刺深意寓寄其中,是政、教相合,宜乎其可,今人是政治与诗歌相离,若以政治入诗,乏善可陈,不仅诗歌无味,且亦无法达到教化意义。复次,《名山诗话》亦云:

> "小子何莫学夫诗"诗是儒家事也。唐宋名家多以释

---

① 《民国诗话丛编》,第二册,第564页。

老语入之,后世遂以为儒家语不宜入诗,而儒者遂有谓诗可不作者矣。三代圣王无不用乐,诗则儒之乐也。世人以儒家语入诗虽难工,此儒未通于乐也。用儒之意,而以开元声韵唱之,何不可乎?唐人惟退之不羼杂释老语,何尝不是好诗。宋朱子诗不恶,惜少唐音。求其义正而词工,不得不数放翁。①

揭示学诗、作诗、入乐、用乐,皆是儒家本有之事,然而唐宋诗人以释老入诗,后世遂以为儒家不宜入诗,《名山诗话》用以纠其谬,并以陆游诗"义正词工"为佳。其意"以诗为乐"之说重在礼乐教化功能,可以梯接《论语·阳货》:"诗可以兴,可以观,可以群,可以怨"之说,盖今人洪湛侯云:"《论语》中记载的这种引申、附会、引诗证言、断章取义的说诗方式,自不足取,应该说这是受了春秋时代'赋诗断章'风气的影响,它又转而影响到汉代乃至汉以后的'《诗经》学'研究。"②事实上,《诗经》意义不断经由后人衍义,将诗与乐合观或分观皆是论述者观察的视角,因为诗可以兴观群怨,断章取义的解经方式,自古即不曾中辍,故而洪湛侯有此昭揭。林庚白《孑楼诗词话》亦云:"诗始于民间之歌谣。歌谣皆有韵,故诗为韵文,百世不易。盖必有韵而后可以歌唱,而后可通于音乐也。苟其废韵,是文而非诗。"揭示诗为韵文学,始自歌谣,与音乐相通,昭揭诗可入乐,若无韵则非诗。

(四)诗旨:以诗存史、以诗证史

《孟子·离娄下》曾云:"王者之迹熄而《诗》亡,《诗》亡然后

---

① 《民国诗话丛编》,第二册,第660页。
② 参洪湛侯《〈诗经〉学史》(北京:中华书局,2002年)第一编《先秦诗学》、第七章《孔子是〈诗〉学研究的第一人》,第一册,第75页。

《春秋》作,晋之《乘》,楚之《梼杌》,鲁之《春秋》,一也。其事具齐桓、晋文;其文则史。孔子曰:'其义则丘窃取之!'"后世遂据此说明诗歌具有历史之作用,号为"诗史"。然而,诗与史毕竟不同,从形式而言,诗是韵文,史是以骈文或散文方式呈现;从表述手法观之,诗歌文字精练,以重意象、抒情为主,而历史则重在表述或铺陈事理为主。二者大不相同,何以孟子以之为说,而后世又如何加以演绎呢?盖孟子乃不得已而言之,揭示诗歌原为采诗,可反映人民与社会状况,诗亡之后,有《春秋》之作,可视为接续诗之作用而作,故而勾连成为诗可以和历史相通,后世遂有"诗史"之说。

民国诗话之中,对于诗、史阐释最多并加以发挥者,以《十朝诗乘》为最,该书凡 24 卷,"托体虽仍诗话,实为补史而作"。① 昭揭作意。同样是记载清朝之诗话,《雪桥诗话》重在传人,掌故博赡,以事为纬,取材特善,而《十朝诗乘》则重在纪事,取义别于一般诗话备载作者遗事,仅系一人而已。俞陛云之序言亦云《十朝诗乘》有四善:存媺、纠舛、表微、搜轶,其用心可知。对于诗史阐发,郭则沄曾在《十朝诗乘·后序》昭揭:

> 嗟夫!诗之为史也,由来久矣。诗三百篇,大抵王者之迹之所存也。孟子曰:"王者之迹熄而《诗》亡,《诗》亡然后《春秋》作",盖古者道人采诗,进于王朝,以考风俗之美恶,验政教之得失。诗人之以诗谏者,虽发端比兴,而缠绵悱恻、忠爱无已之情,皆可以感观兴起,故诗之道尊。

揭示诗歌可以考察风俗美恶,可以验证政教得失,亦可用以谲

---

① 夏孙桐《序》《民国诗话丛编》,第四册,第3页。

谏,或兴发观感,尊崇诗歌地位,后世遂将诗歌这种作用与功能性与史籍之作用相勾连,故而有诗与史等同相论。郭则沄的《十朝诗乘》亦秉承这样的精神,采录清代十朝之诗歌,目的即在存诗以证史,其在《十朝诗乘·跋》又云:

> 三代以前,诗书皆史也。而采风掌于太史,以觇政教之隆污民俗之醇漓,故诗与史尤切。……比岁退居,痛国史之不足传信,始有《十朝诗乘》之辑,其体犹之诗话,而所录皆有关朝章国故,间及闾巷节行,则历代以来所创见者。……古人集众史以为史,君则集众诗以为史,征引满千家,裒辑逾廿卷,列朝文献,粲然具备,何其致力勤而用志姝也。

郭则沄即是以采风之诗视之,故而诗与史可通。又在《十朝诗乘》卷四揭示:"古者诗掌于太史,诗亦史也。且若武丁之代荆楚,周宣之平猃狁,削乱定倾,为国大政,乃尚书失纪,迁史亦阙,微雅颂宣阐,则鸿烈几于不彰。……"①明白指出历史端赖雅颂存之,故而自作《十朝诗乘》亦有此用意,不仅承《诗经》,且以诗史自负,用以梯接六义。其相关论见如下:

▲《十朝诗乘》卷一:雅颂之作,嗣音殆希,惟唐虞世南、陈子昂辈,咏扬君德,为后世传诵。盖由时逢贞观,其盛业足以副之,非苟谀也。昭代系出金源,自……②

▲《十朝诗乘·后序》:嗟夫!诗之为史也,由来久矣。诗三百篇,大抵王者之迹之所存也。孟子曰:"王者

---

① 《民国诗话丛编》,第四册,第7页。
② 《民国诗话丛编》,第四册,第7页。

之迹熄而《诗》亡,《诗》亡然后《春秋》作",盖古者道人采诗,进于王朝,以考风俗之美恶,验政教之得失。诗人之以诗谏者,虽发端比兴,而缠绵悱恻、忠爱无已之情,皆可以感观兴起,故诗之道尊。①

▲《十朝诗乘·跋》:三代以前,诗书皆史也。而采风掌于太史,以觇政教之隆污民俗之醇漓,故诗与史尤切。……比岁退居,痛国史之不足传信,始有《十朝诗乘》之辑,其体犹之诗话,而所录皆有关朝章国故,间及闾巷节行,则历代以来所创见者。……古人集众史以为史,君则集众诗以为史,征引满千家,裒辑逾廿卷,列朝文献,粲然具备,何其致力勤而用志姱也。②

上以诸说,旨趣明确,皆用以说明诗歌与历史之关涉,主要是因为《十朝诗乘》创作目的即以此为目的,故而所述虽为十朝之诗歌本事,实则欲借此表述诗含史的意味。

夏孙桐亦知其意,故而在《十朝诗乘·序》更强化了诗与史之关涉,其云:

诗亡迹熄,《春秋》乃作。诗与史之关系大矣。盖政教之兴替、风俗之醇漓,史册所未能备者,征之歌谣而可见。而人事蕃变、是非得失,亦往往于学士大夫讽咏所及,有以得其委折始末之真。此论世知人,尤所赖以考证者也。自来从事于斯者,略分二途:一则以史证诗,就作者出处、时事,以求寄托之所在,然后兴、观、群、怨之旨

---

① 《民国诗话丛编》,第二册,第848页。
② 《民国诗话丛编》,第四册,第848页。

明。以诗为主,笺注家之也。一则以诗证史,借当时见闻舆论,以阐纪载之所隐,然后褒贬、美刺之义显。……惟是诗人讽谕,言隐志微,虽非尽据事直书,或感时述志,或引古譬今,其足以补佚闻而资定论,视他记载,转多可据。

将诗与史的关系分作二类,其一是以史证诗,其二是以诗证史。以史证诗,是以诗为主体,历史是用来佐证诗歌之内容或揭示诗歌寄托之所在;至于以诗证史,是以历史为主体,诗歌是用来补佚闻,或揭示历史褒贬、美刺之义。这样互证的关系,使诗与史的关联性更密合了,此乃立基于孟子之所云"王者之迹熄"的说法。

以上这种隐而未显的历史讽谏作用,亦被论者取来用之,例如钱仲联《梦苕庵诗话》云:

> 复辟一役,昙花一现。湘乡曾重伯有《纥干山歌》纪之,以美人香草之词,寓隐谲喻之义,盖诗史也。歌曰:"纥干山头冻杀雀,生处何如此间乐?冰井银闲五月秋,肯向华严觅楼阁。……"①

对于诗歌借香草美人来寓寄隐谲之义,也视之为诗史的表现。这样的说法,成为宣阐诗与史的方式之一。

若能具体以诗为证者,《鲁民读诗话》,其云:

> "变雅而还读楚骚,暮天凉月朔风号。一缄碧血千秋在,泪洒贞元见汝曹。"

---

① 《民国诗话丛编》,第六册,第237页。

"彩笔当年气象干,江湖散发雪漫漫,体裁未始无台阁,安得留将谏疏看。"

"王风熄绝有遗氓,新室争埋旧策名。樵唱渔歌仍散见,他年诗案不平鸣。"……

以诗为例,说明诗与史之关涉。以诗论诗,脱离以诗话论诗的格局,更具有诗歌的美感可观。

四、转化与运用:《诗经》学的诗歌美感经验

(一) 作诗读经

诗歌的创作法则为何,民国诗话又如何运用《诗经》阐发论述呢?

范罕《蜗牛舍说诗新语》提出"作诗读经"的说法:"三百篇是经,后世之百家是人,经在则传者自有规模矩矱之可言。纵狂狷殊途,治乱异世,言文异轨,学行异方,而用情之丰啬,构思之邪正,发昱之纯杂,当力辨而遵循之。……至于召物呼名,属辞比事,时各有当,固无用逼似古人也。作诗者安可不先读经乎!"[①]昭揭读经是作诗的基本法门? 何以如此? 如何可能呢? 盖创作欲性情之正,必学诗以知治乱异世之用,而属辞比事,各有所当,不必求肖古人,然而情之丰啬、行之端正、思之正邪由经之规模学之,方能避免狂狷殊途,言文异轨。

复次,刘衍文《雕虫诗话》亦云:

---

① 《民国诗话丛编》,第二册,第569页。

"不学诗,无以言"不读《诗经》,不知诗有繁富之源汇。顾仅诵《诗经》,仍不能写好诗也。或曰:"《诗经》之作者,又何尝读诗,何以能写好诗也?"曰:"时不同也,巢树穴居,弓刀御敌,天造草昧,谁曰不宜;今欲守兹古拙,以也。有机械必有机心立说,宁不虑灾及其身耶,故艺之渐趋于巧,亦必然之势。"

昭揭读经可丰富才学,但是,若仅是读诗亦不能写好诗歌,因为时代不同,仍要因时因地而有所变化,不可不知写诗技巧,因为时代趋势所尚,诗艺亦渐流于巧妙,因势立体,因体创作,是能顺合诗歌衍变轨辙而有所创发。但是,过度尊经亦前人所不允,例如王船山等人以《诗经》为后之诗人所不可及,实为过于尊经之说,未可信从也,即是。

《石遗室诗话》卷三亦揭示善读书之法:"《诗论》又云:诗之铸炼云何?曰:善读书,纵游山水,周知天下之故而养心气,其本乎!感变云何?曰:有可以言言者,辞可以不言言者;其可以不言言者,亦有不能言者也;其可以言言者,则又不必言者也。"夫可以不言,而亦有不能言者,则不言固矣;若可以言,而又不必言,不几于无言矣乎?当云其可以言言者,又有其不必言者也。"[①]善读书可养心气,放之为言,必能言其所当言,而有所变化,不会拘泥而不能有所建言。

(二)创作法则

范罕揭示今人作诗当学古之义理而略其文词,其在《蜗牛舍说诗新语》云:"三百篇句句事实,句句性情。后人之诗,题目也,意境

---

① 《民国诗话丛编》,第一册,第49页。

也,文辞也,格调也,如是而已。然后世诗固有优于前人者。非优胜也,时代思想由单纯日趋复杂,非古人单辞片义所能表示其接物之情也。所以学古人当学其性情义理,而略其文辞。即做今诗,亦应从性情义理入手。夸多斗靡,非法也。"①明示古今诗歌有所不同,古代之诗歌之单纯而重性情,后世之诗歌转向复杂与技巧变化,创作手法亦多变化,然而创作宜学习古人从性情义理入手,不可只求技巧,因为后世标榜意境、文辞、格调,皆是复杂于古。从诗歌流变史观之,《诗经》四言,两汉五言,其后衍为七言、杂言,又有古体、近体之分,近体又有绝律排之别,是知,后世日益变化体势,若执一法以为创作必扦格不入,若能从性情义理入手,变化体势,则能操持变化之端而有所成就。

(三)运用六义之赋比兴手法

《听雨楼诗话》揭示孔子教小子诗,曰:"多识于鸟兽草木之名。及屈宋降而为骚,犹必以香草美人为词。则风花雪月,形诸诗歌,固不始隋唐也。然而绿竹思君子,棠棣怀兄弟,古人多托诸比兴未有专以此为赋者。……"是知创作必效离骚以比兴为词,以知婉转含蓄之法。民国诗话作者亦衍此义,对诗歌创作手法亦多言赋比兴,例如《石遗室诗话》卷八:"习为骈体文者,往往诗情不足,以在六义中,赋、比多而兴少,颂、大雅多而风、小雅少也。"②揭示骈文之缺失,又指出陈沆《诗比兴笺》之作,所指称的诗歌作法略有可议者,例如《石遗室诗话》卷三:"诗比兴笺亦间有可议者……皆赋体,而非比兴也。"③多用赋体而非比兴。再如《石遗室诗话》卷三:"诗有六义,兴居一焉,兴、观、群、怨皆是也。后世谓之'诗情'。其邻

---

① 《民国诗话丛编》,第二册,第569页。
② 《民国诗话丛编》,第一册,第115页。
③ 《民国诗话丛编》,第一册,第47页。

于乐者曰'兴趣'、曰'兴会';邻于哀者曰'感触',故工诗者多不能忘情之人也。任公有《腊不尽二日遣怀》云:'泪眼看云又一年,倚楼何事不凄然? 独无兄弟将谁怼? 长负君亲只自怜。'……"①指出梁启超诗歌有"诗期"读之能令人凄然相对。再如《石遗室诗话》卷三:"学古集四卷,嘉庆间仁和宋左彝大樽著,后附《诗论》一卷,世之有志于古者盛称之。……《诗论》云:太白有云:'将复世道,非我而谁?'古道必何如而复也?《三百》后有《补亡》,《离骚》后有《广骚》……拟议以成其变化也。"②是知骚雅多所变化,非仅止于离骚之作,后世变化转精,是不可不知者。

对于前人论述《诗经》皆从正面立说,唯刘衍文《雕虫诗话》则揭示诗歌必须因应时代变化而有新的内容与思维,其云:

> 然《诗经》实为四言诗之极诣。后有作者,纵陶元亮亦未能及之。但苦繁意少。就成熟而言,其诗虽具社会性与地方性,而无我之个性在焉。故《诗经》虽为源汇,而不能不有待于进化矣。③

揭示《诗经》虽然具有社会性与地方性,却不能如实呈现作者的个性,而且四言诗之表述方式,后世诗家难达极诣,必须有待后世进化,故知诗歌必须随时代更易表述形式及内容。这种说法颇合后世诗歌进化之说。

---

① 《民国诗话丛编》,第一册,第51页。
② 《民国诗话丛编》,第一册,第48页。
③ 《民国诗话丛编》,第六册,第415页。

五、再生与开发:历史更迭中的诗学意义与价值

民国诗话群体作者当中,有传统文人,有留学归国学人,有积极参与革命之知识分子,这些相反相成的文人或知识分子,在民国时期共同援用《诗经》之义理内容,运用诗话来传述个人对时代家国变异的看法与见解,其中,有黄节是传统文人,曾参与革命,后变转以著述救国,尤其深信诗教是救国之法。夏敬观则以疏解古代诗歌作为自己感荡身世的代言,至若吴宓是留学归国学人,仍然与其老师黄节一样,重视诗教,以《吴宓诗话》阐述白璧德的人文主义思想,作为东西碰撞过程中力挽狂澜的中流砥柱。以下分论之。

(一)教化与救国:黄节以诗教救国

吴宓《空轩诗话》昭揭其师黄节之说法:"天若命余重振救之,舍明诗莫繇,其自任之重,有若孟子。然黄师说诗之法,亦本于孟子,'于其事不敢妄附,于其志则务欲求明',此非孟子所云'不以文害辞,不以辞害志,以意逆志,是为得之'者乎?顾黄师之说诗与其作诗,乃一事而非二事,所谓相成其美也。"①昭揭黄节以诗教救国的使命感。

黄节著有《诗论》一卷,以诗歌流史方式畅言历代诗歌演变,兼及诗歌旨趣之异同。《诗学》钩稽《诗经》以降迄明代之诗歌流衍的概况,既有"史观",又能品铨诗家优劣,标举风格典范,更能纠举名家名句,是能宏观,亦能微观,呈示体大思微的绵密系统。诗论有何重要?为何黄节历经东渡日本、从事革命、组织国学保存会、创《国粹学报》、参与南社等事功,在繁华落尽之后,回归北大教书时,

---

① 《民国诗话丛编》,第六册,第18页。

以《诗学》作为上课讲义,同时,也将《诗学》视为重要的理论,其论诗意见为何？其云:"《诗序》:'《小雅》尽废,则四夷交侵,中国微矣'。夫'诗教'之大,关于国之兴微。而今之论诗者,以为不急,或则沉吟乎斯矣,而又放敖于江湖裙屐间,借以为揄扬赠答者有之。诗之衰也,诗义之不明也。《诗序》:自《鹿鸣》以至《菁菁者莪》,述文武成康之治。治之以生人之道,所谓义者而已。记曰:诗以理性情。人之情时借诗以伸其义,义寄于诗,而俗行于国,故义废则国微,奈何今之论诗者以为不急乎！"①

黄节重视"诗教",是"关于国之兴微",此一说法秉承〈诗序〉政教说法而来,揭示诗歌可以宣泄人之性情,"义寄于诗,而俗行于国,故义废则国微"黄节将诗歌的重要性与国家兴废有关,此意寄在"义"中,此"义"指诗歌的义理内容,此一内容必定有政教功能者,才能负载风俗国教之义。也正因为承自《诗序》的教化功能,对诗的重视,自是不言而喻。而今人论诗却只在沉吟之间,忽视其对家国、风俗移易的效能,致诗义不明,是诗衰之原因。

(二)情志之抒发:吴宓以温柔敦厚感发生平

吴宓古典诗歌受学于姑丈陈伯澜,后入清华就读又受学于黄节,曾留学(1917-1921),归国又曾任职东南大学、东北大学、清华大等校,复筹办学衡杂志,在时局飘摇之中找到属于自己贞定的定位,以新人文主义发扬中国文化与文学,是一位诗人,也是一位学者、文化导师,更是一位传统与现代转接过程中的凝视者,对于传统诗学,是其情志所托寄之所,吴宓书写《空轩诗话》作为存录时人师友之佳篇隽构,又以评诗作为发皇自己诗学理论之根据,主要深受梁启超影响,第三则云:"幼读梁任公《饮冰室诗话》:'我生爱朋

---

① 黄节开章明义揭示诗义,由是可知,其论诗意见上承《诗序》而来,重视诗义的教化功能。

友,又爱文学。每于师友之所作,芳馨悱恻,辄录诵之。'予亦同此感。学生时代所喜诵者,已入《余生随笔》。游美回国以还,充任学衡杂志及大公报文学副刊凡十二年,所得师友之佳诗佳词,随时刊登,与世同赏。"

而吴宓的诗学论述,主要是以阐发其师黄节以诗救世为说,并且与白璧德的人文主义相结合。何以吴宓在学术上最风华的岁月,以诗歌创作来表述自己,并以诗话来呼应存在的立场,其意图是在传承诗学传统或以感寓身世之痛,盖身处新旧文学交接之际,他承继梁启超的"诗界革命",以新内容入旧格律,并且揭示唯有保留旧体诗才能承接文化传统与命脉,否则汉文字消亡,则民族命脉焉系。故而以学衡及大公报刊载当时重要诗人的作品,在二种刊物解职之后,再以《空轩诗话》存录时人重要诗作,这种意图,明显是用来响应世局变态。在西方留学时,因为接触了白璧德新人文主义,才恢复对传统文化的信心,也找到能与西方接轨的榫头。从此新人文主义成为他对抗新文学与西方浪潮的利器。

复次,对于时事有所关心,亦辑录相关诗歌,其云:"而国难既起,中经上海及热河战役,南北志士名贤,感愤兴发,尤多精湛光辉之作……"自注云:"盖以旧诗受众排斥,报章杂志皆不肯刊登"对于旧体诗在这种媒体式微之下,拟自编《近世中国诗选》,系以作者小传,并将所寓时事,"详加注释,既光国诗,尤裨史乘",这就是吴宓在面对旧诗困境时,拟自行编辑诗选的意图,为时代留存佳作,这是功能也是效果。

(三)夏敬观以注疏抒发个人感荡臆气

夏敬观为清末民国之学者、诗人、艺术家,其一生充满传奇色彩,创办各种文人社团,主撰涵芬楼,亦曾出任复旦公学、中国公学监督,并任浙江省教育厅长,晚年,避居上海鬻画为生,对照前期之作为、与后期之隐退上海以著述为志，显示夏敬观面对帝国与民国交接之际，选择以书写传统诗歌、诗话形式、校注各家诗歌作为自己论述、发声的基石，以面对传统文化与现代文化的冲击。

夏敬观生平逡巡在士人与学人之间，早年以习经为务，后转向事功之政治施为，再反转回归著述为务，在学术、政治、艺术、社会关怀之间流转。其诗话之作有《忍古楼诗话》、《学山诗话》二种，意在以诗存人、以诗存史。

夏敬观在面对新文学运动时，仍然坚持以传统校注及撰写诗话的方式，表述自己的文化立场，如此著述，果真是用来伤吊古代诗人？盖解读诗家，以己意己情解诗、注诗、论诗，意在借诗人生平遭逢，迂回婉转地暗寓个人的情志；疏通被误解的诗人，实际上也是用来疏通自己的情志。借由抉发诗人情志以寓寄个人别有心眼的情志，是夏敬观特有的生命态度。如此回叩生平，从早期积进从事公职，后期以著述为志，其心路历程的迂曲回转，是在世变之下"常"/"变"、"保守派"/"革新派"之悖逆与冲突的一种婉曲表述，表现出"似直而迂"的心意流转。职是，诗话论述及诠评唐人诗、选校宋人诗集之学术成就，意在透过论述前人诗作的过程来呈现诗人情志并回应、反馈个人感荡生平的意向性以与前人相承相应。

以上三位不同型范的诗话作者，代表了不同知识分子的类型，却共同在民国时期以诗话作为发声利器，对于传统诗经学之援用，超越了字句的诠解与梳理，直接昭揭诗教功能以跨越时代藩篱，抵抗中西冲击之际的浪潮。

结　论

诗经学，在中国形成一个庞大的研究系统，自汉迄唐，形成

"《诗经》汉学",宋初疑经成"《诗经》宋学"代表,清代,兼采汉宋,超越汉宋,是为"《诗经》清学"①;民国《诗经》研究由经典转向文化多元研究。

诗经学在极乱的世代中,被民国诗话作者演绎、转化与运用的情形大抵有四:其一,沿承与新变,对诗经学的择取与运用,以宣阐温柔敦厚之诗教为主,进而应用《孟子·万章篇》"知人论世"之说以应合时代迁变。

其二,论述与实践,以阐述诗歌本质之发用与效能为主,赓续《诗序》情志说的本质意义,进而从功能衍述教化说的主文谲谏之说,三则从美揭示委婉深意之善读机制,四则从诗旨论述"以诗存史、以诗证史"之说。

其三,转化与运用,阐述诗经学的诗歌美感经验为主,一则昭揭作诗读经的进路,二则揭示创作法则,在于作诗当学古之义理而略其文词,因后世渐趋繁复与技巧化。三则梯接六义赋比兴手法作为创作津筏。

其四,再生与开发,分从三个典型知识分子揭示历史更迭中的诗学意义与价值,一是教化与救国,以黄节以诗教救国为论,二是情志之抒发,以吴宓温柔敦厚感发生平,三是夏敬观以注疏抒发个人感荡臆气。

处在旧传统仍未消歇,而新思潮迭起的冲击下,传统与现代、中国与西方交接之际,民国诗话群体作者以古典诗话记录时代,其间迂回幽折的心路历程透过运用诗经学的论述达致承接传统文化并对治新旧文化冲击的作意,颇值得关注。

(林淑贞,台湾中兴大学中文系,教授)

---

① 见洪湛侯《诗经学史》《自序》第 3-9 页。

近代初期教育家李宗棠的殷忧及其《学诗堂经解》

郭全芝

《学诗堂经解》20卷,是一部解释《诗经》的经学著作,撰成于宣统二年(1910),宣统三年即辛亥之年出版。撰者李宗棠(1870-1923),清末民国初期安徽颍上(今属安徽阜阳市)人,近代教育家。他活跃的时期是"新学大起"①的时代,当时在新学思潮的推动之下,教育界也发生着变化。清政府对此采取的是顺应的态度,例如曾委派官员考察西式学校以改革国内教学模式。李宗棠就是受清政府委派到日本考察教育事项的一位官员。为了完善考察工作,他曾前后九次赴日。在日期间,李宗棠注意各种学校的章程及规则,留心搜集有关文献达136种②。他也因之对新式学堂深感兴趣,后来抱着极大的热情在南京创办起国内最早的师范学校之一千仓师范学校(约1908年开办,1912年因校舍失火停办),还在家乡颍上等地兴办义塾八所。在他的学校,李宗棠开设着"今人所谓外国语文与其新发明之科学"③。

但是与此同时,李宗棠又编撰了包括《学诗堂经解》在内的五种经学著作(今仅存《学诗堂经解》,其余四种失毁于室火),原因却

---

① (清)茅谦《学诗堂经解叙》,见(清)李宗堂《学诗堂经解》,宣统辛亥刻本。

② 参见董宝良《中国教育史纲(近代之部)》,人民教育出版社1990年版。

③ (清)茅谦《学诗堂经解叙》。

恰恰是由于学校开设"外国语文与其新发明之科学"而致使其"有殷忧于中",甚且达到"不能自已"的程度①。李宗棠所忧虑的是,新学大起、西方实学课目的开设导致"吾国学日湮而本计之日匿"②。进一步追究,是李宗棠们相信传统经学能经邦治国,但认为当时学子未能了解这一点。为了改变这一状况,李宗棠编撰了适合学子学习的经学著述。

李宗棠重视教授经学,在新学兴起已逾十年的情形下看起来似有些不合时宜,但却是当时许多学人的心中所愿。

自1840年开始至辛亥革命之时,经学领域发生了很大变化,但传统学术的影响依然强大。这一时期,经学在政治上仍然被利用着,一直发挥着它的特殊功能。当时即使是一些锐意改革的政治家,也依旧利用经学表达政治主张。康有为(其被视为托古改制的经学著作《新学伪经考》1891年刊印)等人之所以被冠以今文经学家的头衔、章太炎(其于辛亥革命前完成的重要国学著作《国故论衡》之《原经》篇开首即明确指出经学的重要性来源于它的政治属性:"古之为政者,必本于天,殽以降命。命降于社之谓殽地,降于祖庙之谓仁义,降于山川之谓兴作,降于五祀之谓制度。故诸教令符号谓之经。")等人之所以被冠以古文经学家的头衔,要皆有以经学家解释经典的方式来表达政治改革的主张。做法虽然各异,但都体现出对旧学相当的信任和依赖,希冀利用旧学以适应新时代变革的要求。

教育系统的情况也是如此。在西学的影响下,清廷允许中国各类学校普遍引进新的教学学科如政法、文学、农、工、商等等,但仍然要求保留经学一科。当时有识之士甚至清政府都意识到实学

---

① (清)茅谦《学诗堂经解叙》。
② (清)茅谦《学诗堂经解叙》。

乃至整个新学的重要,因此上下对开设来自西方的课目并不排斥,甚至还抱着积极的态度。但就清廷来说,传统经学也还有其特殊的作用,不能废弃。它与新学一偏于政教,一偏于实学,差异很大,功用很不相同,一为稳固政权,一可缩小与列强的差距,两者不能互相代替。在这种情况下,最稳妥的办法就是两者都加以提倡。于是一方面国内新式学堂兴起,很多学校受到日本学校的影响开设出一些不同于中国传统的新课目。例如在光绪二十八年(1902),经慈禧授权,张百熙主持编订的《钦定京师大学堂章程》,对于大、中、小各类教学内容进行了详细规定,中、小学堂课目有数学、历史、地理等学科。但另一方面,这些学校又被规定设置"读经"课程与新式课目并列;在大学科目中则有文学、政法学等七大学科,经学则亦被设为"文学"一科中的课目之一。可见当时朝野对经学教育依旧十分重视。正因为如此,张百熙的章程刚一发布,就被认为在大学降低了经学的地位而引发喧哗和抨击,故未能施行。直到第二年,张百熙、荣庆、张之洞等人制定《奏定大学堂章程》,新的章程将经学与其他学科并列并置于首位,才得以实行。有鉴于前部章程的"缺陷",张之洞还专门在《厘定学堂章程折》中强调了经学的重要性:"至于立学宗旨,勿论何等学堂,均以忠孝为本,以中国经史之学为基,俾学生心术壹归于纯正,而后以西学授其知识,练其艺能,务期他日成材,各适共享,以仰付国家造就通才,慎防流弊之意。"上述三人在其所编《奏定学堂章程学务纲要》中还特意定下"中小学堂,宜注重读经,以存圣教"一条。而作为独立学校的京师大学堂,直到1910年,仍设有经学一科,且列于学科之首(其他科目有政法、文学、格致、农、工、商等)。这种将经学与其他科类并列而又视之为第一学科的做法,固然已经顺应了重视实业的时代需求,但却又体现出不舍旧学的心理。总之,在清廷的坚持下,各类学校继续设置经学课程,直到辛亥革命之后、民国政府成立之时(1912年,当时的教育部颁布《大学令》,将大学学科分为文、理、法、商、医、农、工7科,经学一科才被取消)。

　　此外,辛亥革命前不少人还认为传统学科例如经学也有与新学相同相通的内容和功能,而不仅仅只是具有传递忠孝思想的作用。例如李宗棠好友、也同为近代教育家的茅谦(1848－1917),对于国学与新学的关系就有这样的看法。在为《学诗堂经解》所作之序中,茅谦表示,以用来了解外国科学的外语"其最精者,亦颇不歧于吾经典中之文"。甚至还认为将三代典籍学好,就能国富民强:"夫吾国古今之治术,原不外于经术,而吾为农国,未始不以兵力震铄四裔。三代之治尚矣!自秦而后,由之则治,不由则乱。"因为,就实学本身而言,也在"国学"中蕴含。例如仅就《诗经》来说:"言农事者几何?言兵事者几何?言学事者几何?'其军三单',必先以彻田为粮;《泮水》《閟宫》,必先申言后稷稼穑……"经术也有益于实学,只要解说得当,这种作用就能够显现出来。李宗棠这位实地考察过西方课堂教育又站在国内教育第一线的官员,也持同样看法。因此,茅谦说他"忧从中来",是因为"外观诸世,内省诸身,不能行其志",所以他撰《学诗堂经解》并非只是"为童子句读与钉饤考据家争一句之歧互、一解诂之从违",而是看中经学的特殊功能:"恃吾固有之经术"就能使国家"独立于永永不弊之世界"①,从而避免为人所役。《学诗堂经解》本身也被茅谦咂摸出了重要性:"反复审玩,而有感矣。……国于天地,必有与立。反本于经,治理彰著,而惟《诗》最详备。然后叹李君之治《诗》,即其所挟以出而从

---

① (清)茅谦《学诗堂经解叙》,见(清)李宗堂《学诗堂经解》,宣统辛亥刻本。

政也。"①

《学诗堂经解》在学术上采取的是不主一家的解经立场,因为此时经学已颇为"开放",甚至对于一部经典的研究,已经可以运用不同的学科方法②。但《学诗堂经解》的性质仍是经学的。

《学诗堂经解》,主要是以立目解说的方式对《诗经》中的词语进行解释,另有极少数条目涉及作者、篇旨、作品性质(如"美""刺")等方面内容。李宗棠喜欢辑用前人诗说,对胡承珙《毛诗后笺》采纳尤多。其采纳《毛诗后笺》应该是由于后者在解说上广述众说,因而可供采用的材料较多的缘故,所以他的论点多有文献材料作为依据。此外,李宗棠亦能利用考据、音韵、文字等不同方法释词解字。但所有这些仍然属于传统训诂学范畴。《学诗堂经解》的内容,看起来也确实是属于"为童子句读与饤饾考据家争一句之歧互、一解诂之从违",具有传统经学尤其是历史悠久的汉学内容特点。

《学诗堂经解》没有融进新的学术或方法(相较于其时廖平吸取进化论思想,尤可见李氏经学研究的传统性)。这种做法在辛亥之前相当一段时间内具有一定的代表性。就教育界而言,当时不少学者仍然在坚守着传统阵地。例如较李宗棠稍前的王先谦(1842-1917),担任过国子监祭酒和江苏学政,又主持过湖南岳麓学院及城南书院。在西方学术东渐浸润进而使中国学术大变的情况下,他一方面提倡教育改革,推动实学教育,积极鼓动开设新式学堂,并身体力行,早在1903年就亲自参与创办了湖南第一所师

---

① (清)茅谦《学诗堂经解叙》。
② 赵沛霖《现代文化思潮与诗经研究——二十世纪诗经研究史》第一章《诗经学的传统和转型》指出19世纪末至20世纪初,《诗经》学已开始了由经学向科学的转化,方法上也呈现出多元化。

范学校。该校开设课目除伦理、经学外，其余数种如算学、文学、理化学等多可划归新学范畴。但另一方面，王先谦自己的研究目标却又以解释经籍等古代典籍为主要方向。其编撰著述，如《清经解续编》、《诗三家义集疏》等大率属于旧学范围。对于《诗经》，他的研究角度仍然是传统式的。《诗三家义集疏》(初版为虚受堂1915年本)虽然研究的是三家诗，而且就立场与态度来讲，作者认同的也是三家诗即今文经学，但就研究方法而言，是古文学家的训诂考据。这种情况反映出王先谦在学术上接续的是清代自范家相以来的今文《诗经》学家的研究传统①。再如廖平(1852－1932)，也是一位长期担任教育工作的人士，他崇尚本土传统之学，同时也对西学发生兴趣，部分接受了西学的理论成果(例如进化论)并将其纳入到经学研究之中。对于《诗经》则是先重视训诂，其后偏重于发掘"大义"，态度上持今文经学立场，研究内容上注意利用纬书，但要皆重视以文献材料为论证依据。这与王先谦的做法看起来很不相同，但实则仍然未脱经学藩篱。所以同样的情况发生在注意新学又重视传统经学的李宗棠身上，也就较为自然了。即如稍后的章太炎这样的革命家，在其做学问的时候，也回归到了传统学术领域。他研究语根、字族虽然受到了西方语言学的影响(其《文始》是一部语源学著作)，但从其学术兴趣及研究方法来看，也是对王念孙、马瑞辰等清人广连同义词、重视因声求义等训诂内容及训诂方法的自然延续(《文始》主要用语音求语义的传统训诂方法以说明语根与字族问题)。

　　自然，《学诗堂经解》偏重于对《诗经》中一词一语的解释，其解释所采取训诂方式，较之章太炎等人将传统训诂学朝向现代语言

---

①　据洪湛侯《诗经学史》，清代今文学家的《诗》学研究大致起自范家相《重订三家诗拾遗》。参洪湛侯《诗经学史》第608页，中华书局2002年版。

学方向引领的做法,学术上显得保守。但是,由于《学诗堂经解》的编撰目的是让学子掌握国学基础,对传统文化有基本的了解,从教育学的角度看,其做法又具有合理性。茅谦曾为此打比方说:"……我之小学解诂亦尚未知,譬如童子初语,不能自晓其父兄之言,而欲骤娴乎鞮象之译。其卒也,求一宗党之周旋不可得,而暇语以治国家乎?"即使要学习新学,也需先掌握经学内容精华,否则就是"我有扃箧,不能自出其缄縢而乃乞灵于人之縢馥"①。正是为了适合当时师范生"小学解诂",李宗棠还采取了精简前人已有撰述的做法,整部《学诗堂经解》解释风格明畅通俗。

李宗棠《诗经》学的内容特点,表现出李氏对时代变化的适应,也体现出当时一些学者既受西学影响而欲改革教育但又深受经学影响而不想完全背弃传统的矛盾心理,甚且体现出对传统学术的依赖和信任。

(郭全芝,淮北师范大学文学院,教授)

---

① (清)茅谦《学诗堂经解叙》。

从近现代学术转型的角度
重访胡适《诗经》研究

赵保胜

作为新文化运动的旗手和中国现代学术范式的创立者之一,胡适在众多学术领域的研究实践都对后世产生了深刻影响。作为今天的研究者,不管我们是否同意其观点,都往往不得不从他说起。在胡适曾经耕作过的众多学术园地中,《诗经》研究应该算是比较早开始的。早在1911年5月留美期间,他就曾作《〈诗经〉言字解》一文。① 多年以后,专题论述《诗经》的文章,又有《论〈诗经〉答刘大白》、《诗三百篇言字解》、《谈谈诗经》等多篇;至于其他与《诗经》有关的零星论述,也多见于《国学季刊发刊宣言》、《白话文学史》、《中国哲学史大纲》等论文或专著之中。近几十年来,国内外学者对胡适的《诗经》研究给予了越来越多的关注,评价也越来越客观。② 许多学者认为胡适称得上是现代诗经学的"奠基人"、

---

① 《胡适日记全集》中有他在1911年5月11日的一段日记,说:"夜读《小雅》至《彤弓》'受言藏之'、'受言櫜之'等句,忽大有所悟。余前读诗中'言'字,汉儒以为'我'也,心窃疑之。因摘'言'字句凡数十条以相考证,今日始大悟,因作《言字解》一篇。久不作文,几不能达意矣。"《胡适日记全集》第一册,第142页。

② 当然,我们也看到,目前学界仍有人全盘否定新文化运动,且称之为"胡祸"。

"开山人"和"领军人物"。① 大家在文章中从各个角度对胡适在现代诗经学史上的贡献和所存在的不足进行了较为详尽的论述。但笔者注意到,这些研究大多只注意到胡适的《诗经》研究对诗经学本身的影响,而较少站在近现代学术转型的高度,将胡适的《诗经》研究当成个案或试验田,反思其对型塑中国现代学术范式究竟起到过哪些作用。而在距离新文化运动100年后的今天,进行这样的反思则不仅仅是有意义的,也是有必要的。

要弄清楚胡适的《诗经》研究究竟在哪些方面影响到了近现代学术范式的转换,首先必须搞清楚两个大问题:一、传统学术(古典学术)和现代学术最大区别为何?这个问题又包含两个小问题:近现代学术转型何以必然出现?现代学术的最显著特征为何?二、胡适对《诗经》的基本看法为何?及这些基本看法如何体现了现代学术精神?这两方面似乎皆为题中应有之义。下面,笔者就试着按照逻辑顺序一一回答这两个问题。

一、传统学术与现代学术之别

既然要讨论传统学术(古典学术)与现代学术之别,就不得不在二者之间做一个时间点的切分。这种切分当然未必准确,正如历史是一条无法切割的河流,但为了言说之便,却不得不如此。遵

---

① 持类似观点的学者及其著述如:白宪娟《胡适的〈诗经〉研究》(《辽宁师范大学学报》社科版,2008年1月);汪大白《胡适:现代诗经学的开山人》(《江淮论坛》2011年5月)、《革新:胡适评论朱熹诗经学的出发点和归结点》(《安徽大学学报》哲社版,2001年3月);孟伟《破经学传统,树科学精神——胡适〈诗经〉研究简论》(《新疆石油教育学院学报》,2005年第3期);郭万金《〈诗经〉研究六十年》,(《文学评论》2010年第3期)。持类似看法的著述还有很多,这里仅举较有代表性的几篇。

照学界成例,笔者将古典学术与现代学术的分界点定为新文化运动发生这一年,即1915年。① 虽然将这一年定为分界点,但绝不意味着这场深刻的、对社会生活方方面面皆造成了影响的变革,可以在一夜之间完成。事实上,根据众多学术史、思想史家的观察,这场变革至迟在明清之际就已经开始了。② 从20世纪20年代开始,众多学术史家,都共识性地选择了"近三百年"这一时间段,以此来体现自己对既往学术史的问题意识。③ 说明此前的300年之学术既不同于明末之前的学术,也与新文化运动以来的学术有本质差异。不妨将这300年称为现代学术的前范式时期,或前现代时期。关于这300年学术的成就,章太炎、梁启超、胡适、钱穆等众多史家,乃至今天的许多研究者,已经给出相当公允的评价。在肯定成绩的同时,胡适等人也毫不客气地指出这300年学术所存在的致

---

① 这主要着眼于文化的变革,如果充分考虑政体变化带来的影响,则可以将1911年作为分界点。因二者相去不远,故姑且按照前者。

② 王泛森将"形上玄远之学的没落"、"经典考证及回向古代之势"、"道德意识之转化"、"政治思想的转换"、"'礼治理想'之兴起"等五个方面视为明清思想转型的几个"主轴"。见王氏著《权力的毛细管作用》,北京:北京大学出版社2015年版,第4页。

③ 如梁启超和钱穆之同名的两部《中国近三百年学术史》,其中梁氏书约撰于1923年冬至1925年春之间(朱维铮说),钱氏说撰于1931年秋。此外还有初版于1932年的蒋维乔所著《中国近三百年哲学史》,如果将标准稍稍放宽,那么还有初版于20世纪50年代龙榆生的《中国近三百年名家词选》。最近几年又有罗志田导读,徐亮工编校《中国近三百年学术史论》(上海古籍出版社2010年版)和路新生《中国近三百年疑古思潮史纲》(复旦大学出版社2014年版)等。

命弱点。① 从今天看来,此300年学术仍属于传统儒学的范畴,②而传统儒学对于当时的社会生活而言——按照黄进兴等学者的研究——实际上具有"公共宗教"或"国家宗教"的特质。③ 概而言之,清代学术本质上仍然是为儒教服务的经典阐释学,虽然它较之前代的研究有其明显的进步之点,然主要是方法上的进步,本质上仍无法突破传统学术范式的局限。这种局限则主要体现在研究者的观念上。这个问题比较复杂,非一二语所能说清。笔者认为,《四库全书总目·经部总叙》开头的一段话作为一种共识性的看法,最能够代表彼时研究者对经典的态度:

经禀圣裁,垂型万世,删定之旨,如日中天,无所容其赞述,所论次者,诂经之说而已。④

简言之,即,六经既然经由孔圣人删定,就如同太阳高挂中天一般,我辈细民只有昂首仰望和低头膜拜的份儿,连"赞述"都属多余(主要是没有赞述的资格),更不用说怀疑或推翻了,那简直是"非圣无法"。学者们唯一能做的就只是"诂经"——准确地对经典进行训释——而已。这种观念至迟在乾嘉时期已经非常盛行,从阮元于嘉庆六年(1801)在杭州创立"诂经精舍"这一事件也可以说明。而在此之后的100余年中,这种观念的影响仍然很大。正如钱穆所述,晚明诸儒的原计划是希望由"性理之学"转向"经史之

---

① 详见胡适《〈国学季刊〉发刊宣言》一文。
② 傅永聚、韩钟文主编,李绍强本卷主编:《儒学家派研究》一书认为,清代儒学为儒学之"第六期",即儒学之"综汇期与别出期"。北京:中华书局出版。
③ 详细论证请参黄氏所著《圣贤与圣徒》,台北:允晨文化公司2001年版;北京:北京大学出版社2005年版。
④ 《四库全书总目》,北京:中华书局1965年版,第1页。

学",而乾嘉学术最终却折入经学考据一途,①这样一来,学术研究越来越专业化,其对于学术本身之发展固不无微功,然儒学"经世"之一维却就此失堕,不能不令人惋惜。② 而且,不论是作为"新文化运动的旗手"的胡适,还是对传统文化抱有"温情与敬意"的钱穆,都认识到了清代学术范式的局限性,虽然其各自的着眼点不同。现在看来,这种局限性主要就是体现在作为学术范式之灵魂的"学术宗旨"上面。

笼统地说,自从秦、汉以来经学体系建立起,③学术研究的目的就是为了"见道"④和"明义理"。这里的"道"并非我们今天所讲的自然科学之真理和知识,而是从上古先贤以至近世所薪火相传的"道统";而"义理"则是对圣人所遗存之经典所做的发挥和阐释。不管是"见道"或是"明义理",都是为统治者的统治提供理论支撑和教化辅助。在这一体系之中,有一个为所有主流研究者所自觉遵从的规定,即"经典的神圣性"。它一方面规定了自汉代起被陆续升格为"经"的13部古籍具有不可挑战的权威;作为研究者,只能通过自己的研究不断证明这些经典的合理性,而决不允许对其加以否定和推翻。另一方面,根据自《隋书·经籍志》起固定下来的"经、史、子、集"四部分类法,"经"的地位是凌驾于其他三部之上的,然则,以三部之书"翼经"则可,而以之"疑经"则为"非圣无

---

① 张笑龙博士论文《钱穆对明清学术思想的研究》,第123页。
② 张笑龙上揭文,第124页。
③ 也可谓是儒教这一"国家宗教"的建立。
④ 戴震在《与是仲明论学书》中说:"经之至者,道也,所以明道者,其词也,所以成词者,字也,由字以通其词,由词以通其道,必有渐。"戴震研究会等编纂:《戴震全集》第五册,北京:清华大学出版社,1997年版,第2587－2588页。

法"①。虽然比较研究早就为研究者所自觉采用,但在规定了经典神圣和四部书地位不等的前提下,所有的研究最后大都不免回到"证经"这条老路上来。以上大体是传统学术范式的主要特征所在。下面笔者再对自己所理解的现代学术范式之主要特征做一简单分析讨论。

既要讨论现代学术范式,就不得不首先对于何谓"现代性",及学术"现代性"之突出特征加以探讨。因为只有明确了何谓"现代性",我们才容易理解由传统学术到现代学术的转型是在怎样的大背景下发生的、其关键点是什么。但限于篇幅,不能在此问题上着墨过多。笔者在博士论文《近现代学术转型与古史辨运动》中对此进行了详尽的论述。总的来说,所谓"现代性",其主要特征就是马克斯·韦伯所说的"世界的祛魅"。马克斯·韦伯认为:"我们时代的命运是以理性化和唯理智化(intellectualization)为特征的,其主要的表现就是'世界的祛魅'。(因而),我们可以肯定地说,最终和最高尚的价值已经从公共生活中消失了。"②"从原则上说,再也没有什么神秘莫测,无法计算的力量在起作用,人们可以通过计算掌握一切,而这就意味着为世界除魅。人们不必像相信这种神秘的力量存在的野蛮人那样,为了控制或祈求神灵而求助于魔法。技术和计算在发挥着这样的功效,而这比任何其他事情更明确地意味着理智化。"③某种程度上说,理智化、理性化正是现代性发生的前提和动力,正是"世界的祛魅"使人类脱却了宗教神意论的桎梏,

---

① 按,"非圣者无法"语出《孝经》。
② [德]马克斯·韦伯:《作为职业的科学》,转引自大卫·格里芬《后现代精神》。北京:中央编译出版社,1998年版,第37页。
③ [德]马克斯·韦伯:《学术与政治》,冯克利译,北京:三联书店1998年版,第29页。

随之而来的,就是传统人文价值的衰落。①

由此造成的现代学术与传统学术之根本区别,据笔者观察,主要有这么几个方面:首先是"分科化",其次是"经典的对象化与去伦理化",最后是学术的专业化以及学者的"知行分离"。

关于"分科化",需要明确的是,强调分科、分类、分门研究,是现代学术范式的一个重要方面,但这并非说中国的传统学术就完全不讲分科。中国的古人很早就注意到了事物之间的区别,从而自觉地对自然界和社会中的各种事物进行分类,所以我们才有了"科"的观念。② 然而,真正现代意义上的分科研究,则来自西方。这当然跟近代西方自然科学的进步直接相关。这种自然科学的进步不光影响到了学者的研究,又借助近现代化的大学体制而获得固定。

第二个方面,即"经典的对象化与去伦理化"。这一变化出现的原因,如德鲁里所说:"现代性从根本上说是对古代智慧的颠覆,更具体地说就是对隐秘哲学的颠覆。"③马克斯·韦伯所强调的"世界的祛魅",正是指人们自觉使用自己的理性,去打破一切具有宗教性特征的经典对思想的牢笼。这一思潮影响到中国,最直接的证据就是梁启超《新民说》对于"心灵自由"的呼吁。梁氏在《新民说·论自由》一文中云,欲求一身之"自由"则必于两方面求解脱:一是对他人而得自由,其义谓不自奴隶于人;二是对我心而得自由,其义谓除却心中之奴隶,获得精神上之自由。梁氏列举"心

---

① 我们今天不讨论传统人文价值衰落所带来的弊病,因为反思现代性的危机是另一个问题。
② 请注意,是"科"的观念,而非概念。
③ 《列奥·施特劳斯的政治观念》,第241页。

奴隶"之种类若干,第一曰"勿为古人之奴隶"。① 简言之,经典的对象化和去伦理化从根本上撼动了传统的价值体系,其波及的范围不仅包括儒家经典,还包括一切带有宗教性和神秘性的理论和学说。这其中也包括《诗经》研究。

现代学术的第三个特征,即学者的"知行分离",跟前面两个特征互相联系,这里不再细说。了解了现代学术与传统学术的区别,我们再来看胡适对《诗经》的基本看法都包括哪几个方面,以及他的研究对现代学术范式的建立具有何种意义。

二、胡适对《诗经》的基本看法及其与现代学术范式之关系

概括起来,胡适对《诗经》的看法主要表现在四个方面:一是关于《诗经》是不是"歌谣总集"的问题;二是有关"孔子删诗"和《诗三百》的结集问题;三是关于"毛诗序"和《诗经》中篇章的阐释问题;四是针对《诗经》研究史和研究方法的一些看法。其中前三个方面,可以称之为有关《诗经》的一些基本概念。② 除此之外,胡适还特别强调《诗经》的史料价值,他编写《中国哲学史大纲》,在审查史料时认为,"古代的书,只有一部《诗经》可算得是中国最古的史料",主张"我们现在作哲学史,只可从老子、孔子说起。用《诗经》作当日时势的参考资料。其余一切'无征则不信'的材料,一概阙疑"。③ 他由此称"中国哲学结胎的时代"——即公元前8到前6世纪——为"诗人时代"。④ 下面我们就针对以上这些方面分别加

---

① 《新民说》,第64-65页。
② 见夏传才:《胡适和古史辨派对〈诗经〉的研究》。
③ 见《中国哲学史大纲》卷上第一篇《导言》,第21-22页。
④ 见《中国哲学史大纲》卷上,第31-32页。

以探讨。

（一）关于《诗经》的性质

关于《诗经》是否"歌谣总集"的问题，胡适在发表于1923年的《〈国学季刊〉发刊宣言》中已经有所论及。他说："在历史的眼光里，今日民间小儿女唱的歌谣，和《诗三百篇》有同样的位置。"①这一说法虽然是为了配合他文中关于"要扩充国学的领域"，"打破一切的门户成见：拿历史的眼光来整统一切"的论述，但大体上已经足以体现他对于《诗经》的一贯看法。他较为系统地阐述对《诗经》看法且见诸报端的文字，则为《谈谈诗经》一文。② 此文乃是根据他1925年在武昌大学演讲的记录稿修订而成。实际上，他早在1921年就曾多次在公开或半公开的场合，谈过他对《诗经》的看法。结合1925年的《谈谈诗经》，我们可以约略看出胡适对《诗经》相关见解的变化历程。

他在1921年4月27日的日记中记有：

> 晚间为思永们的读书会讲演《诗经的研究》，约两小时。……我对于《诗经》的见解，约有几个可以独立的要点：
>
> （1）风雅颂的区别，郑樵与朱熹说的虽然很不坏，但我觉得风与雅似乎没有内容或性质上的区别，只有时代上的区别。大雅的结集在最先，小雅的次之，国风的结集

---

① 《疑古与开新：胡适文选》，第72页。

② 此文系民国十四年九月，胡适在武昌大学讲演的大意，曾经刘大杰笔记，发表于《艺林旬刊》（《晨报副刊》之一）第二十期。又曾收入艺林社的《文学论集》，胡适后来将刘大杰的笔记进行修改后，交由顾颉刚发表于《古史辨》第三册下编。

最后。

(2) 关于三百篇的见解,在破坏的方面,当打破一切旧说;在历史的方面,当以朱熹的《诗集传》为最佳,清代的姚际恒(《诗经通论》)、崔述(《读风偶识》)、龚橙(《诗本谊》)、方玉润(《诗经原始》)四家都有可取。但这五家都不彻底。

(3) 关于训诂一方面,当用陈奂、胡承珙、马瑞辰三家的书作起点,参用今文各家的异文作参考。

(4) 当注重文法的研究,用归纳的方法,求出"《诗》的文法"。

(5) 当利用清代古音学的结果,研究《诗》的音韵。

(6) 既已懂得《诗》的声音、训诂、文法三项了,然后可以求出三百篇的真意,作为《诗》的"新序"。①

读书会的第二天,也就是1921年4月28日,他又应博晨光(L. C. Porter)之请,到燕京大学演讲,题目仍为《诗经的研究》。他在日记中说:"演讲略如昨日记的大意,但结论有云:古来研究《诗经》的人,或能下死工夫(如陈奂、胡承珙等),或能有活见解(如方玉润等)。可惜无人能兼有死工夫与活见解两事。朱熹颇近于此,可惜他不曾晚生七百年!我们将来必须下死工夫去研究音韵、训诂、文法,然后从死工夫里求出活见解来——这个意思似颇警切。"②这篇演讲详细的情况已经不可得而知矣。日记中不过仅仅存了一个梗概。但从中我们可以看出,胡适在这一时期对于应该如何研究《诗经》的一些见解。归纳起来,主要涉及几个方面:首先

---

① 《胡适日记全集》第三册,第5页。
② 《胡适日记全集》第三册,第6页。

是对于《诗经》内容的基本认识:从性质上看,风与雅只有时代之别,却无内容与性质之别;从结集早晚上看,大雅结集最先,小雅次之,国风最后。其次,日记中所记后面五点,大抵都是在讲如何研究《诗经》。因为彼时胡适正积极倡导"用科学方法整理国故",而他认为研究国故的方法有四点,其中"历史的观念"和"疑古的态度"两点最为重要。① 因此,他认为"关于三百篇的见解,在破坏的方面,当打破一切旧说",虽然"在历史的方面,当以朱熹的《诗集传》为最佳,清代的姚际恒(《诗经通论》)、崔述(《读风偶识》)、龚橙(《诗本谊》)、方玉润(《诗经原始》)四家都有可取","但这五家都不彻底"。从中体现出他在这一时期的疑古和反传统的态度。最后的四点是关于如何"科学地"研究《诗经》的几条方针,他主张从声音、训诂和文法三个方面入手,以"求出三百篇的真意",帮助人们正确理解《诗经》每篇的大旨。

现在看来,这一篇演讲的概要虽然简略,却为其后来关于《诗经》的一些较为系统的看法之滥觞。另外,从他辛亥年所作的《诗三百篇言字解》等文可知,他一直注重从声音、训诂和文法入手理解诗篇的意旨,这一方面乃是上承乾嘉考据大师如戴震等人的遗意,②另一方面又不无融入西方的所谓"科学方法"(如欧洲 philology 的研究方法),正体现了胡适"与古为新"、"再造文明"的初衷。③

再回到《谈谈诗经》一文。胡适在此文一开头首先照例对所谓

---

① 胡适:《研究国故的方法》,见《疑古与开新:胡适文选》,第 58－61 页。

② 戴震在《与是仲明论学书》中曾云:"经之至者道也,所以明道者其词也,所以成词者字也。由字以通其词,由词以通其道,必有渐。"又云:"一字之义,当贯群经,本六书,然后为定。"见戴震著,戴震研究会等编纂:《戴震全集》第五册,北京:清华大学出版社 1997 年版,第 2587 页。

③ 有关胡适的科学方法之中西结合问题,详见下编。

"科学方法"进行一番阐述。他说,"我觉得用新的科学方法来研究古代的东西,确能得着很有趣味的效果。一字的古音,一字的古义,都应该拿正当的方法去研究的","在今日研究古书,方法最要紧;同样的方法可以收同样的效果"。① 之后,他讲到对《诗经》的几个基本看法。

第一个方面就是"《诗经》不是一部经典"。他说:"从前的人把这部《诗经》都看得非常神圣,说它是一部经典,我们现在要打破这个观念;假如这个观念不能打破,《诗经》简直可以不研究了。因为《诗经》并不是一部圣经,确实是一部古代歌谣的总集,可以做社会史的材料,可以做政治史的材料,可以做文化史的材料。万不可说它是一部神圣经典。"②这段话实际上毋宁说体现了胡适想要将《诗经》"去经典化"的努力;因为"《诗经》不是一部经典"这句话虽然是一个判断句,但在彼时彼日却只是一个"价值判断",而非"事实判断"。在当时人大多数人心目中,《诗经》当然是一部经典,而且还"非常神圣"。胡适正是基于对这一点的了解,才倡言"《诗经》不是一部经典"。目的是破除广大民众心目中所残余的对神圣经典的崇拜,而将"整理国故"所应有的"历史的观念"和"疑古的态度"传递给他们。所以《诗经》究竟是不是一部经典本身并不重要,重要的是,胡适力图将一切经典都恢复到"史料"的地位。即"六经皆史料"(这就比之前学者提倡的"六经皆史"更进了一步)。只有剥除了经典的神圣面纱,才能将其置于历史的放大镜或显微镜下,进而"取研究之态度",使得知识和思想矿物化。③ 这一过程看似轻巧,却包孕着近现代学术转型的巨大能量。因为说白了,传

---

① 见顾颉刚编:《古史辨》第三册,第577页。
② 见顾颉刚编:《古史辨》第三册,第577页。
③ 《执拗的低音:一些历史思考方式的反思》,第15页。

统学术与现代学术的巨大差别之一,就是研究到哪里止步的问题。传统学术要么是以"卫道"(或"原道")为鹄的,要么就以"尊经"(或"宗经")为旨归,其共同点则在于,经典是用来崇拜的,而决不可加以质疑。职此之故,有清三百年学术虽然成果斐然,但胡适等却深知其弊病,认为其缺陷在于"研究的范围太狭窄"、"太注重功力而忽略了理解"、"缺乏参考比较的材料"。① 而这些缺陷都是旧有学术范式本身的痼疾和沉疴,唯有从根本上打破之,建立起新的学术范式,才能使学术事业重新焕发出生机和活力。而清末民初的社会环境,很显然正是促成这一变化的温床。因此,《诗三百篇》从"经典"沦为"歌谣总集",仅仅是现象,在这一现象背后,则是近现代学术转型的轨迹。

我们看到不少学者对胡适认为《诗经》是"古代歌谣的总集"的看法不以为然,甚至著文加以辨正。② 实际上,从现在看来,"歌谣总集说"固然有其不够圆融之处,但胡适当日的着眼点实不在此。其着眼点在破除《诗经》的经典面纱,只不过在"破"的方面用力过猛,而在"立"的方面没有来得及细加思量罢了。今日之学者从三百篇的构成的角度,来阐明其并非全属歌谣,则多少给人以胶柱鼓瑟和"只知二五,不知一十"的感觉。也有人从《诗经》到底是"总集"还是"选集"的角度加以辨正,认为《诗经》时代所流传的诗篇不止三百零五篇,因而鲁迅关于《诗经》系"古代诗歌选集"的说法才更确切。③ 说者实际上恐怕没有深思,"选集"和"总集"其实并

---

① 见胡适:《〈国学季刊〉发刊宣言》,《疑古与开新:胡适文选》,第68-70页。

② 如夏传才先生在《胡适和古史辨派对〈诗经〉的研究》一文中认为《诗经》并不全是歌谣,胡适将之论断为"歌谣总集"不符合实际。

③ 见《胡适和古史辨派对〈诗经〉的研究》一文。

不非此即彼两相对立的,"选集"是相对于"全集"而言的,而"总集"则是相对于"别集"而言,所以,"总集"正不妨也是"选集"。因此,胡适和鲁迅的话并不根本冲突,只看读者从哪个角度理解罢了。

至于有些学者对于"歌谣"二字能否赅括《诗三百篇》全部内容提出异议,我们认为,不必对胡适这里所使用的"歌谣"二字过于拘泥于一般所谓"民歌"或"民谣"的理解,因为即便用于较为正式之场合的《雅》和《颂》,也同样具有"歌"的一般特征。另外,"歌"与"谣"须分开来理解,二者之别不光在于"合乐"与否,还须注意雅俗之分。① 但"歌"、"谣"二字大体能够赅括《诗经》的全部篇章。

(二)孔子是否"删诗"的问题

胡适对《诗经》基本概念看法的第二点,是关于孔子是否"删《诗》"的问题。胡适认为,"孔子并没有删《诗》,'诗三百篇'本是一个成语"。② 事实上,"孔子删《诗》问题"与前面所说的"《诗经》是否经典"的问题,两者有着内在的联系,可以互为佐证。从逻辑上,如果我们认定《诗经》曾经孔子删订,那么孔子既然是"大成至圣先师",经他删订之书不容不成为"圣经";反过来,如果我们承认《诗经》确是一部经典,那么他必然曾经过孔子这样的圣人的整理。正如《论语·子罕》中所说的:"吾自卫反鲁,然后乐正,《雅》、《颂》各得其所。"既然如此,胡适先是否定了《诗经》为圣经这一说法,那么当然也不可能承认"孔子删诗说"。

胡适接着说:"从前的人都说孔子删《诗》、《书》,说孔子把《诗经》删去十分之九,只留下十分之一。照这样看起来,原有的诗应

---

① 详见王娟《"歌"、"谣"、"诵"小考》,《北京大学学报》(哲学社会科学版),2013年7月第4期。

② 《古史辨》第三册,第578页。

该是三千首。这个话是不对的。唐朝的孔颖达也说孔子的删《诗》是一件不可靠的事体。加入原有三千首诗,真的删去了二千七百首,那在《左传》及其他的古书里面所引的诗应该有许多是三百篇以外的,但是古书里面所引的诗不是三百篇以内的虽说有几首,却少得非常。大概前人说孔子删《诗》的话是不可相信的了。"①关于孔子是否删《诗》的问题,自古以来的学者多有不同见解。但大抵不出顾颉刚所谓"信"、"驳"、"解释"三种态度。限于篇幅,我们不准备将各家说法一一列举。从这段话中,我们看胡适对"孔子删诗说"的反驳,其最有力的证据即为,古书所引而不见于今本《诗经》之诗太少,难以足成三千首之数。这一驳论不能说毫无道理,而且也为后来许多研究者所接受。但站在后来人的角度上,我们认为胡适和许多其他学者都过分执着于"三千"这个数字,因为将这个数字认得太实,所以总想从数字上去驳斥或弥缝孔子删诗说。驳斥的已如胡适所述,不必多说;就旧说加以弥缝的也不少。力之先生则主张《诗三百篇》在结集之前有一个单篇流传的过程,这些流传的诗篇其数远多于三百篇,(或竟有三千亦未可知,)后经整理者(太师?孔子?)加以校勘,去其重复,如刘向、刘歆父子校书之法,而后厘定为三百零五篇。是亦足备一说。然在今本《诗经》成书之年代,是否即有如西汉末年如此精密之校书法,则尚未可必。

我们认为前贤时彦理解"三千"二字或者过于迂执了些。"三千"作为虚数,极言数字之大,在秦汉古籍中屡见不一见。如《礼记·中庸》有云:"优优大哉!礼仪三百,威仪三千。"又《礼记·礼器》云:"故经礼三百,曲礼三千,其致一也。"此等"三千"之用法皆为虚数,用以形容礼乐之盛。《诗经》作为礼乐文明中最重要的组

---

① 《古史辨》第三册,第578页。

成部分之一，古人认为原有三千篇之多，原也在情理之中。说白了，在传统的经学体系当中，《诗经》是作为"圣经"供人们崇拜的，而其由原来的三千篇，经孔子删订为三百零五篇，大抵也只是为了抬高《诗经》的地位和突出圣人创教之苦心而辗转衍生出的话头，这种话只可将其置于传统经学背景下去认识，而不可作为考据之真实。至于从学术层面为其加以弥缝则更是胶柱鼓瑟、刻舟求剑了。① 换言之，对"孔子删诗说"的理解问题，恰恰从一个侧面反映出传统学术与现代学术之不同。这种不同即在于，传统学术是一个将真、善、美或云将信仰、价值和求真等目的结合在一起的综合体系，而现代学术却要求对原本的经典进行"去伦理化"的研究，在"去伦理化"的同时也将原来的综合体系拆分后归入不同学科，同时剥去了之前加在经典上的神圣光环。总之，新旧学者对"孔子删诗说"的不同看法，即体现出学术嬗变的途程。

既然"孔子并没有删《诗》"，那么今本《诗经》是如何成书的呢？胡适在《谈谈〈诗经〉》一文中紧接着说："《诗经》不是一个时代辑成的。《诗经》里面的诗是慢慢地收集起来，成现在这样的一本集子。最古的是《周颂》，次古的是《大雅》，再迟一点的是《小雅》，最迟的就是《商颂》、《鲁颂》、《国风》了。《大雅》、《小雅》里有一部分是当时的卿大夫做的，有几首并有作者的主名；《大雅》收集在前，《小雅》收集在后。《国风》是各地散传的歌谣，由古人收集起来的。这些歌谣产生的时候大概很古，但收集的时候却很晚了。我们研究《诗经》里面的文法和内容，可以说《诗经》里面包含的时

---

① 当然，我们也应注意，虽然古人行文之中，常以"三""九"指数之多，故今人多以此等为虚数，对此，清人汪中已于《释三九》（见汪氏著《述学》）中申论之。然而，我们似不应忘记，"三""九"等字用作虚数之例虽多，而用作实指之例亦不少，不能以其常做虚数，而以为凡用此等字处皆为虚数。

期约在六七百年的上下。所以我们应该知道,《诗经》不是那一个人辑的,也不是那一个人做的。"①

这段话代表了胡适对《诗经》成书过程的基本见解,其中的很多看法,都对后世影响深远。首先关于"《诗经》不是一个时代辑成的",这一观点实际上并非胡适辈首先提出,因为自古以来对于《诗经》的成书,就有"孔子删诗说"、"采诗说"、"献诗说"三种说法。在传统经学时代,学者们多有对这三种说法进行弥缝、调和者,以为不妨是先经过"采诗"和"献诗",使各种诗篇大萃于中央,后积累浸多,得三千之数,至孔子时,觉其繁芜,乃就而删之,爰成今本规模。这样一来,三种说法就不光不存在矛盾,而且具有了逻辑顺序。一直到今天的一些文学史教材中,也依然对三说并存。这当然是一种审慎的态度。然在胡适当时,我们须注意时代风气对他的影响。五四以来的打破经学藩篱和打倒孔家店等反传统之空气,决定了胡适必须就传统说法提出自己的新见,这是符合他"再造文明"的全局规划的。因此他之否定"孔子删诗说",在某种程度上说也是一种斗争策略,说孔子没有删诗并不妨碍他私下里仍然十分尊崇孔子。② 而客观上,在我们看来,他否定了"孔子删诗说",也就将《诗经》成书过程中的"偶像"破除了,这一偶像的破除,对《诗经》研究本身的影响自然不小,但他所产生的社会效应更大,因为要想学术突破传统的藩篱而勇猛精进,最重要不是破除书上的偶像,而是要破除读书人乃至民众心目中的偶像;否定"孔子删诗"只是破除人们心目中偶像的第一步而已。只有破除了偶像,才能使每个人的"理性"得以伸张。在研究过程中使用研究者自己

---

① 《古史辨》第三册,第 578 页。
② 这一点是可以在胡适的很多资料中找到证据的,他要推倒的是别有用心的人所推尊的孔子或孔教,但他个人终其一生都十分敬重孔夫子。

的"理性",而不是对经典教条的崇拜来帮助我们做出判断,这应该是传统学术和现代学术(或称为理想的学术)的重要区别之一。正是在这个意义上,我们说,胡适对"孔子删诗说"的否定就不光具有文艺复兴式的社会效应,而且具有在学术上建立新典范的重大意义。另外,须注意,胡适在否定孔子删诗的同时,等于默认了采诗和献诗二说。其实不管是采诗还是献诗,都是一个不断收集的过程。

对于"风"、"雅"、"颂"的结集早晚,他提出"最古的是《周颂》,次古的是《大雅》,再迟一点的是《小雅》,最迟的就是《商颂》、《鲁颂》、《国风》了"的说法,这种说法可以看成是其对在1921年所做的演讲《诗经的研究》的某些结论的修正。在那篇日记中他认为:"风雅颂的区别,郑樵与朱熹说的虽然很不坏,但我觉得风与雅似乎没有内容或性质上的区别,只有时代上的区别。大雅的结集在最先,小雅的次之,国风的结集最后。"①前后二者的区别在于,他之前认为《大雅》的结集最早,到了这时则认为《周颂》最早,而《大雅》次之,《小雅》又次之,最迟的却是《商颂》、《鲁颂》和《国风》。这其中争议最大的则是《商颂》的年代问题。下文我们将做一详尽的探讨。这里可以约略一说的是,由于书缺有间,存世文献也多彼此抵牾,在此基础上对《商颂》的确切年代做出认定几乎不太可能;而学界对《商颂》年代的不同看法,基本上可以体现出不同时代、或同一时代不同阵营的研究者在信古或疑古方面的不同态度;而从这些或信或疑的态度,则可以窥见学术潮流的迁变。我们当然不会认为凡是疑古阵营的人,就都是代表了科学学术的发展方向的,但"疑而后信"还是"信而不疑"这两者,则可以大致区分现代学者

---

① 见上文所引。

与传统学者在进入研究之前对研究对象所持之不同态度。胡适终其一生所秉持的信条之一,就是怀疑精神。他的名言"做学问要在不疑处有疑,待人要在有疑处不疑"是众所周知的。并不是说他比其他人都更具有怀疑精神,他之所以提倡"疑"(并不等同于"疑古"——笔者按),乃是因为怀疑是一切学术进步的起点,有所怀疑,然后提出一个假设,再用一系列的证据和实验验证自己的假设,结果可能会有两种,证明假设是对的,或证明假设是错的,但不管对错,都不是先有了一个结论,而是像乔姆斯基所说的那样:"认真的研究,是先提出某种假说,尽力推衍下去,看它能把我们带到何方,以证明其真伪或需要做何种修正。"①这种做学问的方法,才是真正意义上的"科学方法"。虽然从今天的角度看去,胡适当时所提倡的"科学方法"尚存在诸多局限,但我们不能苛求古人。因为就当时而言,能够达到那样的高度已属不易;更何况,他对"科学方法"的理解虽然粗浅,但大抵也已经抓住了西方近代学术方法的主流,且能够部分地将其与中国传统学术中的固有方法相结合,从而开创出新的学术范式,这些都是应该给予肯定的。

(三)关于《诗经》部分篇章的理解

胡适关于《诗经》基本看法的第三个方面,是《诗经》中篇章的阐释问题。胡适说:

> 《诗经》到了汉朝,真变成了一部经典。《诗经》里面描写的那些男女恋爱的事体,在那班道学先生看起来,似乎不大雅观,于是对于这些自然的有生命的文学不得不另加种种附会的解释。所以汉朝的齐、鲁、韩三家对于

---

① 薛凤生著:《汉语音韵史十讲》,北京:华语教育出版社1999年版,第3页。

《诗经》都加上许多的附会,讲得非常的神秘。明是一首男女的恋歌,他们故意说是歌颂谁,讽刺谁的。《诗经》到了这个时代,简直变成了一部神圣的经典了。……后起的《毛诗》对于《诗经》的解释又把从前的都推翻了,另找了一些历史上的——《左传》里面的事情——证据,来做一种新的解释。《毛诗》研究《诗经》的见解比齐、鲁、韩三家确实是要高明一点,……到了东汉,郑康成读《诗》的见解比毛公又要高明。……到了宋朝,出了郑樵和朱子,他们研究《诗经》,又打破毛公的附会,……另外成了一种宋代说《诗》的风气。清朝讲学的人……没有什么特殊的见解。

《诗经》的研究,虽说是进步的,但是都不彻底,……我看对于《诗经》的研究想要彻底的改革,恐怕还在我们呢![1]

胡适这段话很长,但其主旨概括起来只有一句话,那就是:从汉代以来,历代研究《诗经》的人都拿不同的东西对《诗经》文本进行附会;虽然从汉到清,《诗经》研究总体上是不断进步的,但这些研究都不彻底。从这段话中可以看出,胡适对于自古以来的学术研究范式的局限性已经有了清楚的认识(虽然他并没有拈出"范式"一词);他认识到,如果《诗经》的"圣经"地位不动摇,那么不管后来的研究者比之于前人有多少进步的见解,都只是量变而非质变,最终都突破不了研究的"瓶颈"。这个瓶颈就是传统学术研究的"范式",这种"范式"虽然并不根本排斥求真的目的,但却以"卫

---

[1] 《古史辨》第三册,第578-580页。

道"、"尊经"为旨归,而拒绝一切对于经典神圣性的挑战,否则就被斥为异端或邪说,而难以进入主流学术的视野之内。对于这种旧有研究模式的局限性,胡适早就在《〈国学季刊〉发刊宣言》(发表于1923年)中做过了很精辟的揭示。这里不过是仅就《诗经》研究这一个案再次加以阐发罢了。他既然认为"我看对于《诗经》的研究想要彻底的改革,恐怕还在我们",那么他对于《诗经》研究方法有哪些自己的主张呢?这就是第四个方面了。

(四)胡适对《诗经》研究方法的见解

胡适认为,"研究《诗经》大约不外下面这两条路":

(第一)训诂　用小心的精密的科学的方法,来做一种新的训诂工夫,对于《诗经》的文字和文法上都重新下注解。

(第二)解题　大胆地推翻二千年来积下来的附会的见解;完全用社会学的,历史的,文学的眼光重新给每一首诗下个解释。

所以我们研究《诗经》,关于一句一字,都要用小心的科学的方法去研究;关于一首诗的用意,要大胆地推翻前人的附会,自己有一种新的见解。①

从"训诂"到"解题",这一思路实际上和古人的研究并无多大差别,尤其是跟乾嘉学派如戴震等所提倡的"由字以通其词,由词以通其道"(见戴震《与是仲明论学书》)的理路,更是有着明显的继承关系。因为正如余英时等所见,胡适的"科学方法"本就是中

---

① 《古史辨》第三册,第580页。

西结合的产物（详见下编所述）。从训诂即文字和文法来认识文义，亦是古今中西所同，这固不待言。胡适这里所说的"解题"，其实就是指从字词的训释上升到篇章的理解，也就是从训诂到义理。这一理路本身并没有什么新鲜。关键的不同在于新范式对旧藩篱的突破。① 这种新范式较之于旧范式的先进性在于：一、怀疑的态度，对于一些旧说先疑而后信，不再迷信任何权威；二、平等的眼光，经史子集各种材料都一视同仁，实事求是，不再抱"考信于六艺"的成见。这样一来，不光扩大了研究的范围，还注意在系统研究的基础上求得整体的理解，更能够"博采参考比较的资料"，使学术研究真正能够冲决网罗，一往无前。

具体应该如何操作，却是个技术问题。胡适分别从训诂和解题两个方面做出了示范。关于训诂，他用早年所写的《〈诗经〉三百篇言字解》来做例证；在文中，他指出，虽然王念孙父子知道"言"字是语词，却说不出它的文法作用来；他却能在此基础上将"言"字的语法作用说得更为清楚。② 这可谓是他在方法上对乾嘉考据学家的突破。这类的例证他还举了其他的一些。关于解题，他给出了更多的例证，即，就《诗经》中许多篇章的理解给出了自己的看法。然而由字词的训释到篇章的理解这一提升虽然看似简单，却并不容易做好。胡适虽然提出了很多看似行之有效的方法，但在实际操作的时候却存在许多问题。这当然不光是胡适自己的问题。我国自古以来就有"诗无达诂"之说。对一首诗的意思的理解，并非仅仅是弄懂了字词的意思之后就能够确定的。从阐释学的角度上

---

① 大体说来，胡适新范式对清代学术范式的超越主要在观念层面，在技术层面上，他并没有实现大的突破。我们看他的许多研究，尤其涉及训诂的地方，大体还是循着乾嘉学派的路数。

② 《古史辨》第三册，第581页。

说,每个人都有可能根据自己的知识结构,和自己所处的时代背景,对同一首诗进行不同的解读,而对"诗本义"的探寻虽然靡代无之,但正如克罗齐所言,"一切真历史都是当代史",①我们只能说哪一家的理解比较地接近诗篇原本的含义,却不能借此将其他人的理解一概抹杀。对于胡适的《诗经》研究,我们也应该将训诂的研究和章旨的研究分开来看。虽然在他那里,这是两个前后相继的阶段,但从我们作为后来者的视角看去,他在很多时候并未能将二者很好地结合起来。在训诂方法方面,他确实在清人的基础上加入了西方的归纳法,在例证的选取方面也更为谨慎和严格,在选取比较材料的时候,能够突破清人既定的藩篱,使用他所谓"历史的观念"来加以辅助,因此他的某些成就确实超过清人。在对于诗篇意思的理解方面,他的很多理解确实有助于我们对《诗经》最初面貌的认识,如,他将《诗经》称为"歌谣总集",对于我们理解上古诗、乐、舞三位一体等事实都是有帮助的。也为后来的《诗经》研究者提供了许多方向性的指引。但我们不能就此认为他和他的同志们对《诗经》的解释就代表了诗的本义。

如我们前文所提及的,不管是古史辨运动还是整理国故运动,都属于新文化运动的一部分或逻辑延伸,属于胡适所提倡的中国的文艺复兴的一部分,这一文化运动有几个特征是特别值得注意的,其中最重要的就是白话文学地位的提高和俗文学(民众文学)的兴起。胡适等要提倡白话文学和俗文学,就不得不到传统文化中找到根据,这种找根据的过程,也就是对传统进行重新阐释的过程。《诗经》的文学化阐释,恰恰是其中最为突出的例证。对《诗经》进行文学化阐释,我们上文提到,并不始于新文化运动,而是早

---

① [意]贝奈戴托·克罗齐著,[英]道格拉斯·安斯利英 译,傅任敢译:《历史学的理论和实际》,北京:商务印书馆1986年版,第2页。

在宋、明以来就已经大量出现,但将《诗经》阐释为"歌谣总集",并多从民众生活视角、用"民歌"来阐释《诗经》则为前代所无。这里面不乏很多"过度阐释"的内容。如胡适将《嘒彼小星》解释为描写"妓女与恩客"的诗篇,①将《伐檀》中的"君子"解释为对统治者的反讽②,都多少有些想当然而不顾历史事实。这是我们在考察胡适的《诗经》研究时需要注意的。不幸他的很多观念对后世影响太大,即便在新中国肇造、国内大兴批胡高潮之后,他的很多阐释方法还被批判他的人以改头换面的形式加以继承,并以阶级分析的形式变本加厉地出现和传播,其实际影响至今日犹在。从这个意义上,我们可以说,胡适是开创现代《诗经》学的重要人物之一。他的贡献之一,就是比较早地用新的研究方法来研究《诗经》,所以当我们要做相关研究的时候,胡适的许多观点都是绕不过去的。

三、结语

以上,笔者从近现代学术转型的角度,重新对胡适的《诗经》研究从旨趣到方法进行了梳理。从中可见:

(一)胡适的《诗经》研究不仅对《诗经》研究本身具有重大的开创意义,也对彼时正在进行中的学术转型产生了不可忽略的影响。换言之,胡适当日所写关于《诗经》的诸多文字,与其说是着眼于《诗经》研究本身,不如说是将《诗经》研究作为一块试验田,以解剖麻雀之道献身说法。

---

① 见胡适:《谈谈诗经》,《疑古与开新:胡适文选》,第104页。
② 吴小如先生曾著文辨正此问题。认为《伐檀》中的"彼君子兮,不素餐兮"并非反语。胡适说见《中国哲学史大纲》第一章《中国哲学结胎的时代》。

（二）胡适的《诗经》研究不仅是在提倡一种态度，即对传统经典应该如何看待，也是在标举一种方法。这种态度简单说来就是将经典对象化，"取研究之态度"，而不再只是对其加以偶像化的崇拜。这种态度恰恰对应了现代性之"世界的祛魅"这一特征。而他所提倡的新的研究方法则是在乾嘉诸老的基础上更进一步，打破了学术范式的瓶颈，从而为真正的科学研究扫清了道路。

（三）胡适的《诗经》研究对当时以及后来的众多学者产生了重要影响[1]，他所提倡的态度和研究方法部分地型塑了现代学术范式本身。

（赵保胜，宝鸡文理学院文学与新闻传播学院，讲师）

---

[1] 参笔者《论古史辨派诗经研究方法之范式意义》一文，收入《中国诗学》第二十一辑。

《诗经中所见秦初期社会状况》为抄袭吴良俶遗文考

倪晋波

20世纪二三十年代,随着新文化运动的跃进,学术思想也由传统向现代转型。就《诗经》研究而言,以考据训诂为基础、追寻微言大义的传统经学思路遭到猛烈抨击。在充分肯定《诗经》文学性的同时,不少学者更注重《诗经》的史学价值。胡适先生认为可将《诗经》看作社会史、政治史、文化史的材料,应该"用社会学的、历史的、文学的眼光重新给每一首诗下个解释"[1],顾颉刚先生亦指出,《诗经》相对而言是"最有价值"、"最可靠"的一部古籍,"是弥足珍贵的上古史料,是用来推考上古史的重要凭借"。[2] 在这种情况下,以《诗经》为据来考见先秦史对成为诗经学的新路向之一。几年前,笔者收集整理这一时期的相关文献时,在1947年总第136期的《读书通讯》上发现一篇论文——《诗经中所见秦初期社会状况》,署名为"王迪纲"。这篇论文以《秦风》十诗为据,结合《诗经》其他篇什,从疆域及地理环境、经济、政治和社会文化四个方面详细地分析了秦初期——非子至秦献公时代的社会状况[3]。就笔者当时

---

[1] 胡适:《谈谈〈诗经〉》,《古史辨》(第三册),上海古籍出版社1982年第1版,第557页。

[2] 顾颉刚:《〈诗经〉在春秋战国间的地位》,《古史辨》(第三册),上海古籍出版社1982年第1版,第411页。

[3] 王迪纲:《诗经中所见秦初期社会状况》,《读书通讯》,1947年总第136期,第26–32页。

有限的搜求所见,认为它是现代以来最早的一篇用史学观念对《诗经·秦风》进行综合研究的论文。然而,笔者最近又在《国立中正大学校刊》1944年第13-14期合刊上看到一篇论文,名为《诗经中所见秦之初期状况》。细察可见,该文从标题到内容,与王迪纲之文几乎完全相同,但该文署名为"吴良俶"①。进一步搜寻发现,王迪纲和吴良俶并非一人异名;更令人震惊的是,《诗经中所见秦之初期状况》一文竟然是吴良俶的遗作!两文不仅有著作权之争,而且涉及《诗经》研究的现代转向问题,更关系到秦文化的早期研究史问题,因此不能不辨。为避烦琐,本文于《诗经中所见秦初期社会状况》、《诗经中所见秦之初期状况》二文分别简称为王文、吴文。

一、王文与吴文的内容基本雷同

《诗经中所见秦之初期状况》、《诗经中所见秦初期社会状况》二文字数相差不多,均约12000字左右;结构也完全一样,均分为引言、正文、结语三个部分,其正文又皆分为疆域及地理环境、经济、政治和社会文化四节,只是王文在每节中另加阿拉伯数字为二级标题序号,吴文则无;二文所用基础材料都是《诗经·秦风》、《史记·秦本纪》,其他材料只有两处不同。二文的主要差异详见下表:

	吴文	王文
标题	《诗经中所见之秦初期状况》	《诗经中所见秦初期社会状况》

---

① 吴良俶:《诗经中所见秦之初期状况》,《国立中正大学校刊》,1944年第13-14期合刊,第2-6页。

续表

	吴文	王文
引言	夷考秦在周世,自非子始封(九〇九)迄子婴降汉(前二〇七),凡七百零三年。(第26页)	夷考秦,自非子始封于周世(909B.C.)迄子婴降汉(207B.C.),凡七百零三年。(第2页)
	然诗风所咏乃秦仲襄公缪公康公之事,豳诗所述亦农桑风俗之情而已;当不足以概秦之历史也。若以及(笔者按:"及"疑为"其")考秦之初期状况,则有足征者焉。(第26页)	然诗风所咏乃秦仲襄公缪公康公之事,豳诗所述亦农桑风俗之情而已;并不足以概秦之历史。惟据诗考秦初期社会状况,则有足征者焉。(第2页)
	今所述者秦之初期状况,自非子以至献公历二十九世,都五百四十八年,其中文公为(前七六五-前七一六)至康公(前六二〇-前六〇九)凡八世,都一百五十七年,康公至献公(前一三八四-前三六二)(笔者按:此处"一三八四"当为"三八四"之误)凡十四世,都四百零四年,诗虽未咏其事,然有史可寻,故以诗为纲,自文公而下,征以史记,而推究秦之初期状况,亦可以补秦史之略脱也。(第26页)	近读诗,发现秦初期社会状况,自非子以至献公历二十九世,都五百四十八年。其前文公为(765B.C.-716B.C.)至康公(620B.C.-609B.C.)凡八世,都一百五十六年。康公至献公凡十四世,都四百零四年,(据康秦汉史讲义);于诗经中虽未详咏其间之事,然自文公而下,征以史记,固可推究秦初期社会状况,或亦稽补秦史之略脱也。(第2页)

续表

	吴文	王文
正文	物产之中,以林木出产为最甚,……而尤饶桑、竹、栗之属。(第28页)	物产之中,以林木出产为最甚。……而尤饶桑、竹、栗之属。(按古今注:六駮为山中木,叶似豫章,皮多薛駮,名六駮。)(第4页)
	按史记商鞅变法,"有名田宅臣妾衣服以家次。"可见孝公以前(即秦初期),名田宅臣妾衣服为自由竞争之状态,故商鞅变法论功而等第之。诗所谓雨我公田者,即贵族阶级借农民以耕种也,孟子谓"惟助为有公田",实借助之意耳。证以诗中所载皆有私田之意,则所谓"为田间阡陌"商鞅垦令之法,非谓废井田而阡陌也。(第29页)	按史记商鞅"田间阡陌"垦令之法,"有名田宅臣妾衣服以家次",可见孝公以前之秦初期,名田宅臣妾衣服尚为自由竞争之状态,故商鞅变法论功而等第之。诗所谓"雨我公田"者,即贵族阶级借农民以耕种耳。(4页)
	按诗序无衣言康公不与民同欲,亦可证也。(第31页)	(按诗序无衣讥康公不与民同欲,亦可证初秦之与民同乐之习俗也。)(第5页)
	故秦之初期政治非以管民为主,实以帅民为方也;而建筑于武功之上也。(第31页)	故秦之初期政治非以管民为主,实以帅民为方,极力扩充武力,或亦民性强悍之征耳。(第5页)

续表

	吴文	王文
结语	秦初期状况兹以诗经为纬,史记为经,推究如上,而所取诗经之事固未能囿于秦豳二风,盖秦地沿岐周旧业,小雅大雅所言为西周情况,秦实仍之,故当引列其有关者以为证,至秦之武功则未具述,以史记载之详也。由上述各项观之,秦之能承上古文化,统一中国,岂偶然哉?夏穗卿氏曾言"秦以前为古人世界,秦以后为今日世界"。则吾人欲晓其脉络相因之史事,秦之初期状况,故非本文所能赅,抑可以作管窥耳。(第32页)	初秦社会状况兹以诗经为纬,史记为经,推究如上,而所取诗经之事固未能囿于秦豳二风,盖秦地沿岐周旧业,小雅大雅所言为西周情况,秦实仍之,故当引列其有关者备证。至秦之武功则未具述,以史记载之详也。 从诗经中所见秦初期社会状况,自疆域言,既据有渭洦雍三流域,占陕甘之中南部及东南部,故地理环境,宜于发展为以强韧之部落民族,为强秦奠定初基。为其时已为西周末期,社会制度上含有极浓厚之氏族共同体制之成分。封建之痕迹已与集权之机构渐呈递邅。就经济情况而言,自仍属青铜时代,兵器多为铜制,而耕器多为铁制,秦地产铁,故农业或较同时其他诸侯为尤发达。田制一事,就诗经所暗示者,初秦已行共同耕作之制,且依公田及私田之语,似留有井田制之痕迹。其时社会犹有氏族社会之遗风,故小雅斯干所咏,殆为初秦之一夫多妻制度。抑初秦之政治状态,一面吸收西周之封建制,且与戎狄频相接触,故氏族制度已型成阶级观念,但一面保留若干游牧部落性质。因此当西周社会由奴隶制变成封建制时,从诗经中可窥见当时社会已有三种现象,一为阶级意识之觉醒,二为旧家贵族开始破产,三为封建新有产者之逐渐勃兴。而初秦及于此社会情况之演变中,日趋强盛。此篇之作,不足赅初秦脉络相因之史事,聊于初秦社会之发展,略备管窥耳。 卅十六年五月七日作于中国科学社(第6页)

上表所列十处差异，乃吴、王二文的主要差别，其他如"综观"与"总观"、"宁公世"与"宁公时"等细微差异，则略而不举。通观吴、王二文，其不同之处主要有三个方面。其一，标题部分，较之吴文，王文标题少一"之"字，而多出"社会"二字。事实上，在整篇文章中，凡吴文为"秦之初期"者，王文则一律用"秦初期"或"初秦"；凡吴文为"秦之初期状况"者，王文则一律用"秦初期社会状况"。其二，引言部分，王文的引言分为四个段，吴文不分段，但二者在意思上无甚差别。其三，结语部分，吴文结语不分段，而王文则分为两段，且比吴文多出300余字，用以概述、引申正文的主要观点，并删去了吴文末尾所引夏穗卿（夏曾佑）先生"秦以前为古人世界，秦以后为今日世界"之论。事实上，两文最大区别即在此一结语，但毋庸置疑的是，这一差异性并不能掩盖王文与吴文高度雷同的基本面。

二、《诗经中所见秦之初期状况》乃吴良俶遗文

王迪纲《诗经中所见秦初期社会状况》一文刊载于1947年7月10日出版的《读书通讯》杂志总第136期，其文末有"卅十六年五月七日作于中国科学社"字样，表明该文作于1947年5月7日。吴良俶《诗经中所见秦之初期状况》一文发表于《国立中正大学校刊》1944年第13－14期合刊。两文发表时间有三年之差，内容却基本一致，如无其他隐情，则王文乃抄袭吴文而成，当可论定。

需要特别指出的是，《国立中正大学校刊》13－14期合刊较之其他期别，很不一样。它其实是为哀悼1943年去世的包括吴良俶在内的13位中正大学学生而编辑发行的纪念刊。全刊分悼文、挽联、传略、遗著和校闻五个部分。其中，挽联部分首列时任中正大

学校长胡先骕先生所写的总挽辞:"天道难知竟夺英才成大器,国忧未解顿悲吾党失中坚。"对于吴良俶,共有六幅挽联,较其他逝者为多。巴怡南所书的挽联:"生也匆匆有志勤修期济世,没兮忽忽无心常住遽归真";还有显微学社同窗的哀辞:"创校四载毕萃英贤痛前岁烈士成仁四子才华又有哀音传杏岭,组社二秋同研学术忆畴昔音容尚在一圈友好永留佳话并澄江。"还有谷毓葛、周槐庭二人共挽之言:"好学近知力行近仁昔吾友尝从事于斯矣,博予以文约我以礼非夫人之为恸而谁欤?"还有邱宗建的挽联:"天岂丧英才仰文由肝膈行比渊骞百炼成青萍小试铦锋无不利,君堪称好学奈病入膏肓医微卢扁一抔掩黄土重闻邻笛有余哀。"还有袁子睦的挽联:"堂上衰亲闺中少妇膝下孤儿忍割断万种情缘死者哭生生哭死,湖南鱼雁杏坛弦歌至成结社岂料得一朝永诀君应悲我我悲君。"还有其族弟吴虎飞所写的挽联:"既同宗复共学族谊友情成两好,入赣易回湘难凄风苦雨吊孤魂。"从这些挽联可知,吴良俶生前颇受同窗推重。

《国立中正大学校刊》13、14期合刊的遗著部分,共刊载了两人三篇学术论文,其中前两篇是熊振湜的遗文《中国译事考略》和《党锢论》,第三篇就是吴良俶的遗文《诗经中所见秦之初期状况》。

三、吴良俶其人其文

关于吴良俶,该刊传略部分有其族弟吴虎飞所写的《君良俶传略》①,可窥其生平行事。吴良俶,湖南常宁人,祖东皋,父嗣汉,妻

---

① 吴虎飞:《君良俶传略》,《中正大学校刊》1944年第13-14期合刊,第7-8页。

唐氏,子传福。民国二十三年(1934)毕业于湖南文艺高中;1938年曾参与湘省民训工作,后入陆军军械化学校,习驾驶,因病返乡,执教小学;1940年夏,考入国立中正大学文史系;1943年12月6日,因感染伤寒去世。

根据传文,吴良俶才华横溢,口才出众,学习刻苦,治学严谨。1935年底,吴良俶寓居南京,"岁暮天寒,金尽裘敝,百感交集,因赋诗一首":"浪迹昆都门,倦翮何时还,金尽裘亦敝,谁怜范叔寒?房主催租急,无复青眼看。我思士常贫,寸心聊自安。跮躞台城上,荒草径已残。吁嗟梁武帝,熊掌谁可餐!闲来携长铗,独登紫金山,寂寞云树下,斜倚是上弹。"寒士自咏,情意哀凉。不过,吴良俶并未因贫失志。抗战爆发后的第二年,他曾任湘省民训工作数月,因感愤于日寇猖獗,有"收复山河之志",遂入陆军军械化学校,学习驾驶,以赴国难。不幸一年后身患坐骨神经病,不能继续学习,被迫退役返乡,执教小学,但依然披阅史籍,"益学为文,以待时用"。可见,吴良俶是一个爱国志士。传文还录其《咏志诗》一首,可见其生平志向:"幼颂孔子书,悠然美舞雩。少长问周礼,曾布庭前趋。近观宁人传,志切救神都。售身涉吴下,妄欲朱紫纡。巨公不可接,愤言訾野狐。丹墀岩在望,谁为容吁谟。风尘自偃起,宁用哭穷途。金尽裘亦敝,岂终季子愚。归来专闭户,刺股读阴符。忽闻来倭寇,烽烟满城隅。慷慨投笔起,执殳作前驱。不禁霜露猛,弱贫如柳蒲。投戈入蘘舍,复看儒者襦。值兹世乱亟,吾道或未孤。钻研期有得,铁网收珊瑚。"使事用典,发抒己志,造语遒劲,声调慷慨,隐有左思《咏史》之风。

吴良俶去世于1943年12月,那么《诗经中所见秦之初期状况》一文必作于此前,具体时间不得而知,推测应该撰于其就读于中正大学期间,即1940年至1943年之间。吴虎飞在传文中评价吴良俶"治学整严,厌泛泛之论,有疑问必旁搜远绍,穷其奥窔而后已"。以《诗经中所见秦之初期状况》一文观之,可知此论不虚。作为中华文明的一个独特部分,秦文化在历史上并没有得到恰当的理解和尊重,直到20世纪30年代中期,当时的北平研究院对陕西宝鸡斗鸡台遗址沟东区先后进行了三次调查,发掘了82座墓葬。苏秉琦先生把这些墓葬分为三个阶段,即瓦鬲墓时期、屈肢葬墓时期和洞室墓时期,并谓:"说是三个文化亦未尝不可。"对于第二时期,他说:"此期的主要特征为东西竖穴墓和侧身屈肢葬(多数是头顶向西,少数是头顶向东),与前期的南北竖穴墓和北首仰身葬完全异趣,甚至可以说是与中原的古代传统习惯不合。……则此时期的屈肢葬所代表者,似当是一种新的外来文化。……它如果不是一支早已华化的外族文化,便当是一支早已夷化的华夏文化。"①尽管苏秉琦先生没有提出"秦文化"的概念,但他把以屈肢葬为特征的墓葬看作一种新的文化,事实上已经划定了秦文化的考古学分类标准,从而打开了"秦文化"的大门,使得其进入学界视野。正是在这一学术背景下,吴良俶作《诗经中所见秦之初期状况》一文,为秦之历史文化正名:"秦一六国,并天下,开中国统一之局;承流宣化,实据中国历史之顶点。……后世史家常以戎狄目之,甚有责史公不应以之与五帝三皇同列本纪者,以致秦之历史散而不整,略而不详,而为世所忽视!"②吴良俶独辟蹊径,以历史学方法详细考察《诗经·秦风》,详论秦人早期社会诸方面,颇有洞见。如其论秦早期文化:"秦本岐周之旧,民务本业,有先王遗风,故为农业文化,

---

① 苏秉琦:《斗鸡台沟东区墓葬》,《北平研究院史学研究所陕西考古发掘报告》第一种第一号,1948年,第275、278-279页。
② 吴良俶:《诗经中所见秦之初期状况》,《中正大学校刊》1944年第13-14期合刊,第26页。

然先世以畜牧起,且与戎狄相接,其俗不纯,故亦有游牧民族之色彩。"①他认为秦之早期文化深受西周文化影响,这一点已为后来的考古发现所证实。1973年前后,甘肃灵台县出土了一批两周墓葬,其中姚家河西周墓和洞山墓属于西周康王时期,西岭墓葬的年代在西周中期甚至更早②。灵台县位于陇东黄土高原南缘,与秦人早期的聚集地礼县和清水县相距不远。这就是说,至迟在西周中期,周文化的触角已经伸入秦人腹地。赵化成先生指出:"在甘肃东部,从总的地域范围看,周、秦文化处在一种交错分布的状态下;从局部看,可能相对集中。如陇山以东的平凉、庆阳地区,……这里的'周代遗存',主要的应当属于周文化系统。……陇西西河滩遗址在今天水以西,……以天水一带为中心的秦文化遗存便处在东西两面周文化的包围之中。"③这就意味着,秦人在早期阶段受到了周文化的深刻影响,其接受西周的礼乐文化和农业文化是完全可能的。由此也可见吴良俶《诗经中所见秦之初期状况》一文的学术价值不可轻忽。

从目前的资料看,吴良俶《诗经中所见秦之初期状况》一文是现代诗经研究史上最早的一篇以史学方法全面研究《诗经·秦风》的论文,也是秦文化早期研究史上的一篇重要文献。可惜的是,这篇论文竟为人所袭。更令人惊讶的是,抄袭者可能认识吴良俶并与其有交谊。《国立中正大学校刊》1944年第13-14期合刊卷首的祭文部分,除了涂世恩的《祭吴良俶文》、谢爱祀的《故友吴君良

---

① 吴良俶:《诗经中所见秦之初期状况》,《中正大学校刊》1944年第13-14期合刊,第31页。

② 甘肃省博物馆文物队灵台县文化馆:《甘肃灵台县两周墓葬》,《考古》,1976年第2期,第39-48、38页。

③ 赵化成:《甘肃东部秦和羌戎文化的考古学探索》,俞伟超主编《考古类型学的理论和实践》,文物出版社,1987年5月第1版,第168-169页。

俶哀词》之外,还有一篇《吴君良俶诔》,署名为"王迪纲"！如果此"王迪纲"即是《诗经中所见秦初期社会状况》一文的所谓作者"王迪纲"的话,那么这起民国学术史上的抄袭案真是匪夷所思,令人莫名惊诧！

(倪晋波,扬州大学文学院,副教授)

文化研究

《诗经》里的"王道精神"

[美国]林中明

《诗经》本身是个中华文化宝库。它从爱情、草木虫鸟、民怨、民风、王事,从尊天、祭祖到兵役、战争,都有直接的描述,也有大量的比兴。但是什么是《诗经》的精神?学者们从礼乐、风雅①、文化②、艺术等角度,已经做了许多研究。若从人的角度来看,《诗经》自小而大,自下而上的"金字塔"结构,大约包括从个人、家庭、地方社会,到族群、诸侯、王室、朝代的感情关系,以及地理历史的变化发展,再以诗的文字"砖块"做有机的堆砌,借助"鸟兽(鱼虫)草木"为比兴的桥梁,所做成的文学大建筑。

而历来研究又以直接见乎纸上字间的爱情,温柔敦厚的民风,疾恨抱怨的民愤为大端。但是作为古代两大实存经典之一的《诗经》,以"战争与和平"作为诗集中最重大的外部事件,研究较少。而三百篇背后所内含的政军国际关系理想——"王道精神",更未见专论博探。"王道理想",原本就存在于从周公到孔子的儒家思想中,而以尧舜圣君明王为传说中的代表人物。"王道"二字,为孟夫子所创,并以周朝立国诸君所为,和见于《诗经》的篇章,架构起

---

① (清)劳孝舆,《春秋诗话·卷一》:"垂陇一享,七子赋诗,春秋一大风雅场也。…自垂陇七子赋诗后,至此二十有一年。复有六卿之赋郑,以屠国处必争之地。诸君子以风雅之气,扶持勿衰,孰谓诗人无益人家国哉。"

② 李山《诗经的文化精神》,东方出版社,1997年。

"王道"的历史和传说中的事迹和精神。

所以我们研究《诗经》里的"王道精神",乃从《孟子》和《孟子》里所引38篇《诗经》中有关的文字;以及先后略同时期的《易经》和追记编写的《司马法》,来较广面地探讨,后世中华文化中引以为傲的"王道精神"。尤其是眼前21世纪西方资本主义和霸权盟邦,自以为是实行世界的终极制度①,结果在20世纪初,走入自身先天性的贪婪扩张盲点,和几次跌进财经黑洞②,造成国际间不断地为短期利益争战,甚至威胁到人类的生存。于是许多富有仁心的学者,他们开始发现,如果想要达到长期"可持续发展"③的世界和平和经济成长,大国小国,都需要不完全相同的"王道精神"为内政外交的引导④;而科技进步的动力,成为21世纪人类经济、社会发展,最强大、持久、可持续动力的"新王道"。

我们探讨这个题目,在研究诗学文化之外,更是以知《诗》论世,国治天下平为目的。但是由于学问和材料有限,此文只能算是初探的大纲。希望借抛砖而引玉,给今后《诗经》的研究,开辟新的"矿脉"和"战场"。

以下,先从王道定义,到大小国的王道以及霸道的特色谈起,最后列举孟子所引的《诗经》诗句,借以进一步"知诗论道"。在讨论中,我们也引用许多当前的实例,让古代的经典思想,在现代的土壤上,接地气而发芽开花。

---

① 弗朗西斯·福山(Francis Fukuyama)《历史的终结及最后之人》,黄胜强、许铭原译,中国社会科学出版社,2003年。
② 谷棣、谢戎彬主编《我们误判了中国:西方政要智囊重构对华认知》,华文出版社2015年1月出版。
③ 2016年,联合国大会辩论题目:可持续发展。
④ 朱云汉《中国大陆兴起与全球政治经济秩序重组》,2012年9月28日在台湾大学的讲座文字内容。讲座原题为《中国大陆兴起与全球秩序重组》。

一、何谓"王道"

1. "王道"定义的起源和始祖——《孟子》①：

孟子辩论善明释，有逻辑。他以王、霸对照，来更明白地说明，什么是"霸道"，什么是"王道"。他甚至只用二句话——"以力假仁者霸，以德行仁者王"，便给后世下了不可更改的定义。但是"霸"，必须相对地大于竞争者——人多，地广，财富，将智，兵强。但是"霸"，不是如孟子所说"霸必有大国"，而是"霸"有大霸和小霸。一如"王"有大小。"王"不待大，汤以七十里，文王以百里。但是历来讲孟子，多半接受"王不待大"的理想，使得研究国防军事的军人和国际关系的学者，以为孟子和其后的儒者思想迂腐，不切实际。其实《孟子》，《易经》和《诗经》等先秦经典，对大国的发展之道和小国的生存之道，是有截然不同的适宜指导的。

（1）大国的王道：

a. 空间：仁被天下 ；b. 时间：长期考虑；c. 理念：仁义诚信 d. 资源：永续经营；e. 生活：人民小康，社会大同②；f. 世界：四海

---

① 《孟子·公孙丑上》："以力假仁者霸，霸必有大国。以德行仁者王，王不待大。汤以七十里，文王以百里。以力服人者，非心服也，力不赡也；以德服人者，中心悦而诚服也，如七十子之服孔子也。"

② 礼运大同篇：大道之行也天下为公。选贤与能，讲信修睦。故人不独亲其亲，不独子其子。使老有所终，壮有所用，幼有所长，鳏寡孤独废疾者皆有所养。男有分，女有归。货恶其弃于地也，不必藏于己，力恶其不出于身也，不必为己。是故谋闭而不兴，盗窃乱贼而不作，故外户而不闭，是谓大同。

一家;g. 生命:天人合一;h. 国际:扶弱济倾,惩暴弃小①。不嗜杀人②,拒伐无犯③好战必亡,忘战必危④;i. 文化:多元,见群龙无首吉(易经.乾卦.用九)。

大国的形成和发展,我认为《易经·乾卦》说得最清楚。它是依照 i. 潜龙勿用, ii. 见龙在田, iii. "君子终日乾乾"的努力, iv. "或跃在渊"的把握时机,而能 v. 飞龙在天,但是要收敛野心,不要 vi. 亢龙有悔。

而最后,在国际关系上,要达到"用九"所说,"见群龙无首,吉"。不"以力假仁",不依霸权和武力,公平而仁义对待天下大、中、小各国、各民族、各宗教团体和内部各种族。

---

① 弃珠崖议《汉书·贾捐之传》。"《诗》云:'蠢尔蛮荆,大邦为雠。'言圣人起则后服,中国衰则先畔,动为国家难,自古而患之久矣,何况乃复其南方万里之蛮乎!……又非独珠崖有珠犀玳瑁也,弃之不足惜,不击不损威。其民譬犹鱼鳖,何足贪也!臣窃以往者羌军言之,暴师曾未一年,兵出不逾千里,费四十余万万,大司农钱尽,乃以少府禁钱续之。夫一隅为不善,费尚如此,况于劳师远攻,亡士毋功乎!……愿遂弃珠崖,专用恤关东为忧。"

② 孟子梁惠王章句上:孟子见梁襄王,出语人曰:"望之不似人君,就之而不见所畏焉。卒然问曰:'天下恶乎定?'吾对曰:'定于一。''孰能一之?'对曰:'不嗜杀人者能一之。''孰能与之?'对曰:'天下莫不与也。王知夫苗乎?七八月之间旱,则苗槁矣。天油然作云,沛然下雨,则苗浡然兴之矣。其如是,孰能御之?今夫天下之人牧,未有不嗜杀人者也;如有不嗜杀人者,则天下之民,皆引领而望之矣。诚如是也,民归之,由水之就下,沛然谁能御之?'"

③ 2004年,林中明书王阳明诗,并记王守仁,守仁道和王道,抗命不伐无犯大明之交趾,辞官返乡,卒于途中。

④ 《司马法·仁本第一》:古者,以仁为本,以义治之之谓正。正不获意则权。权出于战,不出于中人。是故杀人安人,杀之可也;攻其国,爱其民,攻之可也;以战止战,虽战可也。故仁见亲,义见说,智见恃,勇见方,信见信。内得爱焉,所以守也;外得威焉,所以战也。战道:不违时,不历民病,所以爱吾民也;不加丧,不因凶,所以爱夫其民也;冬夏不兴师,所以兼爱民也。故国虽大,好战必亡;天下虽安,忘战必危。

孔子和孟子的思想,都继承儒家经典,而演化出符合时代的新解说。所以孟子的"王道",尤其是"大国的王道"应该如何做?也都不外乎《易经》《书经》和《诗经》里早有的"王道精神"。但是小国的王道,《诗经》里举了周王朝兴起的实例,所以很有说服力。

(2)小国的王道:

a. 空间:有限; b. 时间:短期考虑;c. 理念:畏天延年,务实慎言,随势调整,官吏贤廉; d. 资源:节约取用;e. 生活:人民普遍温饱,社会严格维安;f. 世界:外开内聚; g. 生命:个体;h. 国际关系:用智内谦;i. 文化:"小确幸",随风尚。

因为"王道精神"以民为本。所以,孟子说:"以小事大者,畏天者也。乐天者保天下,畏天者保其国。诗云:'畏天之威,于时保之'"。而《大雅·公刘》诗云:"乃积乃仓,乃裹糇粮,于橐于囊。思戢用光。弓矢斯张,干戈戚扬,爰方启行。"其实是周人祖先,被戎狄侵略,"以小事大者"畏戎狄之威,不得不弃土弃民,逃迁岐山之下。类似摩西率领一部分以色列人"出埃及记"的史诗①。

相对于《易经·乾卦》可以解说"大国的王道",我认为《易经·坤卦》可以解释"小国的王道":服从雄强者——利牝马之贞。所以像是周人祖先被迫一再迁移,"君子有攸往,先迷,后得主利。西南得朋,东北丧朋,安贞吉"。然后,小国和弱小民族,必然要小心翼翼,如《易经·履卦》"履霜,坚冰至"。迁移的时候,如《大雅·公刘》诗"乃裹糇粮,于橐于囊",就要遵循《坤卦第四爻》的爻辞

---

① "熏育戎狄攻之,欲得财物,予之;已复攻,欲得地与民。民皆怒,欲战。古公曰:'有民立君,将以利之。今戎狄所为攻战,以吾地与民。民之在我与其在彼何异?民欲以我故战,杀人父子而君之,予不忍为。'乃与私属去豳,度漆、沮。豳人举国扶老携弱,尽复归古公于岐下。及他旁国闻古公仁,亦多归之。"(《史记·周本纪》)

"六四":"括囊,无咎,无誉"。连表面的荣誉都不争,当然避免了因为"争名"而引起的虚荣战争①,对人民有大害,而无实利。所以小国王道的态度和精神,就是"用六,利永贞",如牝马之贞,母马之驯服,不无事生非,自取辱亡。

"小国的王道",西方也有范例。欧洲的圣马利诺共和国,面积60.75平方公里,人口曾经只有几千人(现在人口27336)②,自称是世界上现存的最古老而长久不灭亡的国家。这个小国竟然于1797年,以"牝马之贞"谦卑的恭敬态度,为攻占了意大利的拿破仑的法国所承认。拿破仑还赠送一个出海口,1000吨小麦和4门加农炮给它。圣马利诺人接受了小麦,但是谢绝了攻击性的大炮和取自他国的自由出海口。把"小国的王道"发挥到极致。

为了了解"王道"的特点,我们必须用"霸道"来衬托。一如画师绘画光亮,必须把周围涂黑。《老子》说:"知其白,守其黑,为天下式。"就是这个道理。

---

① 《吴子兵法·图国第一》吴子曰:"凡兵之所起者有五:一曰争名,二曰争利,三曰积(德)恶,四曰内乱,五曰因饥"。

② 1796年,拿破仑率大军攻打奥地利。这支军队攻入了意大利。1797年2月7日,两位圣马利诺执政官隆重地欢迎了法国政府代表、法兰西学院成员、数学家加斯帕雷·蒙日的来临。蒙日发表了一篇演说,表达了拿破仑和法兰西共和国对圣马利诺共和国的友谊。蒙日还通知圣马利诺议员,法国很乐意把里米尼等地赠送给圣马利诺,让其获得一个出海口。圣马利诺人请蒙日替他们感谢拿破仑"对这片为残存的自由提供了避难所的小小国土的亲切关怀",同时请他代为转达圣马利诺人的愿望。蒙日对圣马利诺代表的讲话深表感动,回答道:"圣马利诺共和国为全世界树立了一个伟大的榜样。它宁可舍弃领土的扩大,为的是不至于有朝一日危及它最宝贵的财富——世代相传的自由。"随后,拿破仑发布了命令:圣马利诺公民应在法兰西共和国的一切地方受到尊重;其公民在法国的纳税义务也一概豁免。此外,拿破仑还命令驻扎在里米尼的萨于凯特将军向圣马利诺赠送1000吨小麦和4门加农炮。圣马利诺人接受了小麦,但是谢绝了大炮。

霸权主义：

　　a. 空间：不停扩张； b. 时间：短期考虑；c. 理念：双重标准，强词夺理；d. 资源：掠夺消费；e. 生活：人民贫富不均，损不足以奉有余①。社会权钱唯上，上下交征利。f. 世界：贱仁弃义，唯我独决；g. 生命：强者生存；h. 国际正义：欺弱怕强，临难弃盟；i. 文化：单极排他，毁人人文史。

　　以上简单陈述了"王道"和"霸道"的古代意义，下面再举三位当代学者和行政长官，作家，来看"王道"和"霸道"的现代意义。罗列陈述了古今大家对"王道"的看法，我们最后才来探讨《诗经》里的王道精神，因知世而论诗，就会左右逢源，不至于刻舟求剑，脱离时代。

2. "王道"和"霸道"的现代意义：

（1）余英时《"王道"在今天的世界》②（1999）

　　余英时教授在1999年说："……语言随时代而变迁，今天我们所说的'王道'已与孔子时代的意义有别。'王道'是儒家思想中一份珍贵的遗产，这是不成问题的。但问题在于：为什么中国现代学人却避免用这个名词呢？我想最重要的原因是我们今天进入民主的时代，不愿意见到'王'字。'王'似乎表示有一个高高在上的绝对权威，主宰着我们下面的老百姓"（明按：近来"王道"二字又普遍使用，意思大约是"恰当"，"无争议"，"最顺畅"等正面意义）。

　　余英时教授又说："但语言是可以变化的，'王道'可以与'帝王'无关，正如'君子'今天已另有含义，不再是'国君的儿子'了。现在我们用'王道'两字，其含义等于是儒家的'仁道'；以现代语言

---

① 老子：损不足以奉有余。
② 余英时，"王道"在今天的世界，1999，http://www.rfa.org/mandarin/pinglun/yuyingshi/12508 – 19990712.html。

表示,便是'人道'(humanity)。"

余英时教授认为,中国过去诸王朝,没有一个真能懂得王道而且行王道。但"在二十世纪的中国政治家之中,我们只能承认孙中山先生一人对于'王道'的现代意义有最真切的理解。他在答复一个俄国革命家的问题时曾说:'中国有一个正统的道德思想,自尧、舜、禹、汤、文、武、周公,至孔子而绝。我的思想就是继承这一个正统的道德思想,来发扬光大。'孙先生没有用'王道'两个字,但是他所说得'正统的道德思想'自然只能指'王道'的理想而言。孙先生受了经学今文派的影响,十分看重《礼记》中的《礼运》篇,特别是'大同'的理想。这一理想也就是'王道'的延伸和发展"。

(2)刘兆玄①《王道剑》②(2014)

刘兆玄院长是台湾学者中少见的政、经、教育、交通、能诗擅画,并在大学时曾以笔名上官鼎写武侠小说出名的全才。他把"王道"在社会的运作,用热力学"等温"现象来解释,认为现代化的"王道"政策和执行,乃是经济发展最有利的状况。他说的热力学"等温"现象,其实和孔子的"中庸之道"相通,也和中国当前最熟悉的"维稳"相似。他在中华文化总会的职务上,大力推动"王道"经济发展,对大学生和企业家等社会领导人士,做了近百场演讲。但是台下听众,滑手机的多,睡觉补眠的学生也不少。于是我在2011年,当他到硅谷演讲时,向他提出何不"重出江湖",重拾47年前的彩笔,写一本"王道"为书名的武侠小说?保证有上千万的读者,因为看他的武侠小说,而耳濡目染,了解到孟子提出的"王道"精神,从而改变中华社会,进而影响国际关系的正向共赢的方向发展?

---

① 刘兆玄(全球玉山荣誉理事长),"王道文化与台湾未来的经济发展",玉山硅谷科技论坛,San Jose,2011年。
② 刘兆玄(笔名:上官鼎)《王道剑(五集)》,远流出版社,2014年。

三年之后,兆玄兄推出90万字的《王道剑》,跃居台湾诚品书店畅销书的第一名半年之久。他目前正在筹划推出电视连续剧。以后"王道"二字,可能成为一个流行的名词,有助于中华文艺复兴和"软实力"的崛起。

(3)蔡武提出"人类命运共同体"主张 (2016)

北京大学校友会副会长蔡武先生,在2016年10月20日,凤凰国际论坛上,就"世界秩序中的中国大战略"发表主旨演讲。蔡武先生对"世界究竟向何处去"指出,"无论是中国国内,还是国际社会中,都不乏有人仍然停留在早已过时的冷战思维中,秉持零和博弈的旧思维,甚至以'弱肉强食'的'丛林法则'和'国强必霸'的帝国主义、殖民主义的逻辑来判断新世纪世界秩序发展的趋势,进而提出种种应对之策及战略谋划"。他指出"人类命运共同体"的主张与中华优秀传统文化中追求"天人合一""世界大同""天下为公"的理想和"君子和而不同"、"己所不欲,勿施于人"、"协和万邦"、"执其两端用其中"等东方智能是一脉相承、高度契合的。

根据余、刘、蔡三位有代表性的重要学者的议论,我认为,包括《周易》《诗经》《孙子》《史记》和《文心雕龙》的五本"旧经典"所带来的"活智慧[①]",必然是今后中国的精神和思想动力的重要来源之一。所以,在2016年的《诗经》国际研讨会,我们要从《诗经》中有关孟子所提倡的"王道"思想,提出来加以了解和讨论。

[①] 林中明《旧经典活智慧——从易经、诗经、孙子、史记、文心看企管教育和科技创新》,第四届《中华文明的二十一世纪新意义》学术研讨会论文(喜玛拉雅基金会)主题:传统中国教育与二十一世纪的价值与挑战,岳麓书院、湖南大学,2002年5月30、31日。《斌心雕龙》,台北:学生书局,2003年12月,第463–518页。

二、孟子引《诗》①以及对"王道"的推演

孟子对儒家经典极为重视,又特别喜欢引诗。杜兵先生2014年在《〈孟子〉引说〈诗经〉考论》中指出:"在《孟子》一书中引用、论说《诗经》多达38处。从所引说《诗经》篇目来看,《国风》有4处,分别是《豳风·鸱鸮》《豳风·七月》《邶风·柏舟》《邶风·凯风》。《大雅》有19处,分别是《灵台》《思齐》《皇矣》《公刘》《绵》《文王有声》《文王》(引4次)《假乐》《板》《荡》《桑柔》(引2次)《下武》《云汉》《烝民》《既醉》。《小雅》有4处,分别是《正月》《大田》《大东》《小弁》。《颂》有3处,分别是《我将》《閟宫》(引2次)。"从《孟子》一书中引《诗经》中四大类的次数,我们发现:

i.《大雅》有19处,占全诗经305首的6.2%;占《大雅》31首的61.3%;

---

① 杜兵《〈孟子〉引说〈诗经〉考论》,2014年11月22日。"《孟子》一书中引用、论说《诗经》多达38处,主要目的在于借以充当立论依据。今以阮元《十三经注疏》本《孟子注疏》为底本,统计认为《孟子》一书中涉及《诗经》共38处。具体情形如下:从引说主体看,孟子本人引用28处,论说5处,其中2处只提及篇名而未引诗句,3处属于整体论说《诗经》,未针对具体篇目;梁惠王、王良、万章、咸丘蒙、公孙丑各引用1处。从篇章分布看,《梁惠王·上》引3处,《梁惠王·下》引5处,《公孙丑·上》引3处,《滕文公·上》引5处,《滕文公·下》引2处,《离娄·上》引6处、说1处,《万章·上》引3处、说1处,《万章·下》说1处,《告子·上》引2处,《告子·下》说2处,《尽心·上》引1处,《尽心·下》引2处。从所引说《诗经》篇目来看,《国风》有4处,分别是《豳风·鸱鸮》《豳风·七月》《邶风·柏舟》《邶风·凯风》。《大雅》有19处,分别是《灵台》《思齐》《皇矣》《公刘》《绵》《文王有声》《文王》(引4次)《假乐》《板》《荡》《桑柔》(引2次)《下武》《云汉》《烝民》《既醉》。《小雅》有4处,分别是《正月》《大田》《大东》《小弁》。《颂》有3处,分别是《我将》《閟宫》决·(引2次)。"

ⅱ.《小雅》有 4 处,占全诗经 305 首的 1.3%;占《小雅》74 首的 5.4%;

ⅲ.《国风》有 4 处,占全诗经 305 首的 1.3%;占《国风》159 首的 2.5%;

ⅳ.《颂》有 3 处,占全诗经 305 首的 0.98%;占《颂》40 首的 7.5%。

根据我对《诗经》中"风云雨雪"的分析①,《大雅》的作者多来自庙堂高官。而孟子引诗的最高比例,也是来自《大雅》,这再度说明我对于《大雅》作者颇异于小雅,而多来自庙堂高官是合理的判断。因为他们和孟子一样,都是从庙堂之士,对治国平天下所提出看法和感想。

孟子引诗都非常恰当,而且常常扩大了对诗的了解,并对有关的仁政,王道,做出更专注的解释。

孔子对于《诗经》中的政治智慧,早见于他对《诗经·豳风·鸱鸮》②的评价:"为此诗者,其知道乎! 能治其国家,谁敢侮之?"所以孟子以诗论王道,还是遵循夫子之道。

以下列出孟子所引《诗经》有关仁政和王道的 10 处,并从这 10 首诗,来探讨孟夫子王道的含义。

1.《大雅·灵台》:"经始灵台,经之营之,庶民攻之,不日成之。经始勿亟,庶民子来。王在灵囿,麀鹿攸伏,麀鹿濯濯,白鸟鹤鹤。

---

① 林中明《气象学之祖:〈诗经〉——从"风云雨雪"的"赋比兴"说起》,《诗经研究丛刊. 第十六集》,第八届《诗经》国际学术研讨会论文选刊之一,陕西. 洽川,2008 年 7 月 24—27 日。学苑出版社,2009 年 6 月。第 193—220 页。

② 《诗经·豳风·鸱鸮》:"迨天之未阴雨,彻彼桑土,绸缪牖户。今此下民,或敢侮予?"

王在灵沼,于牣鱼跃。"①

  孟子指出,古时贤明的君主,与民偕乐,故能举国同乐也。但是如果帝王只顾独乐,却又乐于残害人民,则人民愤恨之极,不惜"欲与之偕亡"。"王道"以人民的快乐为重。一如美国独立宣言中所说:人民天生有追求快乐的权利②。只是《诗经》中,爱民的王道仁政,早于美国独立宣言,至少2700年!而当一个国家的君主或领导,以人民的快乐为重,其余的政策和法律,必然也是仁政和王道。孔子说:"君子务本,本立而道生"。这也是我把《大雅·灵台》这首诗列在第一的原因。

  2.《小雅·巧言》"他人有心,予忖度之"和《孙子兵法》的"知己知彼,百战不殆";以及《司马法·定爵第三》的"方虑极物,变嫌推疑,养力索巧,因心之动"的战争对象不同,但是心虑方法是类似的。孟子指出,仁政和王道,要君主更主动地,以己之心,推己及民。自己爱好马匹珍禽奇兽,就应该以同样的爱心,推之于国民。

---

① 《孟子·梁惠王章句上》孟子对曰:"贤者而后乐此,不贤者虽有此,不乐也。诗云:'经始灵台,经之营之,庶民攻之,不日成之。经始勿亟,庶民子来。王在灵囿,麀鹿攸伏,麀鹿濯濯,白鸟鹤鹤。王在灵沼,于牣鱼跃。(《大雅·灵台》)'文王以民力为台为沼。而民欢乐之,谓其台曰灵台,谓其沼曰灵沼,乐其有麋鹿鱼鳖。古之人与民偕乐,故能乐也。汤誓曰:'时日害丧?予及女偕亡。'民欲与之偕亡,虽有台池鸟兽,岂能独乐哉?"

② The United States Declaration of Independence was drafted by Thomas Jefferson, and then edited by the Committee of Five, which consisted of Jefferson, John Adams, Benjamin Franklin, Roger Sherman, and Robert Livingston. It was then further edited and adopted by the Committee of the Whole of the Second Continental Congress on July 4, 1776. The second section of text in the Declaration contains the line:" We hold these truths to be self-evident, that all men are created equal, that they are endowed by their Creator with certain unalienable Rights, that among these are Life, Liberty and the pursuit of Happiness."

"老吾老,以及人之老;幼吾幼,以及人之幼。天下可运于掌"。"天下可运于掌",当然是行"王道"的政策优化结果。但是孟子所说的含,不也就是《礼运·大同篇》的"大道之行也,天下为公,故人不独亲其亲不独子其子"吗?

3.《大雅·思齐》:"刑于寡妻,至于兄弟,以御于家邦。"这首诗是说,文王能修身作为嫡妻的模范,再推至于兄弟宗族;更把这修身齐家的道理,推展到所有家族和邦国,天下自然能得平治。可见"王道"的基本要求,是"王"自己要先有"道",一个"明王",要有基本的修身,仁道。"举斯心加诸彼。推恩足以保四海,不推恩无以保妻子"。否则虽"兴甲兵",短期可逞一时之快,但是,"危士臣,构怨于诸侯",终不能稳固战果。可见得孟子一再强调"永续经营"之道,要先"内务仁本,推恩四海",否则"霸道,霸权",虽耀武扬威,残民榨邻于一时,终不能长霸四海,甚至最后帝国崩溃,危及妻子兄弟。

4.《周颂·我将》:"畏天之威,于时保之。"齐宣王问孟子,如何处理国际关系:"交邻国有道乎?"孟子的回答点出王道有二,其一,大国的王道,"惟仁者为能以大事小,是故汤事葛,文王事昆夷"。这是《易经·乾卦》"亢龙有悔"的智慧,也是目前我们看到菲律宾总统杜特第在南海问题上,因为中国始终不以暴力相凌,而开始转变的原因之一。其二,小国的王道,就是本文前面所讲的《易经·坤卦》,主旨在于服从雄强者的"利牝马之贞"。所以孟子说:"惟智者为能以小事大,故大王事獯鬻,勾践事吴。以大事小者,乐天者也;以小事大者,畏天者也。乐天者保天下,畏天者保其国。"《诗经》和孟子的国际关系理论和事例,如此明确而高明,谁说儒家学说懦弱误国?

5.《小雅·正月》:"哿矣富人,哀此茕独。"孟子对王政施仁的看法,承接礼运大同篇,一以贯之。所以他说:"昔者文王之治岐也,耕者九一,仕者世禄,关市讥而不征,泽梁无禁,罪人不孥。老而无妻曰鳏。老而无夫曰寡。老而无子曰独。幼而无父曰孤。此四者,天下之穷民而无告者。文王发政施仁,必先斯四者。诗云:'哿矣富人,哀此茕独。'王曰:'善哉言乎!'"

6.《大雅·公刘》:"乃积乃仓,乃裹糇粮,于橐于囊。思戢用光。弓矢斯张,干戈戚扬,爰方启行。"孟子引公刘篇回答梁惠王的好货。其实背景和他曾回答滕文公的"滕小国也,竭力以事大国,则不得焉。如之何则可?"①是同一个解答:以民为重,土地次之,皮币、犬马、珠玉又次之。

所以,孟子告诉滕文公,事大国要遵循《易经·坤卦》"牝马之贞"。因为从长时间来看,最后人民还是会选择爱民的贤王,如公刘避让戎狄强权而迁于豳,而民归之。从短时间看,公刘舍弃祖先传下来的固有国土,似乎是懦弱地抛弃属民而迁逃。但是周室之兴,却自此始。所以"牝马之贞"的"小国的王道",和大国的王道,都是从长时间来考虑,什么是最优化的选择和结果。

7.《大雅·绵》:"古公亶甫,来朝走马,率西水浒,至于岐下。爰及姜女,聿来胥宇。"梁惠王很率直地告诉孟子:"寡人有疾,寡人好色。"意思是如何掠夺天下美女,以满足一己的好财和好色的私欲,才是他检验孟子能否有资格和能力,为他服务。孟子的回答,还是从全民长期的利益考虑,来劝告梁惠王:"他人有心,予忖度之。"如果能够"推己及人,己立立人,己达达人",于是"内无怨女,

---

① 《梁惠王章句下第十五章》:"大王居邠,狄人侵之。事之以皮币,不得免焉;事之以犬马,不得免焉;事之以珠玉,不得免焉。乃属其耆老而告之曰:'狄人之所欲者,吾土地也。吾闻之也;君子不以其所以养人者害人。二三子何患乎无君?我将去之。'去邠,逾梁山,邑于岐山之下居焉。邠人曰:'仁人也,不可失也。'从之者如归市。"

外无旷夫",结果社会安定,生产力高,综合国力自然也提高,国家渐渐迈向富强康乐,行仁政的"王道大国"。所以"王如好色,与百姓同之,于王何有?"可见孟子善于用当时高阶层都熟知的《诗经》来劝告君王,要重视国家建构的基本单位——人民,和争取民心。在国内,不要搞"双重标准",则全国能够团结对外,成为强大而受他国尊敬的国家。

8.《大雅·文王有声》:"自西自东,自南自北,无思不服。"《孟子·公孙丑上》孟子曰:"以力假仁者霸,霸必有大国。以德行仁者王,王不待大,汤以七十里,文王以百里。以力服人者,非心服也,力不赡也。以德服人者,中心悦而诚服也,如七十子之服孔子也。诗云:'自西自东,自南自北,无思不服。'此之谓也。"《孟子》中的这一段,精要地定义了什么是王道,什么是霸道。但是《大雅·文王有声》已经把王道的实况,表现出来,而近世纪的霸权,莫不在孟子这一段文字的手掌中跳舞!汉元帝年间贾捐之《弃珠崖议》就议论了何以海南岛诸县,屡平屡叛:"圣人起则后服,中国衰则先畔,动为国家难。"《诗经·小雅·采芑》所说的"蠢尔蛮荆,大邦为仇。"不也正是美国霸权过去十年在中东和目前在南海菲律宾,所遭遇到的窘境[1]?《诗经》《孟子》等旧经典的智慧,完全适用于今

---

[1] 杜特蒂与美分道扬镳美要菲讲清楚,2016-10-21 中央社,华盛顿20日专电。"……杜特蒂访问北京,20日在人民大会堂举办的一场商业论坛中宣布,要与长久以来的缔约盟邦美国'分道扬镳',他'远美亲中'宣布菲律宾要走自己的路,还说,或许也会访问俄罗斯,与俄国总统普京会面,'我会告诉他(普京),有我们3个国家中国、菲律宾和俄罗斯与世界抗衡。这是唯一途径。'对此,白宫已表示,菲国政府尚未正式要求结束美菲间的任何安全或经济关系;而柯比(John Kirby)下午在每日新闻简报会上则主动提到,罗素将趁前往马尼拉访问的机会,要求菲律宾给个清楚说法与交代。柯比坦言,美国事前并不知道杜特蒂会有与美'分道扬镳'(separation)的说法,美国不清楚他确切要表达的意思为何,将寻求菲律宾澄清说明,因为不只美国对这一修辞感到困惑,'我们同样也听到区域盟友疑惑不解,这究竟是怎么回事'。"

日国际局势的战略指导和变化判断。

9.《豳风·鸱鸮》:"迨天之未阴雨,彻彼桑土,绸缪牖户。今此下民,或敢侮予?"孟子和孔子都认为此诗含义的推演,可以指导国安。"贵德而尊士,贤者在位,能者在职。国家闲暇,及是时明其政刑。虽大国,必畏之矣。"孔子曾称赞此诗:"为此诗者,其知道乎!能治其国家,谁敢侮之?"这也是类同于孔子曾说的:"以不教民战,是谓弃之。"可见得"王道"也必须有国防的准备。不能只有仁心,而无贤能者在职执行政策,有训练的军队保护国家,维护和平①。成功而持久的"王道",一定是文武兼备,不断地培养人才,尊重人才,起用人才。

10.《大雅·文王》:"永言配命,自求多福。"孟子指出,"今国家闲暇,及是时般乐怠敖,是自求祸也。祸福无不自己求之者。诗云:'永言配命,自求多福。'太甲曰:'天作孽,犹可违;自作孽,不可活。'此之谓也。"孔子说:"如不善而莫之违也,不几乎一言而丧邦乎?"都是说,天下君王和领导,要不停地求改进,鼓励建言。王道的理想,和现代民主自由的理想一样,不能僵化,要与时俱进,因地制宜。旧经典也要活学活用。这是我们研究包括《诗经》的诸经典的态度②。

---

① 林中明《〈诗经〉里的战争与和平》,《第 11 届〈诗经〉国际研讨会论文集》,河北石家庄,2014 年 8 月 4—6 日。
② 林中明《从〈诗经〉看企管教育和科技创新》,《诗经研究丛刊·第五集》,北京:学苑出版社,2003 年。

三、从"知人论世"到"论诗知世":21 世纪王道思想对国际关系的帮助和引导

《孟子·万章下》:"颂其诗,读其书,不知其人可乎?是以论其世也。"所以要论世,方得以更全面而较深刻地了解诗人的本意。或者说是——知世以论人。又从《孟子·万章上》:"故说《诗》者,不以文害辞,不以辞害志;以意逆志,是为得之。"我们更看到孟子以此法阐释了他的"王道论"。

后来刘勰写《文心雕龙》,在《时序篇》里说到相同的观点。"文变染乎世情,兴废系乎时序。"但是从文艺和世界互动,以及逆向的影响,我们也看到有时候,"世情染乎文变"!

所以孟子综合前贤诗书思想,所提出的王道理想,虽然 2000 年来,未能落实,但是现在中国文艺开始再度复兴,经军实力崛起,而西方资本主义发展过头①,进入"亢龙有悔"的阶段。但他们又不肯承认误判历史大势,还企图暂时延续千年来,"贪婪无信,挑拨排异,以邻为壑,以霸逆势"②的旧战略。即使有聪明的政治学者,想提出新的思维,但文化里,却没有可以取代近 500 年来获利颇丰的帝国主义思想。而中华古老的"王道政治"思想,经过中亚、中东、北非的许多不义战争,亚洲和世界金融危机的考验,却渐渐成为世界上,国家政治学和国际关系处理的一盏明灯。行王道,多险

---

① John Smith,"Imperialism in the Twenty-First Century",Monthly Review,2015,Volume 67,Issue 03(July-August).

② 《资治通鉴》"夫信者,人君之大宝也。是故古之王者不欺四海,霸者不欺四邻。不善者反之"。

阻,但成则天下共荣①;纵霸道,先胜掠,后竭衰②,每攻一国,天下搅乱,先乐于损人,而终不利己。目前帝国霸权集团,和西方势力在南海搅局和挑衅的浪头翻船挫败③,而银丝路④的一带一路和亚投行开始受到世界各国的欢迎。这都说明了在实力的支持和英明的领导下,见于《诗经》多处的孟子"王道"理论,的确有其逐渐实现的可行性。而真正的王道大国,是以天下为己任⑤,心存天人合一

---

① 2016年联合国大会辩论的题目:"落实2030年可持续发展议程,促进包容性发展。习主席同时提出四点建议:第一,与时俱进,发挥引领作用;第二,知行合一,采取务实行动;第三,共建共享,打造合作平台;第四,同舟共济,发扬伙伴精神。"

② "美新书《国家不安全》(National Insecurity: American Leadership in an Age of Fear, by David Rothkope)剖析美外交政策为何失败",2014-12-15,参考消息网,责任编辑史玮。"……这是美国制度最糟糕的状态:大量的财力却没有智慧的引领,带来的成果最小,噪音却最大。这种模式令罗特科普夫感到不安,他认为国家安全面临的多重威胁太大,而我们的财力现在太薄弱,禁不起国家安全权势集团像以往那样一切照常行事。……"。

③ 宋鲁郑(旅法学者,复旦中国研究院研究员)观点:"奥巴马亚太外交为何难以成功?"BBC,2016年10月21日。世界不再看好美国主要有三个原因:一是政治制度退化成为反对而反对的否决制(福山)。二是2015年美国中产阶级第一次成为绝对少数。三是创造美国奇迹的传统白人正在成为少数。奥巴马的失败根源还是在于他错误判断了历史潮流。早在20世纪70年代,当中国处于历史最低点时,英国著名的历史学家汤因比就从大趋势的角度预言21世纪是中国的世纪,中国必然成功崛起。这个历史潮流是不可阻挡的。菲律宾的转向和亚太战略的即将失败就是最好的注脚。(注:本文不代表BBC立场和观点)

④ 林中明《利涉大川:从"黑水沟"到"银丝路"》,海峡两岸经济区域发展论坛论文集,中国社会科学院经济所,福州,2005年5月21日,22日。

⑤ 董明珠2016年10月7日新加坡霸气演讲:"中国是(人口)大国,但是不是强国。强国给人民带来幸福,大国,有责任感,有义务给世界带来正义和幸福。"(腾讯视频 v.qq.com/page/z/0/m/z0334pt3eam.html)

的哲思,重视地球环保策略①,在维护可永续经营环境下,社会、国家以至于天下生态,得到共同的长期利益。这也是我们试图做此研究题目的动机之一。(作者:因恐篇幅过长,此章讨论及引述,大幅节略。)

四、结语

孟子汇集了前贤的仁政思想,传说中的明王功绩和历史的事证,以《诗经》的"温柔敦厚"的美德,在战国的动乱中,把痛苦割肉的沙粒,包裹出一个"王道理想"的珍珠。传诸后世。

"王道"是儒家思想家的理想。类似于柏拉图提出的"理想国"和美国马丁路德·金提出的"I have a dream"。"王道"的理想,中国历代贤君,受限于人性的弱点和知识的有限,至今都不能做到。这个客观的现实,一如伟大的科学家爱因斯坦所指出,宇宙间有质量的万物,飞行的速度,不能超过"光速"。但是人类仍然以光速为努力的终极目标,不断地改进"飞行器"和"宇宙飞船"的速度,向浩瀚的宇宙探讨未知的奥秘。我们于"王道"的理想,亦当作如是观。

所以,我们开始对《诗经》里"王道精神"加以探讨,目前虽然粗浅,高度距离山顶尚远。但是沿路的十五国"风"景,"大小雅"的"风云雨雪"变化,和山岗上神庙里传来"商周鲁""颂"的歌舞乐声,已足以鼓舞我们上山的情绪。研究《诗经》的年轻学者,盍兴乎来?

(林中明,美国加州东湾牡丹诗会)

---

① 《孟子·梁惠王上》:"不违农时,谷不可胜食也;数罟不入洿池,鱼鳖不可胜食也;斧斤以时入山林,材木不可胜用也。谷与鱼鳖不可胜食,林木不可胜用,是使民养生丧死无憾也。"

论《诗经》与秦简《日书》中的禁忌

谭梅

《秦简日书集释》说:"《日书》是流行于战国秦汉时期社会中下阶层的一种日常生活生产手册,主要用于推择时日、卜断吉凶,从而使人们达到趋吉避忌、得福免灾的目的。"[1]14 显然,《日书》的禁忌色彩十分浓厚。而《诗经》也记录了当时的许多禁忌。值得注意的是,两者间的禁忌联系非常紧密。这与一些研究者"周秦法异"的认识略有出入。分析秦简《日书》与《诗经》中的禁忌,有助于我们了解先秦时期禁忌的产生及其发展状况。

《礼记·曲礼》载:"入竟而问禁,入国而问俗,入门而问讳"[2]87,可见禁忌在中国古代社会生活中受到人们高度关注。分析《诗经》与《日书》中的禁忌首先需对其概念作出界定。《说文》云:"禁,吉凶之忌也,从示林声"[3]9。"忌,憎恶也,从心己声"[3]221。《秦简日书集释》说:"禁忌,是一种长期盛行于古代社会的重要文化风俗和社会意识……人们往往把社会生活中所遭遇的不幸归咎于触犯了某种冥冥之中神灵的禁忌。为了避免灾祸加身,人们为日常的生活百事制定了各种各样的宜忌吉凶,并以此约束自己的言行。"[1]313《诗经》与秦简《日书》中的禁忌即如上所述。二者的禁忌内容丰富多样,具体表现如下:

一、婚嫁禁忌

婚恋嫁娶是古代社会生活中的重要事件,《诗经》和秦简《日

书》对此均有大量反映,而且多与禁忌有关。例如,婚嫁择时:

《卫风·氓》云:"匪我愆期,子无良媒。将子无怒,秋以为期。……尔卜尔筮,体无咎言。以尔车来,以我贿迁。"[4]85

"尔卜尔筮,体无咎言",郑笺云:"……复关既见此妇人,告之曰:我卜女筮,女宜为室家矣。兆卦之繇,无凶咎之辞,言其皆吉,又诱定之。"[5]230 这种婚嫁问卜行为的禁忌意味颇浓。据郑笺所释,卜筮的卦象吉利,该女子"宜为室家",因而其婚嫁进程得以顺利进行。显然,卜筮的吉凶是能否婚嫁的基本前提,吉则可行,凶则禁止。

另,《氓》中特别提到"秋以为期",这体现了人们对婚嫁时间的选择,其中也有强烈的禁忌色彩。《诗经》有许多诗篇都涉及到这一问题,例如:

《邶风·匏有苦叶》:"有弥济盈,有鷕雉鸣。济盈不濡轨,雉鸣求其牡。雝雝鸣雁,旭日始旦。士如归妻,迨冰未泮。"[4]47

"雉鸣求其牡"、"士如归妻"等句直接点明了《匏有苦叶》一诗的主旨,这就是一首女子盼嫁之诗。陈子展《诗经直解》说:"今按《匏有苦叶》显为女求男之作。诗意自明,后儒大都不晓"[6]102。与《氓》一样,作为反映嫁娶的篇章,《匏有苦叶》也具有明确的嫁娶时序——"士如归妻,迨冰未泮"。这是讲嫁娶必须在秋冬季节。姚际恒《诗经通论》说:"古人嫁娶必于秋、冬农隙之时,故云'迨冰未泮',犹是正月中以前,不逾冬期……荀子《大略篇》云:'霜降迎女,冰泮杀内',正解此诗语也。"[7]58 此说甚是。何以婚嫁偏偏择在秋冬季节?这与古人的生活劳作经验密不可分。孙作云《诗经研究》说:"农业是有一定的季节性的,所谓'春耕、夏耘、秋获、冬藏',这程序不能紊乱。从事农业的人,他们的生活便为这种生产程序所规定……一直到九月把禾稼收割完了以后,才结束他们的野外生活。"[8]295 农闲时古人有充裕的时间来行嫁娶之事,故《诗》中婚嫁时间要择在秋冬。礼因人情而定,久而久之,秋冬也逐渐成为约定俗成的婚嫁时序法则。

又如,《召南·摽有梅》:

摽有梅,其实七兮。求我庶士,迨其吉兮。摽有梅,其实三兮。求我庶士,迨其今兮。摽有梅,顷筐塈之。求我庶士,迨其谓之。[4]28

《毛序》云:"《摽有梅》,男女及时也。召南之国,被文王之化,男女得以及时也。"[5]90 王先谦《诗三家义集疏》云:"蔡邕《协和婚赋》:'《葛覃》恐其失时,《摽有梅》求其庶士。……男女得乎年齿。婚姻协而莫违,播欣欣之繁祉。'此鲁义,与毛序'召南被文王之化,男女得以及时'旨合。"[9]101 陈子展《诗经直解》也说:"今按《诗序》'《摽有梅》,男女及时也'只此首句已足。嫁娶不及时,则有旷男怨女,男诱女奔者矣。"[6]55 不难看出,《摽有梅》一诗的关键就在"男女及时"上。"及时"强调的是男女婚嫁必须遵守规定的时序,而超出规定时序范围,则禁止嫁娶,若违背行事,则会造成社会混乱,后果十分严重。显然,婚嫁择时的禁忌意味很浓。

何以《诗经》如此重视婚嫁择时?《礼记·月令》说:"孟春行

夏令,则雨水不时,草木蚤落,国时有恐。行秋令,则其民大疫,猋风暴雨总至,藜莠蓬蒿并兴。行冬令,则水潦为败,雪霜大挚,首种不入。"[2]467《正义》云:"从上以来,论当月施令之事。若施之顺时,则气序调释;若施令失所则灾害滋兴。"[5]468"孟春行夏令"属于典型的季节不时。季节更替失序,轻则"草木蚤落",重则民有大疫,灾祸不断。由此而知,时序在先民的生活中占有重要地位,《诗经》重视婚嫁择时正是为了更好地遵循时序规律。

而对时序规律的揣摩大都源自人们的生活经验,故《礼记·礼运》云:"……礼义者……所以达天道顺人情之大窦也"[2]708。人情即人们的生活经验,纵观上文《诗经》各篇,婚嫁择时、追求男女及时、婚前问卜等无不依据于此。这种生活经验不但约束着人们的选择,甚至被认为可以主导事物发展的吉凶态势,禁忌即由此而生。

再来看秦简《日书》,其婚嫁禁忌数目众多,同样表现出对婚嫁择时的重视。例如:

> 此所谓艮山,禹之离日也……离日不可以嫁女、娶妇及入人民畜生,唯利以分异。[11]53
> 角,利祠及行,吉……娶妻,妻妒……抵,祠及行、出入货,吉。娶妻妻贫……心,不可祠及行,凶……娶妻,妻悍……尾,百事凶……不可娶妻……箕,不可祠。百事凶。娶妻,妻多舌……危阳……不可取妇、嫁女,不可见人……敫,不可取妇、嫁女、出入货及生……[11]191

这里角、抵、心等都是星宿的名称,星宿被作为嫁娶择时的参照。

娶妻龙日,丁巳、癸丑、辛酉、辛亥、乙酉,及春之未戌,秋丑辰,冬戌亥。丁丑、己丑娶妻,不吉。戊申、己酉,牵牛以取织女,不果,三弃。[11]206

王子今《睡虎地秦简〈日书〉甲种疏证》说:"今按'娶妻龙日'即娶妻忌日。"[13]292

正月、七月朔日,可以出母、娶妇,夫妻必有死者……凡月望,不可以娶妇、嫁女、入畜生……甲子、乙丑,可以嫁女、娶妇、冠带、祠……[11]201

嫁子□:正月、五月,正东尽,东南夬丽,西南执辱,正西郤逐,西北续光……正北吉富……二月、六月、十月、正南尽,西南斗,正西夬丽,西北执辱,正北郤,北续光……三月、七月、十一月,正西尽,北斗,正北夬丽……[11]206

据上可知,秦简《日书》和《诗经》一样,其婚嫁择时也受到人们生活经验的影响。特别是上文提到的"禹之离日也……离日不可以嫁女、娶妇";"娶妻龙日……戊申、己酉,牵牛以取织女,不果,三弃。"因为大禹、织女婚姻不幸,则凡与其同日的婚嫁也都会不幸,这样的判断显然是古人依据生活经验而为之。

此外,《日书》谈及婚嫁时总会同时伴有"入畜生"、"出入货"、"入人民"等语句。杨小英《睡虎地秦简与秦楚婚俗研究》说:"《日书》中凡提到适宜婚嫁的时日大多同时提到祭祀、宴饮、买卖等吉利,可见婚嫁时日的同时,要举行祭祀、宴饮以及买卖奴婢、财货。"[14]15此说不妥,"入畜生"、"出入货"等事件与娶妻、嫁女不一定同时。首先从情理而言,婚礼仪式繁复,奴婢财货等必需品不可能当日才准备;其次,从文本来看,娶妻嫁女后跟随的也不只"入畜生"、"出入货",例如"阴,是谓乍阴乍阳……可娶妇、嫁女、葬埋……吉……结,是谓利以出货,不可以入,可以娶妇、嫁女……可以葬埋"[11]185。其后还出现了"葬埋"等语,若按杨氏的分析则婚嫁同时要举行葬礼,这不合理。或只因此日为吉日,故而适宜许多事务的进行。

二、筑室禁忌

秦简《日书》和《诗经》中的筑室禁忌是指建造宫室时的禁忌,这类禁忌数量丰富,特色鲜明。首先来看二者的筑造择时,例如:

《鄘风·定之方中》云:"定之方中,作于楚宫。揆之以日,作于楚室。树之榛栗,椅桐梓漆,爰伐琴瑟。升彼虚矣,以望楚矣。望楚与堂,景山与京,降观于桑。卜云其吉,终然允臧。"[4]72

"定之方中"实即其筑室时间,《毛传》云:"定,营室也。方中,昏正四方。"[5]196孔氏《正义》曰:"《释天》云:'营室谓之定。'孙炎曰:'定,正也。天下作宫室者,皆以营室中为正。'此言定星昏中而正四方,于是可以营制宫室。"[5]197

此处所筑不是普通宫室,马瑞辰《通释》说:"营室一名天庙。《周语》'日月底于天庙',韦注:'天庙,营室也。又曰清庙。'《史记·天官书》:'营室为清庙。'诗作楚公为宗庙。"[10]180正因筑宗庙,故其筑室时间选择极其考究,《毛传》和孔氏《正义》都提到营室"正四方",这一星宿显然寓意美好,马瑞辰也说:"盖取营室以正四方,亦取与天庙之象相应也。"[10]181因而这日为作楚宫的不二之选。为求妥帖,诗中又进行了占卜以获得更明确的吉凶指示,其对筑室的重视可见一斑,禁忌意味可谓浓厚。

无独有偶,秦简《日书》也以星宿的出现作为筑室择时参照,例如:

房,娶妇、嫁女、出入货及祠,吉。可为室屋。生子,富。[11]191

角,利祠及行,吉。不可盖屋。娶妻,妻妒。生子为吏[11]191

营室,利祠。不可为室及入之[11]191

"房"星出现可建屋室与上文《诗经》择时禁忌实相类似,周秦人民都受星宿谐音及形态寓意的影响而制定一些禁忌。这类似于人类学之中的交感巫术,弗雷泽《金枝》中说到:"交感巫术……认为物体通过某种神秘的交感可以远距离地相互作用,通过一些我们看不见的'以太'把物体的推动力传输给另一物体。"[15]28房屋之"房"与房星之"房"同字,故而《日书》认为在这一天筑造房屋是可行的,而"营室"作宗庙或也因其"正四方"之寓能保文公大业方正平稳。

需注意的是《诗经》中被认可的"营室"却成了《日书》中建屋的忌日,秦简《日书》中说:"营室,利祠。不可为室及入之",此状令人深思。孔颖达在考证楚宫筑室时间时说:"笺言定星中,小雪时……则小雪以后方兴土功……《月令》仲秋云'是月也,可以筑城郭……',秦法与周异。"[5]198那么二者在"营室"日筑室禁忌上的差异是否也因秦、周法异呢?显然并非如此,这一差异不但不因秦、周法异,反而可证周、秦禁忌联系紧密。

据前文,《诗经》中"营室"日所筑乃是宗庙,是为祖先神灵所享的宫室。而《日书》提到筑室时常跟随着嫁娶、生子等事件,这里的房室应是平民居住的。神灵与平民之地位不可同日而语,与神灵同日筑室更有可能触犯禁忌,关于这一点《日书》本就有相关记录,即"春三月,帝为室申……夏三月,帝为室寅……秋三月,帝为室巳……凡为室日,不可以筑室。筑大内,大人死。筑右垝,长子妇死。筑左垝中子妇死。筑外垣,孙子死。筑北垣,牛羊死"[11]195。"正月不可以垣,神以治室。"[11]226 王子今《睡虎地秦简〈日书〉甲种疏证》中也提到:"其说明文字告诉人们,凡值'帝为室日',都不能建房屋,否则就会有人丧生。为什么会有这样的禁忌……只能略做推测……当时的数术家们大概相信,上帝或神建房子的那一天,凡民是不能建房子的。"[13]213

故而《诗经》中筑造宗庙的良日才会成为《日书》中禁止平民建室的忌日。也正因"营室"日是为神筑室,所以《日书》才会提到"营室,利祠",说明这日是祭祀良日。这进一步证明,此种状况产生实非周、秦法异,而是秦人对周法了解掌握得十分透彻,甚至仍遵循旧制并因其制定了相关禁忌。

其次,《诗经》和秦简《日书》在筑室择址上也十分慎重,例如:

> 《大雅·绵》:"古公亶父,来朝走马;率西水浒,至于岐下……爰始爰谋,爰契我龟;曰止曰时,筑室于兹。"[4]375

"水浒"、"岐下"是古公亶父各处观察筑室地址,"爰契我龟"是以占卜来确定最终择址是否恰当。

《大雅·公刘》:"笃公刘,于胥斯原……陟则在巘,复降在原……笃公刘,逝彼百泉,瞻彼溥原;乃至南冈,乃觏于京。京师之野,于时处处,于时庐旅……"[4]407

"于胥斯原"、"陟则在巘"、"复降在原"等句是公刘在山岗、平原各处为筑室选址,多次奔波足见择址的重要性。

何以公刘等人对筑室地址如此看重?这是因为两人都是迁都后作室,对筑室地址的选择极可能关乎国运民生,王朝兴亡,宫室择址在此处目的性极强。

而秦简《日书》中提到:

> 凡宇最邦之高,贵贫。宇最邦之下……宇四旁下,中央高,贫。宇北方高,南方下,毋宠。宇南方高,北方下,利贾市……宇有要,不穷必刑……宇多于西南之西,富。宇多于西北之北,绝后。宇多于东北之北,安。宇多于东北,出逐。宇多于东南,富,女子为正。道周环宇,不吉。祠木临宇,不吉。垣东方高西方之垣,君子不得志。[11]210

《秦简日书集释》解释说:

> 大凡所居住的住宅位于全城最高处,主人政治地位高……住宅位于城里最低的地方,主人生活富足,身体有残疾……住宅四周位置低,中心位置地势凸高,主人家庭贫穷。住宅北边位置高,南边位置低,主人政治上得不到君王恩宠。……道路环绕包围着住宅,不吉祥。祭祀土地神使用的树木紧临住宅而长,不吉利。住宅围墙东边

的部分高于西边的部分,道德文化修养高尚的人不被器重。[1]124

可见《日书》中房屋地址的选择可以影响到居住者的贫富、政途、健康等方方面面,居址的正确选择也可以帮助人们趋吉避凶,这与《诗经》一样十分功利。

最后,除择时和择址外,秦简《日书》和《诗经》在筑造完成后都有祭祀活动,例如:

> 《大雅·公刘》:"笃公刘……于京斯依。跄跄济济,俾筵俾几。既登乃依,乃造其曹。执豕于牢,酌之用匏。"[4]407

其中"于京斯依……既登乃依,乃造其曹"等句说的是宫室建成祭祀,也属于筑室禁忌之一。马瑞辰《毛诗传笺通释》说:

> 此节"于京斯依"至"既登乃依"四句,何楷《诗世本古义》、钱澄之《田间诗学》并以为宗庙始成之礼,是也……君子将营宫室,宗庙为先……《祭统》曰:"铺筵设同几,为依神也。"与诗"既登乃依"合……造者,祰之假借,《说文》:"祰,告祭也。"盖凡告祭通曰造也……曹者,禮之省借……《广雅》:"禮,祭也。"《玉篇》:"禮,豕祭也。"《广韵》:"禮,祭豕先。"据下云"执豕于牢",知诗"乃造其曹"谓将用豕而先告祭于豕先,犹将差马而先祭马祖也。[10]908

马氏此说甚是。"铺筵设同几,为依神也"这一解释说明筑造完成后的系列祭祀都是为了向神灵表以敬意,原因何在?此时代人们禁忌意识强烈,对于筑室抱有敬畏心理,或许认为筑造的顺利进行与神灵福佑息息相关。关于宫室筑造后的祭祀活动,史有所载,《尚书·召诰》:"若翼日乙卯,周公朝至于洛,则达观于新邑营。越三日丁巳,用牲于郊,牛二。越翼戊午,乃社于新邑,牛一,羊一,豕一。"[16]190周秉钧解释说:"郊,《逸周书》:'乃设丘兆于南郊,以祀上帝'……社,立社以祭后土。"[16]190周公此举恰印证了人们的敬畏态度。

秦简《日书》与之不谋而合,《日书》中提到:

  北乡门,七月、八月、九月,其日丙午、丁酉、丙申垣之,其生赤。[11]195

  南乡门,正月、二月、三月,其日癸酉、壬辰……其生黑。[11]195

  东乡门,十月、十一月、十二月,其日辛酉……其生白。[11]195

  西乡门,四月、五月、十月,其日乙未、甲午……其生青。[11]195

《秦简日书集释》说:"建造面朝北向的门……并修筑家院围墙。献祭神灵的牺牲是红色的……南向……献祭神灵的牺牲是黑色的……东向……献祭神灵的牺牲是白色的……献祭神灵的牺牲是青色的。"[1]79以上《日书》中条目提到室门和墙垣修筑完毕应用牺牲祭祀,且不同方位所选择的牺牲颜色也各不相同,吴小强认为"据《史记·封禅书》记载秦国君主曾在关中秦地祭祀过四个上帝,即白帝、青帝、黄帝、炎帝,其中白帝最受秦人崇拜"[1]80。《日书》中的建成祭祀充分展示了此时期人们对神明的敬畏态度和禁忌心理。

三、自然现象禁忌

《诗经》和秦简《日书》时期的人们对于自然现象有着独特的理解,也就此衍生出了系列禁忌,具体例证如下:

《鄘风·蝃蝀》:"蝃蝀在东,莫之敢指……朝隮于西,崇朝其雨。女子有行,远兄弟父母。乃如之人也,怀昏姻也。大无信也,不知命也。"[4]74

诗中说"蝃蝀在东,莫之敢指",蝃蝀即彩虹,何以彩虹的出现不可用手指呢?《毛传》解释说:"夫妇过礼则虹气盛,君子见戒而惧讳,莫之敢指。"[5]204陈子展《诗经直解》中则说到:"今按……《释名·释天》:'虹,又曰美人。阴阳不和,婚姻错乱,淫风流行,男美于女,女美于男,互相奔随之诗,则此气盛。'《逸周书·时训解》:'清明之日,虹始见。虹不见,妇人苞乱。小雪之日,虹藏不见。虹不藏,妇不专一。'"[6]156可见,时人多将"虹"这一自然现象与夫妻婚姻状况联系起来,"虹"的出现成了夫妻过礼的戒示,甚至是妇人专一与否乃至男女风气的一个指示。人们不敢用手指,许是担心这一自然现象所指示的事件会随之降临,用手指虹也就成为了一种禁忌,《毛传》中"惧讳之"一句也印证说明了这种心理。

《诗经》中的另一首诗《十月之交》亦是如此:

> 十月之交,朔日辛卯。日有食之,亦孔之丑。彼月而微,此日而微。今此下民,亦孔之哀。日月告凶,不用其行。四国无政,不用其良……烨烨震电,不宁不令。百川沸腾,山冢崒崩。高岸为谷,深谷为陵。哀今之人,胡憯

莫惩![4]295

"十月之交,朔日辛卯。日有食之"说明此诗记录的是周代一次日食现象。"彼月而微,此日而微"《毛传》云:"月,臣道。日,君道。"[5]720《正义》云:"日食者,月掩之也。月食日,为阴侵阳,臣侵君之象……君当制臣,似月应食;臣不当侵君,似日不应食……以日被月食,似君被臣侵,非常其事,故为异尤大也,异既如此,灾害将生。灾害一起天下蒙毒。"[5]720

《易·系辞上》有云:"天垂象,见吉凶"[17]290,从上文可知时人贯彻了这一认识,将日食现象与君臣失道联系起来,认为日食对应着臣侵君位,是对这一大逆不道之事的一种指示。君臣失道后果严重,以致"烨烨震电"、"百川沸腾,山冢崒崩"。所以人们在见到日食发生之时,才会认为这是丑恶之事,对此极为忌讳,并以这一现象的出现来判断吉凶,其禁忌意味不言自明。

秦简《日书》对自然现象的认识也充满了浓厚的禁忌色彩,例如:

> 秀,是胃重光,利野战,必得侯王。以生子,既美且长,有贤等。利见人及畜畜牲。可娶妇、家女、制衣裳。利祠、饮食、歌乐、临官立正相宜也。[11]184

"是胃重光"《睡虎地秦简〈日书〉甲种疏证》引刘乐贤说法:"古称日冕或日珥等现象为重日,以为是瑞德。重光,重日之光。《汉书·儿宽传》:'癸亥宗祀,日宣重光。'注:'李奇曰:太平之世,日抱重光,谓日有重日也。"[13]87可见"重光"现象被认为是瑞兆,在瑞兆降临之时成王封侯、祭祀、宴饮乃至嫁女娶妇也都因此而被认为是吉利的,这样的思维模式显然与《诗经》一脉相承。

不仅如此,《日书》对风、雨、雷、电等自然现象的解读也不一般,例如其《诘》篇提到:

> 寒风入人室,独也,他人莫为,洒以沙,则已矣。[11]213
> 凡有大票风害人,择以投之,则止矣。[11]214
> 雷攻人,以其木击之,则已矣。[11]215
> 云气袭人之宫,以人火乡之,则已矣。[11]215

很显然风雨雷电在《日书》中已不是单纯的自然现象,更像是具有灵气的各类精怪,刘乐贤在其《睡虎地秦简日书〈诘咎篇〉研究》中也说到:"《诘咎篇》认为雷、云气等自然现象会像鬼怪一样袭击人类,故主张以驱鬼之法对付。"[18]而包瑞峰《嬴秦礼俗研究》却认为:"《日书·诘》篇中有天火、雷、云气、飘风、恙气等自然界中的天神系统的神灵……所有这些都属于自然神崇拜的神灵,显而易见,这与周人神权崇拜的特点是截然不同的。"[19]包氏的论断显然不够妥帖,神灵崇拜之谓崇拜,表现出的应是古人对神灵的敬畏,而《日书》中这些自然现象却被用诸如棍击、火烧等方法对待,这显然并非崇拜的表达。可以说这里的雷电风雨更像人们眼中的凶象,人们或因无法正确认识其成因,才运用各种手段去躲避之。这就如同前文的日食一样,《诗经》时代的人们并未将其作为普通的自然事物对待,而认为这是上天降下的一种吉凶指示。故从某种角度看,周秦人民在对自然现象的认识上是有共通之处的。

四、其他

在秦简《日书·诘》所记录的各种降服鬼怪的方法中,"白茅"

作为驱除鬼怪的利器被多次提及,例如:

> 人生子未能行而死,恒然,是不辜鬼处之。以庚日日始出之时,渍门以灰,卒,有祭,十日收祭,裹以白茅,狸(埋)野,则毋央(殃)矣。[11]214
>
> 人毋故室皆伤,是粲迓之鬼处之,取白茅及黄土西(洒)之,周其室,则去矣。[11]214
>
> 一室井血而星(腥)臭,地虫斗于下,血上扁(漏),以沙垫之,更为井……三月食之若傅之,而非人也,必枯骨也。旦而最(撮)之,苞以白茅,果(裹)以贲(奔)而远去之,则止矣。[11]216

据引文,不论是让孕妇难产的"不辜鬼"还是损人房室的"粲迓鬼"又或是冒出血水的井口,白茅草都是驱除他们的重要工具。《日书》对白茅草的偏好,让人联想到多次出现这一植物的《诗经》,例如:

> 《召南·野有死麕》:"野有死麕,白茅包之。有女怀春,吉士诱之。林有朴樕,野有死鹿。白茅纯束,有女如玉。"[4]31
>
> 《邶风·静女》:"静女其娈,贻我彤管……自牧归荑,洵美且异。匪女之为美,美人之贻。"[4]62

"野有死麕,白茅包之",何以猎物要用白茅草包裹呢?《毛传》解释说:"白茅,取其洁清也。"[5]99《正义》云:"必以白茅包之者,由取其洁清也。《易》曰:'藉用白茅,无咎。'传曰'尔贡包茅不入,王祭不供,无以缩酒,以供祭祀',明其洁清。"[5]100 白茅以其清洁之特点不但成为包裹赠物时的选择更被当作祭祀贡物,也正因其洁白纯美被《邶风·静女》中的女主人公作为馈赠爱人的礼物。谭德兴《试论〈诗经〉之话语色彩及其文化意蕴》一文提到:"白茅显然已具有了一种特殊内涵,其既有善之含义,也体现了一种审美标准——以洁清为美……而以洁清为美在白茅中,更主要的当是体现在其颜色——白色上。"[20] 此说甚是。

《诗经》中对白茅洁清之性的认识及白色审美显然延续到了《日书》时代,这正是秦简《日书·诘》以其作为驱除鬼怪利器的原因,鬼怪在古人眼中是大凶之物,白茅之洁清神圣正可攻克之。而秦简《日书》中的白石、白沙、白水也同样具有驱除鬼怪的功能,例如:

  鬼恒召人出宫,是是遽鬼毋所居……以白石投之,则止矣。[11]215
  一室中,卧者容席以陷……注白汤,以黄土窒,不害矣。[11]215
  天火燔人宫,不可御,以白沙救之,则止矣。[11]215

白沙、白石、白水因其颜色为白色,也被赋予了清洁之义,具有与白茅一样驱除鬼怪的功能,这即是上文提到的对《诗经》白色审美的延续。

《诗经》对《日书》禁忌的影响也见于其他诗篇,《豳风·七月》就是一个典型的例子:

  七月流火,九月授衣,一之日觱发,二之日栗烈……

七月流火,八月萑苇。蚕月条桑,取彼斧斨……八月其获,十月陨萚。一之日于貉,取彼狐狸……二之日其同,载缵武功……十月蟋蟀入我床下。穹室熏鼠,塞向墐户……[4]217。

《七月》全诗中人们各类活动都严格遵循时序规律,例如制衣,"七月流火,九月授衣"马瑞辰《通释》说:"此诗授衣,亦授冬衣使为之。盖九月妇功成,丝麻之事已毕,始可为衣。非谓九月冬衣已成,遂以授人。"[10]451

当这种经验世代传习就可能导致禁忌的产生,秦简《日书》中说:

製衣,丁丑媚人,丁亥灵,丁巳安于身,癸酉多衣。毋以楚九月己未始被新衣,衣手□必死。[11]186

吴小强《秦简日书集释》解释说:"裁制衣裳,在丁丑日制衣惹人喜爱,在丁亥日制衣有福气,在丁巳日制衣穿得很合身……不要在楚历的九月己未日第一次穿新衣,在这一天开始穿新衣服的人注定死去。"[1]44

据先民经验九月是始作冬衣之时,这时冬衣应是未制作完成的,不合时宜的制衣并穿着才会招致此般结局。

又如,诗中提到的"穹室熏鼠",闻一多说:

《正月》篇曰"癙忧以痒",《雨无正》篇曰"鼠思泣血",癙与鼠同,皆忧也。忧思义近,癙忧犹鼠思耳……《山海经·中山经》"脱扈之山,有草名曰植楮,可以已瘋",郭注曰"瘋病也"。字一作鼠……"它"本蛇字,"尤"象兽形,卜辞"亡它""亡尤"则训灾祸,尤又引申为过失,为怨尤。古语此类甚多。鼠亦害人之物,与它尤同类,故亦引申为病,为忧。[12]136

鼠害代表着病忧,熏鼠可以"驱忧去病"避免病害袭人,这其实也是先民的生活经验,而这样与"鼠"相关的禁忌也在秦简《日书》出现了,文中说到:"鼠襄户,见之,入月一日二日吉,三日不吉……六日不吉……九日恐……"[11]186 何以见到"鼠襄户"不吉,是因为"鼠"在先民生活经验中就常与祸患相连,所以才会有如此判断。

综上所述,《诗经》与秦简《日书》中的禁忌联系紧密。而侯外庐《中国古代社会史论》却说:"秦人文明是到定居于岐西的时期才开始,他们在西垂的时候,是和诸戎没有什么区别。因此宗周文化发育的时候,秦人还在'养马'蕃畜阶段。等到秦人承袭周人文化的时候,周公的典籍已经散失……秦人自己没有严密的宗周制度的传统,因此对于《诗》、《书》、《礼》、《乐》的宗周文明也就不曾从根本上接受。"[21]355

侯氏的说法割裂了周、秦文明间的联系,而从上文对《诗经》及秦简《日书》婚嫁、筑室等方面禁忌的分析看,二者却密切关联。且《诗经》中本就有诗篇记录了周秦文明的互动,如《秦风·车邻》篇,《毛序》云:"《车邻》,美秦仲也。秦仲始大,有车马礼乐侍御之好焉。"[5]408《正义》曰:"言秦仲始大者,秦自非子以来,世为附庸,其国仍小。至今秦仲而国始大矣。由国始大,而得有此车马礼乐……"[5]408 秦仲的车马礼乐及国之始大全然由于周宣王任其为大夫,车马礼乐自然也是从周人处习得,这是周秦文化、制度等交流之明证,也正因周秦文化交流的存在,《诗经》与秦简《日书》禁忌的相似才成为可能。

参考文献：

[1]吴小强.秦简日书集释[M].岳麓书社,2000.
[2]孔颖达.礼记正义[M].北京大学出版社,1999.
[3]许慎.说文解字[M].中华书局,1963.
[4]程俊英.诗经译注[M].上海古籍出版社,2010.
[5]孔颖达.毛诗正义[M].北京大学出版社,1999.
[6]陈子展.诗经直解[M].复旦大学出版社,1983.
[7]姚际恒.诗经通论[M].中华书局,1958.
[8]孙作云.诗经研究[M].河南大学出版社,2003.
[9]王先谦.诗三家义集疏[M].中华书局,1987.
[10]马瑞辰.毛诗传笺通释[M].中华书局,1989.
[11]睡虎地秦墓竹简整理小组.睡虎地秦墓竹简[M].文物出版社,1990.
[12]闻一多.古典新义[M].商务印书馆,2011.
[13]王子今.睡虎地秦简日书甲种疏证[M].湖北教育出版社,2002.
[14]杨小英.睡虎地秦简与秦楚婚俗研究[D].武汉大学硕士学位论文,2005.
[15]J.G.弗雷泽.金枝[M].商务印书馆,2013.
[16]周秉钧.尚书易解[M].华东师范大学出版社,2010.
[17]孔颖达.周易正义[M].北京大学出版社,1999.
[18]刘乐贤.睡虎地秦简日书诘咎篇研究[J].考古学报,1993(3).
[19]包瑞峰.嬴秦礼俗研究[D].东北师范大学博士学位论文,2011.
[20]谭德兴.试论诗经之话语色彩及其文化意蕴[J].黔东南民族师范高等专科学校学报,2003(4).
[21]侯外庐.中国古代社会史论[M].人民出版社,1955.

（谭梅,湖南师范大学文学院,硕士）

《诗·小雅·信南山》中的大禹文化
——兼及《诗·大雅·文王有声》

李治中

在较早的先秦典籍《诗经》里,表现有大禹文化内容的诗歌计有六首,包括《小雅·信南山》《大雅·文王有声》《大雅·韩奕》《鲁颂·闷宫》《商颂·长发》《商颂·殷武》等,其中直接或间接反映嵩山地区的诗歌,仅有《小雅·信南山》《大雅·文王有声》两首。从伏羲氏到舜帝所谓的"三皇五帝",在《诗经》里均未出现,大禹是《诗经》中出现最早的历史人物。《小雅·信南山》表明,大禹曾经治理了嵩山地区,《大雅·文王有声》褒赞了大禹使"丰水东注",成就了物饶丰产的丰镐地区,以至于后来,文王"既伐于崇,作邑于丰",奠定周室兴起的基础。这两首诗都赞扬了大禹的功绩,反映出周人尊夏的文化现象。

一 《小雅·信南山》与大禹治理嵩山地区

《小雅·信南山》共有六章,每章六句。《序》云:"刺幽王也。不能修成王之业,疆理天下,以奉禹功,故君子思古也。"《正义》曰:"作《信南山》诗者,刺幽王也。刺其不能修成王之事业,疆界分理天下之田亩,使之勤稼,以奉行大禹之功,故其时君子思古成王焉,所以刺之。"① "禹"在该诗出现一处,如首章诗云:"信彼南山,维禹

---

① 李学勤:《十三经注疏·毛诗正义》,北京大学出版社1999年版,第824页。

甸之。畇畇原隰,曾孙田之。我疆我理,南东其亩。"

"信彼南山,维禹甸之。""信",黄淬伯引马瑞辰《毛诗传笺通释》:"古伸字借作信。《尔雅·释诂》:'引,长也。'……信为南山之野长远貌。"①"南山"对应于"北山","北山",《小雅·南山有台》:"南山有台,北山有莱。"《小雅·北山》:"陟彼北山,言采其杞。"《左传·昭公二十二年》:"夏四月,王田北山,使公卿皆从。"杜注:"北山,洛北芒也。"②《元和郡县图志》卷五偃师县下:"北邙山,在县北二里,西自洛阳县界东入巩县界。旧说云北邙山是陇山之尾,乃众山总名,连领修互四百余里。"③文本中的"南山"指中岳嵩山,《元和郡县图志》卷五登封县下:"嵩高山,在县北八里。亦名外方山。又云东曰太室,西曰少室,嵩高总名,即中岳也。山高二十里,周回一百三十里。"④1969 年,山东黄县出土了西周昭王时期的启卣,铭文曰:"王出兽(狩)南山,搜□山谷至于上侯,□川上。启从征。"(《集成》5410)董珊释"□川上"为"顺川上"。⑤ 唐兰注:"南山当是成周南山。"⑥"上侯","侯"通"缑",指缑氏山,"至秦汉为(缑氏)县,因山而名",又"缑氏山在县东南二十九里"。⑦ 上侯,即今偃师县缑氏镇。又《水经注·洛水注》曰:"洛水又东,合水南出半石之山,北径合水坞,而东北流注于公路涧。……合水北与刘水合,水出半石东山,西北流径刘聚,三面临涧,在缑氏西南,周畿

---

① 黄淬伯:《诗经核诂》,中华书局 2012 年版,第 331 页。
② 李学勤:《十三经注疏·春秋左传正义》,北京大学出版社 1999 年版,第 1424 页。
③ (唐)李吉甫:《元和郡县图志》,中华书局 1983 年版,第 132 页。
④ (唐)李吉甫:《元和郡县图志》,第 139 页。
⑤ 董珊:《启尊、启卣新考》,《文博》2012 年第 5 期。
⑥ 唐兰:《西周青铜器铭文分代史征》,中华书局 1986 年版,第 264 页。
⑦ (唐)李吉甫:《元和郡县图志》,第 133 页。

内刘子国,故谓之刘涧。其水西北流注于合水,合水又北流注于洛水也。"①所谓"顺川上",即经刘涧沿刘水向西北,到达"上侯",再向西北经合水、洛水返回成周洛邑,启卣铭文记载的是昭王巡狩嵩山折返的事。铭文表明,铭文中"南山"指中岳嵩山,应为《小雅·信南山》之"南山"。无独有偶,西汉元封元年(前110),汉武帝来巡狩嵩山走的还是周昭王的去路。《汉书·武帝纪》记载:"春正,行幸缑氏。诏曰:'朕用事华山,至于中岳,获驳麃,见夏后启母石。翌日,亲登嵩高,……其令祠官加增太室祠,禁无伐其草木。以山下户三百为之奉邑,名曰崇高,独给祠,复亡所与。'"②这里的"中岳"、"嵩高",都是当时嵩山的名字,汉武帝赐名"崇高"之后,"崇高"也成为嵩山的名字。至于"嵩高"的来源,《诗·大雅·崧高》有"崧高维岳,骏极于天。维岳降神,生甫及申"。《说文》:"嵩,中岳嵩高山也,从山从高,亦从松。"③"嵩高"即为"崧高"。《序》云:"《崧高》,尹吉甫美宣王也。天下复平,能建国亲诸侯,褒赏申伯焉。"④《毛传》称该诗为宣王时期的诗歌,《小雅·信南山》为幽王时期的诗歌,果真如是,在西周时期,嵩山既可称"南山",也可称"崧高"。此外,汉武帝时期还有"中岳"、"太室"、"崇高"诸名字。

"信彼南山",是指嵩山广阔辽远的样子。"维",语气助词,用于句首,用如《小雅·六月》:"维此六月,既成我服。""甸",毛传:"甸,治也。"郑笺:"信乎彼南山之野,禹治而丘甸之。"⑤黄淬伯注:"古陈田同声通用。《说文》:'田,陈也。'又:'陈,列也。……谓陈

---

① (北魏)郦道元:《水经注》,岳麓书社1995年版,第230页。
② (东汉)班固:《汉书》,中华书局1962年版,第190页。
③ (东汉)许慎:《说文解字》,中华书局1963年版,第191页。
④ 李学勤:《十三经注疏·毛诗正义》,第1206页。
⑤ 李学勤:《十三经注疏·毛诗正义》,第824页。

列种谷之处……甸与田通。'《序官》'甸祝'注:'甸之言田也。'"①"维禹甸之",在文本中,就是大禹曾经治下的地区。就诗歌文本而言,大禹当年的确治理了嵩山地区,诗人援引这件史实的同时,也指出周成王亦曾治理该地区,似在说明周成王统治的合法性,具有尊夏的意味。

二 《大雅·文王有声》与大禹导引丰水

《大雅·文王有声》共有八章,每章五句。《序》云:"继伐也。武王能广文王之声,率其伐功也。"《正义》曰:"上四章言文王之事,下四章言武王继之,是继伐。……下四章言武王君天下,服四方,定镐京而成卜兆,传善谋以安后世,所为不止于伐纣。"②"禹"也在该诗出现一处,如第五章诗云:"丰水东注,维禹之绩。四方攸同,皇王维辟。皇王烝哉!"

"丰水东注,维禹之绩。四方攸同,皇王维辟。"郑笺:"绩,功。辟,君也。昔尧时洪水,而丰水亦泛滥为害。禹治之,使入渭,东注于河,禹之功也。文王、武王今得作邑于其旁地,为天下所同心而归。大王为之君,乃由禹之功,故引美之。丰邑在丰水之西,镐京在丰水之东。"③"丰水",今名沣河,发源于秦岭终南山丰谷,北流至今咸阳以东鱼王村入渭河。大禹治理丰水,《尚书·禹贡》有"漆沮既从,沣水攸同","攸"作连词,乃,于是。"同",汇合。漆水源出陕西铜川县,沮水源出陕西黄陵县,漆水先与沮水汇合,沮水在今富平县流入渭河。又有"导渭自鸟鼠同穴,东会于沣,又东会于

---

① 黄怀伯:《诗经核诂》,中华书局2012年版,第331页。
② 李学勤:《十三经注疏·毛诗正义》,第1049页。
③ 李学勤:《十三经注疏·毛诗正义》,第1052页。

泾,又东过漆沮,入于河"。"鸟鼠同穴",即鸟鼠山,在今甘肃渭源县。① 由此可见,大禹治理的丰水属于渭水支流,他引导渭水从今渭源县东流,先汇合沣水,继而泾水、漆水、沮水,最后注入黄河。《元和郡县图志》卷二鄠(户)县下:"丰水出东南终南山,自发源北流,经县二十八里,北流入渭。"②今天的沣河向北流入渭河,所谓"丰水东注",指沣河向东流入渭河,与现今不同。《水经注·渭水注》:"丰水出丰溪西,北流分为二水,一水东北流为枝津,一水西北流又北交,水自东入焉。又北,昆明池水注之,又北径灵台西,又北至石墩,注于渭。"③据此,北魏时期这条向东北流的丰水枝津,有可能是西周时期的丰水主河道。这条丰水枝津现已不存,卢连成认为,"丰水故道在今马王村东南约500米处即折向东北,经新庄,沿斗门镇西、花园村西、普渡村西、穿官庄、下泉北村西,蜿蜒流向东北",最后向东北注入渭河。④ 在引"丰水东注"的问题上,在周人看来,成就了后来的丰邑,大禹大有智慧与功绩。"四方攸同,皇王维辟","皇"即大。郑笺:"皇,变王后言大王者,武王之事又益大。"⑤《逸周书·丰保解》:"九州岛之侯咸格于周。王在丰,昧爽,立于少庭。"四方诸侯在丰邑集会,他们共同推举武王伐纣之事,这个资料有助于对该诗的理解。或由于大禹引导丰水之功,才有后来周文王建造丰邑,以及再后来的武王灭商。齐思和曾指出:"文王之迁丰,不徒便于向东发展,与商争霸,抑丰镐之间川渠纵横,土地肥饶,自古号称膏腴之地。"⑥

---

① 屈万里:《尚书集释》,中西书局2014年版,第64页。
② (唐)李吉甫:《元和郡县图志》,第30页。
③ (北魏)郦道元:《水经注》,第276页。
④ 卢连成:《西周丰镐两京考》,《中国历史地理论丛》1988年第3期。
⑤ 李学勤:《十三经注疏·毛诗正义》,第1052页。
⑥ 齐思和:《西周地理考》,《燕京学报》第三十册。

二章诗有"文王受命,有此武功。既伐于崇,作邑于丰。"郑笺:"武功,谓伐四国及崇之功也。作邑者,迁都于丰,以应天命。"①"既伐于崇,作邑于丰","崇""丰"皆为殷末方国,"作邑于丰"指周文王在丰地建造丰宫一事。《史记·货殖列传》:"文王作丰,武王治镐。"《元和郡县图志》卷二鄠(户)县下:"周丰宫,周文王宫也,在县东三十五里。诗云:'既伐于崇,作邑于丰'是也。崇侯无道,文王伐之,命无杀人,无坏室。崇人闻之,如归父母。遂虏崇侯,作丰邑。崇国在秦晋之间。"②文王伐崇的对象为崇侯虎,《路史·国名纪巳》记载:"崇侯虎,纣佞臣,文王虏之。"又《韩非子·说疑》:"纣有崇侯虎,亡国之臣也。"这件事的背景可见上博简《容成氏》,第四十五简记载"崇""丰"等"九邦"叛商的情形曰:"乎作为金桎三千。既为金桎,又为酒池,厚乐于酒。溥夜以为淫,不听亓邦之政。于是乎九邦叛之:丰、镐、舟、石邑、邘、鹿、黎、崇、密须氏。"③后来,文王受商王之命对他们征讨。事实上,文王灭"丰"即可为自己建造丰宫,却待到了灭"崇"之后,诗歌文本强调"伐崇",让人颇为费解。在这个问题上,李零干脆提出:"现在从简文看,文王丰邑是灭丰所建,与崇无关。"④但应另有原因。

三 由"崇"谈大禹在嵩山地区所建的方国

"崇"字用于人名,首见于崇伯鲧。《今本竹书纪年》:"(帝尧)

---

① 李学勤:《十三经注疏·毛诗正义》,第1050页。
② (唐)李吉甫:《元和郡县图志》,第30页。
③ 马承源主编:《上海博物馆藏战国楚竹书》(二),上海古籍出版社2002年版,第286页。
④ 马承源主编:《上海博物馆藏战国楚竹书》(二),第286页。

六十一年,命崇伯鲧治河。(帝尧)六十九年,殛崇伯鲧。"王国维引《国语》疏:"其在有虞,有崇伯鲧,播其淫心,称遂共公之过。"又引《书·尧典》疏:"鲧治水凡九载,但此实以六十九年则妄矣。"①《史记·夏本纪》索隐引《连山易》云"鲧封于崇","崇"的位置,何光岳认为:"崇起源于四川北部岷山南侧松潘的崇山,与夏禹所生地汶川的石纽相邻,后随夏族循渭水东下迁到陕西华阴之松梁山、山西襄汾之崇山及河南嵩山。"②《山海经·西山经》:"西次三经之首,曰崇吾之山,在河之南,北望冢遂,南望瑶之泽,西望帝之搏兽之丘,东□渊。""崇吾之山"即为嵩山。"崇吾之山"可简称崇山,《国语·周语上》:"昔伊、洛竭而夏亡,河竭而商亡。"又"昔夏之兴也,融降于崇山"。韦昭注:"融,祝融也。崇,崇高山也。夏居阳城,崇高所近。"③

帝舜罢殛崇伯鲧之后,由于四岳的举荐,帝尧任命大禹为司空平治水土,《尚书·舜典》:"佥曰:'禹作司空。'帝曰:'俞,咨!禹,汝平水土,惟时懋哉!'"参考《今本竹书纪年》,谨将大禹任司空治水及之后若干主要事件罗列如下:

七十五年,司空禹治河。

八十六年,司空入觐,贽用玄圭。王国维疏:《书·禹贡》:"禹锡玄圭,告厥成功。"《史记·河渠书》引《夏书》:"禹抑洪水十三年。"此司空禹治河在七十五年,入觐在八十六年,盖本之。

---

① (清)朱右曾:《古本竹书纪年辑校·今本竹书纪年疏证》,辽宁教育出版社1997年版,第44页。
② 何光岳:《崇国的来源和迁徙》,《求索》1991年,第6期。
③ (三国)韦昭注:《国语》,商务印书馆1957年版,第10页。

九十七年,司空巡十有二州。王国维引《吴越春秋》四疏:"尧号禹曰伯禹,官曰司空,领统州伯,以巡十二部。"

一百年,帝陟于陶。

十四年,卿云见,命禹代虞事。王国维引《宋书·符瑞志》疏:"乃荐禹于天,使行天子事。"又疏:"《书钞》一百六十、《路史·发挥》五杂引《宋志》所引《大传》中语,首句皆云:'惟十有四祀。'"

十五年,帝命夏后有事于太室。王国维引《考工记·匠人》疏:"夏后氏世室。"①

上述记载若无讹误,经分析可知,帝舜十五年,"命夏后有事于太室"之时,嵩山已封给大禹30年。《考工记·匠人》疏:"夏后氏世室。""世"指30年。《论语·子路》:"如有王者,必世而后仁。"何晏《集解》引孔安国曰:"三十年曰世。"这里的"室"指家,引申为大禹作为司空的城邑。向前追溯30年,即帝尧八十六年,那一年大禹治河取得成功。进言之,大禹受封嵩山地区与帝尧的封赏有关。基于大禹被封嵩山的史实,《小雅·信南山》有"信彼南山,维禹甸之"。需要指出的是,这时的大禹已继承下崇伯的封号,在嵩山地区建立了崇国。《帝王世纪》第三:"尧美其绩,乃赐姓姒氏,封为夏伯,故谓之伯禹。""夏"即大。《方言》:"自关而西,秦晋之间,凡物之壮大者而爱伟之,谓之夏。""夏伯"即"太伯",根据太室为"夏后氏世室",又可称为"太室"之伯,或为崇伯。有两个材料称大禹为崇伯:其一,《尚书·舜典》:"伯禹作司空。"孔安国传:"禹代

---

① (清)朱右曾:《古本竹书纪年辑校·今本竹书纪年疏证》,第45–47页。

鲧为崇伯,人为天子司空。"孔颖达引贾逵注:"崇,国名。伯,爵也。"①其二,《逸周书·世俘》有"籥人奏《崇禹生开》三终",指大禹生启的事,"崇伯禹"亦称"崇禹"。在后人看来,大禹在嵩山地区继承了崇伯鲧的封号,建立了崇国。

依据《夏商周断代工程》成果,以公元前2070年作为夏的始年,又据《今本竹书纪年》"一百年,帝(尧)陟于陶","五十年,(帝舜)陟"等记载,粗略推算可知,帝舜在位时间为约公元前2120年至公元前2071年;帝尧八十六年约为公元前2135年,该年大禹始封于嵩山。需要特别指出的是,位于登封县告成镇颍河与五渡河交汇台地上的王城岗遗址,大城为"先将王城岗小城的城墙夷为平地后才修筑",②小城的相对年代属于王城岗龙山文化二期。"王城岗龙山文化二期的14C数据,T157奠6为2132-2082BC,T179奠8为2128-2084BC",③与大禹始封嵩山的时间极为接近。因此,王城岗小城疑为大禹始封嵩山地区时所建。由于小城存在的时间并不长,间接证明了"(帝舜)十五年(约前2106年),帝命夏后有事于太室"去的真实目的,就是鉴于前年大禹代行天子祭祀的成功,帝舜或因畏惧大禹的声望而对他进行打压,甚至罢黜了他在嵩山地区的封邑。这样,王城岗小城仅使用了30年。约公元前2071年,帝舜去世,《史记·夏本纪》记载:"天下诸侯皆去商均而朝禹。禹于是遂即天子位,南面朝天下,国号曰夏后,姓姒氏。"大禹于次年即位,或在王城岗小城基础上兴建大城,这样,其在嵩山地区所

---

① 李学勤:《十三经注疏·尚书正义》,北京大学出版社1999年版,第74页。
② 北京大学考古文博学院等:《登封王城岗考古发现与研究(2002—2005)》,大象出版社2007年版,第787页。
③ 方燕明:《登封王城岗城址的年代及相关问题探讨》,《考古》2006年第9期。

建立的崇国,亦被称为夏后。

四 "既伐于崇,作邑于丰"新解

上博简《容成氏》第四十六、四十七、四十八简释读为:

> 文王闻之曰:"虽君亡道,臣敢勿事乎？虽父亡道,子敢勿事乎？孰天子而可反？"受闻之,乃出文王于夏台之下而问焉,曰:"九邦者亓可来乎？"文王曰:"可。"文王于是乎素端裹裳以行九邦,七邦来服,丰、镐不服。文王乃起师以乡丰、镐,三鼓而进之,三鼓而退之曰:"吾所知多尽。一人为亡道,百姓亓何辜？"丰、镐之民闻之,乃降文王。①

分析这段简文,当文王获知九邦叛殷之后,以岐周为采邑的他提出自己的质疑,即以君臣、父子之道,认为不能反叛天子。受辛（帝辛）引领文王到夏台之下,问他九邦能否来夏台祭祀自己的先祖,言外之意,强调九邦不要缺席在夏台的祭祀,具有威胁的意味,他命令文王去游说。文王身着素色礼服至九邦申明大义,只有丰、镐两邦不表示服从,最后以其仁道使得丰、镐降服。那时候的文王听命于帝辛,《后汉书·西羌传》有"乃率西戎,征殷之叛国以事纣",文王使九邦降服,等于说是不战而屈人之兵,暂将反叛安抚下来。就这件事,前文引李零注,文王丰邑是灭丰所建,与崇无关。事实上,《容成氏》的记载固然不虚,但我们不能以战国文献否定作

---

① 马承源主编:《上海博物馆藏战国楚竹书》（二）,第286－288页。

为先秦早期文献的《大雅·文王有声》,"既伐于崇,作邑于丰"作为史实,应为文王安抚九邦之后的后继事件。《说苑》卷十五"指武"下:"文王欲伐崇,先宣言曰:'予闻崇侯虎蔑侮父兄,不敬长老,听狱不中,分财不均,百姓力尽不得衣食。予将来征之,唯为民。'"文王征讨崇伯的借口缺少事件支撑,指斥亦多为主观推断,想必最后对以崇侯虎为代表的夏族露出了狰狞的真面目。周室是踩在夏裔背上振兴的,周人经常挂在嘴上,既彰显其文治武功,又突出代夏伐殷的合法性,如《尚书·康诰》:"用肇造我区夏,越我一二邦,以修我西土。"《尚书·君奭》:"惟文王尚克修和我有夏。"《尚书·立政》:"帝钦罚之,乃伻我有夏,式商受命,奄甸万姓。"

再议这段简文,所谓九邦:丰、镐、舟、石邑、邘、鹿、黎、崇、密须氏,应多为夏裔。九邦所在地理位置,据李零注,丰、镐在今陕西长安沣河东西两岸西周遗址;舟在今河南新郑一带;石邑在今河北获鹿东南;邘在今河南沁阳西北;鹿在今嵩县东北;黎在今山西长治西南;崇,据《中国历史大辞典》(上海辞书出版社2000年版)在今河南嵩山县北;密须氏在今甘肃灵台县西。① 这些地理位置多为九邦的地望,为商人所迫,九邦在文王时期应已多迁入关中。事实上,商汤灭夏之后,采取了打压夏族的系列措施,如"迁夏社",《史记·殷本纪》:"汤既胜夏,欲迁夏社,不可,作《夏社》。"孔安国传:"欲变置社稷,而后世无及句龙者,故不可而止。"又"言夏社不可迁之义"。② "夏社"是夏人祭祀社稷的地方,即是《容成氏》中的"夏台"。大致到商末,崇国已被迫迁至关中地区,如《史记·周本纪》:"明年,伐崇侯虎。"正义:"皇甫谧云夏鲧封。虞、夏、商、周皆有崇

---

① 马承源主编:《上海博物馆藏战国楚竹书》(二),第286-287页。
② (汉)司马迁:《史记》,中华书局1999年版,第71页。

国,崇国盖在丰、镐之间。诗云:'既伐于崇,作邑于丰',是国之地也。"①商末的崇国可能仍拥有夏人祭祀的权力,如前文中,文王仅使丰、镐臣服不足于让其"作邑于丰",只有"既伐于崇",灭掉崇国之后才可能做到。

结语

由于年代久远,有关大禹的史料十分有限,《诗·小雅·信南山》与《诗·大雅·文王有声》是较早的先秦文献,前者诗有"信彼南山,维禹甸之",后者诗有"丰水东注,维禹之绩""既伐于崇,作邑于丰"。文本中的"南山"指嵩山,大禹当年引导丰水向东注入渭河,成就了后来文王的丰邑。结合出土文献,以及大禹文化的诸多现代研究成果,我们不难发现,帝尧八十六年(约前2135),大禹因治水成功而受封于嵩山地区,位于登封县告成镇的王城岗小城,就是他为自己建造的城邑。他还继承了崇伯鲧的"崇伯"封号,建立了方国——崇国。帝舜十五年(约前2106)大禹被罢黜,王城岗小城一度被荒废,大禹即位之后,就在王城岗小城的基础上兴建大城,作为自己的都城,在这个意义上,嵩山地区是当之无愧的夏兴之地。到了商末,夏人已多被迁徙到关中地区,像包括丰、镐、舟、石邑、邘、鹿、黎、崇、密须氏等所谓的九邦,应多为夏裔,他们先成为周人征讨的对象,周人借助夏人的力量而叛商,这也是周人尊夏的缘由。迁于关中的崇国仍拥有夏人祭祀的权力,诗有"既伐于崇,作邑于丰",文王只有在征服崇国之后,才能安心在丰水岸边建造城邑。

(李治中,周口师范学院,副教授)

---

① (汉)司马迁:《史记》,第86页。

三百篇解读

《诗经·周颂·天作》主旨考辨

董露露

《天作》是《周颂》中的第六首诗,全诗如下:

> 天作高山,大王荒之。彼作矣,文王康之。彼徂矣,岐有夷之行,子孙保之。

看似简短的一首小诗在历代的解读中却存在不小分歧,本文在此诗"集注集评"的基础上,重点结合相关史实来讨论这首小诗的主旨以及其背后的意蕴。

一、《天作》诗旨异说举要

和《诗经》的许多诗篇一样,《天作》一诗的主旨众说纷纭。迄今为止,关于《天作》诗旨的说法大致有以下几种:

1. 祀先王先公说。今文鲁《诗》和古文毛《诗》皆持此观点。《诗序》曰:"祀先王先公也。"蔡邕《独断》引鲁说曰:"祀先王先公之所歌也。"① 然对于"先王先公"的具体所指却存在分歧。郑玄首先对"先王先公"的具体所指进行了说明:"先王,谓大王已下。先

---

① (清)王先谦,《诗三家义集疏》,中华书局1987年版,第1006页。

公,诸盩至不窋。"如此解释,则"先王先公"所指的具体范围就比较大了,即包含 11 位"先公",三位"先王"。孔颖达的解释与郑玄不同,认为:"祀先王先公,谓四时之祭,祠、礿、尝、烝。但祀是总名,未知在何时也。时祭所及,唯亲庙与大祖,于成王之世为时祭,当自大王以下,上及后稷一人而已。言先公者,唯斥后稷耳。于王既总称先王,故亦谓后稷为先公,令使其文相类。经之所陈,唯有先王之事,而《序》并言先公者,以诗人因于祭祀而作此歌,近举王迹所起,其辞不及于后稷。《序》以祭时实祭后稷,故其言及之。"①认为本诗的祭祀对象只包括太王以下三王和后稷这些祖先。孔颖达明确提出"经之所陈,唯有先王之事",即此诗中所写的只包括先王之事,但是《诗序》把先公牵涉进来,是因为《诗序》认为在祭祀时亦用此诗来祭祀后稷,故称"祀先王先公"。

2. 祭太王说。此说由朱熹首先提出,《诗集传》曰:"此祭大王之诗。言天作岐山,而大王始治之。大王既作,而文王又安之。于是彼险僻之岐山,人归者众,而有平易之道路,子孙当世世保守而不失也。"②戴溪曰:"《天作》,祀太王而因言文王。《序》言'祀先公',非也。"③他们都是根据诗中的内容作出的判断,诗中写到了太王和文王的功绩,但他们认为本诗为"祭太王之诗",而不言"祭文王",或许是因为"太王始治之",具有治岐开创之功,故不言文王。胡庭芳在解释朱熹为何只言"祭大王"时说:"诗只称大王、文王,则祀不及先公明也。若祭其人,不颂其德可乎?然朱子定以为祭大王

---

① (汉)毛亨传,(汉)郑玄笺,(唐)孔颖达正义:《毛诗正义》,中华书局影印阮元校刻《十三经注疏》本,1980 年版,第 585 页。
② (宋)朱熹:《诗集传》,中华书局 2011 年版,第 300 页。
③ (宋)戴溪:《续吕氏家塾读诗记》,《景印文渊阁四库全书》第 73 册,台湾商务印书馆 1986 年版,第 871 页。

诗,不及文王者,岂以诗不言王季也? 若并祭王季,颂其子不颂其父,乃预祭其间,亦非所安也。故只以为祭大王诗也。"①亦可自备一说。

3. 祀先王说。杨简曰:"《天作》,祀先王也。而卫宏作《毛诗序》并言祀先公,不可信也。"②王闿运则认为"先公即先王,经师旁注字误入正文耳"③,亦是从诗文出发看出了《序》说的破绽。

4. 祀岐山说。此说由季本最早提出,《诗说解颐》曰:"《集传》以此为祀大王之诗,则大王肇基王迹,其德业之盛尚多可称,而独举荒山一事,何以尽大王之功烈哉? 况连及文王,则语亦似不专为大王发者。窃意此盖祀岐山之乐歌,而亦必有断简阙文矣。"④在季本看来,治岐之功不足以反映太王之功劳。且诗中言及文王,故认定此诗为祭岐山之乐歌。姚际恒支持季本的说法,谓"小《序》谓'祀先王先公',诗中何以无先公?《集传》谓祀大王,诗中何以又有文王? 皆非也。季明德曰……此说可存"⑤,也是从诗之文本而言。何楷把此诗与《易经》联系起来,曰:"《易·升卦》六四之爻曰:'王用享于岐山,吉。'则岐山之祭,周固有之矣。此诗所颂止及太王、文王,而末系'子孙保之'一语,先言子而后言孙,定是武王时所作。"⑥显然是看到本诗与《升》卦都言及岐山,故有此说。此观点自明代首倡以来,以后支持者越来越多,庄有可、牟应震、方玉润、

---

① (明)刘瑾:《诗传通释》,《景印文渊阁四库全书》第76册,台湾商务印书馆1986年版,第735页。

② (宋)杨简:《慈湖诗传》,《景印文渊阁四库全书》第73册,台湾商务印书馆1986年版,第284页。

③ (清)王闿运:《毛诗补笺》卷十九,国家图书馆藏光绪十九年刻本。

④ (明)季本:《诗说解颐》,《景印文渊阁四库全书》第79册,台湾商务印书馆1986年版,第345页。

⑤ (清)姚际恒:《诗经通论》,中华书局1958年版,第327页。

⑥ (明)何楷:《诗经世本古义》,《景印文渊阁四库全书》第81册,台湾商务印书馆1986年版,第189页。

高亨、陈子展、程俊英等学者皆持此种看法。① 胡文英亦认为此诗为祭岐山之乐歌，不过不是周人祭，而是混夷祭，《诗经逢原》曰："大王、文王有功德于串夷，周为立庙岐山，俾岁时伏腊祭焉。此其乐歌也。"②此说法与前几种说法的不同之处在于把祭祀视为岐山，而非祖先。

5. 成王封禅之歌说。此说由牟庭首先提出，《诗切》曰："《天作》，成王封禅之歌也。"③封指祭天，禅指祭地，封禅即指郊祀天地。魏源亦赞同此说法，《诗古微》曰："《天作》，成王郊祀天地于镐京。"④明确指出祭祀的地点在镐京。

6. 祭太王、文王说。李山在《诗经的文化精神》一书中提出此观点，姚小鸥亦同，《诗经译注》曰："这是一篇祭祀太王古公亶父和文王的颂歌。"⑤

7. 在岐山大祭先王时献神之诗说。此说由李山提出，《诗经析读》曰："前面已经说过，《天作》与《大雅》中的《绵》《皇矣》两诗有着对应关系，都是岐山大祭先王典礼上的篇章，《天作》只是献神之诗，

---

① （清）庄有可：《毛诗说》，《续修四库全书》第64册影抄本，上海古籍出版社2002年版，第581页。（清）牟应震：《诗问》，《续修四库全书》第65册影印道光咸丰间《毛诗质疑》修补本，上海古籍出版社2002年版，第156页。（清）方玉润：《诗经原始》，中华书局1986年版，第585页。高亨：《诗经今注》，上海古籍出版社1980年版，第479页。陈子展：《诗经直解》，复旦大学出版社1983年版，第1073页。程俊英、蒋见元：《诗经注析》，中华书局1991年版，第940、941页。

② （清）胡文英：《诗经逢原》，《四库未收书辑刊》第2辑第6册影印乾隆年间刻本，北京出版社2000年版，第561页。

③ （清）牟庭：《诗切》，齐鲁书社1983年影印本，第2498页。

④ （清）魏源：《诗古微》上篇卷六《通论三颂》，《续修四库全书》第77册影印道光二十年刻本，上海古籍出版社2002年版，第127页。

⑤ 姚小鸥：《诗经译注》，当代世界出版社2009年版，第604页。

所以归之为《颂》了。"①此说则把岐山之祭与祭先王联系了起来。

上面七种说法大致可分为两类:一类认为此诗的祭祀对象是周族的祖先,第1、2、3、6、7这五种观点属于此类;另一类认为此诗非为祭祀祖先而作,或是祭祀岐山,或是成王郊祀天地,第4、5两种观点属于此类。下面我们将结合史实和诗中的关键词语来对本诗的主旨进行相关辨析,在具体的辨析过程中诗旨会慢慢呈现出来。

二、《天作》主旨研究

(一)岐山之地与周族关系略说

《史记·周本纪》曰:"(帝舜)封弃于邰,号曰后稷,别姓姬氏。"②依此说,周人的祖先弃(后稷)最早生活在邰地,大约在今陕

---

① 李山:《诗经析读》,南海出版公司2011年版,第431页。李山在《诗经的文化精神》中认定此诗为穆王时期的诗歌,并明确指出此诗的祭祀对象是太王古公亶父和文王。见该书第191页,东方出版社1997年版。关于《雅》《颂》诗篇对应的关系可参看李山《(诗·大雅)若干篇图赞说及由此发现的(雅)(颂)间部分对应》一文,《文学遗产》,2000年第4期。

② (汉)司马迁撰,(南朝宋)裴骃集解,(唐)司马贞索隐,(唐)张守节正义:《史记》,中华书局2014年版,第146页。

西武功县。① 后来不窋、公刘也曾带领周人进行数次迁徙,但其迁徙范围都在渭河流域,《史记》载,"不窋以失其官而奔戎狄之间","公刘虽在戎狄之间,复修后稷之业,务耕种,行地宜,自漆、沮度渭"②,并"于豳斯馆"(《大雅·公刘》),可知到公刘时周族迁到今陕西旬邑县一带。到了古公亶父时期,古公亶父"乃与私属遂去豳,度漆、沮,逾梁山,止于岐下。豳人举国扶老携弱,尽复归古公于岐下"③,在今陕西岐山县附近。古公亶父带领周族人民在这里进行大规模开垦土地、建造宫室的活动,如《大雅·绵》诗中所说的"乃疆乃理,乃宣乃亩","乃召司空,乃召司徒,俾立室家。其绳则直,缩版以载,作庙翼翼",至此周人不再与戎狄为伍,接受了先进的文化,建立了一系列先进的政治制度,进一步扩大了势力范围,为以后的发展壮大奠定了基础。至文王晚年之时"既伐于崇,作邑于丰"(《大雅·文王有声》),把国都从岐山地区迁到了今西安附近的丰邑。武王继承文王之志,完成伐商大业,建立周王朝。

从上面所描述的周族迁徙路线来看,至古公亶父(太王)时期

---

① 关于周民族的起源问题,迄今尚无定论。以《史记》为代表的传统说法属于"关中土著"说,此说也得到现代学者的支持。但这种说法在现代遭到越来越多学者的质疑,钱穆首先在《周初地理考》一文中对此说法提出异议,认为周族应发源于晋境,此说属于"山西"说,后来又得到吕思勉、陈梦家、邹衡、许倬云、晁福林等学者的支持,可参看晁福林《夏商西周社会史》第73-81页,北京师范大学出版社2010年版。这是目前影响最大的两种说法。近年沈长云提出新说——"白狄"说,即起源于陕西东北与山西西部黄河两岸一带的李家崖文化,见《周族起源诸说辨正——兼论周族起源于白狄》,《中国史研究》,2009年第3期。在尚无定论的情况下,本文暂且依照传统的"关中土著"说。
② (汉)司马迁撰,(南朝宋)裴骃集解,(唐)司马贞索隐,(唐)张守节正义:《史记》,中华书局2014年版,第147页。
③ (汉)司马迁撰,(南朝宋)裴骃集解,(唐)司马贞索隐,(唐)张守节正义:《史记》,中华书局2014年版,第148页。

才迁至岐山地区,再结合诗中所说的"天作高山,大王荒之"一语,说本诗是为了祭祀"大王已下、诸盩至不窋"这么多位先公先王是不太可能的。当然本诗也不会是用来祭祀后稷的,虽然后稷是周族的祖先,对周族的发展壮大起了重要作用,但岐山和后稷之间也没有直接关系。从诗文本身和史实来看,《诗序》的说法显然是值得怀疑的。

(二)关于"岐山之祭"

明儒首先提出此诗为祭岐山之乐歌,持这种观点的学者大都结合《周易》中关于岐山的爻辞来立论。《周易》中共有两处爻辞涉及到了岐山,分别是《随》上六"拘系之,乃从维之,王用亨于西山",《升》六四"王用亨于岐山,吉,无咎"。对于此二处的解释,历代说法纷繁,此不备举。高亨在解释"拘系之,乃从维之,王用亨于西山"时说:"此乃写周文王之故事。殷纣囚系文王于羑里,又释放使之走去。文王既归周,祭祀西山,以报答神之保佑。"[①]在解释"王用亨于岐山,吉,无咎"时亦认为王指周王,"王以享祭岐山之神,吉而无咎"[②],黄寿祺在解释《升》卦时称"这三句似举殷王来到岐山祭祀,周人顺从服事的典故为喻"[③],依他们的解释,历史上应该存在祭祀岐山这一历史事件。

需要明确的是,此诗和祭祀岐山是否有关系。《周颂》中《时迈》和《般》两篇是祭祀山川之诗,故可与本诗进行比照,进而判定《天作》是否有可能用来祭祀岐山。《般》曰:"於皇时周,陟其高

---

① 高亨:《周易大传今注》,《高亨全集》第 2 册,清华大学出版社 2004 年版,第 213 页。

② 高亨:《周易大传今注》,《高亨全集》第 2 册,清华大学出版社 2004 年版,第 419 页。

③ 黄寿祺、张善文:《周易译注》,上海古籍出版社 2007 年版,第 271 页。

山,堕山乔岳,允犹翕河。敷天之下,裒时之对,时周之命。"《时迈》曰:"怀柔百神,及河乔岳,允王维后。"从文辞上来看,《般》明确指出祭祀者登上高山,还描写了登上山时所看到的壮丽景象——狭长的山峦以及顺山势而流的长河,《时迈》则明确指出了祭祀对象——百神与河岳之神;而《天作》只是提到了岐山而已,从诗中并不能看出这是在写周王祭祀山神。再从诗所表现的气势来看,《般》诗颇能表现周王在统一天下后豪迈的胸襟与气象,《时迈》也表现出了周王在灭殷后祭祀山川的宏大场面,但从《天作》中我们丝毫不能体会到这一点。因此,从文辞上看,《天作》也不大可能是祭祀山川的乐歌。

(三) 诗中两个"彼"字的所指——兼论本诗的主旨

首先看"彼作矣,文王康之"中的"彼",郑玄、严粲认为指周民,张次仲、牟庭认为指岐山,大多数学者皆认为指太王。郑玄曰:"彼万民居岐邦者,皆筑作宫室,以为常居,文王则能安之。"①从史实来看,此说不差。但从作文之法来说,此处的"彼"应该承接上文的某个人物或事物,但上文没有出现万民,此处的"彼"是不能指代万民的。张次仲曰:"两'彼'字俱指岐山。……迁岐本非得已,而周用以兴,非人所能为也,故称'天作',谓天工之创建也。及太王开荒,民归如市,则称'彼作',谓人工之创建也。"②牟庭曰:"彼,皆彼高山也。作,即'天作'之作。言自大王荒之之后,彼岐山益高起矣。"③二说皆求之过深。"天作"谓"天工之创建",若"彼"指岐

---

① (汉)毛亨传,(汉)郑玄笺,(唐)孔颖达正义:《毛诗正义》,中华书局影印阮元校刻《十三经注疏》本 1980 年版,第 586 页。
② (明)张次仲:《待轩诗记》,《景印文渊阁四库全书》第 82 册,台湾商务印书馆 1986 年版,第 303 页。
③ (清)牟庭:《诗切》,齐鲁书社 1983 年影印本,第 2493 页。

山,"彼作"从训诂上来讲,是不能视为"人工之创建"的。牟庭所说的"彼岐山益高起"显系无稽之词。故第一个"彼"当从大多数学者的说法指"太王"言,承上文"大王荒之"而来。至于"康"字,从传统说法训"安"即可。

在看"彼徂矣,岐有夷之行"中的"彼"之前,我们需先解决本句的异文和断句问题。自从朱熹《诗集传》引沈括说以来,此问题便聚讼近千年之久。朱熹曰:"沈括曰:'《后汉书·西南夷传》作"彼岨者岐"。'今按,彼书'岨'但作'徂',而引《韩诗》薛君《章句》,亦但训为往。独'矣'字正作'者',如沈氏说。然其注末复云'岐虽阻僻',则似又有'岨'意。韩子亦云'彼岐有岨',疑或别有所据。故今从之,而定读'岐'字绝句。"①今考《后汉书》卷八十六《南蛮西南夷传》朱辅上疏引《诗》曰:"彼徂者,岐有夷之行。"李贤注引薛君《章句》曰:"徂,往也。夷,易也。行,道也。彼百姓归文王者,皆曰岐有易道,可归往矣。易道谓仁义之道而易行,故岐道险阻而人不难。"②根据薛汉的解释,韩《诗》除了与毛《诗》有一字不同之外,其他解释并没有什么差异。后儒如辅广、季本、张次仲皆从朱熹之误,认为"徂"当作"岨",断句为"彼徂矣岐,有夷之行",朱子此误后儒陈启源、戴震辨之甚明,此处不再详细展开。

再看这句中的"彼"字,郑玄、严粲、季本、钱澄之、戴震、郝懿行、程俊英等人认为指周民,欧阳修、杨简、夏味堂等人认为指太王,苏辙、范处义、李樗、何楷、高亨、姚小鸥等人认为指文王,朱熹、张次仲、牟庭、杨树达等人认为指岐山,于省吾则认为指沮水。上文我们已经指出"彼"字要与上文有所承接,指周民显然无所承接,

---

① (宋)朱熹:《诗集传》,中华书局 2011 年版,第 300 页。
② (南朝宋)范晔撰、(唐)李贤注:《后汉书》,中华书局 1965 年版,第 2855 页。

此处之"彼"依然非指周民。凡认为指岐山者,皆认为"徂"字当作"岨"或读为"岨",并读该句为"彼岨矣岐,有夷之行",然一诗之中两个"彼"字,前一个"彼"字既指太王,此"彼"字若指岐山显然有些可疑。况"彼徂矣"与"彼作矣"相对成文,这样的断句显然也是不合适的,故此处之"彼"也不当指岐山。至于于省吾认为徂、沮、且古通,读徂为沮,亦有滥用假借之嫌,此处之"徂"读如本字亦文从字顺,详下分析。剩下的两种观点,"彼"字指太王或指文王皆与上文有所承接,我们认为指太王比较得实,理由如下:

首先,从行文上来讲,一诗中的两个"彼"字最好是指同一件事物,若分指两件的话,则会显得有些散漫。拿《周南·卷耳》中的"我"字来说,此诗共有7个"我"字,"嗟我"之"我",《毛传》、郑《笺》认为指后妃;三个"我马"、一个"我仆"之"我",郑《笺》认为指使臣;两个"我姑"之"我",郑《笺》认为指君。这样的解读无疑把诗文整体割裂了,而朱熹认为七个"我"字皆指后妃显然使得文本更加连贯。"朱子已经意识到,《诗三百》里面的诗歌具有艺术所固有的整体性。"[1]再来看此处之"彼",若依尊重诗文整体性为出发点,显然应该和上个"彼"字一样指太王。其实,前代学者早已指出了这一点,夏味堂曰:"朱《注》以'彼作矣'为太王既作,语气浑成。惟于'彼徂矣岐'彼字又指岐山说,以紧括一字,说作两义,似尚可疑。"[2]前面已经提到,朱熹这种割裂文义的做法是受到沈括所引异文的影响,看来,朱熹在解《诗》的时候也没有完全将尊重诗文

---

[1] 此处的例子为常森《〈诗经〉汉宋之学的异同——以〈毛诗〉说和朱子〈诗〉学为考查核心》一文中所举,此处的分析亦受该文的启发。见《先秦文学专题讲义》,山西教育出版社2005年版,第176-178页。又,上文提到的郑玄认为"彼"指"万民"之说亦是不顾诗文整体性的做法。

[2] (清)夏味堂:《诗疑笔记》,《续修四库全书》第64册影印嘉庆十九年梅华书屋刻本,上海古籍出版社2002年版,第701页。

整体性这一原则贯彻到底。

其次,从史实来看,"《绵》《皇矣》二诗言启辟岐山之道之事甚详备,则'岐有夷行'一语,必实指其事而非设喻之辞"①,这种看法很有道理。太王对周族最大的贡献就是作出了迁岐、治岐的正确决定,《绵》诗主要写太王在岐山地区的经营,其曰"柞棫拔矣,行道兑矣",便指太王开拓道路的活动。《皇矣》也同样描述了这一行为,"作之屏之,其菑其翳;修之平之,其灌其栵;启之辟之,其柽其椐;攘之剔之,其檿其柘","帝省其山,柞棫斯拔,松柏斯兑",更详细地叙述了太王开辟道路的工作。至此,"岐有夷之行",岐山地区有了平坦的大道。若无此筚路蓝缕之功,后来可能就不会有"周道如砥,其直如矢"(《小雅·大东》)的景象了。清人陈仅指出:"《颂》之《天作》即《雅》之《皇矣》。《雅》者,告君之辞,主于畅达,故累累数百言而不厌其多。《颂》者,告神之辞,归于谨严,故寥寥六七句而不嫌其少。"②故《天作》只是简要地叙写了太王开辟道路的功德,而没有像《大雅》那样描写具体的情节。

最后,从"徂"字的解释看,认为"彼"字指文王的学者几乎都把"徂"解释为"殂",指文王去世以后,岐地有了平坦的道路。从训诂上来看,《诗经》中的 26 个"徂"字基本上都可以解释为"往",不必以假借读之。从文义上看,说文王既死之后,岐山有平坦的道路,不仅让人难以理解此话的含义,且从史实来看,文王去世之前岐山的道路难道就不平坦了?《诗经》中反复颂扬文王的功绩在于"既

---

① 林义光:《诗经通解》,中西书局 2012 年版,第 395 页。
② (清)陈仅:《诗诵》,《续修四库全书》第 70 册影印光绪十一年刻本,上海古籍出版社 2002 年版,第 580 页。关于《天作》与《绵》《皇矣》二诗关系更详细的分析可参看李山《〈诗·大雅〉若干篇图赞说及由此发现的〈雅〉〈颂〉间部分对应》一文,《文学遗产》2000 年第 4 期,第 30 页。

伐于崇,作邑于丰""以伐崇墉",开辟岐山道路之功主要由太王完成,从上面引《绵》《皇矣》中的诗句可以看出这一点。

综上所述,此句的"彼"应指太王,既与史实相合,也符合为文之道。因此,本诗是祭祀太王的诗歌,殆无疑义。至于诗中出现的"文王康之"一语,主要还是为了突出"太王作之"的功劳,这和歌颂武王的《武》诗中间夹入"允文文王"是一样道理,皆为实事求是之精神。全诗最关键的人物是太王,文王只是陪衬。

诗人把太王迁岐的重大事件和太王的功绩浓缩在一首简短的颂诗中,可见诗人功底之深。尤其值得品味的是最后一句"子孙保之",既有对子孙的劝诫,也有勉励之意,与颂诗《维天之命》中"曾孙笃之"的含义相同——周家天下得之不易,后世子孙要勤勉修德,敬天保民,永保周家大业。本诗歌颂祖先的功德还是为了勉励时王要向祖先学习,虽为颂诗,但主要目的并不在于"颂"。

(董露露,华东师范大学中文系,硕士)

试论《桧风》主题及其艺术呈现

刘挺颂

一、《桧风》主题之多样性

唐代诗人白居易曾有言:"文章合为时而著,歌诗合为事而作。"①强调文学创作的现实主义倾向。对于"诗三百",现当代学者的一个普遍观点就是,《诗经》是现实主义的作品。这无疑是合理的。观之"十五国风"中的《桧风》,虽仅存四篇,却同样属于感事而发,缘事而作,表现出浓厚的现实关怀。因为触发诗人情感的物事不同,形成的作品往往具有多样性。就是这四篇短小的作品,也不是单一的。就其主题而言,笔者以为,亦大致可归为三个主题。《羔裘》和《素冠》,是桧国士大夫忧国忧时、讽刺朝政的作品,可视为"乱世忧患"主题;《隰有苌楚》是一首男女之情歌,属"婚恋爱情"主题,《匪风》乃苦于兵役而思归之作,属"行役思归"主题,不同的主题共同表达了桧地人民对和平幸福人生的憧憬,一定程度上折射出了两周之际的桧地文化。

先看"乱世忧患"的两篇作品。关于《羔裘》,毛《序》之说,分为两个方面:其一,言作者与作意,认为此诗是桧国大夫"以道去其君"而作;其二,言此诗背景之背景与本事,认为"国小而迫,君不用道,好洁其衣服,逍遥游燕,而不能自强于政治",因而此桧大夫失

---

① (唐)白居易《与元九书》,《白氏长庆集》卷45,文学古籍刊行社1955年版,第1104页。

望而离国。所谓"以道去其君"之"道",依据郑玄的解释,是指为臣之道,具体指践行离君去国之礼法。即孔《疏》所言:"谓桧大夫,见君有不可之行,乃尽忠以谏。谏而不从,即待放于郊,得玦乃去。此是以道理去君也。"①这种阐释,由于古礼不明,也无法论其是非。联系诗文本和西周末年桧国将亡的情况来看,毛《序》有几个方面值得肯定。一是指明诗作者为桧大夫。从诗中言作者所见"羔裘逍遥,狐裘以朝"、"羔裘翱翔,狐裘在堂"之物事以及诗中抒发的缠绵悱恻的忧患意识来推测,作者为桧大夫是可信的。二是指出此诗的创作背景是桧君不思国势,以享乐为务,荒怠国政,不能自强于政治。从西周末年桧亡史实来推测,其亡国之前存在这种情况自应属实,而诗中流溢出来的悲凉心绪也应当是身处此种境况中而又具有忧患意识的忠臣良士所宜有的。因此毛《序》所言诗之创作背景亦当可信。至于说是诗人失望而去君离国而作此诗,则是难于让人相信了。应从别的角度推测诗人作诗的用心。历来依序解此诗者,多认为诗中"羔裘"、"狐裘"皆指代桧君,并从服制上详为解释,以明所谓"好洁衣服"之义。其实"羔裘"、"狐裘"为周代贵族服饰,天子诸侯、君臣大夫皆可以服之,不以"羔"、"狐"明贵贱,而以不同配饰别等级。②就此诗而言,应如清人俞正燮所言:"其谓羔裘者,桧君也;狐裘者,大夫自言也。……故诗言羔裘之君,逍遥而已,翱翔而已,日出有曜而已。有道之臣,衣狐裘,在朝堂,岂不惟君之思?而君不能自强于政治,则惟切切焉忧悼。"③就

---

① (唐)孔颖达《毛诗正义》卷7,阮刻《十三经注疏》,中华书局1980年版,第381页。

② 详参:俞正燮《癸巳类稿》卷二《桧羔裘义》,凤凰出版社影印王先谦编刻皇清经解续编本。

③ (清)俞正燮《癸巳存稿》卷二,凤凰出版社影印王先谦编刻皇清经解续编本,2005年。

诗意上言,俞氏之说是非常切当的。就诗文表述上言,亦见其合理性。末章言"羔裘如膏,日出有曜。岂不尔思,中心是悼",知诗人所思即是服羔裘之人。二章言"羔裘翱翔,狐裘在堂。岂不尔思,我心忧伤"。"羔裘"与"尔"对应,"狐裘"则应与"我"对应。反观首章亦然,诗人乃自言"狐裘以朝"、自言"劳心忉忉"耳。因此可以推知,诗人朝于公堂待商国事,而桧君却不在朝堂,而在外逍遥而已、翱翔而已,故感而作此诗,其心乃在忧患,其意乃在讽谏。《论语·宪问》载孔子曰:"爱之,能勿劳乎?忠焉,能勿诲乎?"此诗正可见桧国大夫的满腔忠爱之情,诗人之心,正如方玉润所言乃"忠臣志士一片苦心"。

《素冠》同样也是表现桧国忠臣志士一片苦心的作品。笔者猜测,此诗与《羔裘》篇很可能是同一作者所作的组诗。《羔裘》之作在于正面表达对荒怠国政之桧君的忠爱和婉谏,此诗则从反面表达这一旨意,而咏歌素服忠勤的贤人君子,愿与之同心如一,共谋为国尽忠行道。如此理解,主要基于三个方面:其一,历来对此的阐释多拘于《序》"刺不能三年"之说,认为此诗必定跟死丧之事相关,而明清以来朱谋㙔、姚际恒、方玉润诸家已经否定了其立说的根据,即所谓"素冠、素衣、素韠为丧服",因此围绕死丧之事以解此诗的思路可以抛弃。其二,另一影响较大的情诗恋歌说虽能较好地阐释诗中的情意,但偏于孤立地看待此诗,未尝注意其中名物与其他诗篇的关联。其三,清人李光地提出的将此诗与上篇《羔裘》合观的思路可取。李光地说:"盖素衣素冠者,羔裘狐裘之反也,庶得见此人者,而与之同归,伤俗之甚也。棘人,作者自谓,言其忧心孔棘尔。"其可取之处在于,桧君逍遥游宴,自当有一群阿谀奉承为务的奸宦佞臣从君所好,以至于奸臣当道迫害忠良,造成朝中缺贤士之局面,此种形势下,身为桧国忠臣、忧国忧君的诗人定然会感到势单力薄,孤独无助,定然伤俗之甚、忧心孔棘,故愿得同道,共谋国事。如此作历史的想象,自然是合情合理的。再者,从诗文上言之,《素冠》与《羔裘》除了服饰上潜在关联外,更重要的是其中表现的情感特质以及文辞用语,有着较高程度的互文性。比如情感同为深度悲伤,"劳心忉忉"与"劳心忡忡"、"我心忧伤"与"我心伤悲"具有高度相似的表达。而且两诗采用借代方式,以服代人,在艺术手法上如出一辙。"素冠"、"素衣"、"素韠"为周代贵族士大夫之常服,诗人借以代指、隐喻素服忠勤的贤人君子,是很可能的。因此笔者认为两者为同一主题的作品,作者可能同为一人。作意各有不同,诗心潜在相通,体现了桧国士大夫浓厚的忧患意识和忠君爱国的文化心态。

次看"婚恋爱情"的作品。《隰有苌楚》,毛《序》以为是桧国之人疾其君之淫恣、思无情欲者而作,孔《疏》认为诗三章皆是思其无情欲之事。此类见解完全与诗意相反,诗人之意,乃如闻一多所言"幸女之未字人也",这正是有情欲之事。朱熹则认为桧人苦于政繁赋重而羡草木之无知,姚际恒、方玉润等皆以桧国政乱国亡之境况作为此诗之背景,认为此诗表达诗人苦于室家之累,后来郭沫若等进而引申出桧国破落贵族悲观厌世之意来。这些见解,现在看来都是不切实的。其最基本的谬误在于对"乐子之无知"的解释。如朱熹云"叹其不如草木之无知而无忧也",以"子"指"苌楚",以"知"为"知识"之"知",这都是有违古训的。《尔雅·释诂》云:"知,匹也。"[①]郑《笺》训与之同。"无匹"与"无家"、"无室"都是无婚配之意。"知"之所以训"匹",郭晋稀《〈风〉诗正诂四则》指出:

[①] (宋)邢昺《尔雅注疏》卷1,阮刻《十三经注疏》,中华书局1980年版,第2569页。

今以为知当读敌,《说文》:"敌,仇也。"《左传》:"怨偶曰仇。"《尔雅·释诂》:"敌,匹也。"《广雅·释诂》一:"敌,辈也。""敌"之训"匹"即其本义之引申,固为通诂。"知"在恚部,"敌"在益部,平入相通。"知"古读端纽,"敌"为定纽,本为近纽双声。《说文》"渐"读若"麵","渐"从知声,"麵"、"敌"同从啻声,故"知"、"敌"声通也,一也。"蹢躅"即"跦躅",亦"知"、"敌"声通之证,二也。①

郭氏从声韵学的角度精当地阐明了"知"之所以训"匹"的缘故,并云:"乐其无匹、无家、无室,此盖女子昵其所私尚无配偶之词。后人诗云:'恨不相逢未嫁时',与此诗所咏之事虽相反,而其喻意则相同也。"②这里认为诗人是女子,闻一多则以为是男子所作,孰是孰非无从证实,就诗文而言,似两说皆可。笔者姑从闻氏说。又,上博简《诗论》第二十六简载:"《隰又(有)长(苌)楚》得而 ![] 之也"③,此可为解读《隰有苌楚》一诗提供有力参证。"![]",当代古文字学家厘定为"㥁",却有不同的解释,或释为"侮",或释为"悔",或释为"無",郑玉姗撰文曰:

《孔子诗论》第 26 简:"隰有苌楚得而 ![] 之"。"![]"字,马馆长释作"侮";李零、濮茅左、何琳仪读

---

① 郭晋稀《诗经蠡测》(修订本),巴蜀书社 2006 年版,第 79 页。
② 郭晋稀《诗经蠡测》(修订本),巴蜀书社 2006 年版,第 79 页。
③ 马承源主编《上海博物馆藏战国楚竹书》(一),上海古籍出版社 2001 年版,第 156 页。

"悔",庞朴读为"無"。然以愚之见,《郭店简》中已多见此字,例如《郭店缁衣22简》:"君不与少🔲(谋)大,则大臣不怨"。《老子甲25简》:"其未兆也,易🔲(谋)也。"《语丛四.13简》:"不与智🔲(谋),是胃(谓)自弃"……,皆释为"谋"。《诗论.26简》"隰有苌楚,得"🔲"之也"若从《郭店简》释"谋",曰"隰有苌楚,得而谋之也",亦可文从字顺也。《诗·桧风·隰有苌楚》:"隰有苌楚,猗傩其枝,夭之沃沃,乐子之无知。隰有苌楚,猗傩其华,夭之沃沃,乐子之无家。隰有苌楚,猗傩其实,夭之沃沃,乐子之无室。"此诗由诗人看见"隰有苌楚,猗傩其枝,夭之沃沃"起兴,联想到所爱悦之人之年少美盛,并且表明心中欣喜其尚未有家室,故可求良媒以谋之,结为连理。如此解释,文从字顺,且与《郭店简》中用法一致。①

郑玉姗所论甚为有理。据此,上博简《诗论》评《隰有苌楚》曰"得而谋之",其意正如闻一多所言"幸女之未字人也",故可求良媒以谋之。《卫风·氓》首章曰:"氓之蚩蚩,抱布贸丝。匪来贸丝,来即我谋。"郑《笺》云:"谋,谋为婚姻之事也。"郑《笺》所言正可为"得而谋之"下注脚。② 因此,《隰有苌楚》应是桧国男子对一尚未婚嫁之女子唱出的情歌,表达其爱慕之意和喜悦之情,体现了桧人的婚恋意识和爱情追求,反映着桧地的风俗文化。

---

① (中国台湾)郑玉姗《诗论二十六简"🔲"字管见》,简帛研究网,2003年6月1日:http://www.jianbo.org/Wssf/2003/zhenyushan01.htm
② 参见:贺福凌《释上博楚简〈孔子诗论〉中的"慭"字——兼辨〈桧风·隰有苌楚〉诗义》,《古汉语研究》2004年第1期,第101-102页。

再看"行役思归"主题的作品。《匪风》之诗,观前引诸家说,古人基本上都是以周衰桧乱为大背景阐释此诗的,却众说纷纭。笔者以为,此诗当是久役者思念室家而怀归之诗。闻一多认为此诗为妇人所作,其《风诗类钞乙·匪风》曰:"望归人也。"①笔者对此并不认同,但其对此诗内涵的阐发却很有参考价值。翻检其相关著述,闻氏主要从两个方面解读此诗。其一,闻氏《诗经的性欲观》一文证明,"风"含有性的意义,象征着性爱。他通过广泛系联的比较研究,指出《诗经》里多数的情诗或淫诗,往往不能离开风和雨",诗人和"风"发生不解之因缘,是因为"风便是性欲的冲动"!《匪风》一诗正是以"风"起兴的,属于"从风讲到爱情或性欲"的一类作品之一。② 这使得《匪风》之诗在起兴上与"风情诗"发生了关联。其二,闻氏《说鱼》篇证明,"鱼"是代替"匹偶"或"情侣"的隐语,《诗经》的时代,以烹鱼或吃鱼喻指合欢或结配。《匪风》末章:"谁能亨鱼,溉之釜鬵。谁将西归,怀之好音",闻氏论曰:

  溉,《释文》本作摡,《说文·手部》亦引作摡,这里当读为乞,今字作给,"摡之釜鬵"就是"给他一口锅",釜鬵是受鱼之器,象征女性,也是隐语,看上文"顾瞻周道"和下文"谁将西归",本篇定是一首望夫词,这是最直捷了当的解释。③

---

 ① 闻一多《风诗类钞》,《闻一多全集》第 4 册,湖北人民出版社 1993 年版,第 498 页。
 ② 闻一多《诗经的性欲观》,《闻一多全集》第 3 册,湖北人民出版社 1993 年版,第 183 页。
 ③ 闻一多《说鱼》,《闻一多全集》第 3 册,湖北人民出版社,1993 年版,第 244 页。

对此论断,闻一多还作了一个较长的注释,从另一个角度作出论证,兹并引于此,以见其说之全貌:

>《笺》曰:"'谁能'者,言人偶能割亨者。"《正义》曰:"'人偶'者,谓以人意尊偶之也。……亨鱼小技,谁或不能?而云'谁能'者,人偶此能割亨者尊贵之,若言人皆未能,故云'谁能'也。"案:《正义》以"人偶"为成语,是对的,但释为"尊贵之"之意却错了。马瑞辰指出"人偶"又有相亲之义,所举证例中,《贾子·匈奴篇》"胡婴儿得近侍侧,胡贵人更进,得佐酒上前,上时人偶之"一条,尤其确切①,这里"人偶"一词,正是亲昵之意,大概三家旧说有知道这篇是情诗的,康成笺《诗》,兼采众说,不知不觉受了他的暗示,所以就将"谁能"二字解释为那情人间"相人偶"的撒娇似的口气。这对于我们认烹鱼为隐语的主张,直接的当然没有证明什么,但间接的却未尝不能给我们增加些力量。②

闻氏主要是通过阐释诗文中"风"、"鱼"与"釜鬵"的文化意蕴来揭示此诗的男女思情的,其论证的过程和得出的结果或有可商,此诗表现了男女思情却是可信的。"烹鱼"之喻男女结合毕竟有考古学上的证据。③ 这种男女之情是在什么背景下生发的呢?诗中

---

① 详参:马瑞辰《毛诗传笺通释》卷14,中华书局1989年版,第431页。
② 闻一多《说鱼》,《闻一多全集》第3册,湖北人民出版社1993年版,第251页。
③ 参见:廖群《先秦两汉文学考古研究》第二章第四节"考古释鱼",学习出版社2007年版,第145-156页。

言"风发"、"车偈"、言"顾瞻周道"、"谁将西归",可以揣测诗人乃苦于久役不归而生思情。孙作云指出:"《桧风·匪风》讲桧地驻军为西土人,亦即周本土人……这是军人自伤之词:言谁要想烹鱼,我就给他刷刷锅,谁要回到西方去,我就求他给我捎信儿。显然为西土人(周本土人)驻扎在桧地的军人所作。桧在今河南密县,去洛阳不远,应属于成周八师,因此,可以认为:这首歌是成周八师军人之歌,而采集者,应为成周八师中的属吏,而由军监献给周朝廷,藏之太师、太史手中,因而流传到现在。"①这是很可能的事。诗人自知不得归,故愿有人归,"谁将西归,怀之好音",与唐代岑参诗"凭君传语报平安"同意②。诗中惟思情浓烈,似不见怨情,可见诗人思心悱恻而忠厚,颇有宋代名臣范仲淹《苏幕遮》、《渔家傲》等词所体现的情怀,其身份或为军中较高层次的军官。

二、《桧风》主题之艺术呈现

《桧风》四篇作品,其主题及其内涵已如上述。从艺术上衡量,四篇作品皆属佳作,倘若《诗经》的风诗少了《桧风》,也就少了几处艺术的胜景。这是笔者品读《桧风》过程中产生的切实感受。下文着重探析《桧风》主题之艺术呈现,关注其内在与外在的双重艺术结构,试图通过彰显其以叙事和言情为核心的诗歌内在逻辑来体会、把握其艺术美质,并从中感知其文化内涵。

(一)《桧风》之诗意逻辑

所谓诗意逻辑,指的是以叙事和言情为核心的诗歌内在艺术

---

① 孙作云《说豳在西周时为北方军事重镇——兼论军监》,《河南师大学报》1983年第1期,第44页。
② 参见:陈成国《诗经校注》,岳麓书社2004年版,第177页。

结构。考察《桧风》四篇作品的内在逻辑,是深入把握其艺术美质的必要途径。

先看"乱世忧患"主题的两篇作品。《羔裘》之诗,是作者有感于桧君荒怠朝政、不图自强而表达其忧患之心和婉谏之意的作品。诗分三章,各章结构相似,前两句状述其事,后两句直抒其情,是一种单一的述事抒情结构。从其述事的方式上讲,所言"羔裘逍遥、狐裘以朝"、"羔裘翱翔、狐裘在堂"、"羔裘如膏,日出有曜",皆采用直赋的方式,只是在言辞表述上存在婉曲的一面。即是说诗人在叙述人事的时候,运用了借代的手法。从抒情上看,此诗呈现出由隐而显、由弱渐强的诗意表达。由隐而显,主要体现在各章内部,述事部分前后对比,诗人的劳心忧情已隐然可见,抒情部分则直接把这种劳心忧情表达出来;由弱渐强,主要体现在章与章之间,"劳心忉忉"形容其心态,"我心忧伤"言其情质,"中心是悼"则是对其心态和情质的强化表达,三章前后依次递进。《素冠》之诗,是诗人有感于朝中奸佞当道而思望贤人君子共襄大业而作。诗三章结构相同,虽同为忧患现实的感事之作,此诗与《羔裘》的内在艺术逻辑却有很大的不同。这种不同在于,《羔裘》之诗是先述外在之人事的述事抒情结构,《素冠》则隐去了外在的人事,而以直赋内在之心事、直抒其情为特征。这种内在逻辑可以称之为述志抒情结构。就其述志而言,诗人采用了非常隐曲的表现方式,思望贤人君子,则言"素衣"、"素冠",欲图共襄大业,则言"同归"、"如一",诗人心志非常隐晦。从抒情上看,则与《羔裘》颇为类似,皆直言其心态情质,三章前后由弱渐强。此诗之抒情艺术颇受称道,吴闿生《诗义会通》评曰:"'庶见'二字传神。"[①]陈震《读诗识小录》论曰:

---

① 吴闿生《诗义会通》卷1,中华书局上海编辑所1959年版,第111页。

"开口一句即咽住,促节深情。二句突离,不接首句。三句突合,遥接首句。盖'庶见'语意,原从不见转出,二句承不见意,三句又承'庶见'意。遂使言中言外,迷离隐现,全以神行。"①朱守亮《诗经评释》云:"通篇传神全在起手一'庶'字,此一庶字,中含有无限希冀,无限瞩望。希望见其素冠、素衣、素韠之人而不得,故心伤悲,蕴结,栾栾然而瘦也。"②

再看"婚恋与爱情"及"行役与思归"主题的两篇作品。《隰有苌楚》是桧国男子对一尚未婚嫁之女子唱出的情歌,表达其爱慕之意和喜悦之情。此诗典型地采用了比兴手法展开其内在诗意逻辑,各章前三句皆述其事,末一句直抒其情。所述之事前两篇作品皆不同,既非述诗人内在之心事,亦非述外在之人事,而是述外在之物事。"隰有苌楚,猗傩其枝"、"夭之沃沃"等语,皆是对物事的描绘和再现,各章末句"乐子之无知"等语乃直抒其喜悦之情,隐含着欲求婚配之心志。这种内在诗意逻辑,可以称之为"比兴式体物抒情结构"。《匪风》是行役之人思念室家、自知不得归而希望有人能替其传达音讯之诗。诗三章,前两章结构相同,前述外在物事,后抒内在悲情。其叙事方式并没有像《隰有苌楚》那样采用比兴的手法,而是直赋所见。就前两章而言,可称之为"直赋式体物抒情结构"。第三章变其体,将一番内在心事和盘托出,述志中饱含对室家的思念、牵挂和深深的爱意。就第三章而言,可视为"述志抒情结构"。综而言之,则《匪风》的内在诗意逻辑呈现为一种"体物—抒情—述志"复合型述事抒情结构形态。

从《桧风》的情感类型和基调上看,呈现为悲伤和喜悦两种情感类型,相应的是沉郁厚重和明快健朗两种情感基调,显示出《桧

---

① (清)陈震《读诗识小录》卷5,钞本。。
② 朱守亮《诗经评释》,台湾学生书局1984年版,第216页。

风》的情感内涵和艺术感染力。列表如下：

情感类型	作品篇名	情感基调
悲伤型	《羔裘》、《素冠》、《匪风》	沉郁厚重
喜悦型	《隰有苌楚》	明快健朗

　　从表中可简捷地看出，"乱世忧患"和"行役思归"主题的作品，表达的都是悲伤型情感，呈现出沉郁厚重的情感基调；而"婚恋爱情"主题的作品，则是喜悦型情感，呈现为明快健朗的情感基调。王世贞《艺苑卮言》论《诗》曰："诗旨有极含蓄者、隐恻者、紧切者"，其所谓"诗旨"者，指的是诗人之情志。衡诸《桧风》，沉郁厚重为情感基调的三篇作品宜属于含蓄而隐恻之类，明快健朗的《隰有苌楚》则兼有含蓄和紧切的风味。从抒情方式上看，四篇作品基本上都属于曲直相兼式抒情，若按梁启超《中国韵文里头所表现的情感》所讲，此四篇皆属于"回荡的表情法"。《桧风》抒情上的特点，上文对其内在艺术结构的分析中已经作了揭示，兹不赘述。

　　从叙事学的角度考察，《桧风》四篇皆带有较强烈的感情倾向展开叙事，属于感事之作。四篇作品采用的都是自叙性视角，以"我"观物，以"我"感事，抒"我"之情志。从叙事方式上看，存在一个差异。《羔裘》之诗，采用的是隐性叙事的方式，以"羔裘逍遥、狐裘以朝"隐叙桧君荒政之事。《素冠》之诗的特点是采用跳跃性叙事，诗人自叙"心事"是显性的，用"庶见"、"聊与"之词直接带出"心事"，但这种"心事"的传达却是跳跃的，使受众难于明了其中的逻辑关系，客观上使得诗歌具有"留白"的效果，营造出一个诗意的想象空间。《隰有苌楚》之诗，其叙事也略具跳跃性，这种跳跃性的表现是：各章前三句所叙皆为外在之物事，末一句则直抒其喜乐之情，隐含着欲求婚配的"心事"，那么这物事与心事之间的连接，应该说是跳跃式的。但由于此诗属于"比兴式述事抒情结构",物事与人事之间具有内在的联系,因而此诗叙事的连贯性还是容易感知,故而只能说此诗的叙事方式是略具跳跃性的比兴式叙事。《匪风》之诗,其叙事又自有其特点:前两章直叙物事,末章改为曲叙心事。所谓曲叙心事,是指诗人自述其怀归之心事时,使用了特定意象,以意象参与叙事,婉曲地将心事传达出来,使得此诗别具韵味。《桧风》作品同大多数中国古典诗歌一样,是以抒情性为主要特征的,叙事在作品中仅以片断、碎片的形式存在,却又不可忽略。此处只是从叙事视角和叙事方式上对其作简单的分析,从中亦可见其艺术表现的多样性。

(二)《桧风》之审美意象

关于意象和诗歌之关系,笔者认为:"意象"是文学作品句法结构或者文体层面的一个组成部分,是文学作品整体中的一个要素。作为表现主体情感的艺术思维形式,作为传达作者心理感受的符号系统,一首诗就是一个有机的表述符号结构,同时也是个网络状的意象结构。因此,诗的结构就有两个意义:一指表述的结构,一指意象的结构。在探析了《桧风》内在艺术结构之后,此处拟进一步探析它的意象艺术。"意象"是"意"和"象"的契合,是指经作者情感和意识加工的由一个或多个语象组成、具有某种诗意自足性的语象结构,是创作主客体之间的内在统一。"意象"是表意之象,显示或暗示着诗人的心灵感应和诗性生命体验。"意象"具有兴发的艺术功能,然而这种兴发功能不是单个名物本身便具有的,它必须在具体语境中通过不同的语象组成具有诗意自足性的语象结构,成为特定的"这一个",方产生兴发的功能,生成独特的意象。根据表意功能的不同,可将"意象"分为描述性意象、比喻性意象、象征性意象和暗示性意象。兹依此对《桧风》作品进行意象探析。

《羔裘》之诗有名物五种,分别是器物类的"羔裘"、"狐裘"、"膏"、居处类的"堂"和天象类的"日"。首章、二章所言"羔裘"、"狐裘",分别指代身穿此服的桧君和诗人自身,这属于借代的表现方法,具有隐性叙事的功能,但从主客体的关系上体认,此所言"羔裘"、"狐裘"在于指事而非在于表意,其作为物象尚未与诗人之情意融合,尚未实现主客体之间内在的统一,因而不属于具有诗意自足性的语象结构,不能称之为意象。诗中之"堂",毛《传》:"公堂也",指的是桧国君臣的治事之所,在诗中亦不具有意象的意义。末章云:"羔裘如膏,日出有曜","膏"与"日"在其中作为借以描绘"羔裘"的实物而存在,不成为意象。此中之"羔裘"不再是代指身穿此服之人,而是实指羔裘之服本身,诗人将诗思聚焦于"羔裘",精妙地描绘其洁白柔软的质地和在日光照耀之下熠熠生辉的华丽。① 然而此物美则美矣,而非善也。吴闿生《诗义会通》引旧评曰:"通篇止写衣服之美,而不强政治意自在言外。"② 末章在写法上虽异于前二章,却是其义相承的,前面叙写桧国君臣的逍遥游宴,婉曲地表达了诗人对这种奢侈游乐不理朝政的不作为现象的批评和忧虑,这种立场和心态寄寓在"羔裘如膏,日出有曜"的华丽表象之内。这就使作为客体的"羔裘"和作为主体的诗人发生了融通,诗人之意灌注于象内,生成了"羔裘"意象。续句云:"岂不尔思,中心是悼",重将心曲重音吟唱,诗人忧挚郁勃之情亦在和暖的日光中熠熠生辉。牛运震评此诗曰:"三'岂不尔思'忠爱婉挚。"③ 可谓有得于诗心。从性质上看,"羔裘"属于描述性意象;从功能上

---

① 闻一多云:"膏可以燃而取光,裘日照之而有耀,如膏火燃之而有光也。"可备一说。

② 吴闿生《诗义会通》卷1,中华书局上海编辑所1959年版,第111页。

③ (清)牛运震《诗志》,嘉庆五年空山堂刊本。

看,具有强化抒情的作用。诗人在此章运用的体物摹心可谓匠心独运,意味悠长。

《素冠》之诗有名物三种,即同属器物类的"素冠"、"素衣"和"素韠",此三者乃周代贵族士大夫之常服。在前文讨论《素冠》之诗的主题时,笔者认为诗人乃借此素服以代指、隐喻素服忠勤的贤人君子。基于这样的认识,本文认为此诗具有了"素冠"、"素衣"和"素韠"三个意象。诗人对这三个意象没有作具体的描绘,而是以直抒心志的方式表达其以得见"素衣"、"素冠"、"素韠"为幸的热切忧挚之心。诗中言"聊与子同归兮"、"聊与子如一兮",可见诗人与"素衣"、"素冠"、"素韠"三个物象之间已经是一种主客体融合的关系。在此诗中,三个意象表意相同,属性如一,可称为素服意象群。从其性质上考察,三者皆属象征性意象;从功能上看,具有曲传心志、隐性抒情的作用,赋予此诗一种迷离恍惚之美。

《隰有苌楚》之诗有名物七种,分别是植物类的"苌楚"、"枝"、"华"、"实"、地别类的"隰"和居处类的"家"、"室"。其中,"家"和"室"与否定副词"无"搭配,与首章之"无知(匹)"同意,是对诗中女子尚无婚配的变换陈述,不具有意象的意义。诗中具有意象意义的是"苌楚",诗人对它作了集中的描绘,首章云"隰有苌楚,猗傩其枝"、"隰有苌楚,猗傩其华"、"隰有苌楚,猗傩其实",言其生长之地,歌咏其枝叶繁茂、华实美盛,三章复咏"夭之沃沃",特别咏叹其少盛之美,暗喻所爱女子的年轻貌美。从诗中可明显地感受到,"苌楚"与诗人所爱之人具有潜在的关联,成为了诗人的意中之象。从性质上看,"苌楚"属于比喻性意象,暗喻诗人所见所爱之人;从功能上看,"苌楚"意象具有喻指抒情对象的功能,是诗人抒发欢情、暗叙心志的铺垫。诗人对"苌楚"意象的描绘,光艳美丽,赋予了此诗丰厚的艺术美质。

《匪风》之诗有名物六种,分别是天象类的"风"、器物类的"车"、"釜"、"鬵"、地别类的"周道"和动物类的"鱼"。从诗歌主题、诗人情意以及诗人在诗中对各项名物的描绘和叙述上综合体会,笔者认为此六种名物在诗中皆浸透着诗人的诗性生命体验,而成为了意象。"匪风发兮"、"匪风飘兮",是对寒风凛冽之情状的描绘,这种特定的自然环境通过诗人的身体触角和听觉对诗人心理造成了强烈的冲击,而形成了惊惧、伤感等心理体验;"匪车偈兮"、"匪车嘌兮",是对车行疾驰情状的描绘,疾驰之车通过诗人的听觉和视觉对诗人的心理亦造成了强烈的冲击,而形成了"惊心动魄"的心理体验;车疾驰之声强烈地吸引了诗人的注意力,使诗人不禁回首临视车驰之"周道",周道即大道①,周道从视觉上给诗人心理产生冲击,形成悲痛感伤之心理体验。诗人自言"中心怛兮"、"中心吊兮",这种心理感受是外在的寒风凛冽、车驰周道的环境物事和诗人内在的行役思归之情碰撞融汇而产生的,从诗人在对风、车、周道的描述中,不难发现其间心物交感的迹象,实现了主客体"意"与"象"的统一。诗的末章,诗人采用比兴手法婉转地表达了

---

① 马瑞辰《毛诗传笺通释》卷十四曰:"周道犹周行,朱子《集传》云:'周行,大道'是也。周之言。《广雅》:'周,大也。'周道又为通道,亦大道也。凡《诗》'周道'皆谓大路,即《孟子》云'夫道若大路然'也。"(中华书局1989年版,第430页。)《诗》言及"周道"者共有五篇,除《匪风》外,另有《小雅·四牡》、《小弁》、《大东》、《何草不黄》。《四牡》首章:"四牡騑騑,周道倭迟。岂不怀归?王事靡盬,我心伤悲。"毛《传》:"周道,岐周之道也。"《小弁》次章曰:"踧踧周道,鞠为茂草。我心忧伤,怒焉如捣。"毛《传》:"周道,周室之通道。"《大东》首章:"周道如砥,其直如矢。君子所履,小人所视。眷言顾之,潸焉出涕。"毛、郑无训,孔《疏》云:"周之贡赋之道,其均如砥石然。周之赏罚之制,其直如箭矢然。"《何草不黄》末章:"有芃者狐,率彼幽草。有栈之车,行彼周道。"毛《传》:"栈车,役车也。"于"周道"无训。凡此五例,皆可释为"大路",马瑞辰之说可从。

怀归之情:"谁能亨鱼,溉之釜鬵。谁将西归,怀之好音。"鱼和釜鬵在诗中都是有着诗人特定诗性体验的意象,在表抒主体情意上有显著的作用。

(刘挺颂,肇庆学院文学院,讲师)

《周颂·大武》乐章篇目考

亓晴

文章既是考辨《周颂·大武》,则无疑是于《周颂》之中考《大武》。《大武》乐章遗留诗章存于《周颂》之内,目前已是学界共识,至于所存诗章是否完整,又各是哪些篇目,则至今仍是聚讼纷纭,未有定论。笔者不揣浅陋,旨在与各位先贤大家论余略作探讨,以期对《周颂·大武》乐章篇目之讨论稍有补益。

关于《大武》乐章的篇目问题,前代学者如何楷、魏源等虽亦偶有论及,但其真正被关注并引发广泛探讨则始自王国维。王国维《周〈大武〉乐章考》一文详细探讨了《大武》乐章留存于《诗经·周颂》中的篇目,首开今人研究《大武》乐章篇目之肇端,其后,高亨、孙作云、张西堂、袁定基、杨向奎、姚小鸥、李炳海等各家皆有所论。近来,探讨《大武》乐章篇目等问题的文章依旧层出不穷,然而,此问题讨论者众,定论者寡,其中某些方面尤须一辨。为方便讨论,先将目前为止对《大武》乐章篇目之看法中较有代表性的几家观点表列如下:

	王国维	高亨	孙作云	杨向奎	姚小鸥	李炳海	梁锡锋
1	昊天有成命	我将	酌	武	我将	武	武
2	武	武	武	时迈	时迈	酌	时迈
3	酌	赉	般	赉	武	桓	赉

续表

	王国维	高亨	孙作云	杨向奎	姚小鸥	李炳海	梁锡锋
4	桓	般	赉	酌	酌	赉	般
5	赉	酌	(无)	般	桓	般	昊天有成命
6	般	桓	桓	桓	赉	时迈	桓
7					般		酌

（主要参考：王国维《周〈大武〉乐章考》、高亨《周代〈大武〉乐的考释》、孙作云《周初大武乐章考实》、杨向奎《关于周公"制礼作乐"》、姚小鸥《论〈大武〉乐章》、李炳海《〈诗经·周颂〉大武歌诗论辨》、梁锡锋《〈大武〉章数、章次考辨》）

由上表可以看出，虽排列先后顺序有所不同，但各家对《大武》乐章包含《武》《酌》《桓》《赉》《般》五篇已达成共识，目前也并没有证据可以否认此五篇为《大武》乐章篇目，所以我们暂取传统说法，认为《大武》乐章中包括《周颂》中的《武》《酌》《桓》《赉》《般》五篇。而由上表亦可看出，对《大武》乐章包含篇目的分歧主要集中在《昊天有成命》《我将》《时迈》三篇，这也正是本文所要考辨的重心所在。

一、《昊天有成命》是否属《大武》乐章考

以《昊天有成命》为《大武》乐章之一者首推王国维。王国维在《周〈大武〉乐章考》一文中对此进行了详细考辨：首先由《祭统》"舞莫重于《武宿夜》"之记载及郑注"《宿夜》，《武》曲名也"之说，断定《大武》尚有《宿夜》一篇；其次，结合《说文解字》等证明"宿，

古夙字",进而得出结论"'武宿夜'即'武夙夜'",并认为"其诗中当有'夙夜'二字,因以名篇";再次,考《周颂》三十一篇,有"夙夜"者共四篇,通过诗意考辨,排除其余三篇,认为最符合《武宿夜》者为《昊天有成命》;最后,驳斥认为《国语》叔向说《昊天有成命》是以"成王"为周成王,《昊天有成命》为祭祀成王之乐歌者,认为"成王"乃殷周间成语。① 由此,王国维认定《昊天有成命》为《大武》篇目。然而,王氏说出,反驳者亦不乏其人。

陆侃如、冯沅君两位在《中国诗史》中说:"我们以为夙夜之说很可信,但夙夜是哪一篇,则不易断定。《振鹭》与《闵予小子》固然不是,即《昊天有成命》也似乎不是。故我们疑即《我将》。……《昊天有成命》明明说及成王,万不能作《武》曲之一。"(《中国诗史》第二篇第三章)高亨亦认同陆、冯两位之说,并明列三条证据反驳王国维:一、《昊天有成命》中"成王"紧随"二后","二后"指文王武王,则"成王"为姬诵无疑;二、《周颂·执竞》中的"成康"之"成"与《噫嘻》中的"成王"都指姬诵,所以《昊天有成命》中的"成王"也指姬诵;三、叔向为春秋时人,离《周颂》作时较近,其"道成王之德"的说法是可信的。② 陆、冯、高三位都认同王国维"武夙夜"之说,所以只于《昊天有成命》(下文论述中简称《昊天》)《振鹭》《闵予小子》《我将》四篇之中寻求《夙夜》篇,《振鹭》《闵予小子》两篇是很容易排除的,然而三位又不认同王国维对《昊天》中"成王"之解读,故而又排除《昊天》,那么剩下的就只有《我将》。《我将》的问题我们后文再行详辨。此处需要注意的有两点,一是多人认同的王国

---

① 王国维:《观堂集林(外二种)》,河北教育出版社,2001年版,第48-49页。
② 高亨:《周代〈大武〉乐的考释》,《山东大学学报》,第二卷第2期,第50-68页。

维"武夙夜"之说,二是《昊天》中的"成王"到底何指。这两个问题正是目前《昊天》是否属《大武》讨论中的关键。

王国维由"武宿夜"而证《夙夜》为《武》篇目之说虽论证详尽,也有众多认同者,但近来亦有学者提出了不同见解。李炳海《〈诗经·周颂〉大武歌诗论辨》一文对"武宿夜"有新的解读,认为"武宿夜"并非篇名,而是舞蹈动作,从而否定了《昊天》为《大武》篇目之说:

> 《礼记·祭统》有关武宿夜的记载原文如下:"夫祭有三重焉:献之属莫重于祼,声莫重于升歌,舞莫重于武宿夜。"这里叙述的是祭祀之礼最重要的三个部分,和武宿夜并列的是祼和升歌。祼,指把酒洒在地上。升歌,指乐工升堂唱歌。而武宿夜,则是指大武舞的表演动作,即舞蹈姿态。……这里的宿不是与夙相通,而是有它特殊的含义,指的是徼戒。武宿夜,指的是大武舞中对参战将士加以徼戒的表演动作。……至于徼戒的具体内容,就是周武王的战前动员,……综观《周颂·昊天有成命》一诗,见不到任何战争的影子,和战前誓师根本无关,因此,它不是大武乐章的歌诗。①

《礼记·祭统》之"武宿夜",郑玄注曰:"《武宿夜》,武曲名也。"孔颖达疏曰:"'舞莫重于《武宿夜》'者,《武宿夜》是武曲之名,是众舞之中,无能重于《武宿夜》之舞。皇氏云:'师说《书传》云:"武王伐纣,至于商郊,停止宿夜,士卒皆欢乐歌舞以待旦,因名

---

① 李炳海《〈诗经·周颂〉大武歌诗论辨》,《陕西师范大学学报(哲学社会科学版)》,2008 年 9 月,第 37 卷第 5 期。

焉。"《武宿夜》,其乐亡也。'熊氏云:'此即《大武》之乐也。'"①陈澔《礼记集说》:"武宿夜,武舞之曲名也,其义未闻。"②孙希旦《礼记集解》:"《大武》之第一成谓之《武宿夜》,象武王之师次孟津而宿也。"③由此看来,前人多以"武宿夜"为舞曲名《武宿夜》,郑玄但曰"武曲名",未知其所谓"武"是否为《武》,而孔颖达又引皇氏"武王宿夜"之说和熊氏"《大武》之乐"之说,似亦同意此种判断,孙希旦更是直言《武宿夜》为《大武》之第一成。由此看来,以《武宿夜》为曲名,甚至为《大武》之一,不为无据。那么,李炳海先生对"武宿夜"之新解又该如何认识? 我们认为以"武宿夜"为"舞蹈姿态"是有些过度解读。如李先生所说,"祼,指把酒洒在地上。升歌,指乐工升堂唱歌",而这都是表示一种行为,那么与之并列的"武宿夜"也应该是一种行为,从这个意义来说,以"武宿夜"为"表演《武宿夜》之舞"要好过以之为"大武舞的表演动作,即舞蹈姿态"。"舞莫重于《武宿夜》",确切来讲大概应该为"舞莫重于舞《武宿夜》",但古人向来多名动混用,多一个"舞"字又嫌重复,所以以"《武宿夜》"表示"表演《武宿夜》之舞"也顺理成章。此外,李炳海先生以"宿"为儆戒,那么"宿夜"如何解释? 笼统将"武宿夜"解为"大武舞中对参战将士加以儆戒的表演动作"很难令人信服。其实,《武宿夜》作为曲名,并不影响其内容为武王伐纣之前的儆戒誓师。至此,我们可以明确一点,《武宿夜》是舞曲名,而且是《大武》乐章之一,至于此《武宿夜》是否为《昊天》一诗,则尚需再辨。

要考辨《昊天》是否为《武宿夜》,还需从诗意入手。《昊天有

---

① (汉)郑玄注,(唐)孔颖达疏:《礼记正义》,北大整理本,北京大学出版社,2001年版,第1577-1578页。

② (宋)陈澔:《礼记集说》,世界书局,1936年版,第268页。

③ (清)孙希旦:《礼记集解》,中华书局,1989年版,第1241页。

成命》诗曰:

> 昊天有成命,二后受之。成王不敢康,夙夜基命宥密。於缉熙,单厥心,肆其靖之。①

向来最具争议的是"成王"二字。郑玄以"成王"为"成此王功",孔颖达从郑说。而朱熹则以"成王"为"诵,武王之子也",并引《周语》叔向之说为据。"成王"两说之争延续至今。王国维认同郑玄之说,并引《尚书·酒诰》中"成王畏相""惟助成王德显"句证明"成王"为"殷周间成语",并非周成王姬诵。② 而以"成王"为姬诵者最大的论据即叔向之说,所以我们还是来看叔向之说。《国语·周语下》载叔向语曰:

> 异哉!吾闻之曰:"一姓不再兴。"今周其兴乎!其有单子也。昔史佚有言:"动莫若敬,居莫若俭,德莫若让,事莫若咨。"单子之贶我,礼也,皆有焉。夫宫室不崇,器无彤镂,俭也;身耸除洁,外内齐给,敬也;宴好享赐,不逾其上,让也;宾之礼事,放上而动,咨也。如是而加之以无私,重之以不解,能避怨矣。居俭动敬,德让事咨,而能避怨,以为卿佐,其有不兴乎!且其语说《昊天有成命》,《颂》之盛德也。其诗曰:"昊天有成命,二后受之,成王不敢康。夙夜基命宥密,於缉熙,单厥心,肆其靖之。"是道

---

① (汉)毛亨传,(汉)郑玄笺,(唐)孔颖达疏:《毛诗注疏》,上海古籍出版社,2013年版,第1911-1912页。
② 王国维:《观堂集林(外二种)》,河北教育出版社,2001年版,第49页。

成王之德也。成王，能明文昭，能定武烈者也。夫道成命者而称昊天，翼其上也。二后受之，让于德也。成王不敢康，敬百姓也。夙夜，恭也。基，始也。命，信也。宥，宽也。密，宁也。缉，明也。熙，广也。亶肆，固也。靖，和也。其始也，翼上德让，而敬百姓；其中也，恭俭信宽，帅归于宁；其终也，广厚其心，以固和之。始于德让，中于信宽，终于固和，故曰成。单子俭敬让咨，以应成德。单若不兴，子孙必蕃，后世不忘。①

韦昭《国语注》："盛德，二后也，谓成王即位而郊见，推文、武受命之功，以郊祀天地而歌之也。""言昊天有所成之命，文、武则能受之。谓修己自勖，以成其王功，非谓周成王身也。贾、郑、唐说皆然。"又解"是道成王之德也"为"是诗道文、武能成其王德也"。解"成王能明文昭，能定武烈者也"为"言能明其文，使之昭，定其武，使之威也"。② 徐元诰《国语集解》亦取韦说。韦昭为三国吴人，由其《国语注》可知，至迟到三国时期，对《昊天》之"成王"与叔向所说"成王之德"尚皆解为"成此王功"，而不为"周成王姬诵"。由此，几可断定"成王不敢康"之"成王"不为周成王，后人认定其为周成王大都是由"二后""成王"相连而望文生义。其实，细读叔向之语，若只见"是道成王之德也。成王，能明文昭，能定武烈者也"几句，确实容易认为其所说"成王"为周成王，但，叔向之语远不止这几句，其后尚详细论述何为"成德"："其始也，翼上德让，而敬百姓；其中也，恭俭信宽，帅归于宁；其终也，广厚其心，以固和之。始于

---

① 徐元诰撰，王树民、沈长云点校：《国语集解》，中华书局，2002年版，第103-104页。
② （吴）韦昭：《国语注》，世界书局，1936年版，第38-39页。

德让,中于信宽,终于固和,故曰成。"其中"翼上德让,而敬百姓"是统言"昊天有成命,二后受之,成王不敢康"三句,明明是赞颂周代受命之君文武二后,岂能归之于成王?由叔向论"成"之言即知其所谓"成王"绝非周成王之号,而是一个包含深刻内涵的概念。所以,叔向论《昊天》提到之"成王"不为周成王,"成王不敢康"之"成王"亦不为周成王,《昊天》并非赞颂周成王之乐歌。

那么辨明"成王"这一关键,推翻否定《昊天》为《武宿夜》的关键证据,是否就意味着《昊天》是《武宿夜》?实则不然。《武宿夜》,郑玄等认为其为"武曲名",孙希旦甚至因其武王伐纣夜宿孟津之内容而认定其为《大武》第一成。由前人对《武宿夜》的判断来看,其确实当是武王伐纣前夜宿孟津之事。考辨《昊天》诗意,确实如李炳海先生所说,与武王夜宿之事无关,所以,《昊天》并非《武宿夜》。那么《昊天》到底是否属于《大武》乐章呢?李炳海先生因《昊天》不为《武宿夜》而否认其属于《大武》,实则忽视了一个逻辑问题。即《昊天》是否为《大武》乐章之一,并不取决于其是否为《武宿夜》。《武宿夜》为《大武》之一,若《昊天》为《武宿夜》,那么它自然属《大武》,但这并不代表《昊天》不为《武宿夜》就一定不是《大武》之一。即使要证明《昊天》不属《大武》,也要寻找其他证据。何以见得?因为王国维以《武宿夜》为《武夙夜》,并认定其诗中有"夙夜"二字且以之名篇这个论断本身就是不可靠的。我们看目前比较可靠的《大武》篇目《武》《酌》《桓》《赉》《般》,除《武》与《桓》,其余三篇题名皆与诗中文字无涉。朱熹甚至于《酌》篇有此说:"然此诗与《赉》《般》皆不用诗中字名篇,疑取乐节为名。如曰《武宿夜》云尔。"① 由此可以说,近百年来对《昊天》是否属《大武》

---

① (宋)朱熹:《诗集传》,中华书局,1958年版,第235页。

这一问题的争论实则争错了焦点。

《逸周书·世俘解》："甲寅，谒戎殷于牧野，王佩赤白旂，籥人奏《武》，王入，进《万》，献《明明》三终。"①此为武王克商之后告祭祖先时奏乐情况，其时已有《武》乐。而《左传·宣公十二年》楚子说"武王克商，作颂曰：'载戢干戈'，又作《武》……"亦可见《武》于武王克商之初已存在。而且由《左传·宣公十二年》楚子"其三……其六……"的说法来看，其并不为今见《周颂》之《武》，而是一组完整的乐章。我们认为此《武》即后世所说之《大武》。由此来看，《大武》中不可能包括提及"二后"之《昊天》。而且，《国语·周语下》单靖公"语说《昊天有成命》"，叔向论及亦谓"《昊天有成命》"，可见其时其诗即以《昊天有成命》名篇。而楚庄王论诗之时不过早于叔向数十年，其时尚有明确之《大武》乐在，绝不至于仅仅几十年之后就不知《昊天》是否属《大武》。故而，叔向等既称之《昊天有成命》而绝不提《大武》之事，可证《昊天有成命》不属《大武》乐章。

至此，我们已经可以明确，《昊天有成命》一篇不属于《大武》乐章。

二、《我将》是否属《大武》乐章考辨

认为《我将》属《大武》乐章的，首推陆侃如、冯沅君两位先生，两位在《中国诗史》中反驳王国维以《昊天有成命》为《武宿夜》之说，进而提出《武宿夜》当为《我将》。不过两位只是简单提及，并未

---

① 黄怀信，张懋镕，田旭东：《逸周书汇校集注》，上海古籍出版社，1995年版，第454页。

详论,真正详细论证《我将》为《大武》之《武宿夜》者为高亨先生。

高亨先生在《周代〈大武〉乐的考释》一文中认同王国维以"武宿夜"为《武夙夜》并于有"夙夜"二字之诗中求该篇的观点,但不认同其以《昊天有成命》为该篇之说,理由为"成王","成王"之辨,前文已尽,此不赘述。高亨先生认为周人出征必先祭祀上帝和祖先,以求得保佑,而《我将》中"我将我享,维羊维牛,维天其右之。仪式刑文王之典,日靖四方。伊嘏文王,既右享之"正是祭祀上帝与文王,以求得护佑。所以认为《我将》正是含有"夙夜"二字之篇目中最适合位列《大武》之一者。《我将》这几句确实是讲祭祀上帝与文王,但高亨先生认为"仪式刑文王之典"是"武王出征,军中载着文王的木主"则不恰当。"仪式刑文王之典"几句,《郑笺》解曰:"我仪则式象法行文王之常道,以日施政于天下,维受福于文王,文王既右而享之。言受而福之。"①大意就是我遵从文王之治国方略,日渐安定四方,请能赐福之文王来享。此与"载文王木主"并非一回事。而《我将》最后三句"我其夙夜,畏天之威,于时保之",高亨先生认为是:"周对殷常存警惕,认为殷有灭周的企图,所以武王伐殷,在周人的观念是自卫。《我将》这几句话正是这个观念的反映。"②这完全是对诗意的误解。"我其夙夜,畏天之威,于时保之"之意乃是要日夜敬慎天威,并时时保持。这分明是向上天和文王保证要敬天明命励精图治之意。由此看来,高亨先生将《我将》作为《大武》之第一章,至少有两点不当之处:其一,因王国维《武夙夜》中当有"夙夜"二字而在含"夙夜"之篇目中寻其诗;其二,为证

---

① (汉)毛亨传,(汉)郑玄笺,(唐)孔颖达疏:《毛诗注疏》,上海古籍出版社,2013年,第1915页。
② 高亨:《周代〈大武〉乐的考释》,《山东大学学报》,第二卷第2期,第53页。

明《我将》之合于《大武》首章,不惜对诗意有所曲解。

其他以《我将》为《大武》乐章者,如姚小鸥先生等,都遵从高亨先生之说,不另作考辨。《我将》为祭祀文王之乐歌无疑,武王伐纣之前肯定会有祭祀文王之事,甚至伐纣成功之后也必然有告成文王之乐歌,《清庙》《维天之命》《维清》等都是祭祀文王之乐歌,都合于武王伐纣前后祭祀文王之情形,难道这些篇目都属《大武》?《我将》唯一不同于诸篇目之理由即"夙夜",而"夙夜"这个理由是不存在的,所以,《我将》也就失去了为《大武》乐章之一的必然性。而且《左传·昭公十六年》曰:"宣子皆献马焉,而赋《我将》。"可见,至迟到昭公十六年,《我将》是不属《大武》的。

总之,综合各方面证据,我们认为《我将》不属于《大武》乐章。

三、《时迈》是否属《大武》乐章考辨

《周颂·时迈》一篇也多被认同为《大武》乐章之一,杨向奎、姚小鸥、李炳海等先生皆持此见。事实上,《左传·宣公十二年》楚子引诗论武时将《时迈》与《武》(《大武》)并列,已足证《时迈》不属《大武》乐章,但诸位先生并不认为其为充足证据。李炳海先生在《〈诗经·周颂〉大武歌诗论辨》一文中提出了《时迈》为《大武》之一的三点依据:

> 第一,《左传·宣公十二年》记载:"武王克商,作颂曰:'载戢干戈,载櫜弓矢'。"这里引用的是《周颂·时迈》的诗句,把它说成是武王克商之后作,与大武乐章生成时段一致。
> 第二,《左传·宣公十二年》所载楚庄王的大段话语,

他在引用《周颂·时迈》的诗句之后,紧接着就提到属于大武乐章的三首歌诗,即《武》、《赉》、《桓》。由此可以推断,《时迈》也是大武乐章的歌诗,只不过楚庄王首先提到它,突出它的重要性,笼统地归于《颂》诗。他没有明言《时迈》是大武乐章的歌诗,但从他的叙述中也不能排除《时迈》是大武乐章歌诗的可能性。

第三,《周颂·时迈》的主题是偃武修文,其中的"载戢干戈,载櫜弓矢",是说把各种武器收藏起来,不再进行战争,而是要"我求懿德,肆于时夏",就是要崇尚文德,以德治国。……《周颂·时迈》和《礼记·乐记》中出现的都是刀枪入库,马放南山的事象,反映的是牧野之战以后西周王朝偃武修文的措施。由此看来,《周颂·时迈》也是大武乐章的歌诗之一。①

李炳海先生关于《时迈》属于《大武》乐章的三点理由,细究起来其实很难立足。李先生提到的前两条理由都与《左传·宣公十二年》楚庄王那段引诗论武有关,所以我们先来看楚子这段话。《左传·宣公十二年》楚子曰:

> 武王克商,作颂曰:"载戢干戈,载櫜弓矢。我求懿德,肆于时夏,允王保之。"又作《武》,其卒章曰:"耆定尔功。"其三曰:"铺时绎思,我徂维求定。"其六曰:"绥万邦,屡丰年。"夫武,禁暴、戢兵、保大、定功、安民、和众、丰财

---

① 李炳海:《〈诗经·周颂〉大武歌诗论辨》,《陕西师范大学学报(哲学社会科学版)》,2008年9月,第37卷第5期。

者也,故使子孙无忘其章。①

《时迈》与《大武》乐章生成时段一致并不能成为确定《时迈》为《大武》之一的理由,楚庄王提到《时迈》时说"作颂",然而又说"又作《武》",这就表明如下问题:武王克商之后即作了一系列颂歌,其中之一是今之《时迈》,其时大概并无单独命名,故而楚庄王笼统称之为"颂",再有就是有统一命名的组乐,楚子称之为《武》,而此《颂》与《武》是并列关系。李炳海先生认为楚庄王在提到《时迈》之后紧接着提到《大武》的三篇,所以"由此可以推断,《时迈》也是大武乐章的歌诗,只不过楚庄王首先提到它,突出它的重要性"。然而,这种推断并没有充足理由。李先生的第三点证据是《时迈》的主题为偃武修文,符合武王克商之初的情形,所以其为《大武》之一。此外还有学者以为《时迈》一篇为武王观兵孟津之事,如张石川《〈大武〉乐考释》:"《时迈》一篇当指武王观兵孟津之事,而非武王克商之后。此可为旁证。若《时迈》取材于观兵孟津,则应为《大武》之第一'成'。"②所以我们先来看《时迈》之诗旨。为方便解读,现将《时迈》原诗摘录如下:

> 时迈其邦,昊天其子之,实右序有周。薄言震之,莫不震叠。怀柔百神,及河乔岳。允王维后。明昭有周,式序在位。载戢干戈,载櫜弓矢,我求懿德,肆于时夏。允

---

① (周)左丘明传,(晋)杜预注,(唐)孔颖达疏:《春秋左传正义》,北京大学出版社,2000年版,第750-751页。
② 张石川:《〈大武〉乐考释》,《南京师范大学文学院学报》,2005年12月,第4期,第107页。

王保之。①

《时迈》虽只一章,但就诗意来看,可分为两节,前一节为"时迈其邦,昊天其子之？实右序有周。薄言震之,莫不震叠。怀柔百神,及河乔岳。允王维后！"后一节为"明昭有周,式序在位。载戢干戈,载櫜弓矢,我求懿德,肆于时夏。允王保之！"前一节主旨为颂扬周邦承受天命而克商之功绩:天下万邦,唯独周邦膺受天命,周邦以西土小国而能平服万邦,怀柔百神,实在是受上天佑助,这充分证明周王乃是昊天之子、天下共主。此节充分表达了周邦克商之后的自豪与骄傲,可谓意气风发慷慨激昂。而下节语气立转,由自信豪迈的颂功转变为表达治国安邦之决心:周邦承天之命,从此要励精图治、偃武修文,寻求懿美之德以布陈于天下,并要永远保持。这样的诗意恰恰是武王克商之初最应该表达的。将《时迈》与《尚书·武成》篇对照来看,更可见诗中之意,对此前人早有所论。《毛诗李黄集解·卷三十七》录黄櫄之论曰:

> 《时迈》之作,要以见武王所以得天下与其所以保天下者,皆无愧也。窃尝论之,武王巡守之事,《诗》有《时迈》,《书》有《武成》,《时迈》告祭之乐章也,《武成》识其政事以示天下来世也。"丁未,祀于周庙……越三日庚戌,柴望,大告武成",此告巡守告祭柴望之实也;"告于皇天后土名山大川",此"怀柔百神,及河乔岳"之实也;"华夏蛮貊,罔不率俾",此"莫不震叠"之实也;"庶邦冢君暨百工受命于周",此"式序在位"之实也;偃武修文归马放

---

① (汉)毛亨传,(汉)郑玄笺,(唐)孔颖达疏:《毛诗注疏》,上海古籍出版社,2013年版,第1919－1921页。

牛,此非戢干戈櫜弓矢之意乎?释箕子之囚,式商容之闾,建官惟其贤,位事惟其能,至于垂拱而天下治,此非求懿德以保天下之意乎?①

李氏关于武王巡守之说不当,余者大致可取。《尚书·武成》曰:"越三日庚戌,柴望,大告武成。"②《逸周书·世俘解》曰:"时四月既旁生魄,越六日庚戌,武王朝至燎于周。"③"燎"即"燔柴"。可见,武王克商返周之后即于庚戌日举行了柴望大典。克商后除了于宗庙举行献俘告祭之外,还要燔柴祭天望祭山川,其意一来回报天命,向上天汇报自己承命灭商之成功,二来借机向上天、更向天下诸侯万民表达自己求懿德以保天下的决心。《时迈》正合此意。

所以,《时迈》一诗正是武王克商之后于告成武功的祭天大典上所用之颂诗,意在颂扬受命克商与平服万邦之功,同时表达偃武修文励精图治之决心。这样一来,认为《时迈》为武王观兵孟津,属《大武》一成之说就不攻自破。那么,《时迈》确实是武王克商之后表达偃武修文意志之乐歌,但是否如李炳海先生所说正表明其为《大武》乐章之一呢?其实不然。首先以《左传·宣公十二年》楚子之言来看:

> 武王克商,作颂曰:"载戢干戈,载櫜弓矢。我求懿德,肆于时夏,允王保之。"又作《武》,其卒章曰:"耆定尔

---

① (宋)李樗、黄櫄:《毛诗李黄集解》,文渊阁《四库全书》电子版,上海人民出版社,1999年。
② (汉)孔安国传,(唐)孔颖达正义:《尚书正义》,上海古籍出版社,2007年版,第428页。
③ 黄怀信、张懋镕、田旭东:《逸周书汇校集注》,上海古籍出版社,1995年版,第463页。

功。"其三曰:"铺时绎思,我徂维求定。"其六曰:"绥万邦,屡丰年。"夫武,禁暴、戢兵、保大、定功、安民、和众、丰财者也。

此段话将《时迈》与《武》并列,而其所引诗句则是意义交融,所有诗句共同表达其所谓武之七德,即"禁暴、戢兵、保大、定功、安民、和众、丰财",如"载戢干戈,载櫜弓矢"与"耆定尔功"都有"禁暴、戢兵、定功"之意,"我求懿德,肆于时夏,允王保之"与"铺时绎思,我徂维求定"和"绥万邦,屡丰年"亦都有"保大、定功、安民、和众、丰财"之意。由此可见《时迈》之诗意与《武》之诗意有重合者。其实,《时迈》与《武》诗意重合处并不仅限于楚子所引之句。《时迈》曰:"时迈其邦,昊天其子之?实右序有周。薄言震之,莫不震叠。"《般》曰:"敷天之下,裒时之对,时周之命。"《时迈》曰:"怀柔百神,及河乔岳。"《般》曰:"於皇时周,陟其高山,嶞山乔岳,允犹翕河。"《时迈》曰:"明昭有周,式序在位。"《桓》曰:"保有厥土,于以四方,克定厥家。於昭于天,皇以间之。"几乎《时迈》中的每一句都可在《大武》篇目中找到表达类似意义之句。由此可知,《时迈》与《大武》确实当是并列的乐章。姚小鸥先生也看到了《时迈》与《大武》内容上的相近,但他认为"若将《周颂》中相关诸诗皆纳于《大武》系统而独使此诗游离其外,在逻辑上很难讲通。"[①]然而,将内容相近之作纳入,显得意义重复,岂非更不合逻辑?

综上所述,我们认为《时迈》不属《大武》乐章。

[①] 姚小鸥:《论大武乐章》,《社会科学战线》,1991年第2期,第272页。

四、《大武》章数略论

至此,我们已经考辨了《昊天有成命》《我将》《时迈》三篇,并认为三篇都没有属于《大武》乐章的必然理由,《大武》较无争议的篇目依然为《武》《酌》《桓》《赉》《般》五篇。那么《大武》到底该有多少章呢?此问题目前亦是聚讼纷纭,笔者不揣浅陋,欲略作探讨。

历来学界对《大武》乐章章数的判断大都遵从六章之说,主要依据是《礼记·乐记》。据《礼记·乐记》所记孔子与宾牟贾论乐,谈及《大武》乐章:"夫乐者,象成者也。总干而山立,武王之事也。发扬蹈厉,大公之志也。《武》乱皆坐,周、召之治也。且夫《武》,始而北出,再成而灭商,三成而南,四成而南国是疆,五成而分周公左、召公右,六成复缀,以崇天子。"[①]因此处说《武》共分六成,所以历来流行的观点是与《武》乐相配的诗篇也应有六篇。然而,近来学界对此问题却有新说。

李山、申少峰《周初〈大武〉乐章用诗三首考》[②]认为《大武》只有《左传·宣公十二年》中楚子提到的《武》《赉》《桓》三章。任强《也谈〈大武〉章数》[③]由《左传·宣公十二年》中楚子引诗"卒章""其三""其六"之说而认为《大武》至少有七章。姚小鸥先生认为"六成"不代表"六章",并认为《大武》当有七章。梁锡锋《〈大武〉章数、章次考辨》认同姚小鸥"六成"不代表"六章"之说,并由《左

---

① (清)孙希旦:《礼记集解》,中华书局,1989年版,第1023–1024页。
② 李山、申少峰:《周初〈大武〉乐章用诗三首考》,《河北师院学报(社会科学版)》,1997年1月,第1期。
③ 任强:《也谈〈大武〉章数》,《安庆师范学院学报(社会科学版)》,2005年9月,第24卷第5期。

传》楚子所论武之"七德"而判定《大武》有七章。对于诸家新说，我们逐一来看。

首先，李山等认为《大武》只有《左传·宣公十二年》中楚子提到的《武》《赉》《桓》三章是不当的。《左传》虽只有三诗，然而那是楚子为配合自己关于"武有七德"的观点而有选择性地引用，并不能说明《大武》只有三诗，毕竟《大武》作为武王克商告成之乐歌，不可能只是表现武有七德。而且，楚子在引诗之时明确说了"卒章""其三""其六"，"卒章"何指尚有待考辨，但其既以"章"论，则"其三""其六"指的也自然是"其三章""其六章"，既然已经明确提到"六章"又怎会只有三章？而由楚子"卒章""其六"之说而认为《大武》至少七章的观点也很有代表性。此说之关键就在"卒章"。"卒章"之争由来已久，大致有三种解释：末章，次章，首章。末章之说即遵从"卒章"之字面意思，但此说与《礼记·乐记》"六成"说相龃龉，故而有人将"卒章"解为"次章"，以合"六成"之数。持"次章"说者以高亨先生为代表，高亨先生认为古人引诗不可能先引卒章再引三章和六章，又认为古文"次"与"卒"相似，"卒"乃"次"之误，故定为"次章"。① 然此说没有确切的依据。高说之误，袁定基、姚小鸥等先生都有辩驳，不详述。而朱熹《诗集传》曰："《春秋传》以此为《大武》之首章也。"可见朱熹所见本此处为"首章"。清人马瑞辰亦认同朱熹之说："《左传》引诗，'耆定尔功'以为'卒章'者，'卒章'盖'首章'之伪。朱子《集传》云：'《春秋传》以此为《大武》之首章也。'盖宋时所见《左传》原作首章耳。"②虽高亨先生疑宋人改"卒"为"首"，然并无确切证据，两相权衡，我们认为"首章"之说更可取。"卒章""首章"之辨，梁锡锋《〈大武〉首章考辨》一文论之

---

① 高亨：《周代〈大武〉乐的考释》，《山东大学学报》，第二卷第二期。
② （清）马瑞辰：《毛诗传笺通释》，中华书局，1989年版，第1089页。

甚详,不赘述。既然《左传》所引"卒章"实为"首章",那么由"卒章"而认为"其六"之外尚有其他篇目的说法便不成立。

最后需要重点考辨的是姚小鸥先生对"六成"的新解。姚小鸥先生在《论〈大武〉乐章》中论"成":

> "成"本是先秦时代有关"乐"的一个术语。指某一完整的乐的组合的演出完成。将该组乐演出一遍,称为一成,数遍即称数成。《大武》乐章的演出,据称有六成。那么就是说,该乐的演出需六遍才最终完成。"成"这个先秦时代乐的术语的确切含义,到汉代人们已经搞不太明白了。于是将《大武》"六成"解为六章,遂定《大武》中含有周颂六篇。从而造成各种相互歧异的猜测,治丝益棼,成为《诗经》研究史上一桩久悬未决的公案。
>
> 作为乐的术语,"成"字在先秦旧籍中出现得并不少。《论语·八佾》:"子语鲁太师乐,曰:'乐可知也,始作,翕如也;从之,纯如也,皦如也,绎如也,以成。'"这里,孔子相当生动地描述了"成"——一个完整的乐的演出的全过程。①

姚小鸥先生认为"成"是指某一完整的乐的组合的演出完成,演出一遍即为一成,故而《大武》六成是将《大武》乐章演出六遍,那么这就有些问题不得不考虑,如:《大武》作为武王建国后所制仪式用乐,自然是大型歌舞组乐,这样的大型组乐会一连表演六遍吗?如果每一遍都是整组乐的重复,那么又如何会有《礼记》所说"六

---

① 姚小鸥:《论〈大武〉乐章》,《社会科学战线》,1991年第2期,第269页。

成"的变化？关于是否有变化的问题,姚小鸥先生也有论及：

> 《吕氏春秋·古乐》："夏籥九成。"高诱注："九成,九变。"显然认为每成即每遍的演奏间都有某种变化。这可能包括变奏等曲调上的变化,也表现在配器方面。《尚书·益稷》："戛击鸣球,搏拊琴瑟以咏,祖考来格。……下管鼗鼓,合止柷敔,笙镛以间,鸟兽跄跄。箫韶九成,凤凰来仪。"通过演出过程及效果的描述,表现了各"成"间音乐的变化。演奏逐渐趋向高潮,最终以完满的形式结束,这应该就是所谓的"大成"。由于古代的乐也包括了舞在内,所以《尚书·益稷》及《大武》的演出中,每成间的变化当然也包括了舞的变化在内,这是需要附带提及的。①

姚先生承认乐章在一遍又一遍的演奏过程中是有曲调和舞的变化的,那么与乐舞相配的歌必然也当有变化,表现自然就是歌词的变化。这样一来,就会有两种演奏情况,一种是姚小鸥先生所说,整组乐章完整地演奏六遍,为"六成",每成表现的不同意义通过曲调歌舞的变化来表现;另一种就是传统看法,即整部《大武》分为六部分演奏,每一部分有其曲调歌舞,搭配相应的歌词,演奏完一部分即为一乐章之"成",六部分演奏完整,即为"六成"。从每成所表达意义各有不同这一点来看,似乎还是传统理解更为合理。因为,按照姚小鸥先生的理解,《大武》要有表现不同意义的"六成",需要将整组乐章改变曲调、舞蹈(当然也包括歌词)来演奏六

---

① 姚小鸥：《论〈大武〉乐章》,《社会科学战线》,1991年第2期,第269页。

遍,实际上是演奏了六组不同的《大武》,这似乎并不合理,而且,这种情况下,必然也要有六组歌词,"六成"依然与六组歌词相对应,而且按照每组皆不止一章来看,《大武》"六成"所配歌词或有几十章之多,这显然是匪夷所思的。相反,传统理解下,每一乐章配合各自的曲调、舞蹈、歌词,六章乐舞依次表演,配合与之相应的歌词,从而层层递进,六位一体,六成而为完整的《大武》,当是非常合理的。所以,虽然姚小鸥先生对"成"之解释很有启发意义,但是,其在此基础上对《大武》"六成"所作解读还是有失妥当,《大武》"六成"代表的章数还应遵从传统六章之说。

最后,梁锡锋以武之"七德"对应《大武》七章,我们认为是不合适的。梁氏不仅认为"七德"代表七章,而且每一"德"都与某一篇目对应,"七德"的顺序也即对应篇目在《大武》中的章次:"楚子关于《大武》'七德'的表述,既指明了《大武》的章数,即《大武》诗有七章;亦暗含了《大武》的章次。再参以楚子所明言之首章、三章、六章之次,则可定其章次,即《武》、《时迈》、《赉》、《般》、《昊天有成命》、《桓》、《酌》。"①梁锡锋以楚子"武"之"七德"来作为判定《大武》乐章篇目及次序的依据,实在有失妥当。首先,楚子所说"武"有"七德"不可等同为《大武》有"七德",我们前文已论,作为武王克商之后的告成大乐,《大武》之内容断不可能只是讲"武"之"七德",楚子论武不过引了《武》中与武德相关之三章,其余未引,说明与"武德"无涉;其次,楚子所引诗分为两部分,一为今之《时迈》,二为《武》,两者分列,则必不为同一乐章,不可将《时迈》归为《大武》之一,此说前文亦有论;最后,楚子所说"武"之"七德"乃就其所引《时迈》与《大武》统而言之,所引诗句共同表达后论之"七德",此

---

① 梁锡锋:《〈大武〉章数、章次考辨》,《四川师范大学学报(社会科学版)》,2004年3月,第31卷第2期。

说在考辨《时迈》之时亦有详论。故,所谓"七德"与诸篇不可简单对应,"七德"不代表七章。

至此,我们考辨了关于《大武》章数的各种代表性新说,最终认为,《礼记·乐记》"六成"之说不可轻易否定,"六成"代表"六章"之说也无可辩驳。然而,"六成"对应"六章"却并不能简单等同于《大武》只有六章歌词,因为按照周代的乐舞形制,各乐章之外,或还有"乱","乱"同样有其曲调、舞蹈、歌词,其虽不计入"成"数,却也是整组乐章不可分割的一部分。杨荫浏先生在《中国古代音乐史稿》里即认为《大武》全曲六成,并有"乱":"《大武》中曾两次用'乱'。第一次是在第二成的末尾,看来它所配合的内容是比较雄壮而热烈的;第二次是在第五成中间,看来它所配合的内容是庄严、和平的。"①周代大型乐舞有"乱",这一点可从清华简《周公之琴舞》每章皆有"乱"得到证实。至于《大武》之"乱"有几次,分别在什么位置,目前尚无法明确,只能留待后考。

五、小结

《大武》乐章是周代非常重要的一部组乐,对于研究周代礼乐文明具有重要意义,其涉及的问题也是纷繁复杂,除篇目章数之外,章次问题,舞容问题,作者、作时问题,《酌》《象》《武》关系问题等等都有待进一步考辨。本文限于篇幅,只对《大武》之篇目章数进行了一定的探讨。对于《大武》之篇目,历代说者众多,我们只是选择较有代表性的观点进行了考辨,最终排除了《昊天有成命》《我将》《时迈》三篇,对于传统认可的《武》《酌》《桓》《赉》《般》五篇则

---

① 杨荫浏:《中国古代音乐史稿》,人民音乐出版社,2004年版,第33页。

遵从前说,未再进行考辨。我们认为《大武》在"六成"之外或还有"乱",其用诗也绝不仅限六篇,但除上述五篇之外,其余各篇是否还存在于《周颂》之中,又是哪些篇目,按照目前所见资料或许很难考辨清楚,只能期待日后有新材料面世以解困局。

参考文献:

[1](周)左丘明传,(晋)杜预注,(唐)孔颖达疏:《春秋左传正义》,北京大学出版社2000年版。

[2](汉)司马迁:《史记》,中华书局1959年版。

[3](汉)孔安国传,(唐)孔颖达疏:《尚书正义》,上海古籍出版社2007年版。

[4](汉)毛亨传,(汉)郑玄笺,(唐)孔颖达疏:《毛诗注疏》,上海古籍出版社出版社2013年版。

[5](汉)郑玄注,(唐)孔颖达疏:《礼记正义》,北大整理本,北京大学出版社2001年版。

[6](吴)韦昭:《国语注》,世界书局1936年版。

[7](宋)陈澔:《礼记集说》,世界书局1936年版。

[8](宋)朱熹:《诗集传》,中华书局1958年版。

[9](清)孙希旦:《礼记集解》,中华书局1989年版。

[10](清)马瑞辰:《毛诗传笺通释》,中华书局1989年版。

[11]黄怀信、张懋镕、田旭东:《逸周书汇校集注》,上海古籍出版社1995年版。

[12]《十三经注疏》整理委员会整理:《周礼注疏》,北京大学出版社1999年版。

[13]王国维:《观堂集林(外二种)》,河北教育出版社2001年版。

[14]徐元浩撰,王树民、沈长云点校:《国语集解》,中华书局2002年版。

[15]杨荫浏:《中国古代音乐史稿》,人民音乐出版社2004年版。

[16]高亨:《周代〈大武〉乐的考释》,《山东大学学报》,第2卷第2期。

[17]姚小鸥:《论大武乐章》,《社会科学战线》,1991年第2期。

[18]李山、申少峰:《周初〈大武〉乐章用诗三首考》,《河北师院学报(社会科学版)》,1997年1月,第1期。

[19]张石川:《〈大武〉乐考释》,《南京师范大学文学院学报》,2005年12月,第4期。

[20]任强:《也谈〈大武〉章数》,《安庆师范学院学报(社会科学版)》,2005年9月,第24卷第5期。

[21]李炳海《〈诗经·周颂〉大武歌诗论辨》,《陕西师范大学学报(哲学社会科学版)》,2008年9月,第37卷第5期。

(亓晴,首都师范大学,博士)

《诗经·何彼襛矣》事义与二《南》的纂集*

邵杰

《诗经·召南·何彼襛矣》一诗,历来有多种不同解释,而许多解释者对诗篇的理解亦时有犹疑。此虽可归结为"《诗》无达诂",但于学术研究而言,终属遗憾。本文以历代研究成果为基础,重新审视、梳理、分析此诗,以期得出较为确切的结论。

一、诸说辨析

历来关于《何彼襛矣》的解释,可大致分为以下数类:

(一)美王姬。此为传统解释之主流,源自《毛诗序》:"《何彼襛矣》,美王姬也。虽则王姬亦下嫁于诸侯,车服不系其夫,下王后一等,犹执妇道,以成肃雍之德也。"[①]对于诗中王姬的身份,历来理解颇不一致,又可分出数种:

1. 美文王之孙女。毛《传》释"平王之孙,齐侯之子"曰:"平,正也。武王女,文王孙,适齐侯之子。"[②]显然是以诗中平王为文王,王姬为文王之孙。此后,郑玄等人更加以发挥,遂使此说成为历代

---

* 基金项目:国家社科基金青年项目"《诗经》地理文献整理与研究"(16CZW014);河南省哲学社会科学规划项目"出土文献与《诗经·二南》新证"(2014CWX005)。

① 《毛诗正义》卷一,北京:中华书局,1980年影印《十三经注疏》本,第293页。

② 《毛诗正义》卷一,第293页。

遵从者最多的一种解释。

2. 美王姬嫁齐襄公。此说起于宋代，王质、郑樵等将平王理解为周平王，并据《左传》庄公元年"王姬归于齐"的记载，将诗篇之事定为桓王女、平王孙下嫁齐襄公①。

3. 美王姬嫁齐桓公。此说首见于宋代范处义："嫁桓公者，《传》谓之'恭姬'，则肃雍可知矣。诗虽作于后世，而王姬之德乃能不替文王雍雍在宫、肃肃在庙之余风。"②其说源自《左传》庄公十一年"冬，齐侯来逆共姬"的记载③，此时齐侯为齐桓公。此说在明清两代颇有从者，当代学者陈子展亦持此观④。

4. 美王姬嫁齐襄公之子。此说不知起于何时，朱熹曾提及："旧说：平，正也。武王女文王孙，适齐侯之子。或曰，平王即平王宜臼，齐侯即襄公诸儿。事见《春秋》。未知孰是。"⑤诸儿乃齐襄公之名，其所谓"齐侯之子"即襄公之子。

5. 泛言王姬下嫁。此说源自对毛《诗》学派的怀疑，《毛诗正义》引皇甫谧之语曰："武王五男二女，元女妻胡公，王姬宜为媵，今

---

① 王质：《诗总闻》卷一，《文渊阁四库全书》第72册，上海：上海古籍出版社，1987年，第453页；郑樵：《六经奥论》卷三，《文渊阁四库全书》第184册，上海：上海古籍出版社，1987年，第72页。

② 范处义：《诗补传·篇目》，《文渊阁四库全书》第72册，上海：上海古籍出版社，1987年，第6页。其在正文卷二中亦有相近的表述，只不过称齐桓公为齐威公，显然是避宋钦宗赵桓之名讳，参陈垣：《史讳举例》，上海：上海书店出版社，1997年，第114页。

③ 《春秋左传正义》卷九，北京：中华书局，1980年影印《十三经注疏》本，第1770页。

④ 陈子展：《诗经直解》，上海：复旦大学出版社，1983年，第67页。

⑤ 朱熹：《诗集传》，《朱子全书》第1册，上海：上海古籍出版社、合肥：安徽教育出版社，2002年，第419页。

何得适齐侯之子?"①虽未显言,但已经暗示出将王姬解释为文王孙女的缺陷。真正明确与毛《诗》学派标异者,始于宋代。此说大致可分三种:

(1)王姬身世不能明者。此说主要代表为朱熹:"此乃武王以后之诗,不可的知其何王之世。然文王大姒之教,久而不衰亦可见矣。"②其解释仍遵《毛诗序》,不少学者亦持此意见。

(2)西周身份不明之王姬下嫁。此说主要见于清代朱鹤龄:"姬姜世昏,此平王之孙当下嫁齐侯之世子,盖在春秋以前,而其事无考矣。"③朱氏仅认定王姬下嫁在春秋以前的西周时期,具体则无法详考。

(3)东周身份不明之王姬下嫁。其实宋人已意识到,诗中王姬应为东周之人,但或拘于传统,作犹疑观望之态;或据《春秋》所载,定王姬之配偶为齐国贵族。此说较为明确的表达见于清代黄中松:"《诗》言平王则以为平王而已,《诗》言齐侯则以为齐侯而已。意者,平王太子泄父既未立而死,故推王姬之祖而曰'平王之孙',

---

① 《毛诗正义》卷一,第293页。
② 朱熹:《诗集传》,《朱子全书》第1册,第419页。其《诗序辨说》意见相似,见《朱子全书》第1册,第360页。
③ 朱鹤龄:《诗经通义》卷一,《文渊阁四库全书》第85册,上海:上海古籍出版社,1987年,第28页。

以见王姬之贵。"①此说同道不少,都未对王姬的身份加以说明②。

(二)齐侯嫁女于诸侯。此说通常被理解为三家《诗》说,最早见于郑玄《箴膏肓》,其说保存在《仪礼·士昏礼》贾公彦《疏》中:"《何彼秾矣》篇曰:'曷不肃雍,王姬之车。'言齐侯嫁女,以其母王姬始嫁之车远送之。……以此郑《箴膏肓》言之,则知大夫已上嫁女,自以其车送之。若然,《诗》注以为王姬嫁时自乘其车,《箴膏肓》以为齐侯嫁女,乘其母王姬始嫁时车送之,不同者,彼取三家《诗》,故与毛《诗》异也。"③此说关节点,是将"齐侯之子、平王之孙"理解为女子一人,而非婚嫁之男女双方。如此一来,诗篇之事乃转变为齐国王姬之女出嫁,"肃雍"等乃指王姬之车。女儿出嫁用母亲王姬始嫁之车,故由车之肃雍可窥见王姬之德,亦可见王姬之女的德行。同意此说者多在清代,马瑞辰、龚橙、魏源、王先谦乃至今人程俊英等名家皆持此说④。

(三)刺王姬之婚。此说主要见于明代季本、丰坊、曹学佺、张

---

① 黄中松:《诗疑辨证》卷一,《文渊阁四库全书》第88册,上海:上海古籍出版社,1987年,第247-248页。

② 傅恒等撰:《御纂诗义折中》卷二,《文渊阁四库全书》第84册,上海:上海古籍出版社,1987年,第27页;顾镇:《虞东学诗》卷一,《文渊阁四库全书》第89册,上海:上海古籍出版社,1987年,第402页;叶酉:《诗经拾遗》卷一,《四库全书存目丛书·经部》第79册,济南:齐鲁书社,1997年,第377页。傅斯年:《诗经讲义稿》,《傅斯年全集》第2卷,长沙:湖南教育出版社,2003年,第204页。

③ 《仪礼注疏》卷四,北京:中华书局,1980年影印《十三经注疏》本,第964页。

④ 马瑞辰:《毛诗传笺通释》,北京:中华书局,1989年,第101页;龚橙:《诗本谊》,《续修四库全书》第73册,上海:上海古籍出版社,1995年,第281页;魏源:《诗古微》,《魏源全集》第1册,长沙:岳麓书社,2004年,第358-359页;王先谦:《诗三家义集疏》,北京:中华书局,1987年,第114页;程俊英、蒋见元:《诗经注析》,北京:中华书局,1991年,第55页。

次仲等人①,其对诗篇的理解,乃是对王姬嫁齐表示不满。高亨先生解读此诗为:"周平王的孙女嫁于齐襄公或齐桓公,求召南域内诸侯之女做陪嫁的媵妾,而其父不肯,召南人因作此诗。"②虽未明确言刺,但此种理解下,"曷不肃雍"等语,显然有着讽刺的倾向。总体而言,此说虽揭示出王姬嫁齐这桩婚姻之政治背景,但对诗的理解有所偏差。从情理上讲,王姬出嫁既拥有政治色彩,衡以嫁娶双方的政治目的,讽刺之诗似不太可能在公共领域广泛传播以入《诗》之系统。《诗》中文字或出自个人之私,但《诗》篇既出,就必然体现一种官方态度。以诗篇刺王姬之婚,恐非所宜。

(四)刺王姬不肃雍。此说所刺是王姬本人,异于刺王姬之婚姻。此说当源自南宋章如愚《群书考索》,他先论证诗篇年代为东周,又将"曷不肃雍"解读为讽刺王姬之意:

> 且其诗刺诗也,以王姬徒然有容色之盛,而无肃雍之德,何以使人化之? 故曰:"何彼秾矣,唐棣之华,曷不肃雍,王姬之车。"诗人若曰:言其容色固如唐棣矣,然汝王姬之车何不肃雍乎!是讥之也,今其《序》曰"犹执妇道以

---

① 季本:《诗说解颐》卷二,《文渊阁四库全书》第 79 册,上海:上海古籍出版社,1987 年,第 46 页;丰坊:《申培诗说》,上海:商务印书馆,1938 年影印明刻《百陵学山》本,第 2 册,第二二页 b。另,丰坊《诗传孔氏传》(上海:商务印书馆,1938 年影印明刻《百陵学山》本,第 2 册,第六页 a)、《鲁诗世学》(《四库全书存目丛书·经部》第 60 册,济南:齐鲁书社,1997 年,第 648 页)意见亦类似;曹学佺:《诗经剖疑》卷二,《续修四库全书》第 60 册,上海:上海古籍出版社,1995 年,第 14 页;张次仲:《待轩诗记》卷一,《文渊阁四库全书》第 82 册,上海:上海古籍出版社,1987 年,第 61–62 页。

② 高亨:《诗经今注》,上海:上海古籍出版社,1980 年,第 32 页。

成肃雍之德",变白为黑,于理安乎!①

清代以来,牛运震、方玉润、蓝菊荪等人亦续有论说②。此说以"曷不肃雍"为讽刺王姬之语,有些强词夺理。周王姬下嫁,其仪仗车队必然代表着周天子之威容,言其不肃雍,情理上几无可能。"曷不肃雍"应是对王姬车队之肃雍表示感叹,朱子所言极为显豁:"王姬下嫁于诸侯,车服之盛如此,而不敢挟贵以骄其夫家。故见其车者,知其能敬且和以执妇道,于是作诗以美之曰:何彼戎戎而盛乎?乃唐棣之华也。此何不肃肃而敬、雍雍而和乎?乃王姬之车也。"③明白地说,"曷不肃雍,王姬之车"看似是设问,实则前四字是反问,后四字即是证据,再次肯定肃雍之象。方玉润等人言诗篇刺王姬铺张奢华,是将"唐棣之华"亦株连在内的解释。王姬下嫁,其人其服色盛,亦属常理,言其为讽刺,恐属误读。

(五)美武王。此说仅见明代朱谋㙔:"非美王姬也,美武王之能以女下嫁于齐也。'唐棣之华'、'偏其反而',语其能下降也,故以兴王姬之肃雍焉。桃李异色,同时并盛,故以兴王姬、齐子两贵之相当。……毛《传》释平王为文王,是矣。彼平王宜臼、齐侯诸儿乌足以污《召南》邪?王姬适齐,实昉乎此'帝乙归妹'之例也。"④

---

① 章如愚:《群书考索》续集卷七,《文渊阁四库全书》第938册,上海:上海古籍出版社,1987年,第95-96页。
② 牛运震:《诗志》卷一,《空山堂全集》,清嘉庆二十三年空山堂刻本,第三二页b-三三页a;方玉润:《诗经原始》,北京:中华书局,1986年,第115-116页;蓝菊荪:《诗经国风今译》,成都:四川人民出版社,1982年,第112页。
③ 朱熹:《诗集传》,《朱子全书》第1册,第419页。
④ 朱谋㙔:《诗故》卷一,《文渊阁四库全书》第79册,上海:上海古籍出版社,1987年,第554页。

朱氏竭力维护"平王"即文王之说，为此甚至不惜贬低平王宜臼，目的即在强调政治联姻对于国家治政的好处。其所论"帝乙归妹"，是《周易》中《泰》与《归妹》两卦之六五爻辞，意指商王帝乙嫁女之事。在朱氏看来，王姬适齐是参照"帝乙归妹"的一场婚姻，是具有远见的政治布局，所以他认为诗篇表面上是赞美王姬，实际上是赞美武王之政治谋略。不过诗篇并未提到武王，且根据诗篇语句，美武王倒不如说是美文王。此类推演，与诗篇本文已经有不小的距离，应非诗篇主旨。且朱氏也承认赞美王姬是诗篇文本的意思。所以，此说其实是美王姬说之引申。

（六）伤东周之弱。此说仅见于清代庄有可："《何彼秾矣》，伤东周之弱，诸侯无王，王迹遂熄也。……《汝坟》作而西周亡，《何彼秾矣》作而东周卑于列国，王迹熄矣。故《汝坟》咏王室，此诗咏王姬。……此诗两举平王，又以见西周之亡、东周之弱，皆平王自取也。王迹熄而伯业兴，故二《南》之诗终于平王。而《春秋》之作，莫详于桓、文也。《周南》终于秦兴，继周者秦也。《召南》终于齐伯，创伯者齐也。故孟子曰：'《诗》亡然后《春秋》作。'"① 其说主要是从具体《诗》篇顺序进行推演，《汝坟》与《何彼秾矣》分列《周南》、《召南》的倒数第二篇，按照传统经学的阐释，《诗》篇先后顺序有着深刻的含义，起码在《风》、《雅》这两大单元内部，居前者往往为德盛之作，居末者往往为德衰之辞。这个观念影响深远，得到了很多拥护和支持。从文献编纂角度去推演作品的意义，是中国传统学术的重要特色。在作品背景因素不太显明之时，亦不失为一种有效的途径。但若过分关注编纂方面的因素而忽视作品的文本，则不免出错。以《诗》而论，《诗》篇之顺序固然重要，甚至可能包含着

---

① 庄有可：《毛诗说》卷一，《续修四库全书》第64册，上海：上海古籍出版社，1995年，第429页。

当时政治上层的意识形态,标示着统治者建构文化的努力,但这并不意味着这种顺序是理解作品的关键,更无法以此为据对作品进行断代。此类看似有理的论说背后,正是缺乏"了解之同情"的态度与头脑。庄氏仅据《汝坟》与《何彼秾矣》在各自单元中的位置,就强行匹配,道理虽大,却难以服人。

纵观余下的美王姬说与齐侯嫁女说,可以发现问题聚焦在两个地方:一是诗篇中"平王"的身份,其牵涉到诗篇的年代及王姬、齐侯的身份;二是"齐侯之子,平王之孙"究竟是一人还是两人?其中,"平王"的身份显然更为关键,是解决后者的基础。

二、"平王"解

《何彼秾矣》诗中"平王",历来解释主要分为两种意见:一种认为是文王姬昌,一种认为是平王宜臼。后者显然更符合通常的认识,不过,前者在解释史中出现的时间要早于后者。前者的代表是毛《诗》学派。毛《传》曰:"平,正也。武王女,文王孙,适齐侯之子。"①孔《疏》为此说提供了例证:

> 文者,谥之正名也,称之则随德不一,故以德能正天下则称平王。《郑志》张逸问:"《笺》云'德能正天下之王',然则不必要文王也。"答曰:"德能平正天下则称为平,故以号文王焉。"又《大诰》注:"受命曰宁王,承平曰平王。"故《君奭》云"割申劝宁王之德",是文王也。又《洛诰》云"平来毖殷,乃命宁",即云"予以秬鬯二卣,曰明禋。

---

① 《毛诗正义》卷一,第293页。

文王骍牛一,武王骍牛一"。则"乃命宁"兼文武矣,故注云"周公谓文王为宁王"。成王亦谓武王为宁王,此一名二人兼之。武王亦受命,故亦称宁王。理亦得称平王,但无文耳。①

此中《尚书》的材料,需要加以分析:《尚书·洛诰》中"乃命宁"之语,历来注释多以"宁"为安宁之意,若理解为兼言文王、武王,不免有些迂曲。况且《洛诰》本文中不止一处提到"文王"、"武王",用一"宁"来兼言文武,于理不合。故《洛诰》之例并不能支撑孔《疏》此处的论点。《尚书·大诰》、《君奭》中有"宁王"、"宁武"、"宁考"、"前宁人"等称呼,很长时间内无法全然解释通顺。至清代王懿荣以来,不少学者利用金文与传世文献比较,认为此数种称谓中,"宁"乃"文"字的讹变。裘锡圭先生有详细梳理,并对讹变的原因作了说明:

> 《尚书》中部分"文"字讹作"宀"的时代,不会晚于春秋。……当时人已经不用这样的"文"字(按照孙诒让的意见,应该说已经不再假借"忞"字为"文"),很容易把它们误认为"宀"。"宀"、"宁"古通,所以后来又被改成了"宁"。《尚书》中没有错成"宁"的大量"文"字,大概原来就没有写成从"心",或者起先写成从"心",但在较早的时候就改成了不从"心"的"文"。②

---

① 《毛诗正义》卷一,第293页。
② 裘锡圭:《谈谈清末学者利用金文校勘〈尚书〉的一个重要发现》,《中国出土古文献十讲》,上海:复旦大学出版社,2004年,第183页。

这个看法得到了学界的赞同,虽不能据此将《尚书》中的"宁"悉数改为"文",但至少在"宁王"问题上,其原本为"文王",应是无可怀疑的。汉代以来对"宁王"的种种解释,多从"宁"字所包含的各种意义出发进行推演,力求与文王之德行相符合,如今看来,显然有些失当。"宁王"二字,并非什么随德而起的别称,只是"文王"之称在版本流传过程中产生的异文。《何彼襛矣》中既未出现宁王,应不可能牵涉到文王。将诗中"平王"解释为文王,是缺乏根据的。

此外,清代俞樾的说法值得注意,他认为此诗中"平"即是"成","平王"即是"成王",其《茶香室集说》云:

> 称文王为平王,殊无确证。……窃谓此平王即成王也,"平"之义通乎"成"。《尔雅·释诂》曰:"平,成也"。文十八年《左传》:"地平天成",杜注曰:"平亦成也"。然则成王可称成王,较以平王称文王,为有据矣。《汉书·叙传》:"建平质直,犯上干色",师古曰:"周昌先封建成侯,平字当为成"。"平王"之即为"成王",犹"建平侯"之即"建成侯"也。成王之孙,乃康王之女,昭王之姊妹,其时齐侯当即丁公伋,以成王之孙而嫁丁公之子,以行辈论,殊不相当。然王室与侯国联姻又在周初,恐未可以后世之礼制绳之。①

虽然论证出"平"字可以是"成"字,但将"平王"解释为成王,似乎与史实不符,此点俞氏已意识到。但他又不愿意承认"平王"

---

① 俞樾:《茶香室集说》卷二,《续修四库全书》第177册,上海:上海古籍出版社,1995年,第426页。

即平王宜曰,所以含混其辞,以周初联姻不能以后世礼制相绳来为自己开脱。应该说,平与成,在意义上确实有相通之处,但这并不意味着二者在文献中可以完全互换。至于《汉书·叙例》"建平"之例,应属个案,在《汉书》其他地方,周昌仍为"建成侯",而非"建平侯"。此处很可能是一时笔误或传写错误,而以后者的可能性为大,此点颜师古注已明言:"周昌先封建成侯,盖谓此也。平字当为成,传写误耳。"①俞氏于师古注盖有意挑选,不惜遮蔽关节以求有利于己。总之,"平王"亦非成王。

另,在解释"宁王"为文王的历史中,牵涉到西周的谥法问题,需要略作陈说。历来将"宁王"解释为文王的意见,大致分为两种:一种是承认文王为姬昌之谥号,"平王"、"宁王"为其别称。代表性意见如前引孔《疏》,赞同者极多。后来情况略有变化,如元代刘瑾提出是诗人为文不拘于谥号的缘故,其曰:"《二南》乃周公制作时所定,则有武王以后之诗固无可疑。其称文王为'平王',犹《棫朴》之称为'辟王',《文王有声》之称为'王后',《江汉》之称为'文人',初不拘于谥也。又如《商颂》称汤为'武王',称契为'玄王',《文王有声》称武王为'皇王',《韩奕》称厉王为'汾王',诗人之词类如此。"②这一点得到了清代学者陈启源、姜炳璋等的赞同③。另一种则认为周初谥法未定,"文王"、"平王"、"宁王"之称皆非定谥,或为生称。代表性意见如明代朱谋㙔:"始周公未定谥法之时,

---

① 《汉书》卷一○○《叙传》,北京:中华书局,1962年标点本,第12册,第4249页。

② 刘瑾:《诗传通释》卷一,《文渊阁四库全书》第76册,上海:上海古籍出版社,1987年,第319页。

③ 陈启源:《毛诗稽古编》卷一,《文渊阁四库全书》第85册,上海:上海古籍出版社,1987年,第356页;姜炳璋:《诗序补义》卷二,《文渊阁四库全书》第89册,上海:上海古籍出版社,1987年,第44页。

于文考或称平王,或称宁王。"①明代郝敬亦曰:"二《南》皆追诵文王齐家治国平天下之化,所谓'平王'、'齐侯'云者,如《书·大诰》称武王为'宁王',《酒诰》称为'成王',《商颂》称契为'玄王',《易》云'康侯',《周礼》云'宁侯',皆非定谥也。"②

对于谥法的产生时间,传统时期多断自周公始。以上所举两种意见也不例外。这个看法当来自《逸周书·谥法解》:"维周公旦、太公望开嗣王业,攻于牧野之中,终葬乃制谥叙法。"③此说在近代以来受到严重挑战。20世纪初,著名学者王国维在《遹敦跋》一文中提出谥法的产生不始于周初,而是产生于西周中期共王、懿王之后。其以遹敦器铭文为依据,论曰:"此敦称'穆王'者三,余谓即周昭王之子穆王满也。何以生称穆王?曰:周初诸王,若文、武、成、康、昭、穆,皆号而非谥也。……此美名者,死称之,生亦称之。……是周初天子诸侯爵上或冠以美名,如唐宋诸帝之有尊号矣。然则谥法之作,其在宗周共、懿诸王以后乎?"④此说一出,得到了许多学者的赞同与补充,"时王生称"也成为金文断代中的原则之一,至今仍为部分学者所遵信。

---

① 朱谋㙔:《诗故》卷一,《文渊阁四库全书》第79册,上海:上海古籍出版社,1987年,第554页。。
② 郝敬:《毛诗原解》卷二,《续修四库全书》第58册,上海:上海古籍出版社,1995年,第268页。
③ 黄怀信等:《逸周书汇校集注》,上海:上海古籍出版社,1995年,第665页。
④ 王国维著、彭林点校:《观堂集林》卷一八,石家庄:河北教育出版社,1997年,第554-555页。

不过,自20世纪80年代以来,有不少学者对此进行反思①。尤其是新时期以来金文及古器物研究的深入开展,更是为全面检验"时王生称"这一原则的科学性提供了契机。目前学界的主流看法已与王国维不同。如彭裕商先生所言:"在数以千计的西周铜器中,所谓生称王号的仅寥寥数器,其他绝大多数器铭所称王号,如文武成康昭穆等都可以清楚地看出来是对已故先王的称呼。……在西周器铭中,有不少铭文既有对前代先王的称呼,又有对时王的称呼,而前者都有王号,后者又仅称王……不惟器铭,在传世的西周文献中也是如此。"②这种看法更为客观,但仍然有限度地承认"生称王号"的存在。杜勇先生对"时王生称"的铜器铭文进行了深入研究,发现此类铭文的记事时代与铜器的制作时代并非完全一致,铭文中的谥号,并非在记事时就存在,而是制作铜器时才出现的:

> 所谓生称某王的金文,其记事年历虽在"某王"之世,但该器的制作则在"某王"去世后的嗣王之世,因而在追述"某王"生前之事时得以使用"某王"死后才有的谥号。③

这样一来,金文中"时王生称"的现象就得到了较为圆满的解

---

① 由于相关研究成果较多,仅举有代表性的数例:黄奇逸:《甲金文中王号生称与谥法问题的研究》,《中华文史论丛》1983年第1辑;盛冬玲:《西周铜器铭文中的人名及其对断代的意义》,《文史》第17辑,北京:中华书局,1983年;彭裕商:《谥法探源》,《中国史研究》1999年第1期;杜勇、沈长云:《金文断代方法探微》,北京:人民出版社,2002年,第3-37页。

② 彭裕商:《谥法探源》,《中国史研究》1999年第1期。

③ 杜勇:《金文"生称谥"新解》,《历史研究》2002年第3期。

释：它不过是一种忽略文献产生背景的误读。近年来有学者称这一影响巨大的学说是伪问题①，虽然略显激切，但却不无道理。如此可知，无论是传世的周代文献还是金文等材料，凡出现周王谥号之处，必为死称。根据先秦典籍的称谓规律，如果《何彼秾矣》中的王姬为文王之孙女，其必然是称"文王之孙"而非"平王之孙"。

至于周厉王被称为"汾王"，见《大雅·韩奕》"韩侯取妻，汾王之甥"，郑《笺》曰："汾王，厉王也。厉王流于彘，彘在汾水之上，故时人因以号之。"②后世学者多从之，反对者所举理由亦不充分，如马瑞辰言："'厉'为恶谥，若因流彘而称'汾王'，亦非美称。诗人颂美宣王，不应举厉王之恶称。"③此说有些牵强，"厉"固然不是美谥，但称其为"汾王"，亦不能说是恶称，只是根据地点来称呼罢了，文王亦被称为周伯、西伯，都是以地方为命名依据，并不含批评色彩。"汾王"之称，应如郑玄所言，是厉王在汾水流域彘地避难，因地而得名。此种情形，是事出有因，属于特殊情况。

反观文王，并无理由被称为"平王"，各类文献中亦未见蛛丝马迹。将《何彼秾矣》诗中"平王"，释为文王，恐为牵强附会之辞。诚如宋代王质所言："凡《诗》称某王某侯，或称谥。亡者称谥或称国，存者称国。不必委曲援引宁王、格王之类，终为强辞。"④至此可断定《何彼秾矣》中的"平王"，绝非文王姬昌，应即东迁之平王宜臼。《何彼秾矣》之事，必发生在东周时期。

---

① 董珊：《出土文献所见"以谥为族"的楚王族：附说〈左传〉"诸侯以字为谥因以为族"的读法》，载复旦大学出土文献与古文字研究中心编《出土文献与古文字研究》（第二辑），上海：复旦大学出版社，2008年，第128－129页。
② 《毛诗正义》卷一八，第572页。
③ 马瑞辰：《毛诗传笺通释》，第1012页。
④ 王质：《诗总闻》卷一，《文渊阁四库全书》第72册，第453页。

三、说"王姬"、"齐侯"

根据金文中女子的称名规律,"王姬"必然为周王室之女。这一点在历代《诗》篇解释中并无异辞。不过,出嫁者究竟是王姬本人还是王姬之女,尚有争议。而此问题的解决需要理清"平王之孙"与"齐侯之子"的关系,究竟是男女双方还是女方一人。

不妨先从子、孙谈起:子与孙,显然都是从父系血缘关系出发而认定的词。子,在先秦典籍中可以称儿子,也可以称女儿。《诗经》中即有例证,如《大雅·韩奕》陈说新妇:"韩侯取妻,汾王之甥,蹶父之子。"①《卫风·硕人》陈说庄姜:"齐侯之子,卫侯之妻。东宫之妹,邢侯之姨,谭公维私。"②可见,先秦时期女儿亦可称子。至于孙,一般指孙子、孙女以及孙子的后代。起码在《诗经》中出现的"孙",都是以父系血缘为角度的界定,并无指代外孙者。若如《笺》《膏肓》说,出嫁者为齐侯与王姬之女、平王之外孙女,那么,其应属上一代齐侯之孙女,情理上显然不宜称"平王之孙"。至于有些学者以《韩奕》、《硕人》中数语陈说一人的情况作为参照,认为《何彼秾矣》中"平王之孙"与"齐侯之子"亦应为一人,似乎有些胶固。《诗》三百之情形丰富多样,若无充分证据,不能简单类比。要之,以情理衡量,"平王之孙"与"齐侯之子"不应是一人。

另外,若将"齐侯之子、平王之孙"理解为女子一人,则诗中"王姬之车"即为齐侯女儿出嫁时乘坐母亲王姬始嫁之车,诗中"肃雍"等辞仍然归结到王姬之德。女儿出嫁,归德于母,诗篇又极言出嫁女子风华之盛,在逻辑上显然不通。若说由车之肃雍窥见王姬之

---

① 《毛诗正义》卷一八,第572页。
② 《毛诗正义》卷三,第322页。

德,并进而可见王姬之女的德行,与诗篇语境亦不甚相合。"肃雍"之辞,显然指的是出嫁仪仗车队的气象,而不是车子本身。女子出嫁,乘自己母亲当年出嫁所用之车,或有可能;但用"肃雍"来赞美此车或者说因乘此车而有了肃雍之气象,恐怕已坠入谶纬之道而失却形容之意。因此,言王姬之女乘其母之车而肃雍,显然不恰当。

再者,贵族女子出嫁是否乘坐母亲之车,恐是未知之数。前引《仪礼》贾《疏》推《箴膏肓》之语,明言大夫以上嫁女自以车送,似与"反马"之礼相关。《左传·宣公五年》:"冬,来,反马也",杜预注:"礼,送女留其送马,谦不敢自安,三月庙见,遣使反马。"孔《疏》有进一步说明:"礼,送女适于夫氏,留其所送之马,谦不敢自安于夫,若被出弃,则将乘之以归,故留之也。至三月庙见,夫妇之情既固,则夫家遣使反其所留之马,以示与之偕老,不复归也。……礼虽散亡,以《诗》义而论,大夫以上其嫁皆有留车、反马之礼。留车,妻之道也;反马,婿之义也。"①据此可知,当时上层贵族的婚嫁中,"留车"主要是女方行为,以示自谦,若三个月内未令男方满意则乘车而返;"反马"主要是男方主导,以返还女方所留之马,表示正式接纳女方。二语中车、马互文,马、车等具体物事的转移仅为形式,背后是贵族婚姻的敬慎态度和节制精神。但孔《疏》"留车"之谓,系由《诗》语推演而来,不能证明贵族女子出嫁皆有车相送。

清代胡培翚《仪礼正义》引吴廷华曰:"亲迎为六礼之一,亲迎者,即《鹊巢》所谓'百两御之'、'百两将之',焉有夫家不共车而自乘其车之礼。……贾《疏》引《左氏》反马……此或是送女之人所乘,如下所谓送者,或载嫁女服器之车,俱未可知。又《鹊巢》诗所

---

① 《春秋左传正义》卷二二,第 1872 页。

谓迎、御,亦正夫家共车之证……要之,亲迎之义谓夫家自以其车迎之耳,若自乘其车则往就矣,乌得曰迎。"①此论颇有道理,若女方皆以车相送,男方何所谓"亲迎"!故知所谓"留车",恐非普遍现象。即令真的有车相送,亦未必是出嫁女子所乘,可能只是"送女之人所乘"或"载嫁女服器之车"。以此而论,若王姬之女出嫁,乘坐其母始嫁之车,此车需长留王姬之侧,此与"反马"之礼显然矛盾;且车子本身并非诗中"肃雍"所状(前文已述)。故此可知,"齐侯之子、平王之孙"若为一人,与当时的礼制、史实及诗篇的语境均不符合,将其理解为男女双方,更为妥帖。

东周王姬嫁齐,较为明确者,见于《左传》庄公元年及庄公十一年"王姬归于齐"的记载②,前者是嫁给齐襄公,后者是嫁给齐桓公。至于出嫁者是平王的孙女,还是孙子后代推祖平王(前引黄中松说),意见尚未统一。如陈子展先生认为:"《何彼秾矣》当为齐桓公亲迎王姬之诗。……诗言平王之孙者,盖庄王之女,平王之玄孙女。"③鲁庄公十一年(前683)王姬嫁齐,时当周庄王十四年,单以女方年龄而言,似亦有此可能。但若如此,其称"桓王之孙"显然更为贴切,似无必要以"平王之孙"徒增扰乱。王室子孙众多,且年龄跨度较大,嫁齐桓公者完全可以是平王之孙辈,嫁襄公者亦然。

不过,齐襄公与齐桓公此时均属在位之国君,均为"齐侯"。齐侯作为地方诸侯,爵位具有世袭性,文献中称"齐侯"者,一般皆指当时在位的齐国国君,即"齐侯"为时称。如果齐襄公与齐桓公都分别娶到平王之孙女,两位齐侯之子岂能又娶平王之孙女?这不

---

① 胡培翚:《仪礼正义》卷三,上海:商务印书馆,1933年《万有文库》影印本,第2册,第16页。
② 《春秋左传正义》卷八,第1762、1770页。
③ 陈子展:《诗经直解》,第67页。

但违背伦理,而且在时间上也是不符合的。若襄公之子婚娶称"齐侯之子",必于襄公在位期间。据《左传》记载,齐襄公之妹文姜出嫁于鲁,在鲁桓公三年(前709),以文姜出嫁年十五来算,襄公当时应已成人,至鲁庄公元年(前693),齐襄公当为30余岁,其子于数年后襄公被杀之时,应未到婚配之龄。而齐桓公迎娶王姬,距周平王去世(前720)已近40年,周平王之年龄可以比推:据《史记》等书记载,西周厉王即位37年后被逐,其太子静即后来的宣王藏于召穆公之家方得以免祸,加上"共和行政"的14年,姬静登上王位时,年龄应在40岁上下。此时,幽王当已出生,宣王在位40多年,可知幽王即位时年龄当40有余,此时后来成为平王的宜臼当已出生,至少应十岁有余。幽王在位十余年后,宗周覆灭,平王于前770年东迁时,应已有20多岁,加上执政的50余年,年纪至少应在70以上。其孙女在近40年后嫁于齐桓公,尚属合理,但要继续延后,嫁于齐桓公之子,恐非平王孙女所能施为。由此可知,于齐侯室中娶平王孙女者,应该只有齐襄公与齐桓公。《何彼秾矣》所述究竟是哪一场婚姻,需从当时的政治形势入手进行分析。

先言襄公:据《左传》及《史记》等记载,齐襄公娶王姬之时,齐鲁两国之关系已非常紧张。齐襄公此时已臭名昭著,不仅与自己的妹妹文姜私通,更因此害死了文姜的丈夫鲁桓公,从此更肆无忌惮地宣淫。鲁庄公继桓公而为鲁国君时,齐襄公坐上国君之位已是第五个年头,犹未有君夫人。这已经违背了守丧三年然后娶亲的成例。所以此年王姬归齐,由鲁国主婚,固然有"天子嫁女于诸侯,必使诸侯同姓者主之"[1]的考虑,更重要的恐怕还是出于周王朝的政治运作,希望借此机会修复齐鲁两国的关系。但这位王姬的

---

[1] 《春秋公羊传注疏》卷六,北京:中华书局,1980年影印《十三经注疏》本,第2224页。

到来,似乎并未起到应有的作用,《左传·庄公二年》载:"秋七月,齐王姬卒。"①从鲁庄公元年冬嫁入齐国,到次年秋谢世,其在齐国之时日尚不足一年。同年"冬十有二月,夫人姜氏会齐侯于禚"②,短短数月,齐襄公便与妹妹兼旧情人文姜迫不及待地再次相会了。其后,齐襄公与文姜的亲密关系再未中断。而齐襄公在内政外交方面之暴虐、强横,也表露无遗。因此,王姬嫁于齐襄公,根本是一场政治徒劳,对于王姬个人来说,更是一个无奈的错误。王姬的短命,已可说明一切。可以说,此位王姬的婚姻,从一开始就已笼罩在宿命般的悲剧色彩中。《何彼襛矣》诗篇中有关华丽的赞语与这位注定以悲剧收场的王姬的婚姻完全是不协调的。此种婚事入《诗》以流播天下,绝无可能。

再看桓公:据《左传》及《史记》等记载,鲁庄公九年(前685)夏,时为公子的小白抢在公子纠之前入主齐国,即后来的齐桓公。公子纠为鲁国所支持者,同年秋天,齐鲁交战,齐胜。九月公子纠及其谋臣召忽被杀,原本支持公子纠的管仲被赦免,并委以重任。此后,齐国整修内政,一派勃勃生机,"桓公既得管仲,与鲍叔、隰朋、高傒修齐国政,连五家之兵,伸轻重鱼盐之利,以赡贫穷,禄贤能,齐人皆说"③。次年(前684),齐桓公又伐鲁、侵宋、灭谭,对外亦树立了威权。三年(前683)冬,桓公亲迎王姬于鲁,参照齐襄公旧例,该王姬至少在该年夏季时已被许配给齐桓公。这样看来,这场婚姻亦具有浓厚的政治色彩,齐桓公必然是想借助周天子之威名,以图霸业,而周王室亦必想树援于齐,以确保自身的政治地位。

---

① 《春秋左传正义》卷八,第1763页。
② 《春秋左传正义》卷八,第1763页。
③ 《史记》卷三二《齐太公世家》,北京:中华书局,1959年标点本,第5册,第1487页。

从后来的效果看,这场婚姻无疑是双赢的。齐桓公两年后会盟诸侯,再过两年又一次会盟,已成为霸主。在如此短的时间内迅速崛起,除了知人善任之外,恐怕与尊奉周室的政治策略颇有关系。至于东周王室,更是此场婚姻的受益者,正是由于齐桓公对于周王室的尊奉,哪怕仅是表面上的,东周王室才得以长时间地维持天下共主的尊严。此位王姬不知卒于何时,但从史书言其无子来看,其活过正常生育年限应是合理的。无论从王姬个人还是齐、周关系来看,此位王姬的出嫁,更令人有赞美的理由和条件。因此,《何彼秾矣》诗中王姬所嫁应即齐桓公。

至于诗中称齐桓公为"齐侯之子",可能是诗人的一种书写策略,以求与"平王之孙"相对应;也可能是齐周联姻时,王室及列国以僖公之子确认桓公身份、叙其统系的一种称谓。清代汪凤梧解释道:"齐侯之子,桓公也。在位三年,而犹'子'之者,《昏礼》告庙以父临之,则犹父在之词也。"①应属合理的推测。在此意义上讲,《何彼秾矣》一诗应产生于齐地,《左传》载此事曰"冬,齐侯来逆共姬"②,可知齐桓公至鲁国亲迎王姬,车队从鲁国出发而至齐,诗中"曷不肃雍"之景象当出于由鲁至齐之途中。诗中洋溢的喜悦与自豪,都应出自齐人。从诗篇叙说之场景及人物称呼来看,《何彼秾矣》一诗产生时间当在王姬出嫁之年,即公元前683年。其何以列入《召南》,自来论者纷纷,亦未形成定议。窃以为该问题必须结合二《南》的纂集才能有较为清晰的认识,以下尝试论之。

---

① 汪梧凤:《诗学女为》卷二,《续修四库全书》第63册,上海:上海古籍出版社,1995年,第627页。
② 《春秋左传正义》卷九,第1770页。

四、二《南》的纂集

关于二《南》的纂集,现存最早也是影响最大的说法见于郑玄《毛诗谱·周南召南谱》:"文王受命,作邑于丰,乃分岐邦周、召之地,为周公旦、召公奭之采地,施先公之教于已所职之国。武王伐纣,定天下,巡守述职,陈诵诸国之诗,以观民风俗。六州者得二公之德教尤纯,故独录之,属之大师,分而国之。其得圣人之化者谓之《周南》,得贤人之化者谓之《召南》,言二公之德教自岐而行于南国也。乃弃其余,谓此为《风》之正经。"[①]此段论述主要包含四点内容:(一)二《南》纂集的年代在武王时;(二)二《南》对应的地域是雍、梁、荆、豫、徐、扬六州;(三)二《南》的诗篇是经过删汰选择的;(四)二《南》的名目之分出自当时太师。后世学者多本此而立论,但注意力大部分集中在年代上,二《南》的纂集往往被延至成王乃至康王时期。其论可以"西周早期说"来笼括[②]。

对于此说的怀疑,在宋代即已大量产生,而且往往以《何彼襛矣》为突破口,前引王质、郑樵、范处义、章如愚诸说皆为例证。元明清以来,不少学者都有相关论述,将二《南》的纂集年代认定为东周时期。近现代以来,大批学者都支持"东周说",但对于二《南》作品的年代则存在不同意见:或以为作时贯穿西周至东周初,代表为

---

① 《毛诗正义》,第 264 页。
② 代表性的意见可参朱熹:《诗集传》,《朱子全集》第 1 册,第 401 页;张启成:《论"周南"和"召南"》,《贵州社会科学》1985 年第 2 期;刘操南:《诗三百篇的创作与累积考说》,《杭州大学学报》1988 年第 2 期;黄震云:《〈周南〉、〈召南〉的写作时地和〈诗经〉的构成》,《苏州大学学报》2002 年第 2 期;徐正英《〈诗经〉"二南"对西周礼乐精神的传达:以出土文献为参照》,《中国人民大学学报》2015 年第 3 期。

裴溥言、陈致①；或以为作时在西周末到东周初，代表为梁启超、郭晋稀、孙作云、高亨、程俊英等人②；或以为作时全在东周，代表为陈槃、陆侃如、翟相君等人③。值得注意的是马银琴的看法，她认为现存的二《南》作品创作期在西周末至春秋初，编定主要在两个时代：一为周平王时代，一为齐桓公时代。但她又提出"二南"本是周初周、召二公岐南采地的乡乐，东周以后成为王室正乐的组成部分，配乐之歌即现存的二《南》诸诗④。

通过前文《何彼襛矣》的考证可知，二《南》作品的年代下限在东周初。至于年代上限，从《甘棠》一诗可以略窥端倪。《甘棠》中的"召伯"，清代以来颇有疑其为西周晚期召伯虎者，致使多数学者据此对整个二《南》的年代作出评判。实则从各种情形来看，《甘棠》中的"召伯"，只有可能是召公奭，而且"召伯"为生称，所以《甘棠》一诗只能是召公奭在世时的作品，最有可能产生于成王中前

---

① 裴溥言：《〈诗经〉二南时地异说之研讨》，载《台静农先生八十寿庆论文集》，台北：联经出版事业公司，1981年，第743－782页；陈致：《从礼仪化到世俗化：〈诗经〉的形成》，上海：上海古籍出版社，2009年，第249页。

② 梁启超：《古书真伪及其年代》，上海：中华书局，1936年，第98页；郭晋稀：《诗经蠡测》，兰州：甘肃人民出版社，1993年，第8－9页；孙作云：《论〈诗经〉的时代和地域性》，《孙作云文集》第2卷，开封：河南大学出版社，2003年，第76－77页；高亨：《诗经今注》，上海：上海古籍出版社，1980年，第7页；程俊英、蒋见元：《诗经注析》，第1页。

③ 陈槃：《周召二南与文王之化》，《古史辨》第三册，上海：上海古籍出版社，1982年，第434页；陆侃如、冯沅君：《中国诗史》，天津：百花文艺出版社，1999年，第69页；翟相君：《二南系东周王室诗》，《郑州大学学报》1985年第3期。

④ 马银琴：《论"二南"音乐的社会性质与诗经"二南"的时代》，载赵敏俐主编《中国诗歌与音乐关系研究》，学苑出版社，2005年，第126－127页；又见其《两周诗史》，社会科学文献出版社，2006年，第25－26、324－330页。

期①。如此,二《南》作品的年代跨度,应为西周初期到东周前期。

当然,作品的年代与二《南》纂集的时代未必相应,马银琴区分周初"二南"与定本二《南》,具有一定的合理性。二《南》初立的时间,还需多方探求。"周南"、"召南"之得名,乃因周公、召公而起,此为历来解释所公认者。但据西周相关资料,周、召二公宗族最显赫之时乃在西周初期②,准确地说,是在成王时期。据《今本竹书纪年》载,"(成王)二十一年,周文公薨于丰";"(康王)二十四年,召康公薨"。③虽然未必精确,但大体可靠④:周公旦于成王中晚期去世,而召公奭则一直到康王时才去世。周室所得诗篇,能够分系周、召二人且周先于召,最有可能是在二人并存之时。若此,只有成王中前期符合条件。

另外,春秋时期吴国季札观周乐于鲁,论二《南》曰:"美哉!始基之矣,犹未也,然勤而不怨矣。"⑤季札所观之周乐,未必是周乐的全部,其时周乐能否完全展现"诗三百"的内容,亦属疑问。但比观

---

① 详参拙文《西周史事与〈甘棠〉诗旨》(待刊)。
② 李峰先生据西周铜器铭文考察后认为:在西周早期的大部分时间里,周公和召公的宗族是周王室中最具支配性的政治势力,之后,乃逐渐衰落。参李峰:《西周的政体:中国早期的官僚制度和国家》,北京:三联书店,2010 年,第 68 页。
③ 参王国维:《今本竹书纪年疏证》,见方诗铭、王修龄:《古本竹书纪年辑证》,上海:上海古籍出版社,1981 年,第 241、243 页。
④ 《今本竹书纪年》长期以来被认为是伪书,后美国学者夏含夷(Edward L. Shaughnessy)提出其虽有误排,但并非伪书,《今本竹书纪年》和《古本竹书纪年》分别是西晋时两次竹简整理工作的产物。参夏含夷:《也谈武王的卒年:兼论〈今本竹书纪年〉的真伪》,见《文史》第 29 辑,中华书局,1988 年。不过,他考证得出周公逝于成王十一年,参夏含夷著、黄圣松等译:《孔子之前:中国经典诞生的研究》,台北:万卷楼图书股份有限公司,2013 年,第 125–126 页。
⑤ 《春秋左传正义》卷三九"襄公二十九年"传,第 2006 页。

其对他类《诗》篇的评说,尤其是《大雅》的"文王之德"、《颂》的"盛德"、《大武》的"周之盛也"诸语,知其所理解之二《南》,对应于周初励精图治、王业奠基而犹未全盛之际。据载,武王伐纣之后,未及二载而崩,成王即位后又遭逢动乱,至有东征之事①。所以周人在成王时期才能够真正巩固天下共主的地位,在此之前,应即"勤而不怨"的状态。季札的观察和理解,也将二《南》指向成王中前期。

如此可知,"周南"、"召南"作为诗集名目出现的年代最有可能在成王中前期,当时并非现存二《南》面貌的 25 篇作品,确切可知的诗篇至少有《甘棠》。结合《何彼秾矣》的年代,可知现存二《南》的 25 篇作品应是从周初到春秋前期逐步产生的。以这样的时间跨度看来,二《南》的纂集方式主要应是选录诗篇,若不经删汰,数百年间不至仅有 25 篇。前引郑玄所论,应非虚语。至于二《南》纂集的历程,需要参照各篇作品的年代才能清晰描述,兹事体大,限于篇幅,笔者将另文详之。此下仅立足《何彼秾矣》,谈谈二《南》纂集的结点及其意义。

历代学者颇疑《何彼秾矣》应入《齐风》或《王风》,而非《召南》,解释者亦不少,或以为是错简误入②,或以为是附编《召南》③,

---

① 《史记》卷四《周本纪》,第 1 册,第 131 – 133 页。
② 参朱倬:《诗经疑问》卷一,《文渊阁四库全书》第 77 册,上海:上海古籍出版社,1987 年,第 539 页;朱善:《诗解颐》卷一,《文渊阁四库全书》第 78 册,上海:上海古籍出版社,1987 年,第 199 页。
③ 参贺贻孙:《诗触》卷一,《续修四库全书》第 61 册,上海:上海古籍出版社,1995 年,第 501 页;叶酉:《诗经拾遗》卷一,《四库全书存目丛书·经部》第 79 册,第 377 页。

或以为是齐桓公的政治影响使然①。《何彼秾矣》产生于齐地(前文已论),故不太可能入《王风》,至于为何不入《齐风》,诸说皆无法圆满解释。马银琴以此诗为齐侯嫁女之事,"这一事件应当发生在齐国能够对周王室施加影响的时代,而符合这个条件的只能是齐桓公称霸中原的时代。换句话说,表现了倚重齐国的政治倾向的《何彼秾矣》,应是在齐桓公之世被编入《召南》当中的。由此更进一步推论,齐桓公时代必然进行过《诗》文本的再次编辑,《何彼秾矣》只是这次被编辑的作品之一"②。尽管误读了诗篇事义,其对于编辑年代的确定仍然可信。不过齐桓公的政治影响无疑也会增加《何彼秾矣》入《齐风》的可能性,不能单方面作为编入《召南》的理由。况且《何彼秾矣》入《齐风》似乎更合情理。这种令人费解的差异,只会在一种情况下呈现真正的合理性:当时《齐风》尚未入《诗》的体系。

过去学者往往将十五《国风》的纂集置于同一时间层面来言说,恐怕思虑未密。十五《国风》中,至少《王风》《郑风》是东周才出现的(此为历代学者的共识),而二《南》初立在西周早期,这就意味着今日所见十五《国风》,是先后入《诗》,或曰先后设立的,并非同时产生或同时纂集。虽然不能因此断言《国风》次序就是其各自进入《诗》的次序,但若参以两周的政治形势,《齐风》正式进入《诗》的体系,最有可能在齐桓公称霸之后③。

---

① 汪梧凤:《诗学女为》卷二,《续修四库全书》第63册,第627页;陈子展:《诗经直解》,第67页。
② 马银琴:《两周诗史》,第387页。
③ 前贤曾将《齐风》《魏风》《唐风》《秦风》的次第与齐桓公、晋文公、秦穆公的霸业联系起来,惜未论及入《诗》时间问题。参钱澄之撰、朱一清点校:《田间诗学》卷首,黄山书社,2005年,第18页;马瑞辰:《毛诗传笺通释》,第8-9页。

齐桓公初霸(前679)之后，《何彼襛矣》入《齐风》的可能性只会渐趋增加，至桓公霸业鼎盛即受周襄王赐胙①之年(前651)其必入《齐风》无疑。所以，《何彼襛矣》入《召南》的时间必在此年之前，此年亦应为《召南》最终定型的时间下限，不然《何彼襛矣》必已入《齐风》。如果进一步推求，《何彼襛矣》入《召南》的时间最有可能在齐桓公初霸前后，桓公与王姬的政治联姻惠及王室但未使王室感到威胁之时。该王姬"无子"的状况无疑会削弱齐桓公与周王室的亲缘、政治关系，而齐桓公之后的政治作为已逐步树立起比周王室更高的威权，王室录诗入《召南》只能在此炎势之前。亦即，《何彼襛矣》于公元前683年产生之后，数年内即被选入《召南》，以为周齐亲善之表征。而齐桓公初霸(前679)至其去世(前643)，则是《齐风》入《诗》的时间界限。《召南》的定编则应在公元前679年至公元前651年之间，且必在《齐风》入《诗》之前。至于《何彼襛矣》入《召南》而不是《周南》，说明《周南》的定编很可能要早于《召南》。从西周文献来看，"周"既是地名，也是宗族、国家、王朝之名，同样作为《国风》，《周南》与《王风》在名义上是有冲突的。在这个意义上看，《王风》在东周入《诗》之时，《周南》当已定编。至于《王风》《郑风》是否也在《召南》定编之后入《诗》，目前尚无证据可资言说。

不过，《何彼襛矣》入《召南》之前的状态值得关注。齐桓公迎娶王姬时，即位不满三年，且尚未称霸，《何彼襛矣》自当先存于齐国之礼乐机构，不太可能被王室即刻选入《召南》。保存于齐国的当地乐歌都可称为"齐风"，是《诗》中《齐风》的前身和来源，但其中亦有作品如《何彼襛矣》被选入《召南》，说明在某种意义上，二

---

① 《春秋左传正义》卷一三"僖公九年"传，第1800页。

《南》是《国风》的雏形,在其他十三《国风》正式入《诗》之前,二《南》很可能就是周朝各地的乐歌集合。郑玄将二《南》定位为六州之诗,盖非无因,二《南》诗篇中江、河、汝、汉、汜、沱等地理名词足证其对应地域之辽阔①。以此观之,二《南》所展现的,应是周王朝对于各地的文化控制力。这种控制力,集中地表现在二《南》的纂集上。中央王室通过采择、选录各地的乐歌风谣,以构建符合王朝治政的"精编本",并以此为范式来教化天下。后来儒家将其与王教之化紧密结合,多半是基于纂集的言说。

同时,也应看到《国风》形成的复杂性:《周南》《召南》中当有不少作品如《何彼襛矣》般,是在列国既有之"风"的基础上的"再选";《王风》应来自东周王室于王畿地区的直接采录;《郑风》《齐风》《唐风》等应是由列国各自采录,后被东周王室采纳入《诗》的体系,故保存列国风味相对较为浓郁。《国风》呈现出的丰富多样的风格差异,不仅关乎各地的风土人情,也与《国风》各类纂集方式的不同有密切关联。不同于其他《国风》的质朴热烈,二《南》在总体上显得较为雅正温和,这样的差异虽不能与汉儒论及的"正变"完全对应,但在教化的立场上确实表现出中央级与地方级、王朝礼乐与国别文化的层级区分。

五、结语

综合以上讨论,大致可得如下结论:

---

① 有学者认为二《南》中若干地理及名物并非皆属南方,故二《南》的地域在北方。参翟相君:《二南系东周王室诗》,《郑州大学学报》1985 年第 3 期。这恐怕有"以偏概全"的嫌疑。笔者认为,二《南》在地理上、文化上是兼括南北的。

(一)《何彼襛矣》一诗,是赞颂东周平王的孙女嫁与当时已为齐国国君的齐桓公,诗中言"齐侯之子",是叙其统系的称谓。此桩婚姻,由鲁国主婚,见载《左传》,发生于齐桓公即位的第三年(前683),此位王姬之年寿应属正常,但无子,死后谥为"共姬"。

(二)从诗篇场景及人物称呼来看,《何彼襛矣》一诗产生于齐地,当是齐人的作品,产生时间当在王姬出嫁之年,即公元前683年。这个时间点揭示出现存二《南》的作品应是从周初到春秋前期逐步产生的。

(三)《何彼襛矣》未入《齐风》而入《召南》,说明当时《齐风》尚未入《诗》,十五《国风》是先后入《诗》的。《何彼襛矣》入《召南》时间当在齐桓公初霸(前679)前后,《齐风》入《诗》当在此年至齐桓公去世(前643)之间,《召南》的定编应在此年至公元前651年之间,且先于《齐风》入《诗》。

(四)《周南》的定编要早于《召南》,二《南》是《国风》的雏形,在其他十三《国风》正式入《诗》之前,二《南》是周王朝对于地方文化的精心采编,体现出王朝礼乐的雅正风格。

(邵杰,郑州大学文学院,中级)

《诗·曹风·蜉蝣》"蜉蝣"意象及其流变考论

唐旭东

作为中国学术史上最重要的经典之一,作为中国文学史上现存最早的诗歌选集的《诗经》,其十五"国风"是按产生地域编排的,体现出鲜明的地域性特色。但学术史上对十五"国风"之研究也是不平衡的,《诗·曹风》虽列为十五"国风"之一,但由于篇数少,文献不足,故对它的研究亦相对薄弱。《蜉蝣》作为《诗·曹风》四首之一,以往之研究主要集中于名物考证、创作时代与诗旨考证、艺术手法研究等方面,尚未有学者将蜉蝣意象与该诗地域文化特征和地域风格相关联进行探讨,对该意象之寓含之"意"在文学创作中之流变亦缺乏研究。故不揣浅陋,对上述问题做一探讨,以期抛砖引玉。

一、蜉蝣名物考论

关于《诗·曹风·蜉蝣》"蜉蝣"意象之名物考证,前哲时贤已经下了很大工夫,取得了许多认识成果。归结起来,主要有如下诸说:

1.渠略。《夏小正》:"五月:参则见,浮游有殷"。《传》:"殷,众也,浮游殷之时也。浮游者,渠略也,朝生而暮死"[1]37。《诗·曹风·蜉蝣》毛《传》①[2]384、《尔雅·释虫》、《经典释文》[3]72、《方言》[4]750从其说②。所云"渠略"盖为古方言③[5]79，不详为何物。《说文》："蝳，蠦蝳，一曰浮游，朝生暮死者。"[6]"蠦蝳"与"渠略"音近，一音之转，且许慎明言即"浮游"及其"朝生暮死"之特点，皆与《夏小正》《传》之说同，可知"蠦蝳"即"渠略"。今胶东俗呼蝉为"ji liu"、"ji liao"、"jie liu"，有的带儿化音，所指即"知了"，与"蠦蝳"、"渠略"诸称皆音近相通，可知所指为一物，则上述文献所言"蜉蝣"、"浮游"从语音来看即蝉。④

2. 生活于水上、类似天牛之昆虫。《埤雅》："蜉蝣，虫似天牛而小，有甲，角长三四寸，黄黑色，甲下有翅能飞。烧而啖之，美如蝉也。翕然生，覆水上，寻死随流。丛生郁栖中，朝生莫殒，有浮游之义，故曰蜉蝣也。"[7]

3. 类似屎壳郎之陆生昆虫。《尔雅》郭《注》："似蛣蜣，身狭而

---

① 毛《传》："蜉蝣，渠略也。朝生夕死，犹有羽翼以自修饰"。皆指出了"蜉蝣"之名物并阐明了该生物之特征。

② 蜉蝣，《夏小正》作"浮游"。《经典释文》："蜉蝣，渠略也"。《方言》："蜉𧊿，秦晋之间谓之蟝蟥"。

③ 犍为舍人《尔雅注》："蜉蝣，一名渠略。南阳以东曰蜉蝣，梁宋之间曰渠略。"

④ 胶东称为"知了"的昆虫有三种，一种形体微小，约当于小指末节那么大，体型粗短，棕黑色，麦收时出，过了初夏就销声匿迹了，其叫声低而细，泛言之亦称"知了"，具言之则称"草知了"或"麦吱吱"；一种形体稍大，体型粗短，约食指末节那么大，蓝黑色，有细小的白色点，盛夏初出，但立秋之前就基本销声匿迹；叫声大，作连续的"wayou"声，故俗称"wayou"、"wayao"或"wayou-wa"；还有一种形体较大，约小指前两节那么长，体型修长，亦盛夏初出，但通常立秋之后还有，出得晚的到国庆节前还能听见叫声，其叫声直而高亢，作长时间不停顿的"吱"声，俗称"大马"。虽皆非朝生暮死之物，但总之寿命不长。

长,有角,黄黑色,丛生粪土中,朝生暮死,猪好啖之。"[8] 樊光从其说①[9]第7-8册:153下。据郭氏所云,则"蜉蝣"与今俗呼之"屎壳郎"颇有相似,然亦可能为潮湿肮脏处群生之体形很小而身形狭长的有翅小甲虫。

4. 类似天牛之陆生昆虫。毛晋《陆氏诗疏广要》卷下之下:"蜉蝣,方土语也,通谓之渠略,似甲虫,有角,大如指,长三四寸。甲下有翅,能飞。夏月阴雨时,地中出。今人烧炙啖之,美如蝉也"[9]第7-8册:153下,则类似今胶东人俗称之"水牛牛"②。

5. 生活于水上、类似胶东人俗呼为"担杖钩"③之昆虫。毛晋《陆氏诗疏广要》载他人之说:"今水上有虫,羽甚整白,露节后即群浮水上,随水而去,以千百计,宛陵人谓之白露虫。"[9]第7-8册:154上

6. 生活于水上、类似蚕蛾之昆虫。《汉语大字典》:"蜉蝣,也作'蜉蝤',昆虫名。幼虫生活在水中,成虫褐绿色,有短形触角和两对翅,在水面飞行。成虫寿命很短,只有数小时至一星期左右,一般均朝生暮死。"[10](见图1)高亨《诗经今注》:"蜉蝣,虫名,体软弱,触角短,翅半透明,能飞,腹部末端有等于体长的尾须两条。常在夏天日落后成群飞舞,成虫寿命不长,一般均朝生暮死。"[11]与图正合。李时珍《本草纲目》引"或曰":"蜉蝣,水虫也。状似蚕蛾,朝生暮死。"[12]2310所指盖同。

蜉蝣
图1

7. 糅合4、5两说,不详为何物。《本草纲目》:"蜉蝣一名渠略,

---

① (明)毛晋《陆氏诗疏广要》卷下之下引:"粪中蝎虫,随雨而出,朝生而夕死。"

② "水牛牛"貌似天牛而稍大,浑身红黑色或棕红色,实为胶东人俗称"地黄"的一种生于土中之浅黄色虫子的成虫,或称之为地黄蛾。

③ 一种灰白色小昆虫,腿细长,能浮在水上,在水面奔走如飞。往往成群聚集水面,稍有惊扰即如飞远去。

似蛞蜣。"(图1)

而小,大如指头,身狭而长,有角,黄黑色,甲下有翅能飞。夏月雨后丛生粪土中,朝生暮死,猪好啖之。人取炙食,云美于蝉也。盖蜣螂、蜉蝣、腹蜻、天牛,皆蛴螬、蠹、蝎所化,此亦蜣螂之一种,不可不知也。"[12]2310此盖为李时珍结合自己观察,抄掇《埤雅》与《尔雅》郭《注》拼凑而成,不可知究竟为何物。

8. 蝉类。闻一多《诗经通义乙》:"盖即蝉类"[13]。但蝉类虽然生命短暂,出土蜕壳变成成虫后至少还生活一个月左右,并非朝生暮死。

蜉蝣究竟为何物,历来猜测当不止以上所列八种,限于认识与篇幅,暂列上述已见诸说。如何择善而从,若联系春秋时期曹国之地理与气候特点,或者可获得更接近事实之认识。

按:据文献记载,春秋曹国所处之今山东菏泽地区上古时期为湖泊沼泽地区,人民丘居。文献记载的犬丘、陶丘、清丘、青丘、咸丘、谷丘、乘丘、廪丘、楚丘、梁丘、莘丘、安丘、葵丘等名称以及今菏泽地区多见的以"丘"、"堌堆"命名的地方多为古时丘居之地,"丘"、"堌堆"为当时远古先民所居之丘的遗址,可为丘居史实之证明。后来大禹治水,敷土浚川,导泻洪水,才露出陆地,使人民得以"降丘宅土"。春秋中期,该地区气候暖湿,地势西南高,东北低,南部为古济水冲积平原,地势相对平坦广阔,分布着许多低矮的丘陵,北部为雷夏泽,地势低洼,为湖沼地区。但根据《禹贡》、《左传》等文献记载,即使经过大禹治水,当时该地区依然河流众多,水量丰沛。

故上列诸说之中,适应暖湿气候、羽翼鲜明者近是。而且,诸说之中,不管认识怎样分歧,说法如何众多,有一点是相同的,即皆认为蜉蝣是一种生命极为短暂的昆虫类生物。比较上述诸说,循名责实,此以为《汉语大字典》和高亨所说者近是。

二、《诗·曹风·蜉蝣》蜉蝣意象之文化内涵及蜉蝣意象与诗旨的关系

估计没有人会把蜉蝣这样一种朝生暮死的小昆虫作为图腾崇拜的对象,因而蜉蝣意象应该不具有原始兴象的意义,只是作者在创作中选择的借以寄意的包含着作者的文化理解的外在物象,通过作者的寄意和塑造成为文学意象。从本诗来看,作者对蜉蝣意象的文化理解亦即作者的文化意识中蜉蝣的文化内涵通过其生物属性分析应该就可以得到。

据《汉语大字典》、高亨的注释,蜉蝣羽翼极薄而有光泽,近乎透明,身体修长,非常美丽。故作者诗中以比喻言其羽翼"衣裳楚楚","采采衣服","麻衣如雪",可谓描绘逼真,生动形象。朱守亮《诗经评释》:"掘阅,容阅也。言容貌鲜艳可赏阅也。"道出了其外形体貌之美。不仅其外在形象是美丽的,它们长时间群飞于空气中,不见停歇,而且动作轻盈,颇有动态之美,确有像《夏小正》所载的那种"浮游"的感觉,这大概是其得名之源吧。"蜉蝣"大概是后起之字。可以说,这种美丽的昆虫给作者的文化感受也是美丽的。

可惜的是这种昆虫虽然美丽,其生命实在太短暂,人们能看到它的时间大概也就黄昏那么一段时间,以至于文献也只记载它"朝生暮死"。可以说,外形美丽而生命短暂是蜉蝣这种昆虫最为明显的物性特征。于是在敏感的诗人心中,美跟短暂就具有了自然的联系,美就意味着短暂,像日本文化中的樱花,意味着昙花一现的凄美,这构成了蜉蝣的形象深刻的文化内涵。

而在现实社会政治生活中,曹国以定陶之地夹于宋、卫、齐、鲁

诸大国之间,诚为"国小而迫,无法以自守",可是曹昭公却好奢而任小人,徒知整饰其衣裳,君臣奢靡,启其败亡之端。① 郑玄所谓"末时富而无教,乃更骄侈"。正此之谓。曹昭公的奢靡及其君臣的衣冠楚楚,正与蜉蝣的美丽外表相似;蜉蝣生命的短暂容易激发的是有识之士的年命之悲,这里作者所感受的却是周文化传统中的"奢靡必然败亡"的文化意识和观念,让作者联想到曹国的前途和命运。曹昭公君臣奢靡的现实和奢靡必然败亡的历史经验教训引起了作者的深忧,正如箕子见到商纣始为象箸时的忧虑一样。因此,蜉蝣的生物属性和作者的思想感情产生了契合和共鸣,因而作者将自己的思想感情寄托于蜉蝣这种外表美丽而生命短暂的昆虫,借以表达对国家前途和命运的深忧和对曹昭公的讽谏和规劝之意。蜉蝣作为寄意之象生动地表现了诗旨。

　　需要说明的是,春秋时期,曹国并非有些学者所说的那样穷困疲敝,一直是一个相对富裕的国家。曹国历次参与诸侯的集体军事、政治、外交活动,都是需要比较雄厚的社会财富作为支撑的。另外,此诗之创作当在曹昭公兴起奢靡之风以后不久,而不是已经到了国君生活与政局都腐败不堪之时,否则就无法解释昭公之后曹国继续延续了160多年,相当于后世唐、明、清这样的大王朝年数的一半还多。就诗人针对此事作诗讽刺而言,不管作为谏言还是作为抒愤之作,亦说明当为昭公兴起奢靡之风之早期。否则,如果积习日久,人心麻木,反而不太会作诗讽刺这种貌似非关大体的

---

　　① 周人立国之初就确立的非常严谨的防微杜渐的政治思想,具体可参看今文《尚书》周公诸诰。其实商代贤明政治家对此类事情也是非常敏感的。《史记·宋微子世家》:"箕子者,纣亲戚也。纣始为象箸,箕子叹曰:'彼为象箸,必为玉杯;为杯,则必思远方珍怪之物而御之矣。舆马宫室之渐自此始,不可振也'。"所言与本诗之旨相近可通。

小节。

三、"蜉蝣"意象与《蜉蝣》之地域风格

一般而言,文学风格是指从文学作品的内容与形式、思想与艺术的有机统一中显现出来并贯穿在作品之中的独特性。换言之,文学风格就是体现在文学作品中的以艺术特色为标志的比较稳定的创作个性。风格要通过一系列作品表现出来,它的形成标志着一个作家创作的成熟。文学风格包括作家的风格、作品的风格,有时也指时代的风格、民族的风格、流派的风格、阶级的风格等,但文学风格主要还是指作家作品的风格,其他风格都要通过作家作品的风格来体现[14]。

《蜉蝣》一诗的风格可以这样概括:思深忧远、沉郁顿挫、委婉含蓄、怨而不怒,其诗歌美学风格是中和之美。全诗表达了深切的忧虑,却全无直接指斥时事之语,全诗采用比、兴手法,通过相似联想和类似联想,抓住蜉蝣作为一种昆虫类生物羽翼鲜明、生命短暂的特点,精心创造了蜉蝣这一意象。以"蜉蝣之羽,衣裳楚楚"、"蜉蝣之翼,采采衣服"、"蜉蝣掘阅,麻衣如雪"为喻①,对曹昭公的失政行为进行了委婉的批评,用蜉蝣生命之短暂婉曲地表达了对国家前途命运的担忧。全诗运用恰切的意象塑造表达主题,使该诗体现出婉而多讽,怨而不怒,忧而不伤的风格特色,具有和谐的中庸之美,表现了作者委婉中和的表达风格和中和的诗学思想和审美风格,与《周南》诸篇同样表现了"郁郁乎文哉"的周文化风格、气象与特点。

---

① 毛《传》:"楚楚,鲜明貌","采采,众多也","如雪,言鲜洁"。

《蜉蝣》一诗之所以体现出这样的美学风格,跟周人的哲学思想和曹国的教化有关。周人的哲学思想是中庸的,不偏不倚而取其中①。叔振铎承自圣父贤母的良好道德风范之遗传②,周代礼乐文明的教化,在曹国培养了一代又一代的"温其如玉"的具有良好道德和风范的君子人格的人才,本诗作者即其中之一,从此诗不难看出,其为人谨严端方,正直守礼,良好地继承了先王以来的中庸哲学,包括姬周农耕文化熏陶的节俭风气和勤俭立身治国的祖训,对奢靡行为持强烈的反对和抵触态度。但在诗歌的表达上却并没有强烈批判,严厉指斥,也没有像二《雅》中西周厉、幽时期的正直老臣那样耳提面命、疾言教诫之风,这跟作者的教化和性格有着密切的联系,说到底是跟曹国的文化熏陶和礼乐教化有很大关系。其实,即使在春秋中后期,曹国之国际形象也是不差的,《春秋》、《左传》,《春秋》书曹,不见贬黜之文。考《春秋》、《左传》载曹国之始末,其会盟有常③,礼事诸侯④,事夏盟最谨,与诸侯甚睦,不得罪

---

① 关于周初周人是否已经确立中庸的哲学思想,之前或许还有人怀疑,随着清华简的部分解密,周文王《保训》篇的解读,此以为这已经不是问题。
② 详可参《史记·周本纪》、《列女传》、《诗·大明》等。
③ (明)唐顺之《稗编》卷十七春秋之七载(宋)李琪《序王世纪》:"方齐、晋主伯,小国一离一合,而曹之不从者寡矣。昭公与会者四,共公与会者六,文公与会者五,宣公与会者八,成公与会者十九,武公与会者十二,悼公与会者二,声隐二公与会者各一,可谓事夏盟之最谨矣。"
④ (明)唐顺之《稗编》卷十七春秋之七载(宋)李琪《序王世纪》:"其会我者二,其朝我者五,其会宋者三,曰'曹人致饩礼也';曰'曹即位而来见,礼也';曰'五年而再朝,礼也'。"

于中国①,当为叔振铎周礼文化遗留之德泽的影响,明白这一点,也有助于理解此诗的风格与诗歌美学追求。

四、蜉蝣意象之发展与流变

《诗·曹风·蜉蝣》一诗所创作的蜉蝣这一意象无疑是具有典范作用的,后世诗歌创作多采用这一意象,这些诗句大多沿用了《蜉蝣》中"生命短暂"这一寓意,但也出现了一些新变。主要体现在如下几个方面:

(一)继承《诗·曹风·蜉蝣》蜉蝣意象"生命短暂"之基本特点,但寄人生短暂之感慨,已无《诗·曹风·蜉蝣》之忧国情怀。

1. 朝菌无以知晦朔,蜉蝣无以识灵龟。（嵇康《答难养生论一首》《嵇中散集》卷四）

2. 鱼游乐深池,鸟栖欲高枝。羡尔蜉蝣羽,薨薨亦何为?有生岂不化,所感奚若斯。神理日微灭,吾心安得知?浩叹杨朱子,徒然泣路歧"。（张九龄《感遇》《曲江集》卷三）

3. 寄蜉蝣于天地,渺沧海之一粟。哀吾生之须臾。羡长江之无穷。（苏轼《前赤壁赋》《经进东坡文集事略》卷一）

4. 蜉蝣强知时,蜥蜴与闻计。垤鸣东山观,堂审南柯蚁。（范成大《晓发飞鸟晨霞满天少顷大雨吴谚云朝霞不出门暮霞行千里验之信然戏纪其事》《范石湖集》卷十六）

5. 匪伤蜉蝣之夕,不羡龟鹤之年。（骆宾王《萤火赋》《骆宾

---

① (明)唐顺之《稗编》卷十七春秋之七载(宋)李琪《序王世纪》:"虽更蒙齐、晋、宋、卫之师:晋侵者一,晋执者二,宋围者三,宋伐者三,卫伐者二,齐伐者一,而曹自伯国会伐之外,未尝敢一称师以报复于列国,可谓与诸侯之甚睦矣。其不得罪于中国者,此也。"

王文集》卷一)

6. 瀛海日月渊,蓬壶仙圣宅。驾鹤一时游,海面日夜窄。人生蜉蝣耳,一哄瓦瓮中。天地广如许,谁能发其蒙。 (陆游《步虚》《剑南诗稿》卷十三)

以上诸例所表达的情感已经没有《诗·曹风·蜉蝣》作者那种急迫的焦虑,深重的忧患,风格上相对柔婉,不像《诗·曹风·蜉蝣》那样沉郁而促迫。尤其例5显然已经翻新其意,变为放旷豁达,格调上也相对开阔明朗。

(二)继承《诗·曹风·蜉蝣》蜉蝣意象"生命短暂"之基本特点并进一步引申,用以表达世事变化太快之哲理与感慨。

玉色浮太虚,变化如蜉蝣。 (陈中孚《题太白酒楼》《李太白集注》卷三十六)

(三)纯粹写景咏物,与《诗·曹风·蜉蝣》蜉蝣意象的文化含义绝无关联。

1. 蜉蝣动而昼喧,熠耀飞而夜朗。 (《七召》《昭明太子集》卷二)

2. 蜉蝣至细能知时,春风砲雨占无遗。蜻蜓满空乃不知,庭除一出无归期。乐哉蜻蜓高下飞,蜉蝣未尽何忧饥。檐间蜘蛛亦伺汝,吐丝织网腹如鼓。 (陆游《蜉蝣行》《剑南诗稿》卷三十九)

上两例风格明丽,毫无年命之感和悲忧色彩,更无《诗·曹风·蜉蝣》那种深重迫切的忧国情怀。

《诗经》是现存最早的诗歌选集。《诗经·曹风·蜉蝣》则是现存文献中最早出现"蜉蝣"这一成熟的意象的诗篇。它抓住蜉蝣这一物象羽翼鲜明之特点讽刺了曹国君臣之奢靡,又借蜉蝣之羽翼鲜明而生命极短这一特点揭示了微有浮骄鲜不速亡的道理,寄寓了感时忧国之感情。魏晋以来,则抛开了感时忧国和"逸豫亡身"

的寓意,主要抓住"蜉蝣"这一物象"生命短暂"的特点,用来表达年命之悲慨,而没有了《蜉蝣》诗中那种深切的感时忧国情怀,这跟魏晋时期的社会政治文化和社会思潮是有密切关系的。齐梁间萧统和南宋陆游则纯粹用来写景,而且格调欢快。唐骆宾王则在年命之悲的基础上翻新其意,表达了对寿夭生死之豁达态度,格调一变而为豪迈,体现出唐帝国之气象。宋苏轼和清陈中孚则借该意象表达世事变化太快之哲理与感慨,跟他们的人生经历也有密切的关系。可以看出,在后世文学创作中,蜉蝣这一意象在稳固地继承和传承传统的基础上也经历了与时俱进的发展与新变。

参考文献:

[1](清)王聘珍.大戴礼记解诂[M].北京:中华书局,1983:37.

[2]孔颖达.毛诗正义[M].北京:中华书局,1980.

[3]陆德明.经典释文[M].北京:中华书局,1983:72.

[4]扬雄方言校释汇证[M].(汉)扬雄,撰.华学诚,汇证.北京:中华书局,2006:750.

[5](清)马国翰.玉函山房辑佚书·尔雅注[M].(汉)犍为舍人,注.长沙:光绪九年娜嬛馆补校刻本,1883.

[6]说文解字[M].(汉)许慎,撰.(宋)徐铉,校定.北京:中华书局,1963:281上.

[7](宋)陆佃.埤雅[M].北京:中华书局,1985:268-269.

[8]邢昺.十三经注疏·尔雅注疏[M].中华书局,1980:2638.

[9](明)毛晋.陆氏诗疏广要:卷下之下.//文渊阁四库全书[M].台北:商务印书馆,1986.

[10]汉语大字典编辑委员会.汉语大字典(第2版)[M].武汉:湖北长江出版集团,崇文书局;成都:四川出版集团,四川辞书出版社,2010:3051.

[11]高亨.诗经今注[M].上海:上海古籍出版社,1980:193.

[12](明)李时珍.本草纲目[M].明夏良心、张鼎思序刊江西初刻本.北京:人民卫生出版社,1977:2310.
[13]闻一多.闻一多全集(第4册)[M].武汉:湖北人民出版社,1993:320.
[14]何志钧.文学风格的含义与成因[J].中华活页文选(教师版),2008(3):23.

(唐旭东,周口师范学院文学院,讲师)

语言文字研究

《诗经》中的成熟"修辞格"

郑志强

"修辞格"这一概念,《现代汉语词典》第6版对本词条的解释是:"各种修辞方式,如比喻、对偶、排比等。"中国现代修辞学家唐钺(1891－1987)首先将中国修辞学与西方修辞学理论结合起来进行融会贯通,于1923年出版《修辞格》一书。从而提出了贯通中西的"修辞格"这一概念。鉴于当前学术界对"修辞格"尚无完全统一的定义,我们在此认同陈光磊《修辞论稿》中的定义:"修辞格,作为积极修辞的各种格式,是一种语言的话语表达模式","是一定的文化所编制出来的语言组合的模式"。① 本文认为,"修辞格"指的是"格式化的修辞方式",它们作为修辞学的核心部分,具有写作实践上的古今可通用性和不同民族不同语言之间的可通用性这两大特点。全面考察《诗经》中的"修辞格"现象,符合"格式化"、"古今可通用性"和"各民族间可通用性"的"修辞格"达数十种之多。《诗经》与《书经》、《易经》一起,当之无愧成为最早一批成熟使用"修辞格"艺术手法的"百科全书"。现举要综述如下:

1. "铺陈"格。"铺陈"这种修辞格,在《诗经》时代常用"赋"这个词来表达。如《周礼·春官·大师》郑注:"赋之言铺,直铺陈今之政教善恶。"刘勰在《文心雕龙·诠赋》中言:"《诗》有六义,其二

---

① 陈光磊:《修辞论稿·修辞格》,见宗廷虎、李金苓、郭焰坤著《中国修辞史》(中),吉林教育出版社,2007年版,第643页。

曰赋。赋者,铺也;铺采摛文,体物写志也。"①刘勰在《诠赋》中深入分析了"赋",认为它有两个含义:一个指诗歌语言的表现方法,一个指诗歌或其他文章的体裁。本文认为,在《诗经》中,作为修辞格的"铺陈"(赋),即是最早作为一种较为成熟的修辞模式出现的;而作为诗歌体裁的"叙述体"则是对"铺陈"这种"干细胞""克隆"成篇的结果。在陈望道先生的《修辞学发凡》中,"铺陈"这种修辞格被改称为"示现"②。

　　从修辞意义上的"表现手法"上看,《诗经》中的"铺陈"句式俯拾即是。明代的谢榛对《诗经》中具有"铺陈"特征的句子做过一番较为细致的统计,指出:"予尝考之《三百篇》,赋,七百二十;兴,三百七十;比,一百一十。"谢榛对《诗经》中具有赋体特征的诗句的分析统计不可谓不细,他与孔颖达、朱熹等人都认为以"铺陈"为特征的"赋"就是叙述和描写,是一种"表现手法"。我们不妨进一步提出,如果说,以"铺陈"这种修辞格出现的句子,在其他体裁的诗歌中仅仅作为一种"修辞手法"存在,那么在《诗经》"赋体诗"中,那么"铺陈"就是"赋体诗"的"体细胞",它经过诗人的独特"克隆培训",从而形成一种"诗歌体裁"。因此,如果说,某种特定的"仪式"活动是一首诗创作的"诱导酶",那么,"既定题材"就是"操纵因子",其相应的音乐舞蹈就是诗歌节奏、长短的"调控因子"。诗人正是在这些因素影响下,创作出典型的"赋体诗"。综观《诗经》中40余首赋体诗,事实正是如此。

　　应特别指出的是,《诗经》中的"铺陈",是以"全知型"叙事视角和叙述笔法。换句话说,叙事人均以全知的姿态出现在诗中。

---

① (梁)刘勰著,祖保泉解说:《文心雕龙解说》,安徽教育出版社2009年版,第135页。
② 陈望道:《修辞学发凡》,上海教育出版社2006年版,第118页。

这其中又可分为"现身全知型"和"隐身全知型"两类。现身全知型者如《小雅·六月》,诗中直接出现"我"三次,而这个"我"是谁呢?从末一节的自述口气看,正是作诗人"吉甫"自己。因此,自开头猃狁怎样侵犯,天子如何亲征并任命自己为"元戎",一直到怎样驱走猃狁,凯旋后天子怎样称赞自己,自己回家后怎样邀请友朋饮宴庆功及贵宾是谁,作者全都交代得一清二楚。完全与《六月》一样的还有《大雅·崧高》。这首长诗的作者以全知的姿态叙述了周宣王封其舅申伯于谢的整个典仪过程,最后直接点明"吉甫作诵",告诉读者此诗的作者就是吉甫本人。同一类型的诗还有《大雅·烝民》等。与这一类型大体相同,唯未直言作者为谁的赋,我们称之为"隐身全知型"叙述模式。这一类诗在《诗经》赋体诗中占大多数,如《小雅·出车》,该诗描写了"天子劳还帅"中的一场乐舞全貌。仔细分析,这是一首完整描述一场"乐歌"的诗。全诗伴随着舞与曲,出现了三个人物:第一、第二段以南仲本人的身份进行叙述;第三段前两句是"歌手"以第三者出现讲述故事起因,第三句"南仲"自述,第四句为"歌手"补述;第四段直写"南仲"的心里话。可以想象,当时演奏时,一定伴随有军士的舞蹈动作,它们随着"南仲"的抒情而翩翩起舞。第五段是全诗的"第二者"即"周王"如何奖赞南仲的话语;最后一段是"歌手"进行总结。全诗结构完整、内容丰富、整个乐歌过程,"作者"是在场的,但却并没有直接告诉是谁。这种类型的诗很多,如《小雅》中的《十月之交》、《楚茨》、《宾之初筵》,《大雅》中的《皇矣》、《生民》、《公刘》、《韩奕》、《江汉》、《常武》等,都是成功运用"铺陈"修辞格的典型代表作。

2.**"模仿"格**。"模仿"的同义词有"摹仿"、"摹拟"、"模拟"等。统指照另一事物的某种现成样子学着做。刘勰《文心雕龙·物色》中将"模仿"与"形容"统合为"物色",他认为:"诗人感物,联类不穷;流连万象之际,沉吟视听之区;写气图貌,既随物以宛转;属采附声,亦与心而徘徊、'灼灼'状桃花之鲜,'依依'尽杨柳之貌","'喈喈'逐黄鸟之声,'喓喓'学草虫之韵","并以少总多,情貌无遗矣",并强调:"巧言切状,如印之印泥,不加雕削,而曲写毫芥","物色尽而情有余者,晓会通也"①。刘勰所言"物色"包括了"形容"和"模仿",其中的"模仿"格,在陈望道《修辞学发凡》中称"摹状"②。但无论是"形容"还是"摹状",都是对某事物的形状加以形象化的描述。就《诗经》而言,是以诗歌语言的方式加以模仿。其中有对事物状态加以模仿的。如:"昔我往矣,杨柳依依;今我来思,雨雪霏霏。"(《小雅·采薇》)三春里柔细的杨柳枝条在风吹下来回摇摆,像人送别亲友时招手又招手,回头又回头的形态;而"白雪"飞飘既像"下雨"时纷繁的雨点,又像成群展翅纷飞的鸟在群飞。这是对一事物形状像另一事物形状的模仿,而"喓喓草虫"(《召南·草虫》)中的"喓喓"、"其鸣喈喈"(《周南·葛覃》)的"喈喈"、"伐木丁丁,鸟鸣嘤嘤"(《小雅·伐木》)中的"丁丁"、"嘤嘤",均是对某种"声音"的模仿。像上述对事物形状乃至性状和声音的"模仿"修辞方式,在《诗经》中蔚为大观,收到了"以少总多,情貌无遗"③的艺术效果。

3. "比喻"格。作为一部上古经典诗歌选集,《诗经》是现存最早、最全面成熟运用"比喻"修辞格的范本。在"三百篇"中,无论在"组词造句"的微观层面,还是在"组句成章"的宏观层面,都使用了丰富多彩的"比喻"修辞方法。

---

① (梁)刘勰著,祖保泉解说:《文心雕龙解说》,安徽教育出版社2009年版,第870页。
② 陈望道著:《修辞学发凡》,上海教育出版社2006年版,第90页。
③ (梁)刘勰:《文心雕龙·物色》。

（1）在"组词造句"的微观层面的比喻形态。《诗经》娴熟运用了"明喻"、"隐喻"和"借喻"三种主要方式。在"明喻"句中，以用"如"（偶用"若"）为标志，其组句方式为："A 如（若 B）"。据统计，在《诗经》中，使用表达"象、如同"之意的"如"，共 173 处。其中"风69，雅97，颂7"①，像"委委佗佗，如山如河"（《鄘风·君子偕老》、"自伯之东，首如飞蓬"（《卫风·伯兮》）、"有女同车，颜如舜英（《郑风·有女同车》）"等，都是明喻的典型句式。而"暗喻"或"隐喻"，则是以"为"（是）为喻词的组句形式，其组句方式为："A 为（是）B"。这种隐喻手法的使用如："为鬼为蜮，则不可得"（《小雅·何人斯》）、"既见君子，为龙为光"（《小雅·蓼萧》）、"懿厥哲妇，为枭为鸱"（《大雅·瞻卬》），等等。这种隐喻修辞在《诗经》中有十多处。与"为"相对，《诗经》中另一"隐喻"词为"匪（非）"，其典型句式为："A 匪 B"。如："我心匪鉴不可茹"、"心之忧矣，如匪浣衣"（《邶风·柏舟》）、"匪鹑匪鸢，翰飞戾天"（《小雅·四月》），等等。《诗经》中的"借喻"，表现在本体不出现而直接以喻体借代本体。如："有弥济盈，有鷕雉鸣；济盈不濡轨，雉鸣求其牡。"（《邶风·匏有苦叶》），整句诗没有出现身为"本体"的求娶女子，而以"雉鸣求其牡"借代。这是典型的"借喻"句式。

（2）在"组句成章"宏观层面的比喻形态。在《诗经》中这个层面的比喻形态更加丰富。主要有以下 5 种：①排事比。这是《诗经》比体诗的一个突出的单章结构手法。这种手法把比喻事物和被比喻事物按书写顺序直接摆在一首诗的一章里。南宋陈骙曾称这种手法为"对喻"，认为其特点是"先比后证，上下相符"，比较贴切。如《周南·关雎》，第一句"关关雎鸠，在河之洲"作为比喻的事

---

① 向熹:《诗经词典》，四川人民出版社1986年版，第381页。

物,而"窈窕淑女,君子好逑"一句则为被比喻的人事。那么,依照"比喻"成立的规则,也就是刘勰所强调的"切至为贵",它们二者必须有某种"相似点"方能成立。那么,诗人取了哪一个相似点呢?我们只要读了张衡《归田赋》中的"王雎鼓翼,鸧鹒哀鸣,交颈颉颃,关关嘤嘤"①即可知,所谓"关关",是雎鸠(今称"王信天翁")雄雌之间的"和鸣之声"。在自然界里,雄雎若先唱,雌鸠必和鸣;若以这一"物象"与君子先倡、淑女后和的理想关系作"类比联想",比喻者与被比喻者的"相似点"不就跃然纸上了么?这不正点出"夫妇和谐"才是君子淑女相配的最佳理想么?《关雎》以下各章,亦皆是这种排事比的结构手法的"克隆",其结构在本质上属于重章复叠。似此类结构的诗尚有《椒聊》、《螽斯》、《桃夭》、《兔罝》、《樛木》、《麟之趾》、《鹊巢》、《小星》、《兔爰》、《敝笱》、《东门之池》、《伐柯》、《九罭》、《狼跋》、《鹿鸣》等。②联事比。这是《诗经》比体诗中的又一个突出的单章结构手法。这种手法的特点是联结两个以上的比喻组合成章。这种手法通过几个意思不同但有密切逻辑联系的比喻连缀起来,从而形成一种意象丰富、内容复杂的诗章;而诗中后面的章节往往复叠第一章的意象和主旨,用以强化一组比喻中的蕴含主旨。如《小雅·鹤鸣》一诗,这是《诗经》中唯一一首通篇使用"比喻"的诗歌。清代学者王夫之对其评价甚高:"《小雅·鹤鸣》之诗,全用'比'体,不道破一句,《三百篇》中创调也。要以俯仰物理而咏叹之,用见理随物显,唯人所感,皆可类通;初非有所指斥,一人一事,不敢明言而姑为隐喻也。"②"鹤鸣九皋,声闻于

---

① (东汉)张衡:《归田赋》,吴功正主编《古文鉴赏辞典》,江苏文艺出版社1987年版,第399页。

② (清)王夫之:《姜斋诗话》,郑奠、谭全基编《古汉语修辞学资料汇编》,商务印书馆1980年版,第600页。

野"是一事之比;"鱼潜在渊,或在于渚"是又一事之比;"乐彼之园,爰有树檀,其下维萚"是又一事之比;"他山之石,可以为错"则又是一比。一章之中有四个不同的意象比喻,形成一组"意象连环"。前三个意象"哲理"层面如层层剥笋,最后一个比喻则是前三个"比喻"的逻辑结论。整章内容从逻辑结构上浑似一篇论文,有论点、有论据、有论证。但被比喻的"人事"却始终没有出现,那就让读者去作"类比联想"吧。此类结构诗尚有:《蒹葭》、《常棣》、《齐风·南山》等。③对事比。这是一种把两种相反的现象和事物放在一起作对比结构方法。如《秦风·权舆》,首句是"於,我乎?夏屋渠渠",第二句是"今也每食无余",对比的结果只能是"不承权舆",今不如昔。又如《唐风·无衣》,第一句是"岂曰无衣?七兮",第二句是"不如子之衣,安且吉兮"。"我"与"子"形成了鲜明对比——我不如你。《行露》则为采用诘喻形式的对事比。把不可能出现的自然现象与不应该出现的人事现象强烈对比出来,结论是——人不守礼做出了不该做的事,就如同鸟兽长出了不该长出来的东西一样可憎。此类诗尚有《鄘风》之《鹑之奔奔》、《桧风》之《隰有苌楚》及《小雅》之《苕之华》、《何草不黄》等。④博喻比。这是《诗经》比体诗中又一突出的艺术特色。所谓"博喻",陈骙定义为"取以为喻,不一而足"①。这里我们可以进一步阐发。在《诗经》一些比体诗中,往往一首诗只讲一个"主旨",但为了强调这一主旨,一首诗使用许多喻体来比喻同一个被比喻的"理"。比如《关雎》,为了申明夫唱妇和之"和谐"是一种什么状态,全诗先后用了"关关雎鸠"、"琴瑟友之"、"钟鼓乐之"三个意象比喻。虽然雎鸠之"关关"应和声与琴瑟合乐声、钟鼓合奏声三种意象的特殊"和谐"形态并

---

① (宋)陈骙:《文则》,郑奠等编《古汉语修辞学资料汇编》,商务印书馆1980年版,第213页。

不相同,但放在一起却能够产生"和谐"的通感和统觉。把这三种不同的和谐形态撷取出来,那么"和谐"这种"形而上"的理想境界便被烘托出来了。又如《卫风·木瓜》,主旨只在讲"微投重报是强化友谊的原则",但一连用了三个不同的投、报的比喻。《陈风·东门之池》、《小雅》之《鱼丽》、《南有嘉鱼》等亦类于此。⑤隐喻讽喻比。把隐喻和讽喻两种艺术手法高超地融合在一首诗里,这在《诗经》比体诗中是一种特殊的艺术现象。隐喻讽喻诗是一种特殊的"形象化表达"方式。关于"隐喻",保罗·利科有一些著名的论断,他认为:"隐喻的意义本身沉浸在由诗歌解放的想象物的深处"①;而所谓"隐喻",即"以另一种更为明显、更为熟悉的观念符号来表示某种观念","以一种相似性来表示这种事物,……是以一种可以感知的迂回方式来表示事物:这一动机是'形象化表达的灵魂'"②。因此,"形象化表达的标准就是用一种表达方式(语句、词组、句子甚至句子的组合)来代替另一种表达方式"③。至于讽喻,则是通过比喻表达某种劝谏。《诗经》中的隐喻讽喻诗,即是通过隐喻暗示出哲理以劝谏人们不要无视这些哲理,因为这些哲理"给人以教导,并因此有助于开辟和发现不同于日常语言的现实领域"④。所以人们只有遵从其理而必守逾越之戒。此类诗虽不多,只有《陈风·墓门》、《曹风·蜉蝣》、《豳风·鸱鸮》3首,但它们开

---

① [法]保罗·利科:《活的隐喻》,汪堂家译,上海译文出版社2004年版,第295页。
② [法]保罗·利科:《活的隐喻》,汪堂家译,上海译文出版社2004年版,第202页。
③ [法]保罗·利科:《活的隐喻》,汪堂家译,上海译文出版社2004年版,第72页。
④ [法]保罗·利科:《活的隐喻》,汪堂家译,上海译文出版社2004年版,第205页。

了我国诗歌隐喻讽喻艺术表现手法之先河。应当指出,诗经学史上对《墓门》的解释,大都是隔靴搔痒的;事实上"墓门有棘,斧以斯之"、"墓门有梅,有鸮萃止"已然成为淫乱美女器官之"性"实藏伐男"性"之"斧"、实藏吃男死人肉之"鸮"的隐喻。而"知而不已"、"歌以讯之"等句则明含劝谏。如果说,《金瓶梅》中的西门庆不学无术,自然不解《墓门》,那么,当今的西门庆们若还读不懂《墓门》,那也照样会在"颠倒"之后无暇"思予"了。《蜉蝣》一诗直接把"我"物化为"蜉蝣"这种朝生暮死却身有彩翼的渺小生物——这是对"得志小人"的一个绝妙隐喻,而"小人"自己对此也是十分清楚:虽然当下"衣裳楚楚",但美好时光终归短暂,于是"我"心忧,只能靠一睡方休来忘掉那个不久即将来临的末日。蜉蝣,这又是对整个人类怎样的一种不可逾越的隐喻和讽喻啊。在《鸱鸮》中,情况又不同了:"鸱鸮"和"我"成为对等的生物了。要么"鸱鸮"("予")是人,要么"我"是鸟,但不管怎样,双方都成了能说人言能做人事的鸟人了,彼此间可作"我"与"予"的对话了。进一步讲,从这些对话的内容上看,彼此也都在讽劝对方,这与《蜉蝣》中的主人公的自我讽劝稍有差异。以上这三首诗虽写于2500多年前,但其深湛的艺术手法及其所表达的深刻的人生哲理和纯正的人生价值观,都是我们今天乃至后世所难以超越的,堪称我国隐喻讽喻诗的不朽范本。

4. 夸张格。在《诗经》中,较为突出地使用夸张修辞格的现象主要出现在"雅体诗"中。陈望道指出:"说话上张皇夸大过于客观的事实处,名叫夸张辞。说话上所以有这种夸张辞,大抵由于说者当时重在主观情意的畅发,不重在客观事物的记录。"[①]在《诗经》

---

① 陈望道著:《修辞学发凡》,上海教育出版社2006年版,第122-123页。

"雅体诗"中,较为全面地使用了"夸张"这一修辞格。这是《诗经》其他五种诗歌体裁中极为少见的。因此,"夸张"修辞现象的存在,也成了鉴别《诗经》"雅体诗"的一个标志。比如"万寿"一词,在《诗经》中就使用9处之多,全都是赞美之辞。如:"乐只君子,万寿无期"(《小雅·南山有台》)、"君子万年,宜其遐福"(《小雅·鸳鸯》);"君子万年,保其家邦"(《小雅·瞻彼洛矣》)和"和鸾雍雍,万福攸同"(《小雅·蓼萧》);"君子卜尔,万寿无疆"(《小雅·天保》)。事实上,自古至今,能活到200岁的人一个都没有,何况能"万寿无疆"?"雅体诗"中,多用"百"、"万"、"千"来夸张被赞美者,又如:"千禄百福,子孙千亿"、"受福无疆,四方之纲"(《大雅·假乐》)。古今帝王,虽然实行多妻制,后宫女人有多达万人者,能生出儿子和孙子过万人者亦不见史载,何况"子孙千亿"?再如《召南·驺虞》:"彼茁者葭,一发五豝,于嗟乎驺虞! 彼茁者蓬,一发无豵,于嗟乎驺虞!"在诗人笔下,这个"驺虞"真是神射手每一发箭都能射到五只野猪! 作为读者,我们除了能从中读到诗人极尽赞美之外,看不到客观事实的存在,这就是艺术的夸张。

5. **"形容"格**。作为一个修辞学术语,"形容"是对人或事物的形象或性质加以描绘,像"高、低、粗、细、硬、软、红、白、冷、暖、美、丑"等等,都被称为"形容词。""雅体诗"主要目的在赞美,所在使用形容词汇的现象较为普遍,成为其主要修辞手法之一。如《齐风·猗嗟》:

  猗嗟昌兮,颀而长兮,抑若扬兮。巧趋跄兮,射则臧兮。

  猗嗟名兮,美且清兮。终日射侯,不出正兮,展我甥兮。

> 猗嗟娈兮,清扬婉兮。舞则选兮,射则贯兮,四矢反兮,以御乱兮。

在这首诗中,"昌"、"颀而长"、"抑若扬"、"巧"、"臧"、"名"、"美且清"、"展"、"娈"、"清扬婉"等,均为"形容词"。这些形容词与"猗嗟"、"兮"这些感叹词相结合,就组成了一首典型的赞美诗,方玉润在《诗经原始》中说:"《猗嗟》,美鲁庄公材艺之美也。"从诗中看,不仅赞叹其"才艺之美",而且对其人的仪表也极尽赞美之能事。

再如《魏风·汾沮洳》:

> 彼汾沮洳,言采其莫。彼其之子,美无度。美无度,殊异乎!公路!
>
> 彼汾一方,言采其桑,彼其之子,美如英。美如英,殊异乎!公行。
>
> 彼汾一曲,言采其藚。彼其之子,美如玉。美如玉,殊异乎!公族!

这首诗赞美"彼其之子",不仅其人"美无度"、"美如英"、"美如玉",而且在"公路"、"公行"、"公族"组成的将军群体中特立独出——"殊异乎!"——这是一种定性式形容:不仅其仪表为第一美,而且在统军才能上也首屈一指。在"雅体诗"中,使用"形容"修辞手法之处俯拾即是,而且与"讽体诗"和"兴体诗"中所使用的"形容物"相比,最大区别是:"雅体诗"均用"美好事物"的美好形象与品质形容被赞美者的美好,是一种"审美"活动;而"讽体诗"中所重用的"形容物"多为"丑恶事物"以达其"审丑功能","兴体诗"

中所用"形容物"多为"捉摸不定"或"令人不快的物象"以达到抒发感伤情绪的主要目的。

6.7."复叠"格与"双声叠韵"格。所谓"复叠",就是"把同一的字接二连三地用在一起的辞格"①,例如:在《周南·关雎》中"关关雎鸠"中的"关关"既是"复叠"又是"双声叠韵",但"雎鸠"则只是"双声"而既不是"复叠"又不是"叠韵"。"窈窕"属于"叠韵",而"参差"则属于"双声"。同样,《葛覃》中"萋萋"、"喈喈"、《桃夭》中的"夭夭"、"灼灼"、"蓁蓁",《兔罝》中的"肃肃"、"丁丁"、"赳赳"既属"复叠"又属"双声叠韵"。而所谓"双声叠韵",则声母相同的两字连用为"双声",韵母相同的两字连用为"叠韵"。之所以把这两种修辞格放在一起讲,是因为二者在语言现象与概念上有关联性交叉。具体来说,凡是"复叠"词汇,则既是"双声",又是"叠韵";但却不能反过来说,凡是"双声叠韵"的词汇即必是"复叠"性质的词汇。在《诗经》中,这两种修辞格使用得非常普遍,蔚为大观。

8.比拟。"根据想象,把物当作人来写,或把人当作物来写,或将甲物当乙物来写,就是比拟。"②以当今的修辞学研究方法看,"比格"与"比喻"是两个性质不同的修辞格。"比喻"主要是拿某种客观事物的某种易见、易理解的现象和性质来类比某种抽象、不易见、不易理解的"理"或观念,而"比拟",则在语言修辞上表现为将甲事物当乙事物来写,具体在《诗经》中,则主要表现为将人当作物来写或将物当作人来写。而语言单位的层级上,有的以一个句子为单位,有的以句群或一首整诗为单位进行比拟。有单句比拟

---

① 陈望道著:《修辞学发凡》,上海教育出版社2006年版,第164页。
② 宗廷虎、李金苓、郭焰坤著:《中国修辞史》(中),吉林教育出版社,2007年版,第990页。

者,如《周南·螽斯》:

> 螽斯羽,薨薨兮。宜尔子孙,绳绳兮!

蝗虫的一个突出特点是繁殖力特强,因此,在祝愿对方多子多孙时,拿蝗虫多产作比拟。

又如:《召南·小星》:

> 嘒彼小星,三五在东。肃肃宵征,夙夜在公。

诗中以"小星"比拟为国家收集情报的"附耳"小臣,他们"肃肃宵征,夙夜在公",多数是昼伏夜行地"工作"。又如:《豳风·狼跋》:

> 狼跋其胡,载疐其尾。公孙硕肤,赤舄几几。

直接以老狼的"跋前疐后"比拟"公孙"走路的"进退维谷"的窘状。除了在一章从以单句作比拟,还有每章一个比拟者,如《周南·麟之趾》:

> 麟之趾,振振公子。于嗟麟兮! 麟之定,振振公姓。于嗟麟兮! 麟之角,振振公族,于嗟麟兮!

在这首短诗中,第一章把"公子"其人比拟作"麟"的脚趾头,第二章把一家一姓人比作"麟"的屁股("定"与"腚"通假),第三章把一族人"公族"比作"麟"头上的骨质角。这是典型的"比方于物"。

当然,应当指出,刘勰在《文心雕龙·比兴》中,将"比拟"与"比喻"混二为一,体现了古人修辞学视界的粗犷混同性,区分还不够精细。所谓的"夫比之为义,取类不常;或喻于声,或方于貌,或拟于心,或譬于事"①,刘勰在此用了"比"、"方"、"喻"、"拟"、"譬",显然把"比喻"与"比拟"二者混为一谈了。但二者在修辞学功能上显然是有区别的。我们不妨将《小雅·鹤鸣》与《小雅·鸿雁》作一对比,就可见二者的差异:

《小雅·鹤鸣》第二章:

鹤鸣于九皋,声闻于天。鱼在于渚,或在于渊。乐彼之园,爰有树檀,其下维榖。他山之石,可以攻玉。

注意:整章诗一共用了三个意象作比,只是为了"喻"此一理——"他山之石,可以攻玉。"

而《小雅·鸿雁》则不同,请看第一章前四句:

鸿雁于飞,肃肃其羽。之子于征,劬劳于野。

诗句中直接用"鸿雁"比拟"之子"这位"征夫",只是一种同情与赞美,并没有"喻"什么哲理。所以《鹤鸣》用的是"比喻"格,而《鸿雁》用的是"比拟"格。

在《诗经》中,一种"比拟"的奇观,是整首诗用呼告式比拟。如:《豳风·鸱鸮》:

---

① 刘勰:《文心雕龙·比兴》。

鸱鸮鸱鸮,既取我子,无毁我室。恩斯勤斯,鬻子之闵斯。

　　……予羽谯谯,予尾翛翛,予室翘翘。风雨所漂摇,予维音哓哓!

在这首诗中,"诗人"和诗人所呼求的对象都是人,但在诗人笔下,却都变成了有人的思想意识的鸟,更准确地讲,如果说《小雅·黄鸟》是人在呼告鸟,而《鸱鸮》则是"鸟人"在呼告"鸟人"。还有人与兽的呼告式比拟,如《魏风·硕鼠》;更有人对树木的倾诉,如《桧风·隰有苌楚》等等。"比拟"的细分类型十分丰富,不一而足。

9.10.11. 排比、对偶与反复。把这三种不同性质的修辞格放在一起来讲,主要是三者既有性质区别,又在形式上有某种交叉性联系或相似处。"同范围同性质的事象用了组织相似的句法逐一表出来的,名叫排比"[1],而"说话中凡是用字数相等,句法相似的两句,或(成)双作对排列成功的,都叫作对偶辞"[2],但"用同一的语句一再表现强烈的情思的,名叫反复辞"[3]。陈望道先生较早注意到这三种不同修辞格有时在外在形式上有一定交叉性联系,所以特别指出,"排比和对偶,颇有类似之处"[4],"对偶这一格,从它的形式方面看来,原来也可以说是一种句调上的反复,故也有人将它并入反复格"[5]。在《诗经》中,这三种修辞格较为普遍地被成功使用。如《小雅·伐木》中的"出自幽谷,迁于乔木";《大雅·抑》

---

[1] 陈望道:《修辞学发凡》,上海教育出版社2006年版,第199页。
[2] 陈望道:《修辞学发凡》,上海教育出版社2006年版,第199页。
[3] 陈望道:《修辞学发凡》,上海教育出版社2006年版,第195页。
[4] 陈望道:《修辞学发凡》,上海教育出版社2006年版,第199页。
[5] 陈望道:《修辞学发凡》,上海教育出版社2006年版,第198页。

中的"诲尔谆谆,听我藐藐",就是典型的对偶句式。而《小雅·无羊》中的"或降于阿,或饮于江,或寝或讹";《大雅·生民》中的"或春或揄,或簸或蹂";而《小雅·北山》中则是大规模运用"排比"修辞格的代表性篇章。除了"溥天之下,莫非王土;率土之滨,莫非王臣"外,后三章一气用了12句完全标准的四言排比句式,从而为后世树立了成功运用"排比"修辞格样板。但是,如果我们将《小雅·北山》中的"排比"与《小雅·无将大车》中的原生态句子展示出来作对比,那么,"排比"与"反复"两个修辞格的不同性质则一目了然。

请看《小雅·北山》后三章:

或燕燕居息,或尽瘁事国,或息偃在床,或不已于行。
或不知叫号,或惨惨劬劳;或栖迟偃仰,或王事鞅掌。
或湛乐饮酒,或惨惨畏咎;或出入风议,或靡事不为。

再看《小雅·无将大车》:

无将大车,只自尘矣,无思百忧,只自疧兮。
无将大车,维尘冥冥,无思百忧,不出于颎。
无将大车,维尘雍兮,无思百忧,只自重兮。

毫无疑问,《北山》中用的是典型的"排比格",而《无将大车》,则用的是典型的"反复格",二者与"对偶格"的区别,也十分明显,毋庸置疑。

12.13. **设问与反问**。这两种修辞格的相同点是都存在"问"。

但设问为"胸中早有定见,词中故意设问"①;而"反问"则是"用疑问语气表达与字面相反的意义"②。在《诗经》中,"设问"的特点往往是先提问,然后进行回答。如《大雅·生民》:"诞我祀如何? 或舂或揄,或簸或蹂……"《小雅·何人斯》:"伊谁云从? 维暴之云。"均是先提问,接着就用自答性陈述回答了自己提出的问题。《大雅·既醉》中,一连用了"其告维何? 笾豆静嘉"、"其类维何? 室家之壸"、"其胤维何? 天被尔禄"、"其仆维何? 釐尔女士"四组设问句。在这些句子中,均是有问有答,这是"设问"修辞格不同于"反问"的特点。在"反问"中,只有提问,没有回答,而且这种提问往往出现于一章诗的结尾。在提问之前,详陈做了什么事情,希望收到什么效果,而事情认真做完后,希望得到的结果却没有出现,所以诗人发出反问以表达自己的迷惑或不满。如《大雅·云汉》中,记述了周王朝遇到了多年不遇的大旱,周宣王率领群臣举行了各种类型的虔诚祭祀:祭天、祭地、祭祖宗,用各种牺牲和美玉献给众神,希望上天和祖宗能感其诚而降下雨来,但天却始终没下一滴雨,因此,诗人发出了一连串的反问:"王曰:於乎! 何辜今之人?""圭璧既卒,宁莫我听?""耗斁下土,宁丁我躬?""胡不相畏,先祖于摧?""父母先祖,胡宁忍予?""昊天上帝,宁俾我遁?""瞻卬昊天,云如何里?""瞻卬昊天,曷惠其宁?"先后对"群公先正"、"父母先祖"乃至"昊天上帝"不帮助自己发出了悲愤的反问。这种"反问"修辞格,特别普遍地运用于《诗经》"讽体诗"中,如《大雅》之《桑柔》、《抑》、《小雅》之《四月》、《蓼莪》、《何人斯》等,均有典型的反问句出现。而"设问"修辞在诗句中所发挥的功能,是为了强调问后面的答案,以引起读者的特别注意,"反问"的修辞功能则主

---

① 陈望道:《修辞学发凡》,上海教育出版社2006年版,第134页。
② 《现代汉语词典》第6版,商务印书馆2002年版,第361页"反问"条。

要是为了表达自己的不满情绪。这是两种修辞格功能的主要区别所在。

  14.15.16. **顶真、蝉联与联珠格**。作为较为成熟的、格式化的修辞格手法,"顶真是用前一句的结尾来做后一句的起头,使邻接的句子头尾蝉联而有上递下接趣味的一种措辞法。"①而"蝉联"(又称"连环"),即诗歌上句一字、二字或多字与下句一字或多字相同,形成承接关系。"蝉联"因其反映一种连锁关系的"顶真",所以与"顶真"密切相关;而"多蝉式,即反映三种以上连锁关系的顶真。其结构方式与双蝉式基本相同,犹如多串珍珠,互相交措而蝉联"②,故名曰"联珠"。因此,既可以说"蝉联"、"联珠"是"顶真"的两种典型分类型态,又可以说三者形成一种层递关系,既有一定区别,又有密切的关系。在《诗经》诗句的修辞现象中,只要两句诗之间,前一句的最后一个字或一个词与下一句的一个字或一个词相同,就可确认其为"顶真"。如:"匪女之为美,美人之贻"(《邶风·静女》)、"天之生我,我辰安在?"(《小雅·小弁》)、"乃觏于京,京师之野"(《大雅·公刘》),上述例句,均为上联之末尾与下联之起始所重复同一字词,是为"顶真",又属于"蝉联"之"单蝉式"。还有"二字蝉",如:"其德克明,克明克类"(《大雅·皇矣》)、"卬盛于豆,于豆于登"(《大雅·生民》)、"官贻我彤管,彤管有炜"(《邶风·静女》);又有"三字蝉式",如:"之子归,不我与。不我与,其后也处"(《召南·江有汜》)、"彼其之子,美无度。美无度,殊异乎公路"(《魏风·汾沮洳》);更有"四字蝉式",如:"相鼠有皮,人而无仪。人而无仪,不死何为?"(《鄘风·相鼠》)、"终远兄弟,谓他人母。谓他人母,亦莫我有"(《王风·葛藟》)、"淑人君

---

① 陈望道:《修辞学发凡》,上海教育出版社 2006 年版,第 212 页。
② 吴礼权、疏志强著:《中国修辞史》(下),吉林教育出版社第 1574 页。

子,其仪不忒。其仪不忒,正是四国"(《曹风·鸤鸠》)。然而,如果章与章之间多以词或词语相"顶真",则层递为"蝉联(连环)格"。如《大雅·文王》《大雅·下武》中,大部分章与章之间出现四字或二字"顶真"修辞现象,这种修辞现象的普遍运用,使整首诗形成了"蝉联"或"连环"修辞方式的大观,因而就称这种修辞现象为"蝉联"或"连环格"。而在"蝉联"的过程中出现了成串的誓言妙语,那么"连珠"就出现了。如:"君子万年,介尔昭明。昭明有容,高朗令终。令终有俶,公尸嘉告⋯朋友攸摄,摄以威仪。威仪孔时,君子有孝子。孝子不匮,永锡尔类⋯⋯"(《大雅·既醉》),又如:"保兹天子,生仲山甫。仲山甫之德,嘉柔维则。令仪令色,小心翼翼⋯⋯人亦有言,柔则茹之,刚则吐之。维仲山甫,柔亦不茹,刚亦不吐,不侮矜寡,不畏强御。人亦有言,德輶如毛,民鲜克举之。我仪图之,维仲山甫举之,爱莫助之⋯⋯"整首诗在多用"顶真"、"蝉联"的同时,出现了大量誓言妙语,许多誓言妙语已定型为"成语",我们至今仍在使用。这就是"联珠"修辞格的典型特征。

  17. 18. 19. 20. 镶嵌、移就、引用与模仿。在《诗经》中,有些修辞格运用得并不十分普遍,但已达到成熟的程度。这里提出的三种修辞格就是代表。对于"镶嵌",我们这里不用陈望道《修辞学发凡》中的定义,而使用的是"把一物体嵌入另一物体内"①这一概念。把这一概念引入《诗经》中的特殊修辞现象,是特指在一首诗中"镶嵌"了另一首诗。比如,在《大雅·卷阿》中,原本是一首四言长诗。但反复细读,这一首四言长诗中,精心分拆镶嵌了另一首五言短诗。如果把分拆的诗句重新组合,则成为一首完整的五言赞美诗:

---

  ① 《现代汉语词典》(第6版),中国社会科学院语言研究所词典编辑室编,商务印书馆2012年版,第1423页"镶嵌"条。

伴奂尔游矣,优游尔休矣。俾尔弥尔性,似先公酋矣。

尔受命长矣,茀禄尔康矣。俾尔弥尔性,纯嘏尔常矣。

这种修辞现象同样出现在《商颂·玄鸟》中,四言长诗中"镶嵌"入一首完整的五言诗。我们不妨将其从分拆状态中集合起来:

宅殷土芒芒,古帝命武汤,正域彼四方,武王靡不胜。在武丁孙子,肇域彼四海,殷受命咸宜。

同样的情况出现在《商颂·长发》中,四言长诗中"镶嵌"入一首五言诗:

禹敷下土方,外大国是疆。帝立子生商。受小国是达,受大国是达;受小球大球,为下国缀旒;受小共大共,为下国骏厖。则莫我敢曷,实左右商王。

这里需要指出的是,陈望道先生在《修辞学发凡》中,将"排比"中的标志词"乃……乃"、"或……或"当作"镶嵌"词,这是不确切的。

"移就",指的是"遇有甲乙两个印象连在一起时,作者就把原属甲印象的性状移属于乙印象"①。在《魏风·硕鼠》中,使用"移

---

① 陈望道:《修辞学发凡》,上海教育出版社1976年版,第115页。

就"比较成熟。如《豳风·鸱鸮》：

"予羽谯谯,予尾翛翛,予室翘翘,风雨所漂摇,予维音哓哓。"

把对鸟的印象移入对"予"印象的描写,"予"有了"羽"和"尾"。

又如《曹·蜉蝣》：

蜉蝣之羽,衣裳楚楚,心之忧矣,于我归处。

把对"我"的印象移入对"蜉蝣"的印象,蜉蝣穿上了衣裳,再如：《魏风·硕鼠》：

"逝将去女,适彼乐土……逝将去女,适彼乐国。"诗中将人之"乐"移就于土地和国家。土地和国家都"乐"了。

在《诗经》中,"引用"修辞格,也较多存在。如：

"人亦有言:靡哲不遇。"(《大雅·抑》)
"人亦有言:进退维谷。"(《大雅·桑柔》)
"文王曰:咨,咨女殷商……人亦有言:颠沛之揭,枝叶未有害,木实先拨。"(《大雅·荡》)
"王命召伯:'定申伯之宅,登是南邦,世执其功。'"(《大雅·崧高》)

我们这里所讲的"模仿",是指"照某种现成样子学着做"①。结合《诗经》中的修辞现象,主要是指:《诗经》中一些较早流传的诗作,从诗歌语言表现、章节安排、意境表达乃至乐章、声律的配用,已广为当时和后世所称赞、仰慕,从而形成一种书写范式,使后来的诗人将其视为"范本"自觉加以仿作。例如,在《诗经》中,有《扬之水》3 篇,即《王风·扬之水》《郑风·扬之水》《唐风·扬之水》,其主题均为诗人警告、有分裂兄弟情义的"扬之水",告诫兄弟间要像"束楚"一样紧紧团结在一起,否则将有大祸临头。

又如以《黄鸟》为题者 5 篇。为《秦风·黄鸟》《小雅·黄鸟》;《柏舟》2 篇:《邶风·柏舟》《鄘风·柏舟》;《杕杜》3 篇:《唐风·杕杜》《有杕之杜》《小雅·杕杜》;等等。这些诗歌能够同题,已不是偶然现象。通过文本细读,我们已发现从主题、意象到诗歌所用乐调风格均有相通或相近之处。其基本情况是:先出现了一篇经典诗歌,后人遇有相近题材,就加以"模仿"。有些是整篇模仿,有些只是片段模仿。如:《小雅·采薇》末章:

> 昔我往矣,杨柳依依。今我来思,雨雪霏霏。行道迟迟,载渴载饥。我心伤悲,莫知我哀。

再看《小雅·出车》第四章:

> 昔我往矣,黍稷方华。今我来思,雨雪载涂。王事多难,不遑启居。岂不怀归?畏此简书。

---

① 《现代汉语词典》(第 6 版),中国社会科学院语言研究所词典编辑室编,商务印书馆 2012 年版,第 913 页"模仿"条。

又如《召南·草虫》：

> 喓喓草虫，趯趯阜螽。未见君子，忧心忡忡。亦即见止，亦即觏止。我心则降。

再看《小雅·出车》第五章：

> 喓喓草虫，趯趯阜螽。未见君子，忧心忡忡。既见君子，我心则降。赫赫南仲，薄伐西戎。

过去学界有一些流行观点，以为宋词或发源于隋唐燕乐，或发源于唐朝某个诗人如李白等。其实，《诗经》中的同题诗或同一意象的诗歌才是"宋词"最早的远祖。

《诗经》中的修辞格还有很多，本人在已发表的《诗经》六体诗歌的论文中已有详述，此不一一列举。

（郑志强，河南省社会科学院《中州学刊》杂志社，研究员）

《诗经》新证四则

白军鹏

前辈学者于省吾先生尝作《双剑誃诗经新证》(中华人民共和国成立后增订为《泽螺居诗经新证》,于1982年由中华书局出版),依据新材料等对《诗经》中难解处及前人误释处进行全新的释读,成绩斐然,这些无须在此多言。作为先生的再传弟子,研读《诗经》之余,亦稍有所获,不揣谫陋,就教于各位方家。

一、《汾沮洳》"美无度"新证

《魏风·汾沮洳》"彼汾沮洳,言采其莫,彼其之子,美无度,美无度,殊异乎公路。"笺"之子,是子也。是子之德,美无有度,言不可尺寸"。① 此说历代学者均无异词。如朱熹谓"美无度,言不可以尺寸量也。"②马瑞辰"诗'美无度',应当读如'尺度'之'度'"。③按,此说似是而实非。"无度"在先秦文献中多用为贬义。《左传·昭公》七年"子皮之族,饮酒无度"。《昭二十年》:"暴征其私。承嗣大夫。强易其赂。布常无艺。征敛无度。宫室日更。淫乐不

---

① 孔颖达《毛诗正义》卷5,中华书局影印阮元校刻《十三经注疏》本,1980年,第357页。
② 朱熹《诗经集传》卷3,巴蜀书社影印王利器藏怡府藏版,1989年,第23页。
③ 马瑞辰著,陈金生点校《毛诗传笺通释》卷10,中华书局,1989年,第322页。

违。"《春秋繁露·治乱五行》"不敬父兄,淫逸无度"均其例。"无度"或为"无常度"之省,如《孟子·公孙丑》"古者棺椁无度,中古棺七寸,椁称之。自天子达于庶人。非直为观美也,然后尽于人心"是其例。值得指出的是,孔颖达已经看到"无度"为贬义,其言"《宛丘》云游荡无度,《宾之初筵》云饮酒无度,皆谓无节度也。此不得为美无节度,故为无复度限,言不可以尺量也"①。然而其坚守"疏不破注",曲为之弥缝,实不应该。

我们以为"度"应该读为"斁"。二字上古均为铎部字,度属定母,斁书余母,余、定均为舌头音,与斁同声符的铎为定母,可见度、斁二字古音极近。《后汉书·张衡传》"惟盘逸之无斁兮"。章怀太子注谓:"斁,厌也,音亦,又音徒故反,古度字也。"②按,"度"并非"斁"之古字,二者应为假借之关系,而此处之盘逸"无斁",读为"无度",似乎又正可证成我们前面之说。大概李贤等在注《后汉书》时,见到两种对"无斁"的解释,因此两说并存,而由后面的举证来看,当以后说为是。

无斁或作无射。《葛覃》"服之无斁"。《尔雅·释诂》"射,厌也"。郭注引诗"服之无射"。《礼记·缁衣》引亦作"服之无射。"无斁乃诗、书常语。《思斋》"古之人无斁,誉髦斯士"。《泮水》"戎车孔博,徒御无斁"。《駉》"思无斁,思马斯作"。《振鹭》"在彼无恶,在此无斁"。《洛诰》"我惟无斁其康事"均其例。"无斁"或训"不厌",或训"不败",虽不可遽定,然而其为褒扬之词则无疑。"美无斁",谓其美不厌,即不使人厌。或谓其美无败,状其美之长。

---

① 孔颖达《毛诗正义》卷5,中华书局影印阮元校刻《十三经注疏》本,1980年,第357页。
② 《后汉书》卷59《张衡列传》,中华书局校点本,1965年,第1936页。

二、《文王》"仪刑"、《我将》"仪式刑"中"仪"字新证

《诗·文王》:"仪刑文王,万邦作孚。"仪,毛传无说。郑笺云:"仪法文王之事,则天下咸信而顺之。"又《我将》:"仪式刑文王之典。"传:"仪,善。刑,法。"(可见《文王》篇毛亦似乎应以"仪"训"善"。)郑笺云:"我仪则式象法行文王之常道。"是与《文王》之"仪"同训。毛、郑二家有歧,就后来学者们(主要是汉代以后的学者)引用此句看,大家多倾向于郑玄的说法,因为后世又有了"仪刑"一词。尤其在史书中"仪刑"甚为常见,如《后汉纪·孝顺皇帝纪》:"然三公者,调和阴阳,仪刑百寮。"①同书《孝桓皇帝纪》:"德苟成,故能仪刑家室,化流天下。"显然,"仪刑"整体作为一个词已经"深入人心",然而据我们观察,无论毛郑,所训皆非诗旨,我们以为"仪"当训为"宜"。

"仪"从"义"得声,"仪""义"相同之例甚多,(此就传世文献为说,出土文献中并无"仪"字,实则"仪"即"义"也。)而古文献中,"义""宜"相通之例多见。首先,我们举"宜"可用为"义"的例子:

《郭店楚墓竹简·性自命出》:智(知)宜者能内(入)之。"宜"当读为"义"。万(厉)眚(性)者宜也。"宜"读为"义"。中山王方壶:"以征不宜之邦。"此"宜"字显然应读为"义"。中山王器诸中以"宜"代"义"之例甚多,兹不备举。

下面我们再举几个已经成为定论的"义"用为"宜"的例子:(括号中为应读为之字)

师旂鼎:"懋父令曰:义(宜)播。"史墙盘:"义(宜)其禋祀。"《荡》:"尔秉义类。"笺云:"义之言宜也。"又"不义从式":传:"义,

---

① 袁宏著,周天游校注《后汉纪》,天津古籍出版社,1987年,第503页。

宜也。"《蒸民》:"人亦有言。德辅如毛。民鲜克举之。我仪图之。维仲山甫举之。"传:"宜也。"笺:"仪,匹也。"释文曰:"我义,毛如字,宜也。"《正义》言郑读为"仪"。马瑞辰云:"是释文、正义本均作'义',郑始读'义'为'仪'。"由此例并前引《荡》之例可见毛传亦有以"仪"或"义"训"宜"之说,而此更可证成我们的说法之有据。

以上可谓其他文献的外证,《文王》共七章,章八句,我们知道,《诗经》中反复咏叹之例甚多,有时即使不是原句原字,其句式亦有相同,"仪刑文王,万邦作孚"句属于第七章末两句,而第六章末两句作:"宜鉴于殷,骏命不易。"此言"宜鉴于殷",下章云"宜刑文王",其对仗也是很工整的。且"宜鉴于殷",《礼记·大学》引作"仪鉴于殷"。此亦可证明我们的判断是正确的。

在甲骨文中,有"我"或"娥"读为宜的例子,详见裘锡圭先生《释求》一文。① "义"从"我"得声,"我"可读为"宜",则"义"自然也有读为"宜"的可能。

基于以上的论证,我们以为《文王》与《敬之》中的"仪刑"或"仪式刑"之"仪"均应训为宜。

麦方尊中有"用龚义宁侯,顈孝于邢侯"。《商周青铜器铭文选》解释前一句说:"麦以敬慎威仪以安宁邢侯。"② 此说扞格难通,且《诗·大雅·民劳》与《鲁颂·泮水》都有"敬慎威仪",乃就天子或诸侯对百姓而言。而此处若依此解释,则正好相反。其他学者虽句读与《铭文选》或有异,然均读此"义"为"仪",实则大同而小异。按,此"义"当读为"宜",令簋"作册令尊宜于王姜,姜赏令贝十朋"。龚与恭通,义为敬,而尊训为敬也是古书常训。《诗·女曰

---

① 裘锡圭《释求》,《古文字论集》,中华书局,1992年,第61-65页。
② 商周青铜器铭文组《商周青铜器铭文选》,文物出版社,1988年,第47页。

鸡鸣》："弋言加之，与子宜之。"笺谓宜为肴。则"尊宜"或"恭宜"当为以"盛馔"祝于长上。那么此句似乎可以译为"麦恭敬的以美肴安宁他的君长邢侯"。不过，除了这两例受祝之人邢侯与王姜为生人外，亦有死去之人，如：四祀邲其卣"乙巳，尊文武帝乙宜"。此"尊……宜"应该就是"尊宜"，此则显系对已死的先王的祝祭。

在前面提到的裘先生的文章中举了很多"我"读为"宜"的例字，在甲骨文中"乂"则常用为地名。或与"京"字合文，亦用为地名。然而《甲骨文合集》27979 有这样两条卜辞：

"弜用乂行弗遘方"

"戍惟乂行用遘羌方有杀"

此两条显然为对贞卜辞。我们以为此"乂"应为"宜祭"之"宜"的借字，可读为"宜"，《左传·成十三年》："成子受脤于社，不敬。"杜注云："脤，宜社之肉也。盛以脤器，故曰脤，宜，出兵祭社之名。"孔疏引孙炎注《尔雅》谓宜为"有事祭也，宜求见佑也，是宜者出兵祭社之名"。又，作册般甗有"王宜人方"。此宜亦当是"王宜社于人方用兵之事"。则此乃出征前占卜是否需用举行宜祭，其结果是不用宜祭，则"弗遘方"，用宜祭则"遘羌方，有杀"。乃大获全胜之义。根据这两条卜辞，我们似乎可以推测，此次战斗，于商一方应为主动出击，故"不遘方"为不举行宜祭之结果。

三、《公刘》"止基乃理"、"止理乃密"新证

《大雅·公刘》最后一章言"笃公刘，于豳斯馆，涉渭为乱，取厉取锻。止基乃理，夹其皇涧，溯其过涧。止旅乃密，芮鞫之即"。"止基乃理"笺云"止基，作宫室之功，止而后疆理其田野"。于"止旅乃密"则云"公刘居豳，既安军旅之役，止士卒乃安"。按，郑氏之

说殊无道理,尤其是此二句肯定应是并列结构,而按郑氏之说,则"理"为动词,"密"为形容词,已有矛盾,且"止士卒乃安"更不知其所云。

于省吾先生曾经根据出土文献证明了《诗经》中有的"止"实际上是"之"。① 因此在同书"止基乃理"、"止理乃密"条中,于先生将此二句释为"之基乃理"、"之旅乃密",并读"之"为"兹"。可为一说。

我们觉得"止"似乎可以读为"始"。上古音,"止"为章母之部字,"始"为书母之部字。二字韵部同属之部,而声母同为舌上音,音近可通。"台"与"臺"的关系是很密切的,《吕氏春秋·任数》"向者,煤炱入甑中",《文选》陆机《君子行》李注引高注:"炱读作臺。"而古文字中"臺"经常从"止"作,实则从"止"声,如侯马盟书"台"作 ✾。因此,"止"与"台"没有问题是可以通假的。汉镜铭有"令名之纪七言止",②又有"桼言之纪从镜始"(同书85页),"桼言之始孝为右"③。其中,"桼"即"七",段玉裁在《说文解字注》中说"汉人多假桼为七"。并举《史记》"桼始"《尚书大传》及《汉书·律历志》作"七始"为证。④ 又《墨子·贵义》"夕见漆十士",《艺文类聚》引"漆"作"七"。因此前引三镜铭"七言止"、"桼言之始"等实同义,因此"止"也就是"始",这更直接证明了"止"、"始"相通。

"始基乃理"、"始旅乃密"谓公刘带领其部族"始奠基其宫室

---

① 于省吾,《泽螺居诗经新证·泽螺居楚辞新证》,中华书局,1982年,第177-192页。
② 王刚怀,《止水集》,上海古籍出版社,2010年,第84页。
③ 同上注,第86页。
④ 段玉裁,《说文解字注》,上海古籍出版社影印经韵楼刊本,1981年,第276页。

而理顺","始陈其旅而安宁"。乃言其民心所向,《大雅·灵台》"庶民攻之,不日成之"。与此意正相似。在《公刘》篇中,有"既……乃……"的句式,如"既登乃依"、"既景乃冈",与此"始……乃……"是很接近的。值得指出的是,马瑞辰已经注意到了这种现象,他说"止,犹既也。《释诂》'卒,已也',《释言》'卒,既也'。已与止同义,卒为已,又为既,则止亦既也"。马氏谓"止"即"既"并无确证,二字音不近,无由通假,然而他的基本思路与我们不谋而合,惟与结论仍相去一间。

(白军鹏,东北师范大学文学院,讲师)

释《诗经》中的"兮"字

陈 瑶

"兮"是先秦传世文献典籍中较为常见的语助词,《广雅·释诂》四:"兮,词也。"刘知几《史通·浮词》:"焉、哉、矣、兮,断句之助也。"多用于诗歌类与韵语性质的文献中。① 在传世文献中,刘勰认为最早采用"兮"的代表作品是相传为虞舜时代的歌谣《南风歌》,并且"兮"在楚辞中广泛地使用。《文心雕龙·章句》写道:"诗人以'兮'字入于句限,《楚辞》用之,字出句外。舜咏'南风',用之久矣。"② 近年来,随着诗赋类简帛文献的发布,诸多与"兮"相关的不同语气词频繁出现,再次引起学界的广泛关注。本文在前人研究的基础之上,在此拟作进一步地探讨。

---

① 据统计,《诗经》(其中采用"兮"的作品,十五国风 46 篇,《小雅》11 篇,《大雅》、《颂》各 1 篇)凡 323 次,楚辞凡 941 次,其他有诗歌、韵语的作品,如接近韵语的《老子》凡 27 次,《文子》(多引用《老子》之语)凡 34 次,《荀子》(《儒效》、《赋》篇)凡 20 次,以及《左传》、《论语》等文献收录当时的歌谣也使用"兮"字,例如,《左传》哀公十三年的《乞粮歌》曰:"佩玉蕊兮,余无所击之。旨酒一盛兮,余与褐之父睨之",《论语·微子》篇的《楚狂接舆歌》:"凤兮凤兮!何德之衰?往者不可谏,来者犹可追。已而,已而!今之从政者殆而!"可见,在先秦时期,"兮"字并非楚辞专用,但是楚辞的使用频率较高而为世人所注意。东汉王逸《楚辞章句》所收录屈原的 25 首作品中,除了四言体的《天问》与散体的《卜居》、《渔父》之外,其余篇章几乎句句皆有"兮"字,显然成为楚辞独标一体的作品风格。

② 周振甫:《文心雕龙》第 313 页。《孔子家语·辩乐解》所记载《南风歌》如下:"南风之薰兮,可以解吾民之愠兮。南风之时兮,可以阜吾民之财兮。"

一、出土诗赋类文献中的异文现象

1. "兮"作"可"

新近公布的清华简第六册《子仪》篇中,秦穆公送行楚臣子仪所歌的韵语,不见于传世文献,其中包括一首"飞鸟"之歌,其中的"兮"字均用为"可"字。简文如下:

> 楚樂和之曰:"鳥飛可(兮)憯永,余可(何)矰以就之。遠人可(何)麗,……莫往可=(可[兮]可[何])以真焉。……昔之臘可(兮)余不與,今兹之臘余或不與,奪之績可(兮)而奮之。織紝之不成,吾可(何)以祭稷。"

另外两处韵文也采用"可(兮)"字,简文为:"迟迟可(兮),委委可(兮)"、"漳水可(兮)远望,逆视达化。汧可(兮)霏霏,渭可(兮)滔滔,杨柳可(兮)依依。"

"可"字的字形,清华简作"▢"、"▢"。据上下文意,整理者分别释"可"作"兮"、可="作"兮何"①。上博简第八册的《李颂》《有皇将起》与《鹠鹈》②等三篇楚辞类作品,通篇句尾采用"可(兮)"字,其中《有皇将起》篇中的"可="亦是释为"兮何"。

又传世傅奕本《老子》"道之出言,淡兮其无味"句,而郭店简《老子》③相应地作"古道□□□,淡可亓无味","兮"亦作"可"。

---

① 李学勤主编:《清华大学藏战国竹简》(陆),清华大学出土文献研究与保护中心编,上海:中西书局,2016年版,第128页。

② 马承源主编:《上海博物馆藏战国竹简书》(八),上海:上海古籍出版社,2011年版。

③ 荆门市博物馆:《郭店楚墓竹简》,北京:文物出版社,1998年版。

2. "兮"作"猗"或"掎"、"旖"

《尚书·泰誓》:"断断猗。"《礼记·大学》引作"断断兮"。《诗·魏风·伐檀》:"河水清且涟猗。"王引之《经传释词》:"猗,犹兮也。"① 王先谦《诗三家义集疏》:"鲁诗'猗'作'兮'。……《隶释》载《石经鲁诗》残碑'猗'作'兮',猗、兮古今通用。"②

再看,出土文献中,阜阳汉简《诗经》③与传世本毛诗相对照,则"兮"往往作"掎",共5处,仅有1例作"也"。如表1:

表1

阜阳汉简《诗经》内容	今本毛诗内容	篇名
父掎母掎,畜我不萃。	父兮母兮,畜我不卒。	《邶风·日月》
闲掎闲掎,方将万舞。	简兮简兮,方将万舞。	《邶风·简兮》
□者闲=掎,行。	十亩之间兮,桑者闲闲兮,行与子还兮。	《魏风·十亩之间》
之□掎,敝予□予有苢造掎。	缁衣之好兮,敝予又改造兮。	《郑风·缁衣》
□美一人,清扬婉掎。	有美一人,清扬婉兮。	《郑风·野有蔓草》
其实七也。求我庶士,□其……	摽有梅,其实七兮。求我庶士,迨其吉兮。	《召南·摽有梅》

又传世傅奕本《老子》的"渊兮,似万物之宗……湛兮,似或存"、"道之出言,淡兮其无味",北大汉简本《老子》④分别作"渊掎,

---

① 王引之:《经传释词》,上海:上海古籍出版社,2014年版,第92页。
② 王先谦:《诗三家义集疏》,北京:中华书局,1987年版,第408页。
③ 胡平生、韩自强:《阜阳汉简诗经研究》,上海:上海古籍出版社,1988年版。
④ 北京大学出土文献研究所编:《北京大学藏西汉竹书》(贰),上海:上海古籍出版社,2012年版。

佁万物之宗……湛旖,佁或存"和"道之出言,曰淡旖其无味"。可见,北大汉简本《老子》中的"兮"均作"旖"。

3."兮"与"呵"

马王堆帛书《老子》甲、乙本①与传世傅奕本《老子》对照,则"兮"均作"呵"。如表2所示:

表2

马王堆帛书《老子》甲本	马王堆帛书《老子》乙本	传世傅奕本《老子》内容
渊呵,佁万物之宗……湛呵,佁或存。	……盈也。渊呵始(似)万物之宗。……或存。	渊兮,似万物之宗……湛兮,似或存。
与呵,其若冬涉水。猷(犹)呵,其若畏四邻。严呵,其若客。涣呵,其若凌释。沌呵,其若朴。湷呵,其若浊。	与呵其若冬……涣呵其若凌释,□呵其若朴……	豫兮,若冬涉川,犹兮,若畏四邻。儼兮,其若容。涣兮,若冰之将释。敦兮,其若朴。旷兮,其若谷。混兮,其若浊。
猷(犹)呵,其贵言也。	〔犹呵〕,其贵言也。	悠兮,其贵言。
恍呵,其未央哉!累呵,似无所归。……我愚人之心也。湷湷呵。……忽呵,其若海。恍呵,若无所止。	累呵,如……我愚人之心也。惷惷呵。……忽呵其若〔海〕,恍呵其若无所止。	荒兮,其未央哉!众人熙熙,如享大牢,如春登台。我独淡泊兮,其未兆,如婴儿纸未孩,儡儡兮,若无所归。……我愚人之心哉,沌沌兮!……澹兮,其若海,飘兮,若无止。

4."兮"与"乎"

郭店简《老子》甲本:"豫乎其如冬涉川,犹虖(乎)其如畏四

---

① 国家文物局古文献研究室编:《马王堆汉墓帛书》(壹),北京:文物出版社,1980年版。

邻,俨唬(乎)其如客,涣唬(乎)其如释,敦唬(乎)其如朴,沌唬(乎)其如浊。"又丙本:"犹唬(乎)其贵言也"。其简文中的"唬(乎)",传世傅奕本《老子》均作"兮"。

5."兮"与"也"及其他字

今本毛诗《曹风·鸤鸠》:"淑人君子,其仪一兮。"郭店简《缁衣》、《五行》篇,上博简《缁衣》篇引用此句,"兮"字均作"也",又马王堆帛书《老子》甲本卷后古佚书《五行》引作"氏"。①

考察以上材料,涉及《诗经》、《楚辞》及《老子》等诗赋类、韵语类出土文献与传世文献相对照的异文现象,存在以下几个特点:

第一、战国、秦汉时期的诗赋类出土文献中,完全没有语气词"兮"字的踪影,而往往采用他字,如"可"、"猗"或"旖"、"㱃"、"呵"、"乎"与"也"、"氏"等诸字。

第二、每一篇出土文献中,所采用相当于传世文献中"兮"的语气词,大都只有一个(除了阜阳汉简《诗经》有1项例外),也即同一篇文献中的语气词是统一的,符合抄写者"一以贯之"的用语习惯。

第三、这些语气词取代"兮"出现,不是偶然现象,而是存在着必然的联系。诸字均与"兮"字存在音、形、义某些方面的关联性,其中"呵"、"猗"或"旖"、"㱃",均从"可",与"可"归为一大类,下文将进行具体地讨论。

二、释"兮"及相关字之关系

"兮"字在甲骨文中屡见,作 ⟨字形⟩(前81)。赵诚先生《甲骨文简

---

① 国家文物局古文献研究室编:《马王堆汉墓帛书》(壹),北京:文物出版社,1980年版。

明词典》:"甲骨文用为某一神或祖之名,当为借音字。卜辞以(兮)为祭祀对象。"其他还有表示地名、时间和姓氏的词例。西周金文中见于《兮甲盘》▨(《商周青铜器铭文暨图像集成》25.14539)、《兮仲钟》▨(《集成》27.15236);《盂卣》▨(《集成》24.13306)。

"兮"与"可",从字形来看,《说文·兮部》:"兮,语所稽也。从丂、八,象气越亏也。"《说文·可部》:"可,肎也。从口、𠃑,𠃑亦聲。"𠃑,《说文·丂部》:"反丂也。读若呵。"𠃑与丂互为反体,在古文字里属于异体字。"兮"从丂,而"可"从"𠃑"。胡敕瑞先生认为"兮"是在"丂"上增添像气舒越的"八"旁,"可"是"丂"上增添发气出声的"口"旁。气舒之"八"为结果,出气之"口"为工具。汉字表结果的偏旁与表工具的偏旁多可互换。例证如"吪"同"呵"、"歗"同"嘑"、"歎"同"嘆"、"歗"同"啸"、"欤"同"吟"等。因此,"兮"与"可"的字形、读音均相同,为同一字。① 赵诚先生《甲骨文简明词典》:"汚,从水丂声,为形声字。汚与河为古今字。"②提供了另一个例证。

再看"兮"的读音,前人的研究主要分为歌部与支部两种观点。一为歌部说。丂,《说文》:"气欲舒出勺上碍于一也。丂,古文以为亏字,又以为巧字。"于省吾先生《甲骨文字诂林》:"卜辞丂字与金文形体同。《说文》以为'气欲舒出,勺上碍于一'支难牵传,'丂'

---

① "呵"又在"可"上加"口",以示区别,古文字简变繁往往增加口饰而无义。胡敕瑞:《试论"兮"与"可"及其相关问题》,《民俗典籍文字研究》,2015年1期,第84页。

② 赵诚:《甲骨文简明词典》,北京:中华书局,2009年版,第8页。

当为'柯'之本形,甲文'斤'、'老'诸字均从'丂'可证。"①己,读若呵,正与丂(柯)的古音相通,这一读音,今天在从"丂"的愕、偶、谔、鄂、鳄、萼、腭、锷、颚诸字中保留下来。在《古韵通晓》中,"呵"、"己"(晓纽)、"柯"(见纽)、"可"(溪纽)、"兮"(匣纽)、"猗"、"旖"、"猗"(影纽),同属于上古音的歌部②。旖,《说文·㫃部》:"旖施,旗貌,从㫃奇声。"段玉裁注:"《上林赋》:'旖旎从风'。张揖曰:'旖旎,犹阿那也'。……广韵、集韵曰婀娜,曰旖袲。"③清代孔广森的《诗声类·阴声类歌末附》:"《泰誓》'断断猗',《大学》引作'断断兮',似兮、猗音义相同。猗,古读阿,则'兮'字亦当读'阿'。"④皆为力证。

另一类为支部说。在隋唐时的《切韵》和宋代的《广韵》中古音系中,"兮"字均为齐韵,齐齿呼,胡鸡切。严可均《说文声类》"兮"字:"在齐韵。"段玉裁注:"兮、稽叠韵",认为"兮"和"稽"叠韵,同属"支"部韵。

可见,前人对"兮"的两种读音皆有所本,具有明显的古今变化,呈现出由上古音歌部向中古音支部转变的历史发展脉络。对于这种音系的变化,罗常培、周祖谟先生研究表明两汉期间出现

---

① 于省吾:《甲骨文字诂林》第四册,北京:中华书局,1996年,第3457页。老,甲骨文作 或 。商承祚:"象老者倚杖之形"。赵诚:"老。象老者扶杖徐行之状,本为会意字。"于省吾先生《甲骨文字诂林》:"'老'、'考'古本同字。《说文》以为'老'字'从人毛匕',乃据小篆伪变之形体为释,其说非是;'老'字所从之 或 |,象杖形,'考'演变为从'丂'声。"

② 陈复华、何九盈:《古韵通晓》,北京:中国社会科学出版社,1987年版,第186-188页。

③ (清)段玉裁:《说文解字注》,上海:上海古籍出版社,1988年版,第311页。

④ (清)孔广森:《诗声类》,北京:中华书局,1985年版,第22页。

歌、支两部音变的轨迹①。魏慈德先生亦指出《说文》的重文也反映出歌、支相通的现象，认为"'兮'字可能本读歌部字，在楚简中仍当读为歌部字，后来因为歌、支二部产生音变的关系，因而转入了支部字，至少在东汉时已变成了支部字。"②当然，语音的变化是一个渐变的过程，分期只是一个大致规律性的考察与总结。

奇，《说文》："从大，从可。"段玉裁注："可亦声。"猗，《说文·犬部》："从犬，奇声。"猗，《说文·攲部》："从攲，奇声。"高亨先生《古文字通假会典》认为奇声字与可声字，恒相通用。③ 猗为猗的简省写法，胡平生、韩自强先生认为两字乃"一字之异构"。因此，呵、猗、猗、猗的上古读音均从可，自"丂"孳乳而出，与"兮"存在诸多关联。

乎为语气词，《说文·兮部》："语之余也。从兮。"甲骨文字形作 丂，兮与乎的区别在于 丅 上有两画或三画。于省吾先生《甲骨文字诂林》："'兮'与'乎'字本同源，卜辞已分化二字。"④

也，亦为语气词。据《古韵通晓》属于余纽歌部，兮在匣纽歌部，余、匣古多相通。

氏，属于用于语气词的孤例，"氏"作为语气词的可能性。据《古韵通晓》属于禅纽支部。李学勤先生看到"兮"的韵部变化，指出实际上"兮"很早就归支部，与支部韵相通的例子很多，从"兮"的

---

① 参见罗常培、周祖谟《汉魏晋南北朝韵部演变研究》，中华书局，2007年版，第13页。
② 魏慈德：《试论楚简中"兮"字的读音》，《古文字研究》第二十九辑，北京：中华书局，2012年版，第716页。
③ 高亨：《古文字通假会典》，齐鲁社，1989年版，第664－668页。
④ 于省吾：《甲骨文字诂林》第四册，北京：中华书局，1996年版，第3414页。

"盼"字也在支部,其与章母支部的"氏"通假。①

三、余论

对于目前所见诗赋类出土文献中的语气词,出现一批与"兮"相关的他字,而不是后来传世文献中广泛使用的语气词"兮"字。对于这一现象,学者们进行了诸多讨论。诗赋类文献中的异文现象,胡平生、韩自强先生认为,与"记录者、吟咏者、整理者"有关,事实上诗歌的传承方式往往是口耳相传,也与传授者、改编者有关。"兮"的文本样态,与改编者有关,比如在后世《宋书·乐志》记载当时乐工改编《楚辞·九歌·山鬼》,已经完全失去"兮"字的特征了。②

经过秦时焚书坑儒的余劫,汉代在经学传承中承担了重要的作用。流传后世的古籍经典,大多数经过汉人的搜集、整理或改编。古史辨派顾颉刚先生关于古史曾提出"古史层累说",即"层累地造成古史",古书的形成也是经历后人层层累加的不断改编,才形成了今天我们所见的传世经典面貌。不妨作一个可能性的推测:从年代更早的出土诗赋类简帛文献中与"兮"相关的诸多语气词,至统一为传世文献中的"兮"字,一定经过了后人的改编。雷黎

---

① 李学勤:《〈诗论〉说〈宛丘〉等七篇释义》,谢维扬、朱渊清主编《新出土文献与古代文明研究》,上海大学出版社,2004年版,第2页。

② 《楚词》钞改楚辞《山鬼》为《今有人陌上桑》,内容如下:"今有人,山之阿,被服薜荔带女萝。既含睇,又宜笑,子恋慕予善窈窕。乘赤豹,从文狸,辛夷车驾结桂旗。被石兰、带杜衡,折芳拔茎遗所思。处幽室,终不见,天路险艰独后来。表独立,山之上,云何容容而在下。杳冥冥,羌昼晦,东风飘飖滇神灵雨。风瑟瑟,木搜搜,思念公子徒以忧。"见(梁)沈约:《宋志》,北京:中华书局,1974年版,第608页。

明先生《先秦传世典籍"兮"字本貌及形用流变》一文认为"秦代开始,文字渐趋规范。文字的规范化不仅仅是文字形体的规范化,更重要的是文字用法的统一化。临时性的假借用法被固定或废止,便是文字用法统一化最为明显的表现之一。在'兮'字被假借来表示虚词后,这一用法就逐渐被凝固下来,于是汉代经传传承者便有意无意地用'兮'字去取代那些与'兮'字用法相同的先秦典籍中的文字"①。针对本论文所讨论产生"兮"字的变化,对其整理者或改编者,西汉晚期奉命领校群经的刘向父子是最有可能的整理者或改编者之一。据《汉书·楚元传》(附刘向传)记载,刘向父子曾奉皇命校勘皇家馆藏经书,"领校中《五经》秘书"。

1. 整理时间的可能性

本文所论及出土诗赋类文献的大致年限,分别为:

清华简——抄写年代约为战国中晚期(前305加减30年)②;

郭店简——墓葬年代为战国中期偏晚,抄写年代略早③;

北大汉简——抄写年代主要在汉武帝后期,下限不晚于宣帝④;

马王堆帛书——墓葬年代为汉文帝十二年(前168)⑤。

阜阳汉简——墓主为西汉二代汝阴侯,封穴在西汉文帝十五

---

① 雷黎明:《先秦传世典籍"兮"字本貌及形用流变》,《广西社会科学》,2011年第7期,第137页。

② 李学勤主编:《清华大学藏战国竹简》(壹),上海:中西书局,2010年版,第1页。

③ 又见《荆门郭店一号楚墓》,《文物》,1997年第7期。

④ 北京大学出土文献研究所编:《北京大学藏西汉竹书》(壹),上海:上海古籍出版社,2012年版,第2页。

⑤ 裘锡圭主编:《长沙马王堆汉墓简帛集成》(壹),北京:中华书局,2014年版,第1页。

年(前165)①。

这些出土文献大体属于战国中晚期至西汉前期。刘向(前77—前6)、刘歆(前50—23)父子整理古代典籍文献的历史时段为西汉末年,因此,完全有可能将年代更早的诸字,进行改编而形成后世文献中统一的"兮"字。

2. 地域性。胡平生、韩自强先生认为"《毛诗》用'兮'而《阜诗》用'旖',或与方言有关。"②曹锦炎先生认为:"未必一定是通假关系,它是否与方言用字有关?"③虞万里先生研究认为,战国楚地方音中歌、支混而不分,西汉时出身楚地及其相关地区的作家作品中反映出歌、支合韵现象,而至东汉时,由于楚辞、汉赋及经济流通的影响,歌、支混杂成为一种普遍现象,其中歌部一部分字流入支部,是方言与方音融合所造成的④。宋人黄伯思云:"屈宋诸骚,皆书楚语,作楚声,纪楚地,名楚物。"(《翼骚序》)采用"兮"字为楚辞的显著抒情特色标志之一。"兮"为楚辞的显著标志,无疑带有强烈的楚地色彩。刘向为西汉楚元王四世孙,且于汉成帝时搜集、整理屈原、宋玉等人的作品,辑录成集,命名为《楚辞》,并创作楚辞体作品《九叹》。刘向的楚地作家身份特点,符合学者们对于改编者地域性的可能性推测。

3. 传承系统。在与今本《毛诗》相对应的汉代铜器铭文、石经中,《毛诗》作"兮",铜器铭、石经文亦作"兮"。东汉灵帝年间汉石

---

① 胡平生、韩自强:《阜阳汉简诗经研究》,上海:上海古籍出版社,1988年版,第1页。
② 胡平生、韩自强:《阜阳汉简诗经研究》,上海:上海古籍出版社,1988年版第28页。
③ 曹锦炎:《楚辞新知》,《简帛》第六辑,第308页。
④ 虞万里:《从古方音看歌支的关系及其演变》,《榆枋斋学术论集》,南京:江苏古籍出版社,2001年版,第19页。

经的《诗经》版本,据学者考证,亦为鲁诗。① 模仿汉石经的汉诗铭神兽镜,据学者考证所录诗亦为鲁诗,与毛诗有字句差异,但是语气词都同样采用了"兮"字②,如图所示。《诗·魏风·伐檀》:"河水清且涟猗。"王先谦《诗三家义集疏》:"鲁诗'猗'作'兮'。……《隶释》载《石经鲁诗》残碑'猗'作'兮'。"③可见,"兮"字为鲁诗所习用,体现了鲁诗的师承脉络。

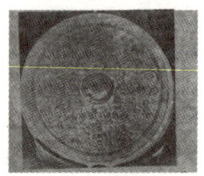

图 1　汉诗铭神兽镜　　图 2　汉诗铭神兽镜铭文

《汉书·儒林传》记载:"申公,鲁人也。少与楚元王交俱事齐人浮丘伯受《诗》。……浮丘伯在长安,楚元王遣子郢与申公俱卒学。元王薨,郢嗣立为楚王,令申公傅太子戊。"可见,楚元王一系的家学属于申公鲁诗传授系统。刘向、刘歆父子作为楚元王的后裔,与楚元王时代相去不远,刘向父子的师承家学应为鲁诗。由此进一步推测,楚人刘向父子采用楚地惯用的语气词"兮"字,在校书

---

① 汉石经:"父兮。父曰:(嗟)!予于行役"、"不稼不穑,胡取禾三百廛兮?不狩不……彼君子兮,不素食兮!"分别对应今本毛诗《魏风·陟岵》:"瞻望父兮。父曰:嗟!予于行役,夙夜无已";《魏风·伐檀》:"不稼不穑,胡取禾三百廛兮?不狩不猎,胡瞻尔庭有县貆兮?彼君子兮,不素食兮!"参见翁方纲撰:《汉石经残字考》,北京:中华书局,1985 年版,第 5 - 7 页。

② 汉诗铭神兽镜铭文:"巧笑倩兮,美目瞦兮",对应今本毛诗《卫风·硕人》:"巧笑倩兮,美目盼兮。"参见许鉴梅:《东汉诗经铭文镜》,《江汉考古》,1985 年第 4 期,第 77 页。又见罗福颐:《汉鲁诗镜考释》,《文物》,1980 年第 6 期,第 80 页。又李学勤:《缀古集》,上海:上海古籍出版社,1998 年版,第175 - 180 页。

③ 王先谦:《诗三家义集疏》,北京:中华书局,1987 年版,第 408 页。

过程中,将音义相同的可("可"的呵、猗、掎、㩻)以及读音相通的语气词也、乎、氏等一系列相关诸字,统一改为"兮"字,此改编的痕迹体现在后世的鲁诗版本中。

(陈瑶,清华大学出土文献研究与保护中心)

文学研究

《诗经》征戍怀归诗的情感意蕴探析

(台湾)赵桂芬

《诗经》收录上自西周,下迄春秋中叶五百年间的诗歌,这五百年间是中国政治社会产生巨大变动的时代,国与国之间剧烈的交互兼并,致使中原华夏各国之间的称霸战争始终不曾停歇。此外,自西周立国以来,一直受到外来氏族的威胁与侵扰,战争此起彼伏,导致周王室屡屡兴师动众,征召士卒征役远戍,造成许多家庭破碎,流离失所。另一方面,周代的统治者极力实施耕作制度,劝课农桑,养成周人重农尊亲、安土重迁的文化心理,形构"小人怀土"(《论语·里仁》)的广阔文化背景。① 当战争迫使百姓离乡背井,征役远戍,甚至久戍不归,于是触发戍卒的"怀土"情结,怀乡思归的吟咏就此产生。是以《诗经》中的怀归诗,反映的正是此种"怀土"观念。

周人一方面将"万里行王事"的战争视为对王室的效忠,怀抱保家卫国的爱国理想慷慨赴义。"昔我往矣,黍稷方华。今我来思,雨雪载途。王事多难,不遑启居。岂不怀归?畏此简书。"(《小雅·出车》);另一方面,远离故乡亲人,征战四方,既无法孝养父母,亦无法与妻子团聚,时日既久,不禁痛切哀叹。"王事靡盬,不能蓺稷黍。父母何怙?悠悠苍天!曷其有所?"(《唐风·鸨羽》);

---

① 方勇:《论〈诗经〉中的怀归主题及其文化意蕴》,收录于《先秦两汉文学论集》,北京:学苑出版社,2004年7月,第103页。

此外,征戍远役而又思归不得的痛苦,时时摧裂着戍卒的内心,强烈地表达出对战争的忧闷怨怼。"采薇采薇,薇亦刚止。曰归曰归,岁亦阳止。王事靡盬,不遑启处。忧心孔疚,我行不来。"(《小雅·采薇》)这三者构成了《诗经》怀归诗的主旋律,深刻反映戍卒思乡恋土的情感体验,折射出周人素朴淳良的文化底蕴。

一、思亲恋土情切切

《诗经》时代,统治者以农桑为立国之本,每逢立春,天子率群臣躬耕田亩,行藉田之礼,奠定周人以农耕为主的生产方式,《史记·货殖列传》称其民"犹有先王之遗风,好稼穑,植五谷"[①]。农耕文化孕育了周人安土重迁的生活思想模式,建立周人对土地的深厚情感。正是这种根植于农耕的生活,使得他们的生命与故土紧紧系连于一,他们热爱家园乡里,不图扩张犯难;他们重视亲情伦理,依恋故土亲人。

《诗经》中较早集中表现怀归主题的诗篇,首推《豳风·东山》。据《毛诗序》云:"周公东征三年而归,劳归士。大夫美之,故作是诗。"这首诗以东征来归的戍卒口吻,反复吟唱"我徂东山,慆慆不归。我来自东,零雨其蒙"。诗中交融蒙蒙细雨与绵绵情思,为来归的戍卒营造出悲凉的气氛。接着以比兴手法喻军旅生涯之艰辛:"蜎蜎者蠋,烝在桑野。敦彼独宿,亦在车下",更显归家心情之迫切。又想到离家已久,家园可能早已荒废,更令其感物伤怀,可谓情深意切。远役他乡终得踏上归途的戍卒,不但没有表现出大

---

① 汉·司马迁撰:《史记·货殖列传》,台北:艺文印书馆,1981年版,卷129。

难不死幸得生还的喜悦,而是反复抒发对妻子的深深眷怀之情,藉由悬想妻子对自己的思念,凸显戍卒对妻子的怀念,两相辉映,诗意婉曲动人。末章沉湎于昔日新婚妻子的美丽倩影与新婚生活的幸福甜蜜,感叹归途遥遥,不禁令他忧心如焚。近乡情怯的忧惧心理煎熬着他,使他内心十分痛苦。末章笼罩在"零雨其蒙"的凄冷氛围中,烘托他悲凉的心境,使得怀归之情更显浓郁深沉。最后以"其新孔嘉,其旧如之何?"做结,令人悬想,留下一片广阔的审美空间,引人无限遐思……

《王风·扬之水》也是一首戍卒思念妻子的诗歌。《毛诗序》云:"《扬之水》,刺平王也。不抚其民而远屯戍于母家,周人怨思焉。"这些周朝戍卒远离故乡,去守卫并非自己诸侯国的土地,心中的悲愤不满自然形诸诗歌流露心声。《扬之水》三章以"扬之水,不流束薪"、"扬之水,不流束楚"、"扬之水,不流束蒲"起兴,用流动的河水与不动的柴草对比,一如戍卒思念亲人的沉重心绪,望眼欲穿,归家无着,只能遥想守着家园的妻子,黯然神伤。全诗用复沓的章法、回环往复的韵律构成了凄凉的情调,传达了周王朝衰败的哀音。伴随着这个凄凉的曲调,诗人以抑制不住的忧愁怨愤之情唱着:"怀哉!怀哉!曷月予还归哉!"强烈的怀归之情,无尽的忧愁怨愤与隐约的绝望心绪,都从这哀怨的诗句中表现出来。

《小雅·采薇》乃征役远戍之士卒,于归途中追忆唱叹之作。前五章采倒叙手法,追忆往昔的征戍生活,其中前三章重复唱叹"曰归曰归,岁亦莫止",强化其思归之心的急切。又从薇菜的自然生长过程循序渐进地刻画:"薇亦作止"(生长)、"柔止"(柔嫩)、"刚止"(成熟),喻示时间的流逝与征戍的漫长。而"曰归曰归,岁亦莫止"、"曰归曰归,心亦忧止"、"忧心孔疚,我行不来",都深切地反映出久戍士卒内心强烈的思乡恋土之情结。

《魏风·陟岵》也是一首征戍思亲之作,书写远役戍卒对父母和兄长的思念之情。《毛诗序》曰:"《陟岵》,孝子行役,思念父母也。国迫而数侵削,役乎大国,父母兄弟离散,而作是诗也。"既点明了诗旨,亦提供了背景。全诗以赋体重章叠唱的方式,抒发思亲之情。常言道:远望可以当归,长歌可以当哭。人子行役,倘非思亲情切,不会登高望乡。此诗开篇,登高远望之旨便一意三复:"陟彼岵兮,瞻望父兮"、"陟彼屺兮,瞻望母兮"、"陟彼冈兮,瞻望兄兮",把远望当归之意、长歌当哭之情,抒发得痛切感人。然而,此诗的妙处和独创性,不在于开篇直抒一己的思亲之情,而在于融合想象与忆念之情创造幻境,设想故乡的亲人此时此刻也正登高念己,甚而听闻耳畔响起了亲人们一声声的贴心问候、祝愿平安的嘱咐与叮咛。当然,这并非诗人主观刻意的造作,而是情深意切的自然表现,真所谓"笔以曲而愈达,情以婉而愈深"[①],千载下读之,犹足以令羁旅人望白云而起思亲之念。无怪乎《陟岵》一诗,曾被推为"千古羁旅行役诗之祖"[②]。并非因为它是最早书写戍卒思亲的主题,而是在于它开创了中国古代怀归诗的一种独特的抒情模式。

二、征役远戍怨悁深

根据史料记载,周宣王即位后,为了缓和国内的矛盾,接连对外用兵,短短二三年之间先后征讨了西戎、猃狁、荆蛮、淮夷、徐夷等外来氏族。王权衰落以后,诸侯国之间的争战迭起,《左传》尝记

---

① 清·方玉润:《诗经原始》,台北:艺文印书馆,1981年版。
② 清·乔亿:《剑溪说诗·又编》,上海:上海古籍出版社,1983年版。

曰:"鲁桓公二年'宋殇公立,十年十一战,民不堪命。'"①战争必然需要征召大量士卒,离乡背井,征役远戍,导致众多家庭妻离子散,也使得数以万计的戍卒在行役中苦苦呻吟。《大雅·桑柔》所述:"乱生不夷,靡国不泯,民靡有黎,具祸以烬。"正足以反映国家征役不息,民不聊生之状。类此戍卒忧时伤乱的厌战心声,在《诗经》怀归诗中多有表现,如《邶风·击鼓》、《小雅·何草不黄》、《豳风·东山》、《小雅·采薇》、《小雅·祈父》等,都是倾诉戍卒思家恋土之情和对战争的忧闷怨怼之作。

《邶风·击鼓》写卫国戍卒被迫参加伐郑,思归不得之作。诗人以"击鼓其镗,踊跃用兵。土国城漕,我独南行"起笔,隆隆鼓声、滚滚烟尘、腾腾杀气交织成一幅动乱的社会图景,统治者穷兵黩武,导致人民或苦于徭役,劳瘁无息;或征戍远役,归乡无期。"我独南行"一句,道出戍卒个人内心的悁愤。而"不我以归"的痛苦,益增戍卒内心的无限忧伤。继而忆起与妻临别时的誓词:"死生契阔,与子成说。执子之手,与子偕老。"想到长年征役远戍,心中悲苦无以名状,讵料归期难望,信誓无凭,内心的悲悁幽怨,实无以复加。方玉润《诗经原始》:"然细玩诗意,乃戍卒嗟怨之辞,非军行劳苦之诗……久而不归,故至嗟怨,发为诗歌。始序南行之故,继写久留懈散之形,因而追忆室家叙别之盟。言此行虽远而苦,然不久当归,尚堪与子共期偕老,以乐承平。不以诸军悉回,我独久戍不归。……今竟不能生还也。"诗中沉潜着一股浓浓的忧伤,读之令人低回不已!末章在"于嗟阔兮,不我活兮。于嗟洵兮,不我信兮"的悲叹中,充满了难以生还的忧伤,可以想见其内心的绝望悲凉,沉痛无比!

---

① 杨伯峻注译:《春秋左传注》,台北:洪叶文化事业有限公司,2015年版。

《小雅·何草不黄》,也是戍卒因征役远戍不息,抒发愁怨之作。据朱熹《诗集传》云:"周室将亡,征役不息,行者苦之,故作是诗。"全诗以一征役戍卒的口吻云:"何草不黄"、"何草不玄",藉由比兴喻示戍卒无日不在行役之中,"经营四方"已是戍卒的宿命,别无选择。因而激起三、四两章积压心底的怨怒云:"匪兕匪虎,率彼旷野。哀我征夫,朝夕不暇。"命如草芥,生同禽兽的戍卒并没有改变自己命运的能力,身为统治者的战争工具,注定是要在征途中结束自己的一生,因而叹云:"有栈之车,行彼周道。"无怪乎方玉润慨叹道:"盖怨之至也!周衰至此,其亡岂能久待?"

《小雅·祈父》,则是周王朝的王都卫士怨于久役,抱怨司马以抒发内心不满之诗。全诗三章皆以质问的语气,直抒内心的怨悁愤懑。首二章开篇即大声径呼:"祈父!"继而厉声质问:"胡转予于恤?靡所止居。"怨责司马为何令其置身于忧险之境,背井离乡,饱受征战之苦?怨悁不满的情绪在复沓的节奏下喷薄而出。末章再次质问:"祈父,亶不聪,胡转予于恤,有母之尸饔。"不仅斥责司马不能体察下情,同时道出自己怨悁不满的原因及无法征役远戍的苦衷。

另外,前述《小雅·采薇》乃抒发征役远戍士卒思乡之情,诗中除了描写军威壮盛,士气高昂,战无不胜的捷报外,笼罩全篇的情感基调其实是感伤的怀归之思。尤其是末章将戍卒的怀归之情推向一个高潮:"昔我往矣,杨柳依依。今我来思,雨雪霏霏。行道迟迟,载渴载饥,我心伤悲,莫知我哀。"诗人以对比手法呈现个人在"今"与"昔"、"来"与"往"、"雨雪霏霏"与"杨柳依依"的情境变化中,深切体验到生活的虚耗、生命的流逝及战争对个人生活所造成的巨大改变与影响,甚至于抹杀了个体生命的存在意义。因而无论是"杨柳依依"的春日,抑或是"雨雪霏霏"的秋天,无论是"一月三捷"的沙场,还是在"行道迟迟"的归途中,诗人心中挥拂不去的,是内心深处潜藏着征戍难归的怨悒之情,细细玩味,不禁令人怅触满怀,黯然神伤。

三、凯歌颂辞表忠贞

虽然《诗经》中征戍怀归诗大多是书写思乡恋土之情,或是抒发怨悒忧愤之思,但是仍有一些征戍怀归诗积极从正面赞颂天子、诸侯的武功,表现了当国家遭遇外敌入侵时激发出人民的爱国意识,奋起反抗御敌的强烈自豪感,充满积极乐观的精神。如《小雅·出车》《小雅·采薇》《豳风·破斧》《小雅·黍苗》等等,这些诗篇或委婉沉郁,或慷慨激昂,声情或异,其旨皆表现出军士威武的英勇气概和保家卫国的爱国情操。《小雅·出车》及《小雅·采薇》堪称是最佳典范。自周厉王即位后,王室威权衰微,北方猃狁伺机入侵中原。至周宣王时,王室与猃狁之间时有争战。这两首诗都是以反映周王室与猃狁之间的战争为内容,诗歌表现出诗人强烈的忧患意识,同时也激发人民的爱国情操,及奋勇抗敌的赤诚忠心。

《小雅·出车》是一首描写周朝军队出征与班师凯归的诗歌,诗中盛赞南仲率众征伐猃狁大获全胜的赫赫战功。诗人善于选材,着重于描绘军队出征前的备战情景和凯旋胜利赋归的两个关键性的典型场景,将恢宏廓大的郊牧誓师、野外行军的壮盛场景,融入细致深微的人物心理活动,使整体与细节、客观与主观巧妙地结合,将一场历时久长、空间地点转换频繁的战争,高度概括地浓缩在一首短短的诗里。如诗的前三章,交叠使用绘画的手法与心理暗示的技法,极言王事危难,急如星火积极备战的情景,突出将士们的壮盛声威,彰显豪迈的士气。首章以"出车"、"到牧"、"传令"、"集合"四个在时间上极具连贯性的动作,烘托出战前紧急动员的空间氛围。末二句又以"多难"和"棘"二词,暗示出将帅和戍卒们心理上的凝重和压抑。第二章继写兵强马壮、旗帜飘扬的牧郊誓师场景,既表现出将帅威武凛然的气势,又暗示士卒"忧心悄悄,仆夫况瘁"的忧患意识。第三章诗人多次转换视角,先写军容之盛:"王命南仲,往城于方。出车彭彭,旂旐央央";次写将帅的镇定自若:"天子命我,城彼朔方";最后笔锋一转,凸显士卒战胜后欢呼的情景:"赫赫南仲,玁狁于襄"。至此,不仅凸显出一位极具责任感与使命感,为周王朝尽忠效力,安邦定国的英雄将帅形象,同时也体现出远役戍卒忠贞的爱国情操。第四章则转向流露士卒的心声,从归途的所见所思写起:"昔我往矣,黍稷方华。今我来思,雨雪载途",由今昔对比所见的景物隐然兴发一丝哀怨,但诗章的主旨却一语道尽:"王事多难,不遑启居。岂不怀归,畏此简书。"显然,简书之命胜过一切,不得不奔命以救。接着模拟闺中妻子口吻,反复赞叹:"赫赫南仲,薄伐西戎",流露闺怨之思。末章写归途所见实景,从"雨雪载途"走到"春日迟迟"的漫长归途,透过对物色浓艳和植物繁茂的描写,避实就虚地引导读者发挥想象力去填补对战事的漫长与饱受艰苦之认识。最后,很自然地引出对凯旋班师归朝的欢欣鼓舞和对将帅的赞美。而诗人放下个人小我的私情,以国家大局为重的忠贞爱国情操,令人油然崇敬!

《豳风·破斧》,写东征之士,称美周公伐罪救民之诗。《毛诗序》:"《破斧》,美周公也。周大夫以恶四国焉。"《郑玄笺》:"恶四国者,恶其流言毁周公也。"《孔颖达疏》:"三章上二句恶四国,下四句美周公。"从诗歌本身的结构看,毛传、郑笺、孔疏的解释较为合理。"既破我斧,又缺我斨。周公东征,四国是皇。哀我人斯,亦孔之将。"周武王灭商纣据有天下,封纣子武庚于殷,再封自己的弟弟姬鲜、姬度、姬处于管、蔡、霍以监视武庚。武王死,成王年幼,由周公辅政,武庚、管、蔡、徐、奄等国叛周。周公率兵东征,历时三年始平定叛乱。管、蔡、殷、奄四国之民因作此歌以赞美周公。全诗三章,采用复沓形式,分三层铺叙。首二句写战争之残酷,从四国之民生产工具斧、斨"既破"、"又缺"的毁损情况,可以想见叛军之残暴,民不聊生,周公讨伐叛逆的正义性因而被彰显。接着称美周公东征,引发四国叛乱者惊惧恐慌。最后两句"哀我人斯,亦孔之将","哀"字凸显戍卒内心深处对战争的体验,感受到生命意识的觉醒;而"亦孔之将",是对周公东征义行发自内心的直接颂赞,也间接透露出戍卒幸免于难的欣喜,流露出悲喜交织的心情。

战争总是残酷的,即使是保家卫国的正义之战,人民也要付出鲜血和生命的代价,而统治者为了一己私欲率意兴师动众的战争,更是造成许多士卒百姓家庭破碎和流离失所。因而《诗经》中这类吟咏征戍怀归的诗篇为数不少,如《王风·扬之水》为戍卒思念妻子之作;《魏风·陟岵》则是一首征戍思亲之作。《邶风·击鼓》写戍卒被迫出征,思归不得,因忧时伤乱而生厌战之作;《小雅·何草不黄》、《小雅·祈父》,都是戍卒因征役不息,抒发愁怨之作。当然也有从正面赞颂天子、诸侯的武功,表现军士威武英勇气概和保家爱国情操的诗篇,如《小雅·出车》、《豳风·破斧》及《小雅·采薇》等。在反映战争给人民造成的痛苦和对社会生活造成的破坏时,流露戍卒热爱故土家园,渴望家人团聚的单纯愿望与淳朴真挚的心声。

《诗经》中戍卒怀归之情宛如一股涓涓细流,千百年来从诗人的心田缓缓流漾,激荡起层层涟漪,如中唐李益《夜上受降城闻笛》:"不知何处吹芦管,一夜征人尽望乡。"不正是《豳风·东山》

诗人思乡情感遥远的回响！又如杜甫的《月夜》："今夜鄜州月，闺中只独看。遥怜小儿女，未解忆长安。香雾云鬟湿，清辉玉臂寒。何时倚虚幌，双照泪痕干。"也是效法《豳风·东山》诗的写作笔法，藉由悬想妻子对自己的思念，凸显戍卒对妻子的怀念，两相辉映，令人深深动容！而《魏风·陟岵》所开创的中国古代怀归诗的独特抒情模式，既融合想象与忆念之情创造幻境的表现手法，亦在古乐府《西洲曲》中再现："忆梅下西洲，折梅寄江北。……海水梦悠悠，君愁我亦愁。南风知我意，吹梦到西洲。"钱钟书《管锥编》评曰："据实构虚，以想象与怀忆融会而造诗境，无异乎《陟岵》焉。"①而《邶风·击鼓》则表现了戍卒对妻子的思念，其中"死生契阔，与子成说。执子之手，与子偕老"因为具有撼动人心的力量以至流传千古。《诗经》是一部反映周代社会生活的百科全书，透过《诗经》这扇文学借镜，我们可以鉴往知来，可以博古通今，可以临流自得沧浪趣，亦可以倾洒抚琴酣高楼。

(赵桂芬，台南应用科技大学，教授)

---

① 钱钟书：《管锥编》，台北：书林出版有限公司，1995年版。

论《诗经》风诗中的人物品评及其对人物的审美观照*

孙董霞

人物品评并不是魏晋特有的文化现象，其在先秦已经产生，并在春秋时期形成了第一个品评人物的高峰。《诗经》风诗中就有许多人物品评的内容。风诗品评人物的标准包括人伦规范、个人品德、精神气质、才能、个性、形貌特征等多方面。人物品评的审美意识突出，人物品评注重人的内美和外美的结合。从品评的对象来看，已经具有后世人物品评品目之德行、才性、隐逸、容止等门类之端倪。在品评方法上已经出现比较（品藻）、比喻、烘托、夸张等多种方法。《诗经》品评人物通常使用表示美或善的综合性词汇。这些词汇常常既包括外美，又包括内美。就像"硕人"、"美人"、"姝人"等词汇既表示外貌美，也可以用来表示内在品质之美。纯粹表示人的道德品质的词语不是很多。真正的能与后世的道德或品德观念在意义内涵上能够完全对应的词汇还没有出现。

另外，在讨论《诗经》风诗中的人物品评问题之前，必须将其与人物描写作一区别。《汉语大词典》第466条："品评：评价；评论。"在评论和评价中必然伴有对人的是非、善恶、高低、好坏等定位和判断，而作为评判者又不免产生好恶、褒贬、美刺、激赏与艳羡、猎

---

* 教育部人文社会科学研究西部和边疆地区项目《思想史视野下的先秦人物品评研究》（15XJC751007）阶段性研究成果。中国博士后科学基金第57批面上资助项目（2015M572004）阶段性研究成果。

奇与尚怪、惩恶与扬善等情感倾向。而人物描写则是运用详尽细致的形容表述将人物的形象、情态和特征等表现出来。人物描写虽然不可避免地带有描写者的情感倾向，但其以追求形象的逼真、具体、细腻、生动为主。在《诗经》中，大多数有关人物的描述与其说是人物描写，还不如说是对人物的总体评价。因为其在大多情况下并不以刻画具体生动的人物形象为目的，而是以表达对人的好恶之情以及是非、善恶的判断为目的。

《诗经》风诗中的人物品评具有概括性、整体性的特点。其品评人物基本上是从外在状貌和内在的精神品质两方面来做综合评论。其与《左传》、《国语》所记上层贵族君子间的人物品评观念和标准不同，也与诸子时代围绕各自的学理系统而进行的人物品评不同，《诗经》风诗中的人物品评是民间的，属于小传统的。因此其人物品评之品目也是质朴自然而具有民间特色的，我们从中可以看出《诗经》时代不同于上层贵族社会的民间审美观念和精神风尚。《诗经》风诗中的人物品评所围绕的主要品目包括以下几个方面。

一、洵美且武

风诗人物品评的许多对象是民间猎人，对猎人的品评虽然以综合考察为原则，但以"勇武"为主要标准。《郑风·叔于田》就是一首品评和赞美猎人的诗歌，其诗云：

> 叔于田，巷无居人。岂无居人？不如叔也，洵美且仁。
>
> 叔于狩，巷无饮酒。岂无饮酒？不如叔也，洵美

且好。

　　叔适野,巷无服马。岂无服马?不如叔也,洵美且武。

对于这首诗《毛序》谓:"刺庄公也。叔处于京,缮甲治兵,以出于田,国人说而归之。"①郑《笺》云:"叔往田,国人注心于叔,似如无人处。"《叔于田》旧说以为与《太叔于田》一诗同为郑人刺郑庄公放任其弟共叔段,使其逐渐坐大,最终发动叛乱。三家诗无异义。孔颖达《疏》说同,此皆主"刺"说。严粲《诗辑》认为二《叔于田》美叔段:"二《叔于田》皆美叔段之才武,无一辞他及。"②王先谦《诗三家义集疏》:"叔者,段字。武姜溺爱,庄公纵恶,宠异其号,谓之京城太叔。从叔于京者,类皆谀佞之徒,惟导以田游饮酒之事,而国人亦同声贡媚,诗之所为作也。"何楷《诗经世本古义》引章潢曰:"词虽美叔段,意实刺庄公,国人不敢直指其君,故词在此而意在彼,乃风之体也。"③王、何主"美刺"并用说,以为诗美叔段兼而刺庄公。崔述《读风偶识》否认美刺说,曰:"大抵《毛诗》专事附会。仲与叔皆男子之字。郑国之人不啻数万,其字仲与叔者不知几何也。乃称叔即以为共叔,称仲即以为祭仲,情势之合与否皆不复问。然则,郑有共叔,他人即不得复字叔;郑有祭仲,他人即不得复字仲乎?"④以为仲与叔皆男子之字,并非专指段叔。朱熹《诗集

---

① 本文所引《诗经》、《毛传》、郑玄《笺》、孔颖达《疏》皆出自《毛诗正义》,(清)阮元校刻《十三经注疏》,中华书局,1980 年版。
② (宋)严粲:《诗辑》(卷八),文渊阁四库全书本。
③ (明)何楷:《诗经世本古义》,文渊阁四库全书本。下同。
④ (清)崔述:《读风偶识》,《续修四库全书》(第六四册),上海古籍出版社,2002 年版。下同。

传》:"或疑此亦民间男女相悦之辞也。"①

从诗文本来看,这首诗非关政治美刺,更看不出所谓"刺庄公"之义,立足于诗文本并结合《诗经》时代的文化背景,从人物品评的角度对其进行重新审视,我们发现这首诗从内容上来说的确在赞美一个被称为"叔"的人。而这首赞美叔的诗,分别从外美和内美两方面对叔给予了高度的评价。"洵美且仁"、"洵美且好"、"洵美且武"在强调其俊美的外表之外,更从内在的修养品行(仁)、平易近人的性格(好)、英武有力的本领(武)三个方面评价叔出类拔萃的高大形象。虽然对叔进行了综合的评价,但评价中的"美"、"仁"、"好"都是建立在"武"的基础之上的,我们说善恶、好坏、美丑作为品评人物的观念产生比较早,古人在判定事物的价值的时候,实用性、有效性曾经是一个非常重要的根本原则。甚至早期的好坏、美丑观念最初都是建立在实用性的基础之上的。虽然《诗经》时代人们的审美观念有了很大的发展,但作为一个猎人,其受到人们尊重和赞颂的基础条件就是在狩猎过程中勇敢英武的表现。所以诗的最后一句"洵美且武"是此诗人物品评的关键词。

在人物品评的技巧上,这首诗用了夸张和对比的修辞方式以"增其美"(王充《论衡·艺增》)。我们试将《叔于田》的品评模式与后世的人物品评专书《世说新语》"容止"篇中的某些品目作一比较:

> 魏明帝使后弟毛曾与夏侯玄共坐,时人谓"蒹葭倚玉树"。
>
> 潘岳妙有姿容,好神情,少时挟弹出洛阳道,妇人遇

---

① (宋)朱熹:《诗集传》,中华书局,2011年版。后文所引《诗集传》同。

者莫不连手共萦之。

左太冲绝丑,亦复效岳游遨,于是群妪齐共乱唾之,委顿而返。

有人语王戎曰:"嵇延祖(嵇绍,嵇康之子)卓卓如野鹤之在鸡群。"答曰:"君未见其父耳!"

骠骑王武子是卫玠之舅,俊爽有风姿。见玠,辄叹曰:"珠玉在侧,觉我形秽。"

王大将军(敦)称太尉(衍):"处众人中,似珠玉在瓦石间"。

海西时,诸公每朝,朝堂犹暗,唯会稽王来,轩轩如朝霞举。

庾长仁(统)与诸弟入吴,欲往亭中宿。诸弟先上,见群小满屋都无相避意,长仁曰:"我试观之。"乃策杖将一小儿,始入门,诸客望其神姿,一时退匿。①

俊美神武的"叔"一出现,辄似"珠玉在瓦石间",又"卓卓如野鹤之在鸡群",令巷子里的其他人黯然失色。所以说"叔于田,巷无居人。"胡承珙《毛诗后笺》曰:"犹云倾城出观,里巷为空耳。"②但诗的后两句接着说:"岂无居人?不如叔也,洵美且仁。"说明胡氏理解有误,并非"里巷皆空以观叔猎"者,而是一种对比和夸张,不是没有居人,而是不如叔"洵美且仁"、"洵美且好"、"洵美且武"的缘故。王充《论衡·艺增》:"《易》曰:'丰其屋,蔀其家,窥其户,其

---

① 朱铸禹:《世说新语汇校集注》,上海古籍出版社,2002年版。后文所引《世说新语》同。

② (清)胡承珙:《毛诗后笺》,《续修四库全书》(第六七册),上海古籍出版社,2002年版。下同。

无人也。'非其无人也,无贤人也。"①即是此理。在这首诗中用了对比和夸张的手法对叔进行品评和赞美,作为民间风诗,具有质朴、简洁、不事雕琢的特点,但在艺术上已然具有后世人物品评的神韵。同样,另一首赞美猎人的诗《卢令》与《叔于田》一样,赞美了猎人的俊美高大、和蔼可亲和勇武有力的精神风貌。其诗曰:

卢令令,其人美且仁。
卢重环,其人美且鬈。
卢重鋂,其人美且偲。

《诗序》以为《卢令》为刺齐襄公之诗:"襄公好田猎,毕弋,而不修民事,百姓苦之,故陈古以风焉。"后人引《国语》、《左传》、《管子》、《公羊传》等以证成《序》说。何楷《诗经世本古义》说:"《公羊传》载庄四年公与齐侯狩于禚。《左传》载庄八年,齐侯田于贝丘,见大豕,从者曰:'公子彭生也!'公怒,射之,豕人立而啼。公惧,坠于车,因遂为无知所弑。此足为襄公好田之证。"但是从文本来看,诗中赞美之义甚浓,并无刺义。程俊英、蒋见元《诗经注析》认为是"赞美猎人的诗",是对猎人的肯定性评价。此诗分别用了"美且仁"、"美且鬈"、"美且偲"三组词语来评价和赞美猎人。仁:和蔼友好之义。郑《笺》:"鬈,读当为权,权,勇壮也。"马瑞辰《毛诗传笺通释》:"权乃攈字之讹。张参《五经文字》权字注云:'从手作攈者,古拳握字。'按《说文》:'卷,气势也。'引《国语》曰:'有卷勇'。乃古拳勇字。《诗》作拳者,亦假借。攈者,拳之异体,古亦假为卷

---

① 北京大学历史系《论衡》注释小组《论衡注释》,中华书局,1979年版,第489页。

勇字,故《笺》云'鬈当读为攓',后人讹写作权。"①故鬈当作"勇壮"解。偲:《毛传》曰:"偲,才也。"郑《笺》:"才,多才也。"《说文》:"偲,强力也。"段玉裁注:"(毛)《传》曰:'偲,才也。'《笺》云:'才,多才也。'许云强力者,亦取才之义引申之。"故,偲,当作"多才"义。综合起来看,《卢令》对所赞美猎人的品评仍以"勇武"为主要标准,突出的是猎人的狩猎技巧和才能,因为其才能,他受到人们的爱戴,美、仁等评价都是因其在狩猎中英勇神武的表现而获得的,这就如同说此人很厉害,很了不起,很有吸引力一样,这些评价都是建立在其"勇武"这一核心品质之上的。

《齐风·还》是猎人之间互相赞美的诗。诗中的两位猎人互相赞誉,并肩驱驰猎物,刻画出了两位英武飒爽的猎人形象。其诗曰:

> 子之还兮,遭我乎峱之间兮。并驱从两肩兮,揖我谓我儇兮。子之茂兮,遭我乎峱之道兮。并驱从两牡兮,揖我谓我好兮。子之昌兮,遭我乎峱之阳兮。并驱从两狼兮,揖我谓我臧兮。

方玉润《诗经原始》引章潢曰:"子之还兮,己誉人也。谓我儇兮,人誉己也。并驱则人己皆与有能也。"②还,通"旋"。《毛传》:"还,便捷之貌。"马瑞辰《通释》:"《释文》引《韩诗》作嫙,云:'嫙,好貌。'据下章'子之茂兮'、'子之昌兮',茂、昌皆为好,则还者,嫙

---

① (清)马瑞辰:《毛诗传笺通释》,中华书局,1989 年版,后文所引《通释》同。

② (清)方玉润《诗经原始》,《续修四库全书》(第七〇册),上海古籍出版社,2002 年版。下引《诗经原始》同。

之假借,从《韩诗》训好为是。"儇,《毛传》训为"利",郑《笺》:"子则揖耦我,谓我儇。誉之也。誉之者,以报前言还也。"陈奂《诗毛氏传疏》:"《传》训儇为利者,利犹闲也,闲于驰逐也。"①马瑞辰《通释》引王观察曰:"二章言好,三章言臧,则首章从《韩诗》作婘、训好,义亦同。"在这里,训诂学家针对"还"、"儇"二字的训释可谓细致而精微。但是将出现的赞美之辞全部做"美好貌"解释,似乎有点呆板而与诗意不符。我们认为这里品评赞美的是两位飒爽英姿的猎人,作者不可能不赞美其英武娴熟的狩猎技能,而只对其"美好貌"进行赞美,或者说,没有猎人的狩猎技能,对其空作"美好"之赞美难免虚美之嫌。因此,本诗的首句当从郑《笺》和方玉润的解释,是猎人互相赞美对方的身手敏捷,技艺超群。"还"从《毛传》训为"便捷"可也。"儇"当从《毛传》和陈奂说,训为"利"、"闲"是也。"茂",本义为草木茂盛,引申为美。陈奂《传疏》:"美者,谓习于田猎也。"故"茂"有多才多艺之义。因为茂盛之物皆有丰富、众多之义,对于猎人来说,使多与美能联系在一起的只能是其超群的狩猎技能和打的猎物了。程俊英、蒋见元《诗经注析》解为"夸奖猎手技艺完美",是。昌,郑《笺》释为"佼好貌。""好"和"臧"皆为好、善之义,意义自明。因此这首诗中对猎人的赞美品评仍然突出的是其勇武壮美的精神气质和精湛超群的技艺和才能。由此可见,在《诗经》时代的民间,对于男子的评价以勇武壮美为主要标准。就是在上层贵族阶层,与民间的勇武观念一致的是对于"勇"的崇尚,孔子将"勇"看做"三达德"之一,谓"知者不惑,仁者不忧,勇者不惧"(《论语·子罕》)。又说,"见义不为,无勇也"(《论语·为政》)。贵族子弟所学习的"六艺"中就有"射"和"御",是专门培养

① 陈奂《诗毛氏传疏》,《续修四库全书》(第七册),上海古籍出版社,2002年版。后文引《传疏》同。

其勇武精神的。《郑风·羔裘》就是赞美一位贵族官吏在国家事务中能够勇于担当重任的精神品质的诗歌：

> 羔裘如濡,洵直且侯。彼其之子,舍命不渝。
> 羔裘豹饰,孔武有力。彼其之子,邦之司直。
> 羔裘晏兮,三英粲兮。彼其之子,邦之彦兮!

《羔裘》,朱熹《诗集传》说:"盖美其大夫之词,然不知其所指矣。"诗中所赞美之人身着"羔裘",郑玄《笺》:"缁衣、羔裘,诸侯之朝服也。言古朝廷之臣,皆忠直且君也。君者,言正其衣冠,尊其瞻视,俨然人望而畏之。"两者皆认为所赞美者为贵族官吏。诗歌每一章的前两句皆是对其服饰的描绘,通过服饰之美反衬人的品德和精神气质之美,而后两句则完全是对其人的道德品质的品评。其将人物的衣着描写和对人物品行的品鉴相结合,交相辉映,衣着描写是为了更好地衬托出人物的精神气质。"舍命不渝"即当国家有危难时,能够勇于承担重任,甚至舍弃生命而不变节。"舍命不渝"在这首诗中是"诗眼",也是品评人物的关键品目。"邦之司直"即谓他们不但能处己以直,而且能够以直人为己任。马瑞辰《毛诗传笺通释》:"司,主也。直,正也。正其过阙也。……上章云:'洵直且侯',是君子之处己以直。此章'邦之司直',是言君子之能直人也。""邦之彦兮",《毛传》:"彦,士之美称。"邦之彦,犹言邦之表率,邦之楷模之义。"邦之司直"、"邦之彦兮"即是赞美其勇敢正直的精神气质能够为国之楷模,能以身作则。其之所以能"直己、直人",为"邦之彦",一"舍命不渝"完全道出缘由。没有这一词,后两句的定位和评价无以着落。

二、良

"良"是《诗经》风诗从才德方面综合品评人物的又一品目。春秋时期,秦国发生了"三良殉穆公"事件,国人大哀,作《黄鸟》之诗以哀之。因为被殉葬的子车氏三子在国人心目中具有崇高地位,《秦风·黄鸟》:

> 交交黄鸟,止于棘。谁从穆公?子车奄息。维此奄息,百夫之特。临其穴,惴惴其栗。彼苍者天,歼我良人。如可赎兮,人百其身。
>
> 交交黄鸟,止于桑。谁从穆公?子车仲行。维此仲行,百夫之防。临其穴,惴惴其栗。彼苍者天,歼我良人。如可赎兮,人百其身。
>
> 交交黄鸟,止于楚。谁从穆公?子车针虎。维此针虎,百夫之御。临其穴,惴惴其栗。彼苍者天,歼我良人。如可赎兮,人百其身。

《诗序》云:"《黄鸟》,哀三良也。国人刺穆公以人从死而作是诗也。"三家诗均无异说。三良之从葬穆公,一说以为被迫殉葬[①]。

[①] 《史记·蒙恬列传》:"昔者秦穆公杀三良,而死罪百里奚,而非其罪也,故立号曰缪。"《风俗通·皇霸篇》亦云:"缪公杀贤臣百里奚,以子车氏为殉,故谥曰穆。"

一说为三良自愿从死①。但从诗歌内容来看，前说更可信。理由有三：其一，人们对于三良的从死深为哀痛，并且表示情愿死一百次来赎回三良的性命。如果是三良自愿从死，百姓可能不至于如此悲痛。其二，如果是自愿从死，当是从容不迫，不至于"临其穴，惴惴其栗"，国人出于对三良的爱戴，也不会特意强调和放大其恐惧之情状。其三，从当时有识之士对于三良从死事件的评价以及对秦穆公的谴责态度可以看出自愿从死的可能性不大。《左传》文公六年："秦伯任好卒，以子车氏之三子奄息、仲行、针虎为殉，皆秦之良也。国人哀之，为之赋《黄鸟》。君子曰：'秦穆之不为盟主也，宜哉。死而弃民。先王违世，犹诒之法，而况夺之善人乎？……'君子是以知秦之不复东征也。"②《诗序》以为国人"哀三良而刺穆公"，当无疑义。国人之所以如此哀痛是因为，三良皆国之栋梁，这一点从其对三良的评价显示出来。诗中用来评价三良才德出众的诗句是"维此奄息，百夫之特"、"维此仲行，百夫之防"、"维此针虎，百夫之御"三句。特，匹敌。《毛传》："乃特百夫之德。"郑《笺》："百夫之中最雄俊也。"马瑞辰《通释》："《柏舟》诗'实为我特'，《传》：'特，匹也。'此《传》'乃特百夫之德'正训特为匹。匹之言敌也，当也。犹云乃当百夫之德耳。二章'百夫之防'，《传》：'防，比也。'按：此读防如比方之方。《笺》：'防，犹当也。言此一人当百夫。'正是申明《传》义。三章'百夫之御'，《传》：'御，当

---

① 《汉书·匡衡传》载匡衡上疏云："秦穆公贵信，士多从死。"应劭注云："秦穆公与群臣饮酒酣，公曰：'生共此乐，死共此哀。'于是奄息、仲行、针虎许诺。及公薨，皆从死，《黄鸟》诗所为作也。"《汉书叙传》："旅人慕殉，义过《黄鸟》"，刘德注："《黄鸟》之诗刺秦穆公要人从死。"曹植《三良诗》云："功名不可为，忠义我所安。秦穆先下世，三臣皆自残。生时等荣乐，既没同忧患。谁言捐躯易？杀身诚独难。《黄鸟》为悲鸣，哀哉伤肺肝。"

② 杨伯峻：《春秋左传注》，中华书局，1990年版。

也。'均与首章训特为匹义近。"总之,三良之才德足以一以当百。国人综合其才德,称其为"良人"。良人即善人。郑《笺》:"三良,三善臣也。"此"善"即是对其才德的总体概括。

《陈风·墓门》从反面证明"良"和"不良"是总体上对人的才德高低进行的品评。其诗曰:

> 墓门有棘,斧以斯之。夫也不良,国人知之,知而不已,谁昔然矣。
> 墓门有梅,有鸮萃止。夫也不良,歌以讯之。讯予不顾,颠倒思予。

《毛序》谓:"《墓门》,刺陈佗也。陈佗[①]无良师傅,以至于不义,恶加于万民焉。"孔颖达《正义》承其说,均以诗刺陈佗杀其君而自立之事。苏辙《诗集传》:"桓公之世,陈人知陈佗之不臣矣,而桓公不去,以及于乱。是以国人追咎桓公,以为桓公之智不能及其后,故以《墓门》刺焉。"[②]方玉润也认为:"诗非刺佗无良师傅,乃刺桓公不能去佗耳。"以为是刺陈桓公之诗。从诗文本来看,刺桓公说更为合理。但刺桓公是诗歌隐含的主题和情感倾向,诗中并没有明确地品评桓公,故桓公不纳入我们这里讨论的人物品评范围之内。其中的"夫也不良"倒是一句典型的人物品评话语,是对陈佗的整体评价。这里的"不良"也当是从才德方面,尤其是品行方面进行的评价。同样,《鹑之奔奔》也用"人之无良,我以为兄";"人之无良,我以为君"来讽刺卫宣公之妻宣姜无德而与公子顽私通之事。《诗序》和郑《笺》皆以为刺宣姜之诗,孔颖达认为,诗同时

[①] 《史记》,以弑君者为陈厉公。
[②] 苏辙《诗集传》,文渊阁四库全书本。

刺公子顽。《毛诗正义》："二章皆上二句刺宣姜,下二句责公不防闲也。顽与宣姜共为此恶,而独为刺宣姜者,以宣姜卫之小君,当母仪一国,而与子淫,尤为不可,故作者意有所主,非谓顽不当刺也。今'人之无良,我以为兄',亦是恶顽之乱。"朱熹《诗集传》也认为前章"人之无良"刺公子顽,是以惠公的口吻刺之;后章之"人之无良"刺宣姜,君,指宣姜为国之小君。无良均指无德之义。正与"良"形成鲜明对比。

三、美人、硕人、姝人

《诗经》除了在精神气质和才德方面对人进行品评之外,也出现了容止品评的萌芽。这些品目包括"美人"、"硕人"、"姝人"、"清扬"等。而"美人"、"硕人"、"姝人"这三个隐含容止品评因素的品目既包含外在美,也包含内在美,表现人物内外兼美的特点,故将其归为一类。而美人、硕人在《诗经》人物品评中并不专指女性,同样用来品评男性。

(一)美人

在《诗经》中,侧重于人的外貌的品评的基本品目是"美人"。如《墉风·桑中》:

> 爰采唐矣,沬之乡矣。云谁之思?美孟姜矣。期我乎桑中,要我乎上宫,送我乎淇之上矣。
>
> 爰采麦矣,沬之北矣。云谁之思?美孟弋矣。期我乎桑中,要我乎上宫,送我乎淇之上矣。
>
> 爰采葑矣,沬之东矣。云谁之思,美孟庸矣。期我乎桑中,要我乎上宫,送我乎淇之上矣。

《诗序》:"《桑中》,刺奔也。卫之公室淫乱,男女相奔,至于世族在位,相窃妻妾,期于幽远,政散民流而不可止。"郑《笺》:"卫之公室淫乱,谓宣惠之世,男女相奔,不待媒氏以礼会之也。世族在位,取姜氏、弋氏、庸氏者也。窃,盗也。幽远,谓桑中之野。"孔颖达《毛诗正义》:"《鹑之奔奔》云'宣姜',亦是惠公之母,则《君子偕老》《桑中》在其间,亦惠公诗也。"但细玩诗意,并无讽刺之义。崔述《读风偶识》:"《桑中》一篇但有叹美之义,绝无规戒之言。若如是而可以为刺,则曹植之《洛神赋》,李商隐之《无题》诗,韩偓之《香奁集》,莫非刺淫者矣。夫《子虚》《上林》,劝百讽一,古人犹以为讥,况有劝而无讽,乃反可谓之刺诗乎?"其说甚是。诗歌是以一位男子的口吻书写和情人相会相恋的过程,是一首情诗无疑。《汉书·地理志》认为卫国溱水、洧水之滨每年春天有此踏青游春、男女相会的风俗。《桑中》应当是三月上巳节时产生的情歌。至于诗中出现的孟姜、孟弋、孟庸到底是贵族还是平民,是一人还是三人,是专称还是泛称,历来皆有争论。许伯政《诗深》云:"诗中孟庸、孟弋及齐姜、宋子之类,犹世人称所美曰西子耳。"①朱熹以为指三位贵族女性。程俊英、蒋见元《诗经注析》:"民歌中称人之名,多属泛指,似不应过于拘泥。诗中的三姓女子,可能都是诗人称所美者的代词。他在采菜摘麦时,想念起恋人。但不愿将她的真实姓名说出来,就借用几个美女做代称。"②结合当时的民俗和诗中反映的内容,诗的民歌意味很浓,而所谓的三姓女子也应当是泛称,其对应的都是歌唱者心目中的恋人。而在其泛称的姓名之前皆冠以"美"字,既体现了此女子在歌唱者心中的地位,同时也具有对此女子进

---

① 许伯政:《诗深》,《四库全书存目丛书》,第七九册,齐鲁书社,1997年版。
② 程俊英、蒋见元:《诗经注析》,中华书局,1991年版,第131—132页。

行品评的性质。"美"是一个对心仪之人最具概括力的品评词汇，是一个整体映像。对事物作简洁概括的评价，是先秦文化的一个鲜明特征，先秦文化正在发端期，许多观念范畴都具有极强的统摄性，同时概念范畴还处于不断的演变和分化中，一个大的概念范畴下往往又会析出许多次级的概念范畴，用来专指或突出某一方面。这一点最突出的是"德"字的演变，德在起初是一个具有高度概括力的范畴，到后来分化析出浩浩荡荡的德目，这些德目用来专指某一方面的德。同时先秦在评定是非和品评人物、品评诗文中喜用简洁概括的"一字评"，这也是早期的概念范畴崇尚简洁概括、突出主要特征的表现。因此"美"是先秦民间人物品评的一个基本品目。在"美"的范畴之下，又析出了硕人、姝人、淑人、清扬等一些具体的品目，这些品目反映了先秦人们对人物美的审美观念及其对人物美的界定。

(二) 硕人

高大健硕是先秦人物美的一个重要标志。《卫风·硕人》就是卫人赞美卫庄公夫人庄姜的诗歌。其诗以成功的人物描写而被人称道。其诗曰：

> 硕人其颀，衣锦褧衣。齐侯之子，卫侯之妻。东宫之妹，邢侯之姨，谭公维私。
> 手如柔荑，肤如凝脂，领如蝤蛴，齿如瓠犀，螓首蛾眉，巧笑倩兮，美目盼兮。
> 硕人敖敖，说于农郊。四牡有骄，朱幩镳镳。翟茀以朝。大夫夙退，无使君劳。

诗中先运用一连串的排比句介绍其高贵的身份和地位，然后又用五个排比句描摹其容貌,接着又用两个排比句摹写其神态。"巧笑倩兮,美目盼兮"两句尤其受到历代诗歌评论家的推崇。在整部《诗经》中,如此生动具体地描写一个人容貌的诗篇很少见,同时这首诗是人物品评和描写相结合。这些描写丰富了人们对其进行的整体品评:"硕人"。在后世的人物品评中,常常先归某人属于某一品目,然后,通过外貌、细节、场面、语言、对比、侧面烘托等手法刻画人物,以将其品目具体化,或者说通过其某些方面的表现证成其品目。而这首诗中的"硕人其颀"是此诗品评人物的关键品目,后面的形象描写和神态描摹则是将"硕人"形象具体化。硕人,王先谦《诗三家义集疏》:"大人犹美人,《简兮》咏贤者,称硕人又称美人,郑《笺》以为即一人,是其证也。古人硕、美二字为赞美男女之统词,故男亦称美,女亦称硕。若泥长大、大德为言,则失之。"①其实,硕人,即有长大之义,而大德之人也往往被赋予高大之形貌,或者直接将大德之贤人也称为硕人。《考槃》即是其例。这首诗用"硕人其颀"来品评庄姜为高大的硕人其实就等于说是"高大的美人",其主要是从形貌上来品评的。《毛传》:"颀,长貌。"马瑞辰《通释》:"按《说文》:'颀,头佳儿。'引申为长貌。《齐风》'颀若长兮',亦以颀为长貌。《说文》:'嫣,长儿。'段玉裁谓嫣与颀声相近。今按嫣与引、永、艳俱双声。《说文》:'艳,好而长也。'引、永皆为长,故嫣有长义,颀或即嫣之假借。"诗中虽然没有出现美人二字,但后面着力描摹其美人形象足以说明硕人和美人在这里是合二为一的关系。《陈风·泽陂》则直接将"美人"和"硕大"等同起来,更说明两者之间的同一关系:

---

① (清)王先谦:《诗三家义集疏》,《续修四库全书》(第七七册),上海古籍出版社,2002年版。下同。

彼泽之陂,有蒲与荷。有美一人,伤如之何! 寤寐无为,涕泗滂沱。

彼泽之陂,有蒲与蕳。有美一人,硕大且卷。寤寐无为,中心悁悁。

彼泽之陂,有蒲菡萏。有美一人,硕大且俨。寤寐无为,辗转伏枕。

《泽陂》与《蒹葭》、《关雎》一样也是表现一种爱而不得的"企慕"情结(钱钟书《管锥编》)。关于《泽陂》的主题,《诗序》曰:"言灵公君臣淫于其国,男女相悦,忧思感伤焉。"言其为刺陈灵公,诗文本看不出刺灵公之旨,实为表现男女相悦爱慕之情的情诗。闻一多先生以为此诗是"荷塘有遇,悦之无因,作诗自伤。"①"伤如之何"之"伤",《鲁诗》《韩诗》又作"阳",伤是"阳"的假借字。闻一多先生又认为其是专用于女性的第一人称代词,他说:"阳一作姎,又作卬,是女性第一人称代词。'阳如之何'犹言'我奈他何。''寤寐无由'等于说睡不着觉。……诗人自称曰阳,分明是位女子。从'阳如之何'和'涕泗滂沱'、'辗转伏枕'等语中,也可以看出一副柔怯而任情的女性意态来。至于那位被赞为'硕大且卷'、'硕大且俨'的对手方,是位典型的男子,也是显而易见的。"②闻一多先生将"阳"释为"卬",这在《诗经》和一些地方方言中皆有实证。如《诗经·匏有苦叶》:"招招舟子,人涉卬否。人涉卬否,卬须我友。"马瑞辰《毛诗传笺通释》:"按卬者,姎之假借。《说文》:'姎,妇人

---

① 闻一多《诗经通义》(乙),《闻一多全集》第 4 卷,湖北人民出版社 1993 年版,第 489 页。

② 闻一多《风诗类钞》(甲),《闻一多全集》第 4 卷,湖北人民出版社 1993 年版,第 471 页。

自称我也。'《尔雅》郭注:'卬,犹姎也。'卬、姎声近通用,亦为我之统称。"但在这首诗中将"阳"理解为专用于女性的第一人称代词,恐不确。其作为第一人称代词,未必不能用于男子。《尔雅》:"阳,予也。"表明其是第一人称代词。今天的甘肃天水方言中,第一人称代词即为"卬",并无男女之分。而"涕泗滂沱"、"辗转伏枕"这样的词汇来形容在爱情困扰中侠骨柔肠的男子在《诗经》中也不是没有。如《周南·关雎》:"参差荇菜,左右流之。窈窕淑女,寤寐求之。求之不得,寤寐思服。悠哉悠哉!辗转反侧。"倒是诗中"有蒲与荷"等用以起兴的事物和"硕大且卷"、"硕大且俨"的美人形象的描写更像是一位女性。《毛传》:"卷,好貌;'俨',矜庄貌。"《释文》:"卷,本作婘。"是漂亮、美好之义。俨,钱钟书《管锥编》:"按《太平御览》卷三六八引《韩诗》作'硕大且媕',薛君(按:即汉代经学家薛汉)曰:'媕,重颐也。''硕大'得'重颐'而更亲切着实。《大招》之状美人曰:'丰肉微骨,调以娱只';再曰:'丰肉微骨,体便娟只';复曰:'曾颊倚耳',王逸注:'曾,重也。'《诗》之言'媕',正如《楚辞》之言'曾颊'。"[1]重颐,即双下巴之义,形容女性的丰满高大之美。在《卫风·硕人》篇中,卫人美庄姜也突出其丰满高大之特征。《陈风·月出》中反复咏叹的"佼人",也是高大的美人之义,其诗云:

> 月出皎兮,佼人僚兮。舒窈纠兮,劳心悄兮。
> 月出皓兮,佼人懰兮。舒忧受兮,劳心慅兮。
> 月初照兮,佼人燎兮。舒夭绍兮,劳心惨兮。

---

[1] 钱钟书《管锥编》(一),生活、读书、新知三联书店,2007年版,第216页。

《月出》是一首月下怀人的诗。朱熹《诗集传》："此亦男女相悦而相念之词。"全诗通过细腻的刻画,描绘出一个绰约多姿的月下美人形象。全诗用了众多的形容词来形容其体貌之美,但其中对人物形貌的总体品评集中在"佼人"一词上。马瑞辰《通释》:"《方言》《说文》并曰:'姣,好也。'是佼为姣之假借。"姣即美好之义,佼人,美人也。段玉裁《说文解字注》:"姣谓容体壮大之好也。《史记》:'长姣美人。'"看来,先秦时期对于女性的审美标准是以丰满高大为主的。对于男性的赞美品评同样可以用美人、硕人,但侧重于高大健壮之义,如《邶风·简兮》:

> 简兮简兮,方将万舞。日之方中,在前上处。
> 硕人俣俣,公庭万舞。有力如虎,执辔如组。
> 左手执龠,右手秉翟,赫如渥赭,公言锡爵。
> 山有榛,隰有苓。云谁之思?西方美人。彼美人兮,西方之人兮!

《邶风·简兮》所品评的人物为男子无疑,这里的"硕人俣俣"指跳万舞的领队舞师身材魁梧高大。而高大健硕是《诗经》时代人物美的主要评定标准,其既适用于女性,也适用于男性。虽然同样用了硕人、美人等品目,但在具体的描写中运用"有力如虎"、"执辔如组"等词语,显然与《泽陂》中的硕人形象男女有别。《毛传》:"俣俣,容貌大也。"《韩诗》作"扈扈"。马瑞辰《通释》:"俣,扈音近,美与大亦同义,故扈扈训美,又训大。"古人以硕大为美,可能与早期人类判断事物美丑优劣时遵循的"实用"原则有关,男子高大强壮则可在田猎、农业劳动和部族战争中表现出优势,给人可靠感和安全感;女子丰满高大也意味着在生产力比较低下的时代,其更具旺盛的生命力和生存能力,也是家境殷实、丰衣足食的生活水平在人的形体上的体现;同时也可能与古人的生殖崇拜有关。

用硕人来品评男子的还有《卫风·考盘》。《考盘》是一首书写隐士生活的诗。孔子说,吾"于《考盘》,见遁世之士而不闷也。"①先秦时的人们对于隐士大多持赞许的态度,如隐于首阳山的伯夷和叔齐、楚狂接舆、《论语》中的长沮、桀溺、荷蓧丈人等,虽然孔子用"鸟兽不可与同群"来表明自己与隐者不同的人生态度,但对隐者还是相当尊重的,甚至在其"道之不行"的时候,也主张可以卷而怀之。《庄子》中的隐士更是得道者的化身。总之,中国传统文化中的隐逸文化在先秦就已经初见规模,并且形成了其独特的文化特征。而对于隐逸者的赞许态度也意味着"硕人"这一人物品评的品目也融进了人物精神气质美和人格境界美的因素。《考盘》诗曰:

> 考盘在涧,硕人之宽。独寐寤言,永矢弗谖。
> 考盘在阿,硕人之薖。独寐寤歌,永矢弗过。
> 考盘在陆,硕人之轴。独寐寤宿,永矢弗告。

这里以"硕人之宽"、"硕人之薖"、"硕人之轴"来对这一隐士进行品评。朱熹《诗集传》释"宽"为"广"之义:"诗人美贤者隐处涧谷之间,而硕大宽广,无戚戚之意。虽独寐而寤言,犹自誓其不忘此乐也。"郑《笺》:"硕大也,有穷处成乐在于此涧者,形貌大人而宽然有虚乏之色。"意为隐者扣盘而歌,心胸宽广。《毛传》:"薖,宽大貌。"仍当作心胸宽大之义解。轴,《毛传》:"轴,进也。"马瑞辰

---

① 《孔丛子·记义》,文渊阁四库全书本。

《通释》:"轴通作逐。《尔雅》:'兢、逐,强也。'以上二章推之,轴当为强壮貌。《传》训为进,义与强近。"盖此处说隐居者心胸宽广,自得其乐,其人因为内在的超凡气质和崇高的精神境界而更让人觉得其高大而威严。轴,可理解为强壮貌,也可理解为其精神气质折射出来的力量感和威严感。所以,不妨认为,此诗是后世人物品评中"栖逸"目的滥觞。其关注人的内在美和超脱的精神境界。"宽"、"薖"、"轴"三词即从其内在气质方面进行品评,其精神境界的宽广散发出来的气质美使其形象显得格外高大而威严。或者说"硕人"一词即是对其内在的精神境界的赞美和评价。其已经融合了人的内在气质之美。以硕来赞美人的精神境界的诗篇还有《豳风·狼跋》,其诗曰:

狼跋其胡,载疐其尾。公孙硕肤,赤舄几几。
狼疐其尾,载跋其胡。公孙硕肤,德音不瑕。

关于《狼跋》一诗的诗旨,历代学者多认为是美周公之诗。《诗序》:"《狼跋》,美周公也。周公摄政,远则四国流言,近则王不知,周大夫美其不失其圣也。"郑《笺》云:"不失其圣者,闻流言不惑,王不知不怨,终立其志,成周之王功,致太平,复成王之位,又为之大师,终始无怨,圣德着焉。"三家诗无异议,后人多从之。陈奂《诗毛氏传疏》说:"此诗既归朝廷而作,在摄政四年后事。"王先谦《诗三家义集疏》指出:"当流言之起,成王疑公,盖有二公(召公、太公)所不能匡救者。公此时既已摄政,进而负扆,无以解于鹭子。退而弗治,无以告我先王。请命东行,内则远嫌,外仍扞难,实处危难恐惧之地。及四国果叛,连兵二年,罪人斯得,然后心迹大显。衮衣既锡,旋亦召归。豳人于公之归,追记德音,故以是诗美之耳。"但是,一些学者认为"狼跋其胡,载疐其尾"是以狼的窘丑之态起兴,与赞美之旨不符。对于此一"矛盾",一些学者以反兴说解之。如孙矿《批评诗经》:"反兴正承,意旨与他篇稍有不同。然跋胡疐尾,周公之际固近之。第狼非佳物,所以人多致疑……总是反意为比,要自无害耳。"①但又有学者提出质疑,认为《国风》"虽有反兴之法,如《鹑之奔奔》以鹑鹊尚居有常匹,反兴卫君荒淫乱伦,鹑鹊之不如。又如《相鼠》以相鼠尚且有皮,反兴统治者无耻苟得,相鼠不如。所谓反兴皆如此类,从未见以丑兴美者,《狼跋》何得例外?"②所以定此诗为刺诗。而高亨先生《诗经今注》认为"硕肤"即"石甫",是讽刺幽王时的虢石甫③。我们认为,此诗当为美周公之诗。至于"狼跋其胡,载疐其尾"的比兴实为描述一种进退两难的境况。陈启源《毛诗稽古编》:"诗以狼为兴,但取其跋胡疐尾,为进退两难之喻,初不记其物之善恶也。"④所以其比兴的重点不在狼本身,而在于一种情景。这样的比兴思维在《周易》中很常见。如《周易·大壮·上六》:"羝羊触藩,不能退,不能遂,无攸利。"是直接以现象来比喻人的一种处境。再说,在上古社会狼与虎、豹、熊、罴一样都会对人构成威胁,人们一方面与这些猛兽作斗争,另一方面又把一些猛兽作为图腾加以崇拜,何以狼独被认定为非善类。狼被丑化,作为民间故事中的反面教材是在后世逐渐形成的。在上古时期,狼作为与狐、兔一样最常见的动物,人们非常熟悉其特性,故常常被人用来说理论事,是因为其常见罢了。比如"狡兔三窟"、"狐死首丘"皆

---

① 转引自程俊英、蒋见元:《诗经注析》,中华书局,1991年版,第432页。
② 程俊英、蒋见元:《诗经注析》,中华书局,1991年版,第432页。
③ 高亨:《诗经今注》,上海古籍出版社,1980年版。
④ (清)陈启源:《毛诗稽古编》,文渊阁四库全书本。

不是依后世人们对动物的好恶和善恶分类为依据的。

另外,在《诗经》中的刺诗大多态度鲜明,批判率真而直接了当,极少作委婉之态。如《相鼠》直接说:"相鼠有皮,人而无仪!人而无仪,不死何为?相鼠有齿,人而无止!人而无止,不死何俟?相鼠有体,人而无礼!人而无礼,胡不遄死?"《硕鼠》《伐檀》都是直接批判,毫不隐晦。而此诗后面全作十分肯定的赞美语。即使要反讽也不当作陈述句的形式,应当有何、胡、岂等表示反问和反讽的语气词。就是在大小雅的政治怨刺诗中,其批判的语气也是非常直接而尖锐的,何况距离政治比较远的风诗。《诗经》中的反讽之诗也有,但在看似赞美的过程中,总会出现一些点明题旨的诗句予以反驳。如《墉风·君子偕老》全诗从头至尾都在赞美卫宣姜的服饰之盛和仪容之美,但其中一句"子之不淑,云如之何"点明题旨,刺义全出。此诗每章的后两句都是赞美之语,毫无刺义。"赤舄几几"是赞美其服饰仪容之盛。马瑞辰《通释》:"上公衮冕,故赤舄。《广雅》:'几几,盛也。'诗盖以状盛服之貌。""德音不瑕",马瑞辰《通释》:"瑕、假古通用。《尔雅》:'假,已也。'《思齐》诗'烈假不瑕',《笺》:'瑕,已也。'《正义》以为《释诂》文。是"假"通作"瑕"之证。'德音不瑕','瑕'正当读'假',训已,犹《南山有台》诗云'德音不已'也。"那么关于此诗是美还是刺最终的判断就落在了"硕肤"二字上。马瑞辰《通释》以为"硕肤"为心宽体胖之貌。当然作心胸宽广解也未尝不可。根据"硕"在《诗经》中的一贯用法,"硕肤"当为赞美之词无疑。通过《诗经》人物品评之品目的特点,我们也可以反推诗的主旨。

(三)姝人

"姝人"也是《诗经》品评人物的重要品目。在《诗经》人物品评中,大多数品目都有外美和内美结合的特点。"姝人"这一品目也是如此。如《邶风·静女》：

> 静女其姝，俟我于城隅。爱而不见，搔首踟蹰。
> 静女其娈，贻我彤管。彤管有炜，说怿女美。
> 自牧归荑，洵美且异。匪女之为美，美人之贻。

从前面的分析中，已经看到，美人和硕人，侧重于指容貌美，同时也具有内在德行和气质美的意义。硕人对于男子偏重于表现其高大壮硕之特征；对于女性，偏重于形容其丰满高大之特征。硕有"高大"、"丰满"、"丰富"之义，硕人可以说是受原始的实用观念影响而形成的一个比较原始的人物审美观念，其常与高贵身份、多才多艺和丰富的内在气质联系在一起，因此其在《诗经》中用来品评的人物有贵族女性、有魅力无穷的舞师、有境界宽广的隐者，用硕人来品评的多是大人物。《静女》是一首青年男女约会的情诗。诗中所品评和赞美的女子是民间的小家碧玉，更是情人眼中的美人。因此，诗歌称其为"静女"，又用"姝"、"娈"来状其美好之貌。

《毛序》："《静女》，刺时也。卫君无道，夫人无德。"朱熹《诗序辩说》："此《序》全然不是诗意。"[①]欧阳修《诗本义》以为"《静女》一诗，本是情诗"[②]，可谓切中诗旨。全诗写男女幽会城隅，女子先到而隐其身，故意逗趣，男子"不见"女子来，心急如焚，搔首踟蹰，最后女子终于出现与其会面，并以彤管相赠。诗歌极富民间情趣。诗以男子的口吻对女子进行赞美，称其为"静女"，又说"其姝"、"其娈"。《毛传》："静，贞静也。姝，色美也。"马瑞辰《通释》以为

---

① (宋)朱熹《诗序辩说》，《续修四库全书》(第五六册)，上海古籍出版社，2002年版。下引《辩说》同。
② (宋)欧阳修《诗本义》，文渊阁四库全书本。

静为靖之假借,是"善"之义。"静女谓善女,犹云淑女,硕女也。""其姝"、"其娈"皆状其美好之貌。娈,美好貌。《邶风·泉水》:"娈彼诸姬",《毛传》:"娈,好貌。"此诗以"靖"、"姝"、"娈"三词描述这一女子,皆有美好之义。"善良"、"美好"皆是日常人们夸赞人的常用语,唯"姝"字在这里更具人物品评的性质,含有较丰富的审美内涵。《方言》:"齐魏燕代之间谓好曰姝。"①《韩诗外传》:"居处齐则色姝。"②是姝为有德之色。因此"姝"是一个更具文化气质的词语。用其表现女子的精神气质之美,不但形容女子有色,而且还要有德,是为有德之色。用"姝"来品评的女子不但外貌美,而且是有德行和内在气质之美的女子,可见其不是一般意义上的赞美。

"姝"作为《诗经》人物品评的一个重要品目其常常在诗章中非常显著的位置出现,是品评人物的核心词。比如《齐风·东方之日》:

> 东方之日兮,彼姝者子,在我室兮。在我室兮,履我即兮。
> 东方之月兮,彼姝者子,在我闼兮。在我闼兮,履我发兮。

关于这首诗的主题,《诗序》曰:"《东方之日》,刺衰也。君臣失道,男女淫奔,不能以礼化也。"《传》《笺》《正义》从之。后儒多从此立说。其实此诗所写实为情人幽会之事,主要从男子的角度写美丽的女子主动追求男子。《诗序》从礼教的角度出发,故而言其"淫乱"。其实我们不妨将其看做民间表达恋情的歌谣。此诗完

---

① (汉)扬雄撰,(晋)郭璞注《方言》,文渊阁四库全书本。
② (汉)韩婴《韩诗外传》卷八,文渊阁四库全书本。

全是从男子的角度来写的,所以如果据此说是一个女子主动追求男子,甚至主动挑逗男子恐怕有些过于夸大《诗经》时代女子婚恋状况的事实。尽管齐俗比较开放自由,但在《诗经》的其他篇章,如《将仲子》《丰》《氓》等,我们都可以看到礼俗社会对于女子婚恋自由的限制和约束。这首诗从男子的角度来写,不排除男子臆想和夸张的因素。就像后世文人所写的思妇诗、传奇、风月小说、花妖狐媚故事,多从男性文人的角度来设想女性如何大胆、自由,这些文人笔下的女子是男性想象的产物,其中有多少真实的成分,值得怀疑。现代西方兴起的女性主义思潮,要求从女性自己的角度还原文学作品中的女性之真实,是很有理论意义的。许多民间歌谣,如信天游之类的民间小调,多由男子所唱,其中表现的女子形象和行为大多具有男性"白日梦"的性质,关于这一点也可以用众所周知的弗洛伊德的精神分析法(性心理分析法)作出解释。诗无达诂,如果将此诗理解为由男性所唱的民间小调也许比一些经学家费尽周折地作迂曲之解可能更能接近诗旨。

我们仍然回到这首诗的人物品评角度上来。诗中所写虽然是男子心目中的女子形象和女子行为,但他仍然对这一在幻想中主动地来"登堂入室"的女子在各方面的条件有所要求,这个要求集中在一个"姝"字上,其想象此女子是一个内美和外美兼得的女子,也就是说是一个有"德色"的女子。不仅仅是徒具美貌而无德行的女子。如果此诗是记录实有之事,从歌者而言,作歌当在事后,如果有女子真的如此不顾社会礼俗的规范而自荐枕席,不知此男子还会不会赞美其为"彼姝者子",因为人不能脱离当时占主流的社会道德观念而夸赞一个人。用一个社会公认的褒义词去赞美明明有"越礼"行为的人,似乎就不是赞美,而是讽刺了。所以,从民歌的角度来看,倒是真实可信的,男子想象有这样一个德色兼备的

"姝人"能主动靠近自己,作为一种爱而不得的"企慕"(钱钟书语)也是在情理之中的。因为《诗经》中的许多男女情爱恋歌是因为"不可得"而作企慕之思的,《关雎》《蒹葭》皆如此,如果美人如此主动追求自己,而且行为如此无拘无束,还会如此作歌赞美其行为,以污人又自污,真是匪夷所思。朱熹《诗序辩说》云:"此男女淫奔者所自作,非有刺也。其曰君臣失道者,尤无所谓。"朱熹从道学家的角度出发,总是以淫奔解情诗,其谓淫奔者实际是从另一个方面抓住了其作为情诗的实质,但他以为是淫奔者自作,则是没有意识到作此诗有"污人又自污"之嫌。崔述《读风偶识》道破此中玄机,谓:"《东方之日》云:'在我室兮,履我即兮。'皆以其事归之于己。夫天下之刺人者,必以其人为不肖也;乃反以其事加于己身,曰我如是,我如是,天下有如是之自污者乎!"此论旨在驳《毛序》美刺说之失,但就是民间情歌也不当将己之偷情之事如此公布于众,并且作讴歌赞美之语,只有"企慕"未发生之事才会作歌如此。

从前文的分析中,可以发现《诗经》中的人物品评之品目皆有内外兼具的性质,只是有不同侧重而已,侧重内在美的品目,其中也有对外在美的赞美,侧重外在美的,有对内在美的崇尚。就"姝"字而言,其既表现人物的外在美,也表现人物的内在美。这一点从《鄘风·干旄》中可以得到印证,其诗曰:

> 孑孑干旄,在浚之郊。素丝纰之,良马四之。彼姝者子,何以畀之?
> 孑孑干旟,在浚之都。素丝组之,良马五之。彼姝者子,何以予之?
> 孑孑干旌,在浚之城。素丝祝之,良马六之。彼姝者子,何以告之?

与《东方之日》一样,此诗品评人物同样用了"姝"一词,而这首诗中的"彼姝者子"是用来赞美贤者的,由此可见,"姝"蕴含有道德义。《鄘风·干旄》是赞美卫文公招贤致士,复兴卫国的诗。关于《干旄》之诗旨人们多从此说。《毛诗》以为"美好善也。卫文公臣子多好善,贤者乐告以善道也"。三家诗的解释与《毛诗》近似。马瑞辰《通释》:"《左传》引逸诗'翘翘车乘,招我以弓。'又曰:'旃以招大夫,弓以招士,皮冠以招虞人。'《孟子》:'庶人以旃,士以旗,大夫以旌。'是古者聘贤招士多以弓旌车乘。此诗干旄、干旟、干旌,皆历举召贤者之所建。《笺》谓卿大夫建此旌旄,失之。"王先谦以为:《传》言"大夫之旃",又云"臣有大功,其世官邑",明谓旌旄是大夫所建。且《序》言卫臣好善,即使招聘出于君意,干旄本以求贤,而将命往招,亦是臣子之职,无妨是大夫建此旌旄、备此车马也。盖卫文草并于丧败之余,授方任能,励精为国,其臣如宁庄子辈,皆能宣扬德化,留意人才,故岩穴之儒,闻风兴起,思以善道告之,中兴气象,固不侔矣。三家诗与《毛诗》之说一致,其说可从。虽然对旌旄由谁所建,诸家有分歧,但诗中的"彼姝者子"指贤者当无疑问。《毛传》:"姝,顺貌。"马瑞辰《通释》:"顺与美义本相成。姝可训美,又训顺者,犹《说文》训婉为顺,而《郑风》'清扬婉兮',《传》云:'婉然美'也。"

因此,"姝"在此诗是用来品评贤者的,当然是注重内在德行之美的评价而非外貌美的赞美了。此诗中的"姝"字用来品评贤人进一步佐证了我们对于《东方之日》"姝"字用法和作诗之背景的推测。姝后来逐渐演化为专指美女和美丽的容颜,但在《诗经》时代,其仍然是一个融合了外美和内美的品评词汇。从这个意义上来说,《诗经》中用来品评人物的另一个词语"淑"与"姝"的意义和用法有相似之处。只不过"淑"主要用于形容人内在的道德品质,而

"姝"更侧重于人的外貌。

总之,美人、硕人、姝人皆侧重于人的容止和外貌的品评,但也包含着对人的精神气质和内在品行的赞美之义,皆有内美和外美结合的特点。

四、淑人

"淑人"是《诗经》中用来品评人的内在道德品质的概念范畴。在《诗经》时代,道德的观念不用"道德"一词来表示。根据人们的不同行为和表现,人们用不同的词来表现人们行为的某一方面,包括道德方面。同时对于美好的事物包括道德品质,也常常用表示美或好的通用词汇来形容。因此美、善、好等概念常常用同一种词汇。就像"硕人"、"美人"、"姝人"等词汇既表示外貌美,也可以用来表示内在品质之美。纯粹表示人的道德品质的词语不是很多,而且也只是形容善或美好之义。真正的能与后世的道德、或品德观念在意义内涵上能够完全对应的词汇还没有出现。在《诗经》和《尚书》中大为流行的核心概念"德"并不等同于后来意义上的"道德"观念。表示人的道德品质或内在品行的词除了共享形容外貌的词之外,也根据人的内在品质的不同特点,用"良"、"淑"、"仁"等词。"淑"就是一个表示人的内在品行的概念范畴。

《说文·水部》:"淑,清湛也。"清湛用之于人,当然是形容人的内在品质之纯净善美了。故"淑"在先秦时代多作"善"、"美善"之义解。《春秋公羊传·庄公十二年》:"甚矣,鲁侯之淑,鲁侯之美也!"①《国语·楚语下》:"其为人也,展而不信,爱而不仁,诈而不

---

① 刘尚慈:《春秋公羊传译注》,中华书局,2010年版,第133页。

智,毅而不勇,直而不衷,周而不淑。"①韦昭《注》:"淑,善也。"②《诗·周南·关雎》:"窈窕淑女,君子好逑。"《毛传》:"淑,善;逑,匹也。言后妃有关雎之德,是幽闲贞专之善女,宜为君子之好匹。"此淑女指贤良美好的女子。郑玄《笺》:"幽闲深宫贞专之善女。"《正义》曰:"淑女以为善称,则窈窕宜为居处……窈窕言其居,贞专言其德。今解者混之,遂以窈窕为德,误矣。"《小雅·鼓钟》:"淑人君子,怀允不忘。"郑玄《笺》:"淑,善。"《君子偕老》前面用大量的笔墨铺排描述卫宣姜容饰衣服之盛:"君子偕老,副笄六珈。委委佗佗,如山如河,象服是宜。"然后转而从道德品行方面批评她说:"子之不淑,云如之何?"之后又描述其容饰和美貌:"玼兮玼兮,其之翟也。鬒发如云,不屑髢也;玉之瑱也,象之揥也,扬且之晳也。"然后以设问的语气再作讽刺:"胡然而天也?胡然而帝也?"意思是:纵然其服饰尊贵,容貌美丽(得像天仙帝女),但其品行不正,又岂能尊为天仙帝女?此诗将容貌之美和德行之美分得很清楚,说明"淑"是一个侧重于品评人物德行的品目。《曹风·鸤鸠》用"淑人"一词赞美在位的统治者。

> 鸤鸠在桑,其子七兮。淑人君子,其仪一兮。其仪一兮,心如结兮。
> 鸤鸠在桑,其子在梅。淑人君子,其带伊丝。其带伊丝,其弁伊骐。
> 鸤鸠在桑,其子在棘。淑人君子,其仪不忒。其仪不忒,正是四国。

---

① 徐元诰:《国语集解》,中华书局,2002 年版。下引《国语》非注明者同。
② (吴)韦昭注:《国语》,文渊阁四库全书本。

鸤鸠在桑,其子在榛。淑人君子,正是国人。正是国人,胡不万年?

《鸤鸠》,《毛序》说是"刺不壹也。在位无君子,用心之不壹也。"但诗文本中并看不出有什么刺义,反而全是溢美之词。孔颖达《正义》在《毛序》的基础上以为是"举善以驳时恶",他说:"经云'正是四国'、'正是国人',皆谓诸侯之身,能为人长,则知此云'在位无君子'者,正谓在人君之位无君子之人也。在位之人既用心不壹,故经四章皆美用心均壹之人,举善以驳时恶。首章'其子七兮',言生子之数。下章云'在梅'、'在棘',言其所在之树。见鸤鸠均壹养之,得长大而处他木也。鸤鸠常言'在桑',其子每章异木,言子自飞去,母常不移也。"朱熹认为此为"美诗"。陈乔枞《三家诗遗说考》:"《鲁诗》说《鸤鸠》之义,词无讥刺。"①方玉润《诗经原始》说:"诗中纯美无刺意。"又说此诗"回环讽咏,非开国贤君,未足当此,故以为'美振铎'之说者,亦庶几焉。惜其编诗失次,为前后三诗所混,故启人疑。若移置本风之首,如《卫》之《淇奥》,《郑》之《缁衣》,则义自明矣。"而《鸤鸠》是"追美曹之先君德足正人也。"聂石樵《诗经新注》也说:"《鸤鸠》是对在上位的君子(贵族)的颂美之诗。而所颂者为何人则不详。"②总之,《鸤鸠》为颂美一个受人尊重的在位者当无疑问。诗中评价这一在位者为"淑人"(君子,在这里指在位的人,并不是含有道德意义之词),其之所以是"淑人",是因为他"其仪一兮"、"其带伊丝"、"其仪不忒"、"正是国人"。郑《笺》:"仪,义也,善人君子,其执义当如一也。"马瑞辰

---

① (清)陈乔枞:《三家诗遗说考》,《续修四库全书》(第七六册),上海古籍出版社,2002年版。
② 聂石樵主编,雒三桂、李山注释:《诗经新注》,齐鲁书社,2000年版。

《通释》:"《说文》:'檥,干也。'今经传通作仪。《尔雅》:'仪,干也。'《左氏》文六年《传》'引之表仪',仪与表同义。人之立木为表曰仪,人之为民表则亦曰仪。《荀子》:'君者,仪也,仪正则景正。'故此诗'其仪不忒'即曰'正是四国'矣。凡言表仪,言仪式,言仪度,皆仪干引申之义。"胡承珙《毛诗后笺》:"《礼记·缁衣》:'子曰:下之事上也,身不正,言不信,则义不壹,行无类也。'……其末引《诗》云:'淑人君子,其仪一也。'然则仪一谓执义如一。"也就是说,这里赞颂在位之君子其德行始终如一,并且可为各国及其老百姓之表率。这是他被颂美为"淑人"的原因,也是"淑人"这一品目在内在品质方面对人的要求。因此"淑人"是侧重于人的内在德行品质的品目。

五、清扬

清扬一词是《诗经》中形容人的容貌美的词语。《卫风·君子偕老》:

> 玉之瑱也,象之揥也,扬且之皙也。

又云:

> 子之清扬,扬且之颜也。

又《郑风·野有蔓草》:

> 野有蔓草,零露漙兮。有美一人,清扬婉兮。邂逅相

遇,适我愿兮。

野有蔓草,零露瀼瀼。有美一人,婉如清扬。邂逅相遇,与子偕臧。

对于《卫风·君子偕老》"扬且之皙也"的训释,《毛传》云:"扬,眉上广。皙,白皙。""子之清扬,扬且之颜也。"《毛传》:"清,视清明也。扬,广扬而颜角丰满。"马瑞辰《通释》:"清、扬皆美貌之称。《野有蔓草》诗'清扬婉兮'、'婉如清扬',此泛言貌之美也。《猗嗟》诗'美目扬兮'、'美目清兮',此专言目之美也。此诗'扬且之皙也。'皙谓色白,又曰'子之清扬,扬且之颜也。'则颜色之美皆可曰清扬矣。'扬且之皙也'与上'玉之瑱也,象之揥也'句法相类。《吕览·音初篇》高《注》:'之,其也。'此诗三'之'字皆当训其,犹云'玉其瑱也,象其揥也,扬其皙也'。"其谓"清"和"扬"皆是形容人的美貌的。其说可从。

《齐风·猗嗟》赞美一位貌美而武艺高强的射手。诗中用了大量的赞美之辞来形容这一美男子的出众的容貌和射艺:

猗嗟昌兮,颀而长兮。抑若扬兮,美目扬兮。巧趋跄兮,射则臧兮。

猗嗟名兮,美目清兮,仪既成兮。终日射侯,不出正兮,展我甥兮。

猗嗟娈兮,清扬婉兮。舞则选兮,射则贯兮。四矢反兮,以御乱兮。

在这首诗中,"昌"、"名"、"娈"三词都表示美盛貌,且出现在每一章第一句的开头,与赞叹之词"猗嗟"一起来表示叹美。《毛传》:"猗嗟,叹词。昌,盛也。"马瑞辰《通释》:据《说文》以为"昌之本义为美言,引申为凡美盛之称。"名,《毛传》以为"目上为名。"马瑞辰《通释》以为"名当读明。明亦昌盛之义。……三章首句皆叹美其容貌之盛大也。""盛大"不能算作人物品评之品目,其与叹词结合在一起相当于说:"哎呀,真是美极了!""哎呀,真是了不起呀!"诗中用来表现其容貌美的词语有:"颀而长兮"、"抑若扬兮"、"美目扬兮"、"美目清兮"、"清扬婉兮"。后面三个词语皆赞美其容貌之美,尤其是赞美其眼睛之美(如前所述)。对于前两个词的训释,"颀而长兮",马瑞辰《通释》:"《正义》:'若,犹然也。'引《史记》'颀然而长'为证。又云:'今定本云"颀而长兮",而与若义并通。'是孔《疏》本原作'颀若长兮',与下文'抑若扬兮'句法相类。今从定本作而,非孔本之旧。"由此可见,而、若、然三字可通用,"颀若长兮"与"抑若扬兮"句法一致,"颀""长"同义,"抑"与"扬"也应当意义一致,皆为赞美之词。《毛传》:"抑,美色。扬,广扬。"以为"抑""扬"分属两义,失之。马瑞辰《通释》考定,"抑即懿之假借,故《传》训美色。扬当读如'扬休'之扬,谓美貌也,不必如《传》训为广扬"。另外,《韩诗》扬字本作阳,曰:"眉上曰阳。"皮锡瑞《经学通论》:"阳者,阳明之处也。今俗呼额角之侧亦谓'太阳',即同此义。然则自眉以及额角,皆得为阳也。"[①]意思是"扬"当作"阳",指人的额头,为名词。比较而言,马说比较合理。因为从此诗的赞美之句的句式来看,其赞美的重点之词皆在第三字上,且多为主谓结构,形容词和名词皆在后面,《诗经》重章叠句和押韵的特点使各句在同一位置上的用词趋于一致,无由此句独作主谓倒置句,作"美好之额头"或作"美好啊,他的额头"。再说,抑若扬兮,中

[①] (清)皮锡瑞《经学通论》,《续修四库全书》(第一八〇册),上海古籍出版社,2002年版。

间以"若"为连结词,即使依马瑞辰说理解为"而"、"然",也于句义不通,甚至不可成句。故当以"扬"为赞美之词为益。

总之,《齐风·猗嗟》赞美这位射手的容貌之美的品评集中在"清扬"一词上(或者清、扬分开使用),然后是对射手射箭技能和射仪的描述和赞美,主要描述的是射箭的表现和操作过程,虽然不乏溢美之词,但主要不在品评。故将此诗定位为容止品评,核心品目是"清扬"。

不过对此诗赞美之人的考证使其主题又与诗之"美刺"挂钩。关于诗中描述的美貌射手,《诗序》以为"刺鲁庄公","齐人伤鲁庄公有威仪技艺,然不能以礼防闲其母,失子之道,人以为齐侯之子焉。"王先谦《集疏》以为"三家无异义"。明清以来学者如何楷、王夫之、惠周惕、孔广森、陈奂、胡承珙、沈德潜等基本上从《序》说以为刺鲁庄公之诗。沈德潜《说诗晬语》云:"讽刺之词,直诘易尽,婉道无穷。卫宣姜无复人理,而《君子偕老》一诗止道其容饰衣服之盛,而首章末"以子之不淑"、"云如之何"二语逗露之。鲁庄公不能为父复仇,防闲其母,失人子之道。而《猗嗟》一诗止道其威仪技艺之美,而章首以猗嗟二字讥叹之。苏子所谓不可以言语求而得,而必深观其意者也。诗人往往如此。"[①]他认为,"猗嗟"为讥叹之词,而非叹美之词。另外,将此诗理解为刺诗的根据是"展我甥兮"、"以御乱兮"两句。郑《笺》:"容貌技艺如此,诚我齐之甥。言诚者,拒时人言齐侯之子。"朱熹《诗集传》:"言称其为齐之甥,而又以明非齐侯之子,此诗人之微词也。按《春秋》桓公二年,夫人姜氏至自齐。六年九月,子同生。即庄公也。十八年,桓公乃与夫人如齐,则庄公诚非齐侯之子也。""以御乱兮",意为以他的才能足以抵抗外侮。而经学家多认为此句是讽

---

① 沈德潜:《说诗晬语》(卷上十六),霍松林等校注《原诗·一瓢诗话·说诗晬语》,人民文学出版社,1979年版。

刺鲁庄公貌美艺高,但忘记了报父仇。因为齐襄公与其妹——鲁桓公夫人齐姜(庄公之母)私通,并派人暗杀了桓公,而庄公又娶了襄公的女儿为妻,所以人们疑诗中有讽刺之意。

在这里我们有必要对人物品评和诗歌的主题之间的关系再作一区别。诗歌的主题反映作者的思想倾向和作诗的目的。从读者的角度而言,是综合整首诗的内容概括出来的。这里又有一个问题是含蓄委婉的诗歌其主旨本身就比较含蓄,而且一个跨越数千年的文学文本,已经是作者和读者共同的产物,甚至解诗之义掩盖或者偏离了作诗之旨。对于作诗之旨的推测和考订,历来是《诗经》学史中的显学。《毛诗》解诗的一些美刺说大概是强征作诗之旨而偏离诗旨的典型例子。但有些诗的确可以与一定的历史事件相对应,且在传统文献中有实证,诗旨自明。且有些诗文本内容即已反映出以美或刺某人的主旨,当遵从文本内容,不可作牵强之推测。对于文本即有美刺人物之义者,当以文本内容反映人物和作者作诗之主旨表现人物的比例而定(这种主旨是历代经学家考订推测而得者)。要看其侧重点。对于推测的作诗之旨过于隐晦者,当从文本内容决定。显然《猗嗟》诗文本中对于射手的容止之赞美大大超过了经学家推测的"刺庄公"之旨。当然这里并非要否定这一微言大义之主旨,而是就人物品评而言,当有主次之分。因为人物品评不仅仅是是非判断,其包括一个人各个方面的品质。品评人物也是就其突出特征或某些方面进行品评,就是以实录为宗旨的历史人物传记,也是挑选人物有代表性的立身行事以表现人物并在论赞中品评其主要特征。在后世的人物品评专著《世说新语》中,皆是以人物的某一方面特征或品质进行品评,并将其归入一定的品目,而且不同的人由于品评的标准不同,可以归入不同的品目。所以人物品评侧重的是人物与众不同的突出特征和精神气质,这些特点总能给人留下深刻的印象,甚至引起人的审美体验。由于人物总是在某一方面有突出特征,因此在人物品评中才形成了众多的品目。品目是特征性的,而不是全面性的。我们研究《诗经》时代的人物品评,因为其尚处于人物品评的萌芽状态,我们在整首诗中要寻找具有人物品评品目性质的概念范畴,不能排除诗歌蕴含的其他文学要素,我们不能以后世人物品评成熟时期的标准来衡量之,因为,其毕竟不是人物品评的专门著作。我们的目的是梳理人物品评产生和形成的脉络,这一点是我们研究的前提。因此,就本诗来看,居于主导地位的是对人物的容止品评和赞美,我们只能取容止品评而放弃其蕴含的微旨,尽管其中的美刺也具有人物品评的性质。

六、温其如玉

在《诗经》风诗人物品评中,已经出现了以玉喻人的品评方法。《秦风·小戎》用美玉来赞美君子:

言念君子,温其如玉。在其板屋,乱我心曲。
言念君子,温其在邑。方何为期,胡然我念之。
言念君子,载寝载兴。厌厌良人,秩秩德音。

《魏风·汾沮洳》,是一个女子赞美自己意中人的诗,赞美的对象是一个贵族。其特点也是以"玉"喻人:

彼汾沮洳,言采其莫。彼其之子,美无度;美无度,殊异乎公路。

彼汾一方,言采其桑。彼其之子,美如英;美如英,殊异乎公行。

彼汾一曲,言采其藚。彼其之子,美如玉;美如玉,殊异乎公族。

《汾沮洳》《诗序》以为"刺俭也。其君俭以能勤,刺不得礼也。"孔颖达《正义》曰:"由魏君俭以能勤,于彼汾水渐洳之中,我魏君亲往采其莫以为菜,是俭而能勤也。彼其采莫之子,能勤俭如是,其美信无限度矣,非尺寸可量也。美虽无度,其采莫之士殊异于公路,贱官尚不为之,君何故亲采莫乎? 刺其不得礼也。"《序》之后,诸家说诗者均以这首诗为"刺无礼",其实诗中并无刺魏君无礼的意思。诗中只是反复赞美"彼其之子"的"美如英"、"美如玉",远远胜过那些"公路"、"公行"、"公族"的贵族,与《卫风》中的《淇奥》《秦风》中的《小戎》立意相似。《淇奥》:

瞻彼淇奥,绿竹猗猗。有匪君子,如切如磋,如琢如磨。瑟兮僴兮,赫兮咺兮。有匪君子,终不可谖兮。

瞻彼淇奥,绿竹青青。有匪君子,充耳琇莹,会弁如星。瑟兮僴兮,赫兮咺兮。有匪君子,终不可谖兮。

瞻彼淇奥,绿竹如箦。有匪君子,如金如锡,如圭如璧。宽兮绰兮,猗重较兮。善戏谑兮,不为虐兮。

河水洋洋,北流活活。施罛濊濊,鳣鲔发发。葭菼揭揭,庶姜孽孽,庶士有朅。

《淇奥》,卫人所作,赞美卫武公(前812 – 前758)为有德君子。《淇奥》,今在《诗·卫风》之中。关于其主题及作时,王先谦《诗三家义集疏》曰:"《毛序》:'美武公之德也。有文章,又能听其规谏,以礼自防,故能入相于周,美而作是诗也。'《左·昭二年》《传》'北宫文子赋《淇奥》',杜注:'《淇奥》,《诗·卫风》,美武公也。'据诗'终不可谖兮'及'猗重较兮',是公入为卿士时国人思慕而作。徐干《中论·修本篇》:'卫武公年过九十,犹夙夜不怠,思闻训道。卫人诵其德,为赋《淇奥》。'徐用《鲁诗》,明《鲁》与《毛》同。《齐》无异义。"王氏以此诗为卫人颂武公思闻训道之德而作,诗云"有匪君子,如切如磋,如琢如磨。瑟兮僴兮,赫兮咺兮。"又云"有匪君子,充耳琇莹,会弁如星。瑟兮僴兮,赫兮咺兮。有匪君子,终不可谖兮。"与此相合。《左传·襄公二十九年》季札适鲁观乐,总评卫诗曰:"美哉渊乎!吾闻卫康叔、卫武公之德如是,是其卫风乎?"吴公子札以博学著称,他说《卫风》体现了康叔和卫武公之德,亦可作为《淇奥》美卫武公的一个有力的旁证。

比喻是后世人物品评常用的方法。如《世说新语·赏誉》:

公孙度目邴原:"所谓云中白鹤,非燕雀之网所能络也。"

庾子嵩(敳)目和峤,森森如千丈松,虽磊砢有节目,施之大厦,有栋梁之用。

在众多的比喻中,以玉作为喻体尤为常见。如《赏誉》:

王戎目山巨源(涛)如璞玉浑金,人皆钦其宝,莫知名其器。

王戎云:太尉神姿高彻,如瑶林琼树,自然是风尘外物。

又如《容止》:

> 时人目夏侯太初朗朗如日月之入怀;李安国颓唐如玉山之将崩。
>
> 嵇康身长七尺八寸,风姿特秀,见者叹曰:"萧萧肃肃,爽朗清举。"或曰"肃肃如松下风,高而徐引。"山公(涛)曰:"嵇叔夜之为人也,岩岩若孤松之独立;其醉也,傀俄若玉山之将崩。"
>
> 王夷甫(衍)容貌整丽,妙于谈玄,恒捉白玉柄麈尾,与手都无分别。
>
> 裴令公有俊容仪,脱冠冕,粗服乱头皆好,时人以为"玉人"。见者曰:"见裴叔则如玉山上行,光映照人。"

《诗经》中的人物描写都含有一定的情感倾向,或者排斥,或者赞颂,或者讽刺,都带有强烈的主观感情。如果对某一人物进行定位和判断或者对其进行基于主观感情的审视,就是极具品鉴性质的人物品评。这种品评不同于人物描写,人物描写追求形象逼真,不含感情的好恶判断。当然人物品评和人物描写有密切关系,人物品鉴需要借助一定的人物描写来实现,人物描写也常常最终对人物做出判断。另外,《诗经》中的人物描写不像后世对人物细节和外貌的具体描写,而是一种整体的概括,或者抓住一种特点的强调突出,而且更倾向于对人物投入情感好恶和价值判断,因此更具人物品评的性质。

纵观人物品评的发展历史,品目的形成、演变和分化是人物品评发展演变的内在脉络。品目就是不同时代对于人的精神品质和行为规范的规定和崇尚。先秦是人物品评各种品目的形成期,中华民族许多为人称道的优秀品质和精神气质在这一时期都已经定型。

《诗经》人物品评之品目大多具有内在品质与外在特征相结合的特点。《诗经》风诗人物品评之品目表现为综合性、质朴性、自然性等特征。在《诗经》风诗人物品评中,已经出现了后世常用的人物品评方法,如侧面烘托、比较、比喻和夸张等。

(孙董霞,兰州文理学院,副教授)

"诗经三颂"对后代颂赞的文体意义

张志勇

《毛诗序》认为:"颂者,美盛德之形容,以其成功告于神明者也。"①可以说"诗经三颂"实践了"美盛德之形容,以其成功告于神明"、"美盛德而述形容"这样的文学理想,以至于刘勰在《文心雕龙·颂赞》中盛赞:"四始之至,颂居其极。颂者,容也,所以美盛德而述形容也。"②这在很大程度上对颂文体的内容、功用、主旨以及形式方面作了比较明确的规范,确立了后世颂赞体文学作品创作的基本范式。

"诗经三颂"后颂体文学的流变情况,就内容方面而言大致表现为:由颂君扩展到颂臣、颂民(分别如班固《高祖颂》,傅毅《显宗颂》,张九龄《龙池圣德颂》、李百药《皇德颂》、扬雄《赵充国颂》、班固的《窦将军北征颂》,蔡邕《胡广黄琼颂》、《京兆樊惠渠颂》);由颂人扩展到颂物(如屈原《橘颂》、左棻《郁金颂》、刘基《瑞麦颂》);由专力颂美扩展到"褒贬杂居"(如扬雄《剧秦美新》、陆机《汉高祖功臣颂》)和由"告神"扩展到"赞神"(如陆云《登遐颂》、谢灵运《无量寿佛颂》)。

就形式方面而言,大致表现在四言句式作为主流形式地位的确立。在"诗经三颂"之前,存在着诸如《管子·国颂》(如:有地牧

---

① (清)阮元校刻:《十三经注疏》,北京:中华书局1980年影印版,第272页。
② 范文澜注:《文心雕龙注》,北京:人民文学出版社1958年版,第156页。

民者,务在四时,守在仓廪。国多财,则远者来;地辟举,则民留处;仓廪实,则知礼节;衣食足,则知荣辱;上服度,则六亲固;四维张,则君令行。故省刑之要,在禁文巧;守国之度,在饰四维;顺民之经……四维不张,国乃灭亡。①)这样的散体之"颂",还存在着各类"卜颂"(如《周礼·春官·大卜》:"大卜掌三兆之法。一曰玉兆,二曰瓦兆,三曰原兆。其经兆之体,皆百有二十,其颂皆千有二百。"②)这样句式、韵律不尽规范的四言句式之"颂"。正是"诗经三颂"以其较为规整的句式和规律鲜明的韵律,对"颂"文体的形式进行了比较明确的规范。然而,在"三颂"之后,散体的颂文也并没有就此绝迹,出现有骚体颂、赋体颂、散体颂(骚体如傅毅《窦将军北征颂》、赋体如马融《广成颂》、散体如王褒《圣主得贤臣颂》)。迨至东汉后期,四言句式的颂却成长为颂体形式方面的一个主要的种类了。比如郭正的《法真颂》,蔡邕的《陈留太守行县颂》、《五灵颂》、《祖德颂》,张超的《尼父颂》,王粲的《太庙颂》等。

　　汉魏以后颂体文学在形式方面有了新的变化,主要表现在两个方面,一是广泛运用比较成熟的双音词,二是大多引入了序。这是出于完善自身叙事、表情、达意等各方面功能之考虑而做出的必然选择。

　　那么,从以上的这些新变向前溯源,"诗经三颂"对于后代颂赞文学的历史意义有哪些呢?我们研究后发现,"诗经三颂"对于后代颂赞文学的历史意义可以从以下四个方面进行述说。

---

① 黎翔凤撰,梁运华整理:《管子校注》,北京:中华书局2004年版,第2-3页。

② (清)孙诒让撰,王文锦、陈玉霞点校:《周礼正义》,北京:中华书局1987年版,第1925-1926页。

一、"诗经三颂"确立了后代颂赞文学以四言句式为主体的形式

在"诗经三颂"中,《周颂》中的17篇作品全部有韵,且形成了较为明显的韵律格式;此外,诸如《时迈》、《执竞》、《臣工》、《噫嘻》、《振鹭》、《有瞽》、《雝》、《潜》、《武》、《有客》、《载芟》、《良耜》、《丝衣》、《般》等诗篇也已形成了非常齐整的四言句式,其他篇章也基本都是以较为齐整的四言句式为主。因此,我们认为《周颂》对颂的形成有着首范作用。而《商颂》的情况亦与《周颂》类似——五首《商颂》全部有韵,而且《那》、《烈祖》两篇已形成了非常齐整的四言句式,《玄鸟》、《长发》、《殷武》中齐整的四言句式也占据了绝对优势的份额。至于创作年代最晚的四首《鲁颂》,则更是在韵律及句式方面形成了十分稳定的范式。因此,我们认为"诗经三颂"对颂文体的形式进行了比较明确的规范。

东汉晚期四言颂的勃兴的原因,和当时四言诗(如曹操的诗歌)短暂复兴的原因类似,都是在东汉晚期特殊的政治环境中,士人为绍继"诗经三颂"传统,标举"三颂"四言句式的"雅正"精神而做出的有意选择。但是,由于此时期的四言颂承袭"诗经三颂"的"美盛德、述形容"的传统,它引入序文之后具有更加自由的体制和相对固定的颂辞表达方式。因而,与魏晋四言诗的短暂复兴不同,东汉晚期四言颂勃兴之后,就作为一种主流的颂体形式得以"定型"了。

如果说"诗经三颂"在两周时期的定型,是对后世颂文体形式方面进行的第一次规范;那么,东汉晚期绍继"诗经三颂""雅正"传统而导致的四言颂勃兴,就等于对后世颂文体形式方面进行的第二次规范。从此,四言颂作为颂体文学的主流形式得以确立下

来了。

　　关于赞体文学,《文心雕龙·颂赞》释"赞"为:"赞者,明也,助也。昔虞舜之祀,乐正重赞,盖唱发之辞也。及益赞于禹,伊陟赞于巫咸,并飏言以明事,嗟叹以助辞也。故汉置鸿胪,以唱拜为赞,即古之遗语也。"①指出了赞的原始,又《文心雕龙·宗经》有:"赋颂歌赞,诗立其本。"②刘勰认为《诗经》是赋、颂、歌、赞的本源,而在《颂赞》篇中,则更进一步认为"(赞)其颂家之细条乎!"③曹魏时桓范在《世要论·赞象》中也论述为:"夫赞象之所作,所以昭述勋德,思泳政惠,此盖诗颂之末流矣。"④近代薛凤昌在其《文体论》一书第十二节,专论颂、赞体曰:"此类文字与箴铭相类,皆为有韵之文;惟箴铭义多规戒,而颂赞义取揄扬,实皆古诗之一流。"⑤以上诸家,都认为"赞"源自于《诗经》,具体来说则是源自于"诗经三颂"。然而在"诗经三颂"当中,我们却难以发现有什么样的赞辞。然而,后世的赞体作品,绝大多数又是标准的四言句式韵文,显见是取法"诗经三颂"而来,正与上古时期"乐正重赞"、"益赞于禹"等古朴的赞辞相异趣。这样一来,就难免在"赞"文体的起源和流变方面产生了一处疑窦。

　　要解决这一悬疑,可以尝试如此理解:《礼记·乐记》:"《清庙》之瑟,朱弦而疏越,一倡而三叹,有遗音者矣"。《说文》:"倡,乐也。从人昌声。尺亮切"。段注:"倡,乐也。汉有黄门名倡,常从倡,秦倡。皆郑声也。东方朔传。有幸倡郭舍人。则倡即俳也。

---

① 范文澜注:《文心雕龙注》,北京:人民文学出版社1958年版,第158页。
② 范文澜注:《文心雕龙注》,北京:人民文学出版社1958年版,第22页。
③ 范文澜注:《文心雕龙注》,北京:人民文学出版社1958年版,第159页。
④ (清)严可均辑:《全上古三代秦汉三国六朝文》,北京:中华书局1958年版,第1263页。
⑤ 薛凤昌著:《文体论》,上海:商务印书馆1947年版,第98页。

经传皆用为唱字。周礼乐师。凡军大献。教恺歌遂倡之。故书倡为昌。郑司农云。乐师,主倡也。昌当为倡。按当云昌当为唱。从人。昌声。尺亮切。十部。按当尺良切"。① 可见,此处的倡实际通"唱"。

综合此段文意,即,在演唱《周颂·清庙》这首诗时,需采用以熟丝制作琴弦并疏通弦孔以期令声音更加低沉、舒缓。而且,在歌唱时,由一人领唱,其他三人加以应和。据此推测,后代以四言句式为特征的赞,就应当起源于演唱《周颂》时的应和之声。因为《周颂》基本都是四言句式,那么应和之声也应当属于四言句式。而且,这种应和之声或曰应和之辞,明显也是一种"明也、助也"的行为,符合上古以来赞体文学的功能传统。如此说来,这种一唱三叹的应和之声或曰应和之辞,正可以发挥《文心雕龙·颂赞》所谓"嗟叹以助辞"的功能。因而,后世以标准四言句式韵文为特征的赞体文学,很可能就是起源于演唱《周颂》时的嗟叹之助辞。

正是从上述几方面来说,"诗经三颂"确立了后代颂赞文学以四言句式为主体的形式。

二、"诗经三颂"确立了后代颂赞文学以"美盛德"和"述形容"为主流的内容取向

由于"诗经三颂"是"美盛德而述形容",而先秦时期的各类如《管子·国颂》之类的散体颂以及各类"卜颂"是"述形容"而非"美盛德"。可以说,"诗经三颂"真正地将"述形容"和"美盛德"两者

---

① 段玉裁注:《说文解字注》,上海:上海古籍出版社1981年版,第379页。

有机地统一在了一起,更进一步细说,颂是以"述形容"为根本,以"美盛德"为主流的内容取向;赞是以"明也,助也"为根本,以"美盛德"为主流的内容取向。

后世颂体文,无论是颂臣者还是颂民者,基本都注重在"述形容"的同时"美盛德"。而"覃及细物"的咏物颂文,则基本都是在"述形容"的基础上,通过"比类寓意"的方式,象征性地褒美与所咏之物相关的人之品格、德行。只有少部分咏物作品注意"述形容"而不注重"美盛德"。至于《文心雕龙·颂赞》所讥评的《汉高祖功臣颂》等"褒贬杂居"的颂体文,则在一定程度上突破了是否"美盛德"的限度,但在本质上"述形容"则是肯定的。

至于赞文,原本仅是发挥"明也,助也"之功能,至于褒贬取向则并不明朗。后世的史赞、经赞基本继承了这一传统。而画赞、杂赞则在其发展过程中演变为专力褒美的主流内容取向。由于后世以标准四言句式韵文为特征的赞体文学,很可能就是起源于演唱《周颂》时的嗟叹之助辞,那么,"诗经三颂"尤其是《周颂》是极尽歌颂褒美之能事的,则这种起源方式势必将影响到赞作为一种文体的褒贬取向,也就是说,在"诗经三颂"的影响之下,"赞"的功能,也就从最初的"明也,助也"转化为专力褒美了。

可见,在"诗经三颂"的影响下,颂赞文学以"美盛德"和"述形容"为主流的内容取向。这一点与前面的"以四言句式为主体的形式"一道,共同构成了后世颂赞文学的基本特征。

三、"诗经三颂"确立了对后代颂赞文学的批评规范

由于"诗经三颂"在形式、内容及功能等三个方面建立了颂赞文学的写作范式,也就自然而然地从文学批评角度建立了针对颂

赞文学的批评范式。而这种"批评范式",则以刘勰《文心雕龙·颂赞》篇的主要观点为代表。即:"'四始'之至,颂居其极。颂者,容也,所以美盛德而述形容也"、"褒德显容,典章一也"、"至于班、傅之《北征》、《西巡》,变为序引,岂不褒过而谬体哉"、"原夫颂惟典雅,辞必清铄。敷写似赋,而不入华侈之区;敬慎如铭,而异乎规戒之域。揄扬以发藻,汪洋以树义"、"赞者,明也,助也"、"并飏言以明事,嗟叹以助辞也"、"然本其为义,事生奖叹,所以古来篇体,促而不广,必结言于四字之句,盘桓乎数韵之辞"等观点。

诚然,《文心雕龙·颂赞》的部分观点忽略了颂赞作为一种文体在后世发展过程中产生新变的合理性及必要性,有"是古非今"之嫌。但是,如果从反面来思考,将《文心雕龙·颂赞》的观点体系弃而不用,那么就无法建立起对于颂赞文体的批评标准。所以,可以肯定《文心雕龙·颂赞》的批评体系尽管有守旧之嫌,但它在诸多方面把握了颂赞文学的本质特征,舍此则无以建立有关颂赞文学的批评标准。故而《文心雕龙·颂赞》对于这两种文体的批评,仍然具有十分积极的意义。而且《文心雕龙·颂赞》对于颂赞文学的批评标准体系,是建立在规范化的写作准则体系基础之上的,而这个规范化的写作准则体系,则是由以《周颂·清庙》、《周颂·时迈》为代表的"诗经三颂"提供的。正是从这个意义上说,"诗经三颂"确立了对后代颂赞文学的批评规范。

然而,《文心雕龙·颂赞》所确立的颂赞文学批评体系中,也确实存在一些忽视、否定后世颂赞文学发展动向的守旧观点,不得不说是"白璧微瑕"。对此是不是可以采用一种灵活的方法来予以变通性的处理呢?即,将符合《文心雕龙·颂赞》批评观点体系的颂赞文学作品称为颂赞文学之"正体",以便尊重"诗经三颂"以来所确立的颂赞文学写作及批评规范体系;将后世产生新变的颂赞文学作品称为颂赞文学之"别体",以便正视并尊重文体发展的客观规律。将颂赞文学作品分"正体"和"别体"分别看待,求同存异的同时又注意探寻并尊重二者之间的内在联系,或可帮助我们更加全面地把握颂赞文学的本质及其发展变化的规律。

四、"诗经三颂"揭示了后世颂赞文学发展变化的轨迹

这个观点可以从两个方面来加以理解:首先,"诗经三颂"在内容、形式及功能等方面都确立了颂赞文学的写作及批评规范。而后世的颂赞文学,基本上都是遵循"诗经三颂"所确立的写作规范来进行展开创作实践的;而以《文心雕龙·颂赞》为代表的正统文学理论批评,也基本都是遵循"诗经三颂"所确立的批评规范来进行展开批评实践的。正是从正的方面来论述"诗经三颂"揭示后世颂赞文学发展变化之轨迹的具体表现。

此外,还可以从"反"的方向来论述上面这个问题。意即,对比"诗经三颂",可以清楚地看到后世颂赞文学在发展过程中所产生的新变,进而把握后世颂赞文体发展的规律。比如,"诗经三颂"都是没有序的,而后世颂赞文学大多加入了散体之序。序的加入,能够帮助颂赞文体具备更为丰富的叙事、表情、达意等功能。这也就促使颂赞文学从一种程序化、应用化的文体形式逐渐向着多功能化的文体形式转变。又如,某些后代颂赞作品融入了议论性的内容,出现了"褒贬互见"、"褒贬杂居"的现象,这也是颂赞文体较之"诗经三颂",在后世发展过程中的一种新变。这一变化,使得颂赞文体能够承载更多方面的内容,在一定程度上丰富了颂赞文体表情达意的功能。故而,将此类作品视为颂赞文学中的"别体",还是恰如其分的。以上所举的例子,还是从内容及功能方面来谈,具体

到形式方面,颂赞文学尤其是颂文体,在"诗经三颂"之后经历了一个由骚体颂(如屈原《橘颂》、傅毅《窦将军北征颂》)、散体颂(如边韶《河激颂》、崔骃《四巡颂》)、赋体颂(如马融《广成颂》)、四言颂(如史岑《出师颂》),如百舸争流、交相发展到东汉晚期四言颂勃兴而跃居主流的这样一个发展过程。根据前面魏晋之际四言诗短暂复兴这一文学现象所做的简单分析可见,这个发展过程体现了以"诗经三颂"为代表的儒家"雅正"诗学观念在特定历史背景之下所发挥出的独特功用。可见,"诗经三颂"以后颂赞文学在形式方面的曲折发展历程,不仅彰显了比较深刻的历史文化内涵,而且反映了颂赞文学作为一种"诗立其本"的文学体裁,其在形式方面必然的发展道路。

从以上正、反两个方面的论述可见,"诗经三颂"恰似一面镜子。以之为鉴,则可以观照颂赞文学在后世发展变化之轨迹,并帮助我们洞见其中所蕴含的文体发展规律。从而,更为科学、更为全面地把握颂赞文学作为一种文体的本质特征。

(张志勇,河北大学文学院,副教授)

《诗·周南》"桃"意象考论*

罗 妹

《桃夭》毛《序》:"《桃夭》,后妃之所致也。不妒忌,则男女以正,婚姻以时,国无鳏民也。"①宋朱熹《诗序辨说》卷上:"《序》首句非是,其所谓'男女以正,婚姻以时,国无鳏民'者得之。"②事实上,《诗·周南·桃夭》全诗三章首句皆以"桃"起兴,首章以桃树的花朵摇曳比兴女子成年出嫁,次章以果实斑斓比兴女子婚后的生儿育女,卒章以枝叶繁茂比兴家庭兴旺,从而歌咏了诗人对女子婚姻生活的美好祝福。③ 作为一首周南贵族嫁女之乐歌,诗人何以要选择"桃"而不是其他物象来起兴呢?何以以"桃"来比喻女子呢?"桃"究竟在先秦时期的"周南"地区有何文化意蕴呢?笔者拟从《桃夭》与"周南"地域文化的联系角度来探讨"桃"意象的象征意蕴。

---

* 基金项目:国家社会科学基金项目"春秋世族作家群体与文学创作考论"(14BZW038)的阶段性成果。

① (唐)孔颖达:《毛诗正义》,中华书局1980年影印阮刻十三经注疏本,第279页。

② (宋)朱熹:《朱子诗序辨说》,《朱子全书》,上海:上海古籍出版社、安徽教育出版社2002年点校四部丛刊三编影印日本东京岩崎氏静嘉文库藏宋本,朱杰人等点校,第358页。

③ 徐公持:《论〈二南〉》,《哈尔滨师院学报》,1963年第4期,第429-441页。

一、《桃夭》之"桃"与《周南》地域文化特质

桃树远古时期主要生长于我国西北、华北和华东地区,逐渐遍及江南。随着人类认识自然、改造自然能力的提高,桃与人们的日常生产、物质生活与精神生活之关系愈加密切,人们自然会逐渐赋予桃以更加丰富的文化内涵,桃遂成为《周南》地域文化特质之重要标志。

其一,桃在人们日常生产、物质生活中具有重要作用。《尔雅·释木》:"旄,冬桃。"郭璞《注》:"子冬熟。"①可见,桃树果实在夏、秋、冬三季皆可采摘而食,是原始先民们重要的食物来源与生活资料。据《韩非子·外储说左下》、《礼记·内则》、《释名·释饮食》、《孔子家语·子路初见篇》,桃为周天子、诸侯燕享食物之一,且食用逐渐变得考究,并发明了"诸"这一储藏方法。又据《礼记·内则》、《尔雅·释木》,食桃又有一特称叫"胆之"。我们知道,"二十四节气"之名,始于汉武帝太初元年(前104)所制《太初历》,但据桓五年、僖五年、襄七年《左传》,不仅物候意识先秦时期早已有之,而且至迟在春秋时期已有"蛰"(惊蛰)、"分"(春分、秋分)、"至"(夏至、冬至)、"启"(立春、立夏)、"闭"(立秋、立冬)等节气之名。②《逸周书·时训解》:"惊蛰之日桃始华。又五日,仓庚鸣;又五日,鹰化为鸠,桃不始华,是谓阳否?"③《礼记·月令》:"仲春

---

① (宋)邢昺:《尔雅注疏》,中华书局1980年影印阮刻十三经注疏本,第2637页。
② (清)万斯大:《学礼质疑》,台湾商务印书馆1986年影印文渊阁四库全书本,第428页。
③ 黄怀信、张懋镕、田旭东:《逸周书汇校集注》,上海古籍出版社1995年版,第625页。

之月……始雨水,桃始华,仓鸣庚,鹰化为鸠。"①汉郑玄《易纬通卦验》卷下:"春分明,庶风至,雷雨行,桃始花,日月同道。"②可见,周人已经不仅仅满足于桃之食用功能,他们已注意到桃花的开放、凋谢现象与自然物候之间的对应关系,并据此判定"雨水"、"春分"两个节气。又,据河北省藁城县台西村商代遗址考古发掘报告,该遗址有30多枚药用桃仁。③ 这说明至迟在商朝中期桃仁的药用价值就已经得到了运用。

其二,桃在戎事中为具有辟邪驱鬼功能之文化符号。昭十二年《左传》载楚右尹子革曰:"昔我先王熊绎辟在荆山,筚路蓝缕以处草莽,跋涉山林以事天子,唯是桃弧棘矢以共御王事。"杜《注》:"桃弧棘箭,以御不祥。"④又,《吴越春秋·勾践阴谋外传》:"楚有弧父,弧父者,生于楚之荆山。生不见父母,为儿之时,习用弓矢,所射无脱。以其道传于羿,羿传逢蒙,逢蒙传于楚琴氏。……传之楚三侯,所谓句亶鄂章,人号麋侯、翼侯、魏侯也。自楚之三侯传至灵王,自称之(三)楚,累世盖以桃弓棘矢而备邻国也。"⑤显然,这里的"桃弓"已不是平常意义上的战争武器,而是赋予其辟邪驱鬼之神异功能。在人们普遍信仰"桃弓"之神秘色彩的情形下,它对

---

① (唐)孔颖达:《礼记正义》,中华书局1980年影印阮刻十三经注疏本,第1361页。
② (汉)郑玄:《易纬通卦验》,台湾商务印书馆1986年影印文渊阁四库全书本,第895页。
③ 河北省博物馆、文管处台西发掘小组:《河北藁城县台西村商代遗址1973年重大发现》,《文物》,1974年第8期,第42-49页。
④ (唐)孔颖达:《春秋左传正义》,中华书局1980年影印阮刻十三经注疏本,第2064页。
⑤ (汉)赵晔撰、(元)徐天祜音注:《吴越春秋》,江苏古籍出版社1999年校点明翻元大德间刻本,苗麓校点,辛正审定,第150页。

己方有一种暗示进取之作用,而对敌方有一种暗示威胁之作用。①

其三,桃在礼仪中为具有祈神求福去邪功能之文化符号。《周礼·天官冢宰·笾人》:"笾人掌四笾之实。……馈食之笾,其实枣、栗、桃、干、榛实。"②此以桃(桃诸)为馈食礼之祭品。《礼记·月令》:"仲夏之月……天子乃以雏尝黍羞,以含桃先荐寝庙。"③此以桃之别种含桃(樱桃)为祈谷礼之祭品。襄二十九年《左传》:"楚人使公亲襚,公患之。……乃使巫以桃茢先祓殡,楚人弗禁,既而悔之。"④此以桃茢(以桃木为柄之扫帚)为臣丧祓殡襚礼去邪之具。《周礼·夏官司马·戎右》:"盟,则以玉敦辟盟,遂役之,赞牛耳、桃茢。"⑤此以桃茢为会盟之礼的去邪之具。在"国之大事,在祀与戎"(成十三年《左传》)的时代,桃自然成为祭祀、会盟等礼仪活动中一种具有祈神求福去邪功能之文化符号。

其四,桃在婚恋生活中为具有传情示爱功能之文化符号。据《礼记·昏义》、《仪礼·士昏礼》,婚礼有"纳采"、"问名"、"占卜"、"纳吉"、"纳征"、"请期"、"亲迎"等系列礼仪性过程,即所谓婚姻六礼。⑥《周礼·地官司徒·媒氏》:"媒氏掌万民之判。……

---

① 王焰安:《桃文化衍生试论——以先秦、秦汉、魏晋南北朝为例》,《江西社会科学》,2003年第3期,第32-36页。

② (唐)贾公彦:《周礼注疏》,中华书局1980年影印阮刻十三经注疏本,第671页。

③ (唐)孔颖达:《礼记正义》,中华书局1980年影印阮刻十三经注疏本,第1369-1370页。

④ (唐)孔颖达:《春秋左传正义》,中华书局1980年影印阮刻十三经注疏本,第2004-2005页。

⑤ (唐)贾公彦:《周礼注疏》,中华书局1980年影印阮刻十三经注疏本,第857页。

⑥ 邵炳军、郝建杰:《〈诗·唐风·绸缪〉诗旨补证》,《河北师大学报》,2007年第1期,第54-58页。

中春之月,令会男女,于是时也,奔者不禁。"郑《注》:"中春阴阳交,以成昏礼,顺天时也。"①唐欧阳询《艺文类聚》卷四《岁时部中》引《韩诗》:"三月桃花水之时,郑国之俗,三月上巳,于溱、洧两水之上,执兰招魂续魄,拂除不祥。"②汉班固《白虎通义·嫁娶篇》:"嫁娶必以春何?春者,天地交通,万物始生,阴阳交接之时也。"③媒氏何以在仲春之月令会男女呢?上引《逸周书·时训解》、《礼记·月令》、《易纬通卦验》卷下给予的答案为"桃始华"。在桃花灿烂的仲春二月,正是青年男女自由恋爱的美好时节,婚姻"六礼"便由此而始。这样,"桃"正好象征着男女交配狂欢之义,它自然成为一个传情示爱功能的文化符号。如庄十四年《左传》所载春秋时楚国息侯夫人,因其貌美绝伦而又不愿事二夫,被后人称为"桃花夫人"而歌之咏之。如唐刘长卿作《过桃花夫人庙》(收《刘隋州集》卷二)、杜牧作《题桃花夫人庙》(收《万首唐人绝句》卷二十五)、施肩吾作《经桃花夫人庙》(收《万首唐人绝句》卷三十四)、宋徐照作《题桃花夫人庙》(收《芳兰轩集》)、清吴雯作《桃花夫人》(收《莲洋诗钞》卷七)等。这便使"桃花"与"美女"相连,"桃花"自然成为品貌俱佳之美女的代名词。又,据《大清一统志·汉阳府》、《湖广通志·山川志》,桃花夫人庙在今湖北省黄陂市东三十里之桃花洞。此地在西周春秋时期当属周南地域范围。

当然,桃在人们日常生产、物质生活中具有重要作用,在戎事中具有辟邪驱鬼功能,在礼仪中具有祈神求福去邪功能,在婚恋生

---

① (唐)贾公彦:《周礼注疏》,中华书局1980年影印阮刻十三经注疏本,第732—733页。

② (唐)欧阳询:《艺文类聚》,上海古籍出版社1982年点校本,第62页。

③ (汉)班固:《白虎通疏证》,中华书局1994年新编诸子集成第一辑,第466页。

活中具有传情示爱功能,其深层次的社会根源是"周南"之地重视农业的思想观念。周人皇祖后稷就是一个为《诗·大雅·生民》、《鲁颂·闷宫》所称颂的农业种植能手。《大雅·公刘》所称颂的后稷四世孙公刘迁居豳地(在今陕西省旬邑县、彬县一带)后,就是依靠发展农业使得部族渐渐兴旺起来。《大雅·绵》、《鲁颂·闷宫》所称颂的后稷十四世孙古公亶父,依然十分重视农业的发展。成十三年《左传》载刘康公曰:"敬在养神,笃在守业。国之大事,在祀与戎。"①这里的"守业"就是指以务农为业。而"守业"乃"祀与戎"的基础,是维系部族社会关系的经济命脉,是关系国家兴衰的根本所在。《周南》作者大多为姬姓上层贵族,因而他们身上不可避免地带着周代的文化气息,烙上了浓厚的农耕文化的印记。他们长期过着"日出而作,日入而息,凿井而饮,耕田而食"(《论衡·艺增篇》引击壤歌)的农耕生活。② 这种生活方式有利于形成稳定和谐的人际关系,有利于形成注重家庭伦理道德的文化心理,有利于形成温厚淳朴、谨严内敛的文化品格。

二、《桃夭》中桃意象之文化意蕴

明梁寅《诗演义》卷一:"桃之有华,正昏姻时也。故以之起兴。"③万物成长、桃花盛开的春季时常是周人婚配的季节,诗人自

---

① (唐)孔颖达:《春秋左传正义》,中华书局1980年影印阮刻十三经注疏本,第1911页。
② (汉)王充撰,黄晖校释:《论衡校释》,中华书局1990年新编诸子集成本,第388页。
③ (明)梁寅:《诗演义》,台湾商务印书馆1986年影印文渊阁四库全书本,第8页。

然会把出嫁的女子比喻成桃花。但诗人为何以桃比女性？又为何以桃来赞美并祝福婚姻？更重要的原因在于桃本身所具有的文化意蕴。下面我们从四个方面展开讨论：

一是关于《山海经》之"桃"、"桃林"的文化价值问题。《山海经》成书于秦汉时期，看似荒诞不经的神话，却蕴含着极大的文化信息，有着很大的史料价值。① 如《山海经·北山经》载："又北百一十里，曰边春之山，多葱、葵、韭、桃、李。"②《东山经》载："又南水行八百里，曰岐山，其木多桃、李，其兽多虎。"③《东山经》："又南水行七百里曰孟子之山，其木多梓、桐，多桃、李……"④《中山经》载："又西九十里，曰夸父之山……其北有林焉，名曰桃林，是广员三百里，其中多马。"⑤《中山经》载："又东北三百里，曰灵山……其木多桃、李、梅、杏。"⑥《中山经》载："又东四十里，曰卑山，其上多桃、李、苴、梓，多累。"⑦在"边春之山"、"岐山"、"孟子之山"、"夸父之山"、"灵山"、"卑山"等广袤地域桃树成林，这从一个侧面反映出

---

① （晋）郭璞注、袁珂校注：《山海经校注（增订本）》，四川巴蜀书社1993年版，第1页。
② （晋）郭璞注、袁珂校注：《山海经校注（增订本）》，四川巴蜀书社1993年版，第87页。
③ （晋）郭璞注、袁珂校注：《山海经校注（增订本）》，四川巴蜀书社1993年版，第133页。
④ （晋）郭璞注、袁珂校注：《山海经校注（增订本）》，四川巴蜀书社1993年版，第133页。
⑤ （晋）郭璞注、袁珂校注：《山海经校注（增订本）》，四川巴蜀书社1993年版，第168-169页。
⑥ （晋）郭璞注、袁珂校注：《山海经校注（增订本）》，四川巴蜀书社1993年版，第186页。
⑦ （晋）郭璞注、袁珂校注：《山海经校注（增订本）》，四川巴蜀书社1993年版，第207页。

我国自远古时代就是一个盛产桃的国度。当然,《山海经》所载原始人类还不可能对桃存在着纯粹的审美意识,他们更多的是含有功利性质,但其中仍然会透露出对于食物的感激之情。

二是关于"夸父逐日"神话与"桃林"的文化内涵问题。《山海经·海外北经》:"夸父与日逐走,入日。渴欲得饮,饮于河渭;河渭不足,北饮大泽。未至,道渴而死。弃其杖,化为邓林。"①据清毕沅《山海经新校正》考证,"邓"、"桃"音近而通,此"邓林"即上引《中山经》中夸父山绵延三百里之"桃林"。② 夸父逐日而死后何以"化为邓(桃)林"呢?《黄帝内经素问·生气通天论》:"阳气者若天与日,失其所则折寿而不彰,故天运当以日光明。……故阳气者,一日而主外,平旦人气生,日中而阳气隆,日西而阳气已虚,气门乃闭。"③可见,在原始神话里,生命的诞生、兴盛、衰亡与太阳的运行轨迹是同步的。④ 如今,海外所罗门群岛依然具有远古时代太阳崇拜的文化遗存。⑤ 又,明李时珍《本草纲目·果部一》:"桃性早花,易植而子繁,故字从木、兆。十亿曰兆,言其多也。"⑥可见,夸父山绵延三百里之"桃林"无疑具有极强的繁殖能力。既然太阳升落与人们的生命历程有了联系,那么,夸父追日很有可能是在桃崇拜文

---

① (晋)郭璞注、袁珂校注:《山海经校注(增订本)》,四川巴蜀书社1993年版,第284页。
② (清)毕沅:《山海经新校正》,上海书店1989年四部丛刊初编影印明邢澐刊郭注本。
③ (唐)王冰注,(宋)林亿等校正:《黄帝内经素问》,上海古籍出版社1991年版,第15-17页。
④ 傅道彬:《中国文学的文化批评》,黑龙江人民出版社2000年版。
⑤ [德]利普斯著,汪宁生译:《事物的起源》,四川民族出版社1982年中译本。
⑥ (明)李时珍:《本草纲目》,人民卫生出版社2004年校点明夏良心、张鼎思序刊江西初刻本,第1741页。

化背景下所形成的一种求子仪式。①

三是关于"桃"崇拜与"桃社"、"桃林之社"、"桃社之野"的联系问题。《白虎通义·社稷篇》引《尚书》逸篇曰:"大社唯松,东社唯柏,南社唯梓,西社唯栗,北社唯槐。"②则周人祭祀土地之神的社祭除"太社"之外,其余四社以方位名之。据《周礼·地官司徒·大司徒》及郑《注》,周人举行社祭活动时常常选取适宜土地种植茂密高大的松、柏、栗等作为社树,名其为"松社之野"、"柏社之野"、"栗社之野"。又,《墨子·明鬼篇》:"燕之有祖,当齐之社稷,宋之有桑林,楚之有云梦也,此男女之所属而观也。"③《吕氏春秋·顺民篇》:"昔者汤克夏而正天下,天下旱,五年不收,汤乃以身祷于桑林……"④《路史·余论六》:"桑林者,社也。社为阴,鼓用声也。"⑤则"桑"乃社树,"桑林"乃祭祀之所,可名之曰"桑林之社"。又,《白虎通义·社稷篇》:"社无屋何?达天地气。……社稷所以有树何?尊而识之,使民人望见即敬之,又所以表功也。"⑥则社树的主要功能为"达天地气"以通神、"尊而识之"以敬神。那么,社树除了松、柏、梓、栗、槐、桑之外,是否有桃树呢?我们可以从"桃"与"桑"文字互换情形中加以推测。《神异经》:"巨洋海中,升载海

---

① 徐元济:《夸父逐日考》,《民间文艺集刊》第6辑,上海文艺出版社1984年版。
② (汉)班固:《白虎通疏证》,中华书局1994年新编诸子集成第一辑,第90页。
③ (周)旧题墨翟撰,吴毓江校注:《墨子校注》,中华书局1990年新编诸子集成本,孙启治校点,第338页。
④ 陈奇猷:《吕氏春秋校释》,学林出版社1984年版,第27-43页。
⑤ (宋)罗泌撰,(宋)罗苹注:《路史》,台湾中华书局1968-1972年四部备要据刊本排印本。
⑥ (汉)班固:《白虎通疏证》,中华书局1994年新编诸子集成第一辑,第89页。

日。盖扶桑山有玉鸡,玉鸡鸣则金鸡鸣,金鸡鸣则石鸡鸣,石鸡鸣则天下之鸡鸣。"①此"扶桑山",《述异记》卷下、《荆楚岁时记》并引《括地图》皆作"桃都山"。② 既然"扶桑山"亦名"桃都山",其为神鸡出没之地,意味着桑树、桃树皆为通神之树。那么,以桃树作为社树,则可称之为"桃社"、"桃林之社"、"桃社之野"。

四是关于"桃"崇拜与生殖崇拜文化。我们知道,图腾崇拜中生育信仰的产生是母系社会最主要的意识形态之一。《列子·天瑞篇》所谓"伊尹生乎空桑",③《艺文类聚》卷八十八引汉宋均注《春秋演孔图》所谓孔子母征在"生丘于空桑之中",此类传说正是母系社会生殖图腾崇拜中生育信仰的文化遗存。1954－1957 年发掘的陕西省西安市半坡遗址(约前 5000－前 4500 年),④1956 年发掘的河南省陕县庙底沟遗址(约前 4800－前 4300 年),⑤1976 年发掘的浙江省余姚市河姆渡遗址(约前 5000－前 4000 年),⑥都曾出土有中国母系氏族社会陶器上的鱼纹、蛙纹、鹿纹、鸟纹、虫草纹、蜥蜴纹等等。其中花卉纹样就是女阴的象征,这是远古人类女性生殖器崇拜的文化遗存。同时,这种女性生殖器崇拜文化也表现

---

① (汉)旧题东方朔撰,(晋)张华注:《神异经》,台湾商务印书馆 1986 年影印文渊阁四库全书本,第 270 页。

② (梁)旧题任昉撰:《述异记》,明程荣刻汉魏丛书本;(梁)旧题宗懔撰:《荆楚岁时记》,岳麓书社 1986 年辑校本。

③ (周)旧题列御寇撰,(晋)张湛注、杨伯峻集释:《列子集释》,中华书局 1990 年新编诸子集成本,第 16 页。

④ 中国科学院考古研究所、陕西省西安半坡博物馆:《西安半坡》,文物出版社 1963 年版。

⑤ 中国科学院考古研究所:《庙底沟与三里桥》,科学出版社,1959 年版。

⑥ 浙江省文管会及浙江省博物馆:《河姆渡遗址第一期发掘报告》,《考古学报》,1978 年第 1 期。

在先民所造文字里。如"蒂",《说文》无,甲骨文作"帝",象花朵之形,后世以"蒂"指女阴。① 又如,宋·徐铉《说文解字·示部》:"祧,迁庙也。从示,兆声。"②明王志长《周礼注疏删翼》卷十二:"天子以五世、六世之祖为祧,所谓二二祧是也;诸侯以始祖为祧,所谓先君之祧是也。"③"宗祧",四部丛刊本哀二十三年《左传》、四部丛刊本戴九龄《九灵山房集》之《贱生抒怀呈在座诸公》、明陈耀文《天中记》卷五十七皆作"宗桃",很显然不仅是"桃"与"祧"形音相近而通,而且同义而通。则"祧"之"兆",不仅表声,而且表意,故古代祖庙谓之"宗祧"。同样,"桃"之"兆",亦不仅表声,而且表意,即蕴含着子孙兴旺、绵延不绝之意。可见,因桃具有花色灿丽、果实繁多、枝叶繁茂、生殖力强等特点,原始先民取之作为生殖崇拜图腾,以此来祈求人口繁衍昌盛。这正是《桃夭》诗中桃意象根本内涵之所在。

可见,《桃夭》作者选取桃作为兴象所经营的桃意象,最重要的原因是远古时期就已具有的生殖崇拜文化背景下所产生的桃崇拜观念与桃崇拜习俗。诗人自然会有意识地选择桃这一物象作为祝福女性婚姻诗篇的兴象来经营桃意象,让桃在诗篇中成为祝福婚姻的艺术载体与文化符号,承载着自远古时代就已经具有的深刻的生殖崇拜文化内涵。《礼记·大学》:"故治国在齐其家。《诗》云:'桃之夭夭,其叶蓁蓁。之子于归,宜其家人。'宜其家人,而后

---

① 郭沫若:《释祖妣》,《甲骨文字研究》,人民出版社,1952年版。
② (汉)许慎撰、(宋)徐铉校订《说文解字注》,上海书店1985年四部丛刊初编影印北宋刊本。
③ (明)王志长:《周礼注疏删翼》,台湾商务印书馆1986年影印文渊阁四库全书本,第376页。

可以教国人。"①此释《桃夭》之说,虽然因过于强调其道德教化功能而为后人所诟病,然其自然源于对以生殖崇拜文化内涵的桃意象的认识。这从一个侧面反映出重视人伦和谐,强调家庭和睦、宗族昌盛的"周南"区域的人们对于后代繁衍和宗族强盛的重视,诗人所经营的桃意象自然就易于引起广大受众的认同和情感的共鸣。

(罗姝,上海财经大学国际文化交流学院,副教授)

---

① (唐)孔颖达:《礼记正义》,中华书局1980年影印阮刻十三经注疏本,第1674页。

浅析《诗经》寓言诗的批判艺术*

张宪华

寓言诗就是采用诗歌的语言,借花鸟虫草器具用物之类的形象叙事,通过比喻、拟人、讽刺与夸张的手法,阐释发人深思的鲜明寓意,达到针砭时弊、讽刺现实、启发和教育读者目的的一类诗歌作品。寓言诗往往能够运用精练又富于哲理的语言刻画形象,创造一种凝练含蓄的意境氛围,①其所蕴涵的情理深而且广,字里行间渗透着诗人鲜明的爱憎和褒贬,富于抒情味和感染力。清宋大樽《茗香诗论》言:"《易》之取象,《诗》之谲谏,犹之寓言也。"作为我国第一部诗歌总集,《诗经》中存在着数量不少以谲谏方式呈现的寓言诗,当我们阅读这些寓言诗作品的时候,常常会感觉到其中充盈着强烈的批判气息。《诗经》寓言诗批判效果的达成同其在批判角色的选择、批判色彩的主要表现以及批判艺术手法的特色都有着密切的关系。

一、批判角色的选择

唐白居易《禽鸟十二章序》言:"《庄》《列》寓言,《风》《骚》比兴,多假虫鸟以为筌蹄,故《诗》义始于《关雎》、《鹊巢》,道说先乎

---

* 基金项目:国家社科基金重大项目"《诗经》与礼制研究"(项目编号16ZDA172)阶段性成果。

① 张宪华:《关于诗经寓言诗研究的若干思考》,《美与时代》,2013 年第 6 期,第 110 页。

鲲、鹏、蜩、鷃之类是也。"①《诗经》寓言诗在批判角色,也即寓言故事角色的选择上,主要是以动物为主角,寓意全在咏物中,并且该动物与诗作的批判对象有某种程度的关联,常常可以引发读者的想象。《周南·螽斯》、《召南·鹊巢》、《魏风·硕鼠》、《曹风·蜉蝣》、《豳风·鸱鸮》、《豳风·狼跋》、《小雅·黄鸟》、《大雅·卷阿》、《周颂·小毖》等等,无不如此。这其中最具代表性的当属《豳风·鸱鸮》:

鸱鸮鸱鸮!既取我子,无毁我室。恩斯勤斯。鬻子之闵斯!

迨天之未阴雨,彻彼桑土,绸缪牖户。今女下民,或敢侮予!

予手拮据,予所捋荼,予所蓄租。予口卒瘏,曰予未有室家!

予羽谯谯,予尾翛翛,予室翘翘。风雨所漂摇,予维音哓哓!②

宋苏辙《诗集传》:"鸱鸮,恶鸟。鸟之有巢者呼而告之曰,既取我子矣,无复毁我室。周之先王勤劳以造周,如鸟之为巢,苟取其子而又毁其室是重伤之也。"③关于"鸱鸮"一词究竟何指,由汉到清,直至当今,聚讼不断,但从诗歌原意及先贤时哲诸家观点来推

---

① (唐)白居易著,丁如明、聂世美校点:《白居易全集》,上海:上海古籍出版社,1999年,第691页。
② 程俊英:《诗经译注》,上海:上海古籍出版社,2004年,第233–234页。
③ (宋)苏辙:《诗集传》卷八,四库全书影印本,上海:上海古籍出版社,1989年。

测,则诗中"鸱鸮"应有如下特征:一、恶鸟,既指声音之恶,又指行为之恶;二、食肉性鸟类;三、不善筑巢,并得出了"鸱鸮"当为猫头鹰的结论。①

这是一首描写一只孤独无助的母鸟用独白的形式讲述自身的遭遇的诗歌。诗歌的主角是一只孤弱无助的母鸟,恶鸟"鸱鸮"洗劫了它的鸟巢,攫去了它的雏鸟。母鸟悲伤哀怨,沉浸在丧子、破巢的哀伤之中,但是还要趁着雨过天晴,赶快修复破巢。此诗借鸟写人,母鸟所受恶鸮的欺凌而丧子破巢的遭遇,以及在艰辛生存中面对不能把握自身命运的深深恐惧,不正是下层人民悲惨情状的形象写照?由此反观全诗,则凶恶的"鸱鸮"、无情的"风雨",便全可在人世中显现其所象征的真实身份。而在母鸟那惨怛的呼号和凄怆的哀诉中,不正传达着久远以来受欺凌、受压迫人们的满腔悲愤吗?《豳风·鸱鸮》历代学者都认为是周公旦所作,从诗的内容看,与当时的历史内容基本相符。诗中鸱鸮比武庚,以被鸱鸮抓走的鸟子比喻管、蔡,以鬻子比喻周王,以室家比喻周朝,以讲话的老鸟比喻周公自己。以鸟的生活比喻历史事件,主题明确,形象生动感人。

《诗经》中类似的诗篇还有很多,如《魏风·硕鼠》中的"硕鼠"与贪得无厌的统治阶级、《召南·鹊巢》中的"鸠"与掠夺成性的剥削者,在某种程度上有着极大的关联性,容易让读者由此及彼地产生联想。

---

① 严正道:《"鸱鸮"考辨》,《重庆社会科学》2007 年第 9 期,第 42 页。

二、批判色彩的主要表现

周初的社会,统治者尚且知道借鉴商朝覆灭的教训,励精图治,实行很多惠民利民的措施,给人民休养生息的机会。但越到后来,特别是周穆王以后,统治阶级的奢侈享乐之风不断蔓延,各种社会矛盾逐渐变得尖锐起来,最终导致了周朝的灭亡。伴随着社会矛盾的加剧,《诗经》的作者们开始以寓言诗为武器,针砭时弊,讽刺现实,抒发愤慨。主要表现在:

第一,抨击黑暗的现实政治。如《小雅·十月之交》:

> 十月之交,朔日辛卯。日有食之,亦孔之丑。
> 彼月而微,此日而微。今此下民,亦孔之哀。
> 日月告凶,不用其行。四国无政,不用其良。
> 彼月而食,则维其常。此日而食,于何不臧!
> 烨烨震电,不宁不令。百川沸腾,山冢崒崩。
> 高岸为谷,深谷为陵。哀今之人,胡憯莫惩!
> 皇父卿士,番维司徒,家伯维宰,仲允膳夫,
> 聚子内史,蹶维趣马,楀维师氏,艳妻煽方处。
> 抑此皇父!岂曰不时。胡为我作,不即我谋!
> 彻我墙屋,田卒污莱。曰"予不戕,礼则然矣。"
> 皇父孔圣,作都于向。择三有事,亶侯多藏。
> 不憖遗一老,俾守我王。择有车马,以居徂向。
> 黾勉从事,不敢告劳。无罪无辜,谗口嚣嚣。
> 下民之孽,匪降自天。噂沓背憎,职竞由人。
> 悠悠我里,亦孔之痗。四方有羡,我独居忧。

民莫不逸,我独不敢休。天命不彻,我不敢傚我友自逸。①

清方玉润《诗经原始》言:"《十月之交》,刺皇父煽虐以致灾异也。"②高亨《诗经今注》:"这首诗作于周幽王六年,当是周王朝的一个大官所作,讽刺掌权贵族乱政殃民,遇到日食、地震、山崩、河沸等巨大灾异,也不知警惕,并慨叹自己的无辜遭受迫害。"③此诗谴责了周幽王时的朝政混乱,批判周幽王任用小人,滥用民力,嬖幸艳妻,以致政失常轨,灾异频生,人民受苦受难。诗共八章,在前三章中诗歌以月比臣,以日比君,将日食、月食同朝廷用人不善联系起来,抒发自己深沉的悲痛与忧虑。

第二,揭露上层统治阶级不劳而获。如《魏风·硕鼠》:

> 硕鼠硕鼠,无食我黍!三岁贯女,莫我肯顾。
> 逝将去女,适彼乐土。乐土乐土,爰得我所!
> 硕鼠硕鼠,无食我麦!三岁贯女,莫我肯德。
> 逝将去女,适彼乐国。乐国乐国,爰得我直!
> 硕鼠硕鼠,无食我苗!三岁贯女,莫我肯劳。
> 逝将去女,适彼乐郊。乐郊乐郊,谁之永号!④

---

① 程俊英:《诗经译注》,上海:上海古籍出版社,2004 年,第314 - 317 页。
② (清)方玉润撰,李先耕点校:《诗经原始》,北京:中华书局,1986 年,第394 页。
③ 高亨:《诗经今注》,上海:上海古籍出版社,1980 年,第280 页。
④ 程俊英:《诗经译注》,上海:上海古籍出版社,2004 年,第166 - 167 页。

《毛》序言:"硕鼠,刺重敛也。国人刺其君重敛,蚕食于民。不修其政,贪而畏人,若大鼠也。"①桓宽《盐铁论·取下篇》引《齐诗》言其主旨曰:"及周之末涂,德惠塞而嗜欲众,君奢侈而上求多,民困于下,急于上公,是以有履亩之税,《硕鼠》之诗作也。"②朱熹《诗集传》:"民困于贪残之政,故托言大鼠害己而去之也。"③姚继恒《诗经通论》:"此诗刺重敛苛政,甚为明显。"④诗人把剥削阶级比喻为不劳而获的"硕鼠",(这些大老鼠由于贪吃而体态肥硕,用老鼠比喻剥削者,与作者的爱憎感情相一致)形象地揭露了他们贪得无厌、极端自私的本性,切实地表现了劳动人民对剥削者的憎恶与愤慨。

第三,讽刺社会上层统治者荒淫无度的愚蠢行径。如《曹风·蜉蝣》:

蜉蝣之羽,衣裳楚楚。心之忧矣,于我归处。
蜉蝣之翼,采采衣服。心之忧矣,于我归息。
蜉蝣掘阅,麻衣如雪。心之忧矣,于我归说。⑤

《淮南子·说林训》云"蜉蝣不饮不食,三日而终",又"蜉蝣朝生而暮死,而尽其乐"。⑥《毛》序曰:"蜉蝣,刺奢也。昭公国小而

---

① (清)阮元《十三经注疏》,上海:上海古籍出版社,1997年,第359页。
② (汉)桓宽撰,王利器校注《盐铁论校注》,北京:中华书局,1992年,第462页。
③ (宋)朱熹《诗集传》,北京:中华书局,1958年,第66页。
④ (清)姚继恒撰,顾颉刚标点《诗经通论》,北京:中华书局,1958年,第129页。
⑤ 程俊英《诗经译注》,上海:上海古籍出版社,2004年,第221页。
⑥ 何宁撰《淮南子集释》,北京:中华书局,1998年,第1204、1222页。

迫,无法以自守,好奢而任小人,将无所依焉。"①高亨《诗经今注》言:"诗的作者咒骂曹国统治者死在眼前而依旧奢侈享乐,并慨叹自己将来不知何所归宿。"②此诗以朝生暮死的蜉蝣作比,描写了上层统治者一味追求奢侈享乐,荒淫无度,醉生梦死,面临危亡毫不察觉的愚蠢行径。

再如《邶风·新台》:

> 新台有泚,河水弥弥。燕婉之求,籧篨不鲜。
> 新台有洒,河水浼浼。燕婉之求,籧篨不殄。
> 鱼网之设,鸿则离之。燕婉之求,得此戚施。③

这首诗是诗人用卫宣公劫夺新来的儿媳——宣姜的典型事例,揭露统治阶级的荒淫无耻。诗作从宣姜角度落笔,本来设下鱼网是为了能够抓到鱼,结果虾蟆却窜入网中,美丽的少女本来要寻找英俊的男子,却嫁了一个又丑又老的糟老头。卫宣公的丑陋形象跃然纸上。

---

① (清)阮元《十三经注疏》,上海:上海古籍出版社,1997年,第384页。
② 高亨《诗经今注》,上海:上海古籍出版社,1980年,第193页。
③ 程俊英《诗经译注》,上海:上海古籍出版社,2004年,第64页。

三、批判艺术的特色

《诗经》寓言诗尽管产生的时间较早,与以后出现的成熟的寓言诗相比,在艺术成就方面仍然有不小的距离。但是,单就批判艺术而言,《诗经》寓言诗已经表现出了其鲜明的特点,为后世寓言诗的创作提供了很好的借鉴。

第一,通俗性。

亚里士多德说:"如果是从真实事件中得来的寓言,那将更有效用,更令人信服,因为那将发生的事件大都和已经发生的事件相似。"①《诗经》中的寓言诗大都是民间口头创作,多是从日常生活中加以生发,敷衍而成的,故事情节较为简单,这也使得《诗经》寓言诗浅近易懂,一目了然。由于其情都是人们所熟知的,真实可信,这样就使得寓言诗所揭示的真理,也往往更能给人以启迪。比如《周颂·小毖》:

> 予其惩而毖后患。
> 莫予荓蜂,自求辛螫。
> 肇允彼桃虫,拼飞维鸟。
> 未堪家多难,予又集于蓼。

关于其主旨,《毛》序言:"嗣王求助也。"《郑》笺:"天下之事,当慎其小。小时而不慎,后为祸大,故成王求忠臣早辅助己为正,以救患难。"②此诗是周成王在先祖神灵前诉说自己内心的忧闷。

---

① 北京大学哲学系编译《古希腊罗马哲学》,上海:三联书店,1957年,第152页。
② (清)阮元《十三经注疏》,上海:上海古籍出版社,1997年,第600页。

前三章写成王自我省察,言其虽乏人辅助,亦当自励。后四句成王以鸟儿自比,用鸟儿栖居蓼草弱枝比喻自己处在风雨飘摇的困境中。诗篇文字洗练,浅近易懂,情感真挚,形象生动。

第二,富于抒情味和感染力。

诗歌短于叙事而长于抒情,别林斯基指出:"情感是诗的天性中一个主要的活动因素;没有情感就没有诗人,也没有诗。"① 寓言诗因为兼有寓言和诗的特点,叙事、抒情甚至议论往往有机地结合在一起。《诗经》中的寓言诗除了阐述故事情节外,还有着很强的抒情成分,往往字里行间渗透着诗人鲜明的爱憎和褒贬,富于抒情味和感染力。比如《魏风·硕鼠》:"乐土乐土,爰得我所"、"乐国乐国,爰得我直",诗人在痛述老鼠罪恶的同时,也抒发了对美好生活的向往之情,强烈的爱憎之情充溢在字里行间。《豳风·鸱鸮》自始至终站在一只成鸟的角度,讲述自身遭遇,抒发痛切哀怨之情。这样的作品往往以情感人,富于浓郁的抒情性和较强的艺术感染力。

综上所述,《诗经》寓言诗意象鲜明,情感真挚,内容丰富,反映了诗作者忧愤深广的情怀,抨击了周代社会的方方面面,所有这些因素都使得《诗经》寓言诗作品充满了强烈的批判色彩。这一特点在《诗经》以后的寓言诗作品中也得到了很好的继承和发展。

(张宪华,绥化学院文学与传媒学院讲师,上海大学文学院在读博士)

---

① [俄]别林斯基《别林斯基论文学》,上海:新文艺出版社,1958年,第14页。